BAR
블랙잭

BAR 블랙잭 1

초판 1쇄 찍은 날 | 2016년 4월 21일
초판 1쇄 펴낸 날 | 2016년 4월 29일

지은이 | Ladybuck studio
펴낸이 | 서경석

편 집 책 임 | 조윤희
편 　 　 집 | 이은주
　 　 　 　 　 주은영
디 　 자 　 인 | 신현아

펴 낸 곳 | 도서출판 청어람
등록번호 | 제387-1999-000006호
등록일자 | 1999. 5. 31
어람번호 | 제5-441호

주소 | 경기도 부천시 원미구 부일로 483번길 40 서경B/D 3F
　 　 　 (우) 14640
전화 | 032-656-4452 팩스 | 032-656-4453
http://www.chungeoram.com
E-mail | chungeorambook@daum.net

ⓒ Ladybuck studio, 2016

ISBN 979-11-04-90735-7　04810
ISBN 979-11-04-90734-0　(SET)

※ 파본은 구입하신 서점에서 교환하여 드립니다.
※ 저자와 협의하여 인지를 붙이지 않습니다.
※ 이 책은 도서출판 청어람과 저작자의 계약에 의해 출판된 것이므로, 무단 전재
　 및 유포·공유를 금합니다.

Chungeoram romance novel
Ladybuck studio 장편소설
1
BAR
블랙잭
도서출판
청어람

CONTENTS

※ 본문 중 " "는 한국어, 「 」는 일본어로 진행되는 대사입니다.

1. 쓰레기장은 침실이 아니야

"아! 망할 놈의 세상."

윤서는 술에 잔뜩 취한 채로 밤거리를 걸었다. 여기가 어딘지도 몰랐지만 그런 건 지금 중요한 게 아니었다. 고등학교를 졸업하고 어렵게 취직한 회사에서 그녀는 오늘 잘렸다. 그것도 자신의 잘못 때문이면 억울하지도 않았다. 개 같은 과장 놈의 잘못을 자신이 몽땅 뒤집어쓰고 한마디 변명할 기회도 가지지 못한 채 5년을 다니던 직장에서 통보도 없이 쫓겨났다는 사실에, 그녀는 세상을 향해 원망을 쏟아내고 싶은 심정이었다. 당장 이번 달 월세와 생활비를 생각하자 눈앞이 깜깜해졌다.

"아! 젠장! 어쩌라고!"

윤서가 절규하는 소리에 지나가던 사람들이 화들짝 놀랐다. 지방에서 서울로 취직을 하러 올라온 그녀는 이런 이야기를 나눌 변변한 친구도 없었다. 그나마 사정을 아는 직장 동료들도 자신들까지 해고당할까 봐 그녀를 외면하기에 바빴다. 열다섯 살에 집을 나와 세상의 단맛, 쓴맛을 다 보고 겨우 마음을 잡고 대안학교를 졸업한 후 정상적인 사회생활을 해보리라 마음먹고 들어갔던 회사는 이런 식으로 그녀의 등에 칼을 꽂았다.

"나쁜 새끼들, 다 죽어버려라."

길을 계속 헤매던 윤서는 발이 아파 어딘지도 모르는 뒷골목의 전봇대 아래에 쭈그려 앉았다. 초겨울의 새벽 공기가 차가웠지만 그녀는 취기와 피로 때문에 다리를 두 손으로 껴안고 앉은 채로 잠이 들고 말았다.

"오늘도 고생들 많았어! 다들 들어가 봐."

히가시는 오토바이 헬멧을 집어 들고 직원들에게 인사하며 뒷문으로 나갔다.

눈빛이 날카로운 데다가 반삭을 한 그는 잘생기기는 했지만 무표정한 얼굴은 위협적이고 차가운 인상이었다. 심지어 그의 오른쪽 귀에는 피어싱이 귓바퀴를 따라 족히 7개는 넘게 박혀 있었고, 콧방울에도 피어싱이 반짝이고 있었다. 하지만 그가 영업용 미소를 지으면 여자들은 순식간에 그의 매력에 빠져들곤 했다. 초겨울의 추위 탓에 그는 목에 털이 달린 가죽 재킷에 가죽 바지 차림이었다.

바 블랙잭의 영업 종료 시간인 새벽 5시의 거리는 아직도 껌껌하고 어두웠다. 뒷문으로 나가서 바이크 쪽으로 향하던 그의 눈이 전봇대 아래에 있는 낯선 무언가로 향했다. 쓰레기 봉지일 거라고 생각했던 그것은 전봇대 아래서 쪼그려 앉아 자고 있는 여자였다. 바텐더라는 직업 특성상 그는 술 취한 여자들은 지겨울 정도로 매일 보고 있었다. 여자를 놔두고 등을 돌린 그의 귀에 그녀가 뭐라고 잠꼬대를 하는 소리가 들렸다.

"나 양아치 아니거든, 가출하면 다 양아치냐."

그는 '양아치'라는 단어에 발을 멈췄다.

"나름 열심히 살았다고. 나쁜 짓 안 하려고 얼마나 노력했는데. 그런데 나를 잘라? 개놈들."

흐느끼는 소리에 히가시는 나지막하게 한숨을 쉬고 여자 쪽으로 발길을 돌렸다. 그는 전봇대 아래에 쪼그려 앉은 여자의 발을 신발 끝으로 툭툭 건드렸다.

"이거 봐요. 일어나서 집에 가요."

그는 여자가 잠꼬대하는 걸 보고 술이 다 깼을 거라고 생각했다. 그러나 그게 아니었던 듯 여자는 꼼짝도 하지 않았다. 그는 쪼그려 앉아 그녀의 어깨를 흔들었다.

"일어나서 집에 가요! 집이 어디예요?"

허벅지에 고개를 묻은 여자는 일어날 기미가 안 보였다. 히가시는 여자가 술을 얼마나 마셨는지 가늠이 되지 않아 그녀의 머리 쪽으로 얼굴을 가져갔다. 그때 갑자기 여자가 고개를 들었다.

윤서는 잠결에 누군가가 자신의 어깨를 흔들어대는 걸 느꼈다. 그 바람에 잠은 웬만큼 깼지만 이런 모습을 보인 게 창피하기도 했고 말도 하기 싫었기 때문에, 앞에 있는 사람이 빨리 자리를 뜨기만을 기다리고 있었다.

그때 갑자기 주위가 조용해졌다. 그녀는 자신을 깨우던 사람이 갔는지 확인하기 위해 고개를 들었다. 그런데 뜻밖에도 생판 모르는 남자의 얼굴이 눈앞으로 다가오고 있었다.

"끼야야야야!"

그녀는 괴성을 지르며 남자의 뺨에 손을 날렸다. 어찌나 세게 쳤던지 '짝' 하는 소리와 동시에 남자의 얼굴이 한쪽으로 돌아갔다.

"야! 너 뭐야! 나한테 뭔 짓을 하려고 그랬어!"

가출했을 때의 노숙 경험 때문에 윤서는 본능적으로 몸을 벌떡 일으키고 남자를 걷어찰 준비를 했다. 그때 남자가 자신의 뺨을 어루만지며 몸을 일으켰다.

"이 여자가……."

일어나자 그는 윤서보다 머리가 하나는 더 있었다. 게다가 인상도 조폭 뺨치게 더러웠다. 그의 차림새를 본 윤서는 자신이 사람을 잘못 건드렸다는 걸 본능적으로 깨달았다.

"도와주려고 했더니 뺨을 때려?"

"아니…… 저 그게 아니고…… 그쪽이 갑자기 얼굴을 들이미니까 놀라서……."

남자가 바닥에 침을 뱉었다. 침 안에 피가 엉켜 있는 게 보였다. 그의 뺨은 순식간에 빨갛게 부어 올랐고 분노로 이글거리는 눈빛이 새벽의 어스름 속에서도 똑똑하게 보였다.

"경찰서 가야 되겠네."

"아니…… 저…… 그냥 말로 해결을 보시면……."

"지금 장난해? 얼굴 팔아먹고 사는 사람의 얼굴을 이렇게 해 놨는데 말로 해결을 보자고?"

"아니 그렇지만……."

"경찰서 가자고!"

남자가 자신의 손목을 그러잡자 윤서는 그에게서 벗어나려 안간힘을 썼다. 보호 관찰 대상이었던 그녀가 경찰서에 가면 어떤 취급을 당할지는 안 봐도 뻔했다. 윤서는 마음을 잡은 이후 되도록이면 경찰서를 드나들지 않도록, 사건사고와는 무관한 모범적인 삶을 살기 위해 노력해 왔다. 그걸 한 순간의 실수로 무너뜨리기도 싫었고, 눈앞에 있는 양아치 같은 남자 앞에서 자신의 과거가 까발려지는 것도 원치 않았다.

"하란 대로 할게요! 제발 경찰서만은!"

윤서의 애원에 남자의 입꼬리 한쪽이 비웃듯 올라갔다.

"하란 대로 한다고?"

남자는 윤서를 위아래로 쭉 훑어봤다.

"발육부진이네."

"야!"

윤서가 소리를 지르자 남자의 인상이 다시 싸늘해졌다.

"경찰서 갈까?"

결국 윤서는 겁먹은 개처럼 꼬리를 말 수밖에 없었다.

"경찰서 안 가려면 돈으로 합의를 봐야 되는데, 돈 있어?"

"돈…… 없어요."

한 달 벌어서 한 달 먹고 살기에도 빠듯했던 그녀에게 합의금으로 낼 만한 돈이 있을 리가 없었다. 게다가 윤서는 오늘 직장에서 잘린 백수였다.

"그럼 뭘 어떻게 한다는 거지?"

"돈 이외에 할 수 있는 건 다……."

윤서의 얼굴을 내려다보던 남자는 어이가 없는 얼굴을 했다.

"너 지갑하고 핸드폰 좀 내놔봐."

"왜……."

'요'라는 뒷말은 남자가 험악한 얼굴로 쏘아보자 입안으로 쏙 들어가고 말았다. 윤서가 가방을 뒤져 지갑과 핸드폰을 내밀자 그는 지갑 안에 있던 신분증과 폰을 가져갔다.

"아니 그건……."

윤서의 말에 그가 바지 뒷주머니에서 뭔가를 꺼내 그녀에게 내밀었다.

"이거 우리 가게 명함이야. 신분증하고 폰 돌려받고 싶으면 오늘 낮에 여기로 찾아와."

"이렇게까지 안 하셔도 되잖아요."

윤서가 항의하자 남자는 차가운 눈으로 그녀를 노려보았다.

"네가 누구고 어디로 튈 줄 알고 아무것도 안 받아놔? 신분증은 몰라도 폰 돌려받고 싶으면 오겠지. 그럼 늦지 말고 와."

그녀가 받은 검은색의 명함 위에는 은색 글씨로 'Bar 블랙잭, 바텐더 히가시'라고 적혀 있었다.

"그럼, 낮에 보자."

히가시는 오토바이에 올라타 헬멧을 썼다. 그가 탄 두카티 오토바이가 굉음을 내며 새벽의 어둠 속으로 사라지자 윤서는 그의 뒤통수에 대고 소리를 질렀다.

"야! 이 양아치 놈아! 오늘 신세는 꼭 갚아주마!"

그녀는 씩씩거리며 허리춤에 손을 올렸다. 아침이 밝아오는 거리는 초겨울 새벽의 어스름이 서서히 걷혀가고 있었다.

집으로 돌아온 윤서는 힘이 하나도 없어 옷을 입은 그대로 이불 위로 털썩 엎어졌다. 술을 마시고 얼마나 헤매고 다녔던지 그녀가 쭈그리고 앉아 있던 곳은 집이 있는 옥수동과는 전혀 방향이 다른 청담동 어느 술집 뒤의 쓰레기장이었다.

"아씨, 그놈의 양아치 새끼."

반삭을 한 인상 더러운 남자의 얼굴이 떠오르자 윤서는 주먹을 꼭 쥐었다.

"지가 먼저 얼굴을 들이댔잖아. 망할 놈."

그러나 후회해 봤자 이미 끝난 일이었다. 가기 싫어도 휴대폰 때문에 블랙잭인지 뭔지를 찾아가서 그 양아치를 만나야만 했다. 휴대폰 안에는 얼마 되지도 않는 지인들의 번호가 들어 있었다.

"그래도 지갑 통째로 안 가져간 게 어디야."

그래도 그 양아치가 양심은 있었는지 신분증만 빼가서 윤서는 새벽의 첫 전철을 타고 집으로 돌아올 수 있었다.

"아, 귀찮아. 그냥 자버릴까."

사실 폰이고 뭐고 너무나도 귀찮았던 그녀는 이불 위에 엎드린 채로, 다시 잠이 들고 말았다.

윤서는 목이 타는 느낌에 눈을 떴다. 몸을 겨우 일으켜 책상 위에 있는 시계를 보자 시간은 벌써 오후 1시가 다 되어 있었다. 그녀는 머리를 벅벅 긁으며 일어나 냉장고 쪽으로 다가갔다. 허리 정도밖에 높이가 안 되는 냉장고의 문을 열자, 안에는 먹다 남은 생수가 개미 눈물만큼 남아 있었다. 마지막 한 방울의 물까지 다 마신 윤서는 생수병을 바닥에 놓고 발로 콱콱 밟으며 화풀이를 했다.

"돼지 같은 과장 새끼, 걸어가다가 맨홀에 빠져서 다리나 부러져라. 그리고 대머리 부장 새끼, 뒤룩뒤룩 살쪄서 심장마비나 걸려라."

윤서는 온갖 생각나는 욕을 다 해댔다. 생수병이 더 이상 납작해질 수 없을 만큼 찌그러지자 그녀는 병을 분리수거 봉투 쪽으로 던졌다. 하지만 재수가 없으려니 병은 봉투 바깥에 떨어졌다.

"악! 되는 게 없어!"

윤서는 머리를 쥐어뜯으며 짜증을 냈다. 새벽에 본 양아치를 억지로 다시 만나야만 하는 찌그러진 생수병 같은 자신의 처지에 저절로 한숨이 나왔다.

"아, 몰라. 일단 씻기나 하자."

욕실로 들어가서 거울을 본 윤서는 자신의 얼굴을 보고 경악을 금치 못했다. 술을 마신 채로 그대로 엎드려 잤던 얼굴은 각시탈 뺨치게 부어 있었다. 쌍꺼풀이 있는 눈은 퉁퉁 부어 가자미처럼 보일 정도였고, 볼은 호빵을 문 듯 푸짐하게 부풀어 가관이었다. 거기다 긴 머리는 봉두난발로 추노의 주인공들 저리가라 할 정도로 엉켜 있었다.

"아악! 짜증나!"

윤서는 샤워를 하며 소리를 고래고래 질렀다.

"내 인생 왜 이러니! 오늘은 진짜 인생 최악의 날이야!"

분노에 쌓인 외침은 샤워가 끝날 때까지 그칠 줄을 몰랐다.

빌라의 지하 주차장에 도착한 히가시는 헬멧을 벗었다. 헬멧의 쿠션이 볼을 스치자 얻어맞은 입안과 볼에 사랑니를 뺀 후 마취가 풀린 듯한 통증이 몰려왔다. 그는 손바닥을 볼에 댄 채로 집으로 올라갔다.

라이더 재킷을 벗고 화장실로 들어간 그는 경악한 얼굴로 한참 동안이나 거울 앞에 서 있었다. 자신의 몰골은 예상했던 것보다 훨씬 처참했다. 얻어맞은 왼쪽 볼이 볼거리 걸린 아이처럼 엄청나게 부풀어 있었던 데다 입 안쪽이 터진 듯 쓰라렸다.

"젠장, 재수가 없으려니……."

히가시는 주방으로 가 냉동실에서 아이스 팩을 꺼내 볼에 댔다. 여자는 피죽도 못 얻어먹은 것처럼 깡마른 생김새와는 달리 손아귀 힘이 엄청나게 셌다.

"얼굴이 이러면 오늘 출근은 꽝인데."

히가시는 블랙잭의 주인 겸 얼굴마담 역할을 하고 있었다.

"술 취한 화상들은 가까이 하면 안 되는데, 내가 미쳤지……."

히가시는 쓰레기장에서 다람쥐처럼 몸을 말고 있던 여자를 생각했다. 그 여자 입에서 '양아치' 소리만 나오지 않았어도 그대로 내버려 두었을 터였다. 그는 소파에 던져 놓았던 재킷의 안주머니를 뒤져 그녀의 신분증과 전화를 꺼냈다. '지윤서'라는 이름이 적힌 주민등록증 사진을 들여다보던 그는 웃음이 터졌다.

"이게 뭐야."

사진에는 노랗게 염색한 깻잎머리와 눈썹을 한 줄로 다듬은 촌스러운 화장을 한 소녀의 얼굴이 있었다.

"예전에 한 가닥 했었나 보네."

그는 신분증의 뒷면을 돌려보았다. 주거지가 상당히 많이 바뀐 듯, 뒷면에는 주소가 여러 개 쓰여 있었다.

히가시는 여자의 휴대폰 배경화면인 '야마시타 기요시'의 불꽃놀이 그림을 흥미가 당기는 얼굴로 한참이나 들여다보았다.

"그 발육부진이 생각보다 재미있는 그림을 알고 있네."

눈을 붙이기 전 히가시는 뭐라도 먹고 자기 위해서 냉장고 문을 열었다. 생수와 술을 빼고는 변변한 먹을거리가 없는 냉장고를 들여다보며 그는 한숨을 쉬었다.

"장을 봤어야 했는데……."

원래 계획은 돌아오는 길에 편의점에 들러 간단한 아침거리를 사오는 것이었다. 그런데 그 발육부진에게 뺨을 얻어맞는 통에 집으로 곧장 들어오는 바람에 일이 귀찮아진 것이었다.

"나가기 싫은데."

그러나 고픈 배를 달래려면 방법이 없었다. 너무 이른 시간이라 문을 연 분식집도 없을 것 같아 주섬주섬 후드 티를 입은 히가시는 슬리퍼를 신고 빌라 밖으로 나섰다. 단골 편의점의 문을 열자 아르바이트를 하는 남자 직원이 그를 보고 아는 척을 했다.

"어서오…… 얼굴이 왜 그러세요?"

"계단에서 굴렀어요."

되도 않은 거짓말에 족히 짐작이 된다는 듯한 표정으로 직원은 고개를 저었다.

"누구랑 한판하셨어요?"

"아닌데요."

히가시의 심드렁한 대답에도 그는 다 안다는 듯한 표정으로 팔짱을 꼈다. 히가시가 도시락 코너로 가서 도시락과 삼각김밥 등을 고르자 카운터 뒤에 있던 그가 나와 히가시 옆으로 다가왔다.

"이런 거 드시면 다친 데가 더 아파요."

그는 웃으며 죽을 골라 히가시에게 건넸다.

"죽 드세요. 드시기 더 수월할 거예요."

"이렇게 안 해주셔도 제가 알아서……."

"저도 예전에 싸움 좀 해봐서 알아요. 병원 꼭 가보세요."

"그런 게 아닌데……."

안타까운 표정의 편의점 직원은 자신을 성질이 더러운 싸움꾼 정도로 아는 듯했다. 히가시는 구구절절이 설명하기도 귀찮아 한숨을 쉬었다.

히가시는 편의점 문을 닫으며 뿌듯해하는 편의점 직원의 얼굴을 뒤로 한 채 혼잣말을 중얼거렸다.

"내가 여길 다시 오나 봐라. 젠장."

편의점에서 사온 죽을 전자레인지에 돌려서 몇 숟가락 먹던 히가시는 결국 부은 입안 때문에 먹는 걸 포기하고 말았다. 아무래도 병원에 가봐야 할 것 같아 그는 손님 중 한 명이 원장으로 있는 '김시형 내과'에 전화를 걸었다.

[어? 네가 이 시간에 웬일이냐?]

"나 어디 좀 다쳤는데 봐줄 수 있어?"

[많이 다쳤어?]

"그런 건 아니고……."

[이따 점심시간에 잠깐 들러. 봐줄 테니까.]

"알았어."

전화를 끊은 히가시는 그대로 침대에 누워 잠을 청했다.

샤워를 마치고 머리를 말린 윤서는 거울 속 자신의 모습이 인간의 형상에 가까워진 것을 알았다. 어제 저녁 알코올 섭취 이후 아무것도 못 먹은 위장이 내는 천둥소리를 들은 그녀는 한숨을 쉬었다.

"그래, 내가 거지가 되건 말건 이놈의 몸뚱이는 밥시간은 정확히 아는구나."

윤서는 자신이 가진 것 중에 그나마 입을 만한 옷들을 골라 느릿느릿 걸쳤다.

코딱지만 한 원룸에는 윤서의 전 재산인 옷가지들과 이부자리, 책상과 노트북, 가재도구 몇 가지를 빼고는 볼만한 게 거의 없었다. 그래도 그녀는 등을 붙이고 잠을 잘 수 있는 공간이 있다는 것에 늘 감사했다. 매일 밤 잠자리를 찾아 떠돌던 시절에 비하면 지금은 호화찬란한 생활을 하는 거나 마찬가지였다. 윤서는 BB크림만 얼굴에 겨우 찍어 바르고, 블랙잭인지 '애꾸눈 잭'인지 하는 가게로 가기 위해 밖으로 나섰다.

분식집에 들러 간단히 밥을 먹은 후 윤서는 지하철역 쪽으로 터덜터덜 걸어갔다. 음악을 듣고 싶었지만 핸드폰이 없어서 음악을 듣는 것도 불가능했다.

주위를 둘러보던 윤서는 큼지막하게 걸려 있는 죽집 간판을 발견했다. 잠시 망설이던 그녀는 이내 죽집 안으로 들어가 제일 싼 야채죽을 샀다. 오해로 뺨을 때리고 사과도 안 하고 온 것이 마음에 걸렸다.

"이거라도 사가면 꼬투리를 덜 잡겠지."

윤서는 한숨을 쉬며 죽집 봉투를 들고 지하철을 탔다.

잠시 후 윤서는 골목에서 헤매기 시작했다. 히가시인지 연가시인지가 준 명함에 있는 주소지와 가장 가까운 역에서 내려 목적지를 찾아왔지만 그곳에는 고급 주택가와 건물만 있을 뿐, 블랙잭인지 '애꾸눈 잭'인지 하는 가게는 눈을 씻고 봐도 찾을 수가 없었다.

"주소는 분명히 여기가 맞는데."

윤서는 명함을 다시 확인해 보았다. 그러나 거기에 적힌 주소지는 평범해 보이는 5층짜리 건물이었다.

"전화가 없으니까 뭐 물어볼 수도 없잖아."

윤서는 새삼 전화를 냉큼 건네준 자신의 멍청함에 화가 났다. 간판도 없는데 건물 안에 들어가서 사람들에게 무작정 물어볼 수도 없는 노릇이었다. 입구 앞 계단에 앉아 한숨을 쉬고 있던 그때 누군가가 이쪽으로 걸어오는 모습이 보였다.

블랙잭의 바텐더인 료는 귀에 커다란 헤드폰을 쓰고 음악을 들으며 가게로 향하는 중이었다. 갈색 머리가 그의 앳되고 귀여운 얼굴과 잘 어울렸다. 얼핏 보면 170㎝ 초반의 키와 동안인 얼굴 때문에 고등학생처럼 보였지만 그의 나이는 스물세 살이었다. 바 앞에 도착하니 그의 눈에 계단에 앉아 있는 여자가 보였다. 깡마른 여자는 후드를 뒤집어쓰고 손에 죽집 봉투를 쥔 채 그를 빤히 쳐다보고 있었다. 료는 의아한 표정을 지은 채 계단을 올랐다. 그때 그 여자가 뭐라고 말을 걸었다.

"뭐라고요?"

헤드폰을 벗자 그제야 그 여자가 말하는 소리가 들렸다.

"이 근처에 블랙잭이라는 가게가 어디 있는지 아시냐고요."

"블랙잭이요? 이 건물 지하인데?"

료가 손가락으로 아래를 가리키자 여자는 짜증이 가득한 얼굴로 자리에서 일어났다.

"아니 무슨 가게가 간판도 없어!"

"여긴 원래 간판이 없어요. 일반인들 상대로 장사하는 데가 아니거든요."

"네?"

료의 대답에 그녀는 당황한 듯했다.

"여긴 회원제 바예요. 회원만 출입할 수 있는 바요. 그런데 블랙잭에 무슨 일이에요?"

윤서는 대답 대신 뒷주머니에서 명함을 꺼내 료에게 건넸다. 료는 뜻밖이라는 얼굴로 윤서와 명함을 번갈아 보았다.

"히가시 형 명함이네! 이걸 그쪽이 어떻게 가지고 있어요?"

"오늘 새벽에 이 양아…… 아니 이분하고 일이 좀 있었어요. 낮에 여기로 찾아오라고 명함을 한 장 주시더라고요."

료는 뭔가 흥미로운 걸 발견한 듯 눈을 빛냈다.

"따라와요. 날이 추우니까 일단 들어가서 기다려요."

갈색 머리 남자를 따라 지하로 내려가자 거기에는 지옥의 입구처럼 시커먼 색으로 칠해진 커다란 철문이 버티고 있었다.

철문이 열리자 그곳은 별천지였다. 들어가는 입구의 유리문에는 스페이드 A와 J카드가 겹쳐진 모습이 크게 새겨져 있었고 가게의 내부는 온통 검은색이었다. 입구의 데스크를 지나 왼쪽으로 들어가자 바닥부터 천장까지 반짝이는 펄이 들어간 대리석으로 치장된 내부가 보였다. 오른쪽으로는 온갖 종류의 리큐르와 술이 보관되어 있는 바가, 왼쪽의 홀에는 흰색과 검은색으로 이루어진 모던한 스타일의 탁자와 의자들이 배치되어 있었다. 그리고 중앙 뒤쪽으로 검은색 유리에 금색으로 스페이드 A와 J가 장식되어 있는 문이 하나 더 보였다.

남자가 바 안으로 들어가 뭔가 스위치를 누르자 금색의 불빛이 바닥에서부터 올라와 바 안을 은은하게 비추었다. 생전 처음 보는 고급스러운 광경에 윤서는 입을 벌렸다. 이곳은 자신이 다니던 맥주집과는 비교가 되지 않는 곳이었다.

"뭐 좀 마실래요?"

가방과 외투를 벗은 갈색 머리의 남자가 컵을 꺼내며 물었다.

"아…… 아뇨."

"돈 안 받을 테니까 걱정 마요. 히가시 형 손님인 것 같은데."

료가 생글거리며 웃자 윤서는 긴장했던 마음이 조금 풀렸다.

"그럼 물 한 잔……."

"기다려요."

료는 스파클링 워터의 뚜껑을 따 컵과 함께 내밀었다. 그때 누군가 들어오는 소리가 들렸다. 등장한 이는 바로 이 바의 주인 히가시였다.

"형! 무슨 일이야!"

료는 바에서 나와 놀란 얼굴로 히가시에게 달려갔다. 왼쪽 볼에 반창고를 붙인 히가시를 본 윤서의 얼굴이 창백해졌다.

"괜찮아."

그는 료의 머리를 쓰다듬고는 윤서에게 곧바로 다가왔다. 윤서는 그를 똑바로 보지도 못하고 사자 앞의 가젤처럼 움츠러들었다.

"왔네. 안 오고 딴 데로 토낄 줄 알았더니."

"전화를 가져갔는데 찾으러는 와야죠."

"내 얼굴 보이지?"

윤서가 겨우 고개를 들자 그의 표정이 험악해졌다.

"병원 갔는데 전치 7주래."

"무슨!"

윤서가 자리에서 벌떡 일어나자 그의 눈이 그녀를 위협하듯 가늘어졌다.

"진단서 떼서 경찰서 갈까?"

"아니…… 제발…… 그것만은……."

그녀의 목소리가 기어들어가자 히가시는 그럴 줄 알았다는 듯 한쪽 입꼬리를 올렸다.

히가시는 바에 오기 전 전화했던 대로 시형의 병원을 찾았었다. 어디서 얻어터졌느냐며 혀를 차던 시형이 치료를 해주곤 이 정도면 전치 3-4주 감이라 했었다. 히가시는 반창고까지는 필요 없다는 시형에게 나중에 가게에 오면 뭐든 달라는 대로 주겠다는 말로 그를 꼬셔 얼굴에 떡하니 반창고를 붙였다. 그러곤 전치 7

주가 나왔다며 상태를 더 부풀렸다. 여자의 반응을 보니 역시 이러기를 잘했단 생각이 들었다.

윤서는 그의 멱살을 잡고 싶었지만 처지가 처지인지라 화를 겨우 삭이며 심호흡을 했다.

"너 직장에서 잘렸냐?"

"그걸 어떻게……."

"너 주방에서 일해본 경험 있어?"

"네?"

"내가 시키는 건 다 한다며."

"그래…… 서요?"

"일해서 갚으라고."

"네?"

"발육부진인 네 몸매랑 얼굴로 얼굴마담 하기는 글렀고, 힘은 센 것 같더구만. 주방에서 일하면 딱 맞겠어."

윤서는 히가시의 말에 심사가 꼬였다.

그런 그녀를 아랑곳하지 않고 히가시는 료에게 확인하듯 물었다.

"주방에서 일하던 애가 그만뒀지?"

"응."

"잘됐네."

그는 다시 윤서를 돌아보았다.

"그럼 지금 당장 주방으로 가서 설거지부터 해. 알았어?"

"형, 이게 무슨 일이야?"

영문을 모르겠다는 얼굴인 료를 향해 히가시는 입꼬리를 올려 히죽거리며 웃었다.

"내 얼굴을 이렇게 만든 분이 이분이셔."

"응?"

"이분이 보기보다 힘이 세시더라고."

윤서는 낄낄거리는 히가시의 웃음 소리를 들으며 이를 부득부득 갈았다.

"그래서 얼마나 일하면 되나요?"

그녀가 전의에 불타는 눈빛으로 고개를 들자 히가시는 생각을 하는 듯 미간을 찌푸렸다.

"치료비가 대략 백만 원에, 정신적 피해보상이랑 이것저것 하면……."

잠시 골똘히 생각하던 히가시는 손가락을 쫙 펼쳐 윤서의 얼굴 앞에 내밀었다.

"오십만 원이요?"

"아니, 오백만 원."

"야! 이 날도둑놈……."

"대신 내가 너를 정식으로 고용하고 월급을 줄게."

윤서는 순간 그가 하는 말이 이해가 되지 않아 잠시 동안 멍하니 눈을 깜빡거렸다.

"공짜로 부려 먹겠다는 게 아니라 월급도 주고 거기서 돈을 조금씩 깐다고."

"네?"

"단 오늘 일하는 거 봐서, 일 못하면 공짜로 부려먹을 거야."

그의 제안에 윤서는 급 공손한 마음이 됐다. 양아치 같던 그에게서 후광이 비치는 듯했고 쭉 찢어진 뱀 같은 눈도 한없이 자비로워 보였다. 윤서는 지금 똥이고 된장이고 가릴 처지가 아니었다. 당장 이번 달부터 살길이 막막했던 그녀는 그의 제안이 마치 급류에 휩쓸려 떠내려가던 자신에게 누군가가 던져준 튜브처럼 느껴졌다.

"감…… 감사합니다."

"너 주방일 잘해?"

"이래봬도 접시 닦기 알바 경력 있어요."

그녀의 말은 거짓이 아니었다. 가출했던 때, 윤서는 돈을 벌기 위해 도둑질과 몸 파는 일을 빼고 안 해본 아르바이트가 없었다.

한결 공손해진 태도에 히가시는 만족스러운 표정을 지었다.

"그럼 열심히 해봐."

"저…… 제 폰하고 신분증은…….

"일하는 거 봐서 오늘 가게 끝나고 돌려줄게."

말을 마친 히가시는 프런트 데스크 뒤 라커룸으로 사라졌다.

료는 히가시의 뒷모습을 멍하니 쳐다보고 있는 윤서를 향해 친절하게 미소를 지었다.

"아직 자기소개도 안 했네. 나는 겐자부로 료예요."

"어? 일본 분이셨어요?"

"아, 모르셨나? 하긴."

료는 윤서를 보며 그럴 줄 알았다는 표정을 지었다.

"정확히는 아버지만 일본인이죠. 엄마는 한국인이에요."

"아…… 그렇구나."

"히가시 형도 나랑 똑같아요."

"어, 난 히가시란 이름이 가명인 줄 알았는데."

"가명 아니에요. 여기 바텐더들은 다 가명을 쓰지 않아요."

"저는 지윤서예요."

잠시 눈치를 보던 윤서 머뭇거리다가 질문했다.

"그런데 사장님께 물어보지도 않고 저를 막 고용해도 되나요?"

그녀의 질문에 료는 '큭' 하는 소리를 내며 입을 막았다.

"몰랐어요? 블랙잭 사장은 히가시 형이에요."

"네?"

예상 밖의 대답에 윤서가 놀라자 료는 터져 나오는 웃음을 간신히 참으며 그녀를 바 뒤쪽의 주방으로 안내했다.

윤서는 양아치인 줄만 알았던 히가시가 이런 부티 나는 가게의 사장이라는 말에 충격을 받았다.

"여기가 주방이에요. 저쪽에 쌓인 그릇을 닦으면 돼요. 난 바를 정리해야 해서. 이따 봐요."

료가 주방을 나가자 혼자 남겨진 윤서는 멍하니 주방을 둘러보았다.

"아니 그 양아치가 어딜 봐서 이런 가게의 사장이라는 거지."

윤서는 정신을 차리고 싱크대에 가득 담겨 있는 술잔과 접시를 닦기 시작했다.

"말도 안 돼. 그런 양아치가 사장이면 나는 회장이다."

비록 따귀 한번 값으로 오백만 원이라는 바가지를 씌우긴 했지만, 그래도 월급을 주겠다고 한 그에게 윤서는 고마워해야 할지 욕을 퍼부어야 할지 헷갈리기 시작했다.

"아아…… 몰라, 접시나 닦자."

윤서는 골치 아픈 문제는 뒤로 미뤄두고 눈앞의 일거리에 집중하기로 했다. 능숙한 손놀림에 접시와 술잔들은 금세 깨끗한 제 모습을 찾아가고 있었다.

료는 윤서가 사온 죽을 들고 라커룸으로 갔다. 히가시는 소파 위에 누워 있었다.

"형!"

히가시는 블랙잭의 사장이긴 했지만 따로 사장실이 없었다. 대신 라커룸에 작은 책상과 의자, 소파를 가져다 놓고 직원들과 공간을 공유하고 있었다.

"왜."

"이거 윤서 씨가 형 먹으라고 사왔어."

료가 내민 죽을 히가시는 곁눈으로 힐끔 쳐다보고 자리에서 일어났다. 아침과 점심을 제대로 먹지 못해서 배가 고프던 참이라 그는 일회용 용기의 뚜껑을 열었다. 반쯤 식은 야채죽을 본 그는 코웃음을 쳤다.

"사와도 제일 맛없는 걸……."

히가시는 투덜거리며 죽을 한술 떴다. 시장이 반찬이라고, 그는 죽 한 통을 금세 다 비웠다. 료는 죽을 먹는 히가시를 은근한 말투로 떠보았다.

"형이 웬일이야. 형 여자 싫어하잖아."

"저게 무슨 여자야."

"그럼 남자인가?"

"여자도 여자 같아야 여자지."

료는 '풉' 하고 실소를 터뜨렸다.

"진짜 형 얼굴 윤서 씨가 그런 거야?"

"내가 뭐 하러 거짓말을 해. 술 먹고 전봇대 아래에서 자고 있길래 도와주려다가 이 꼴이 됐어."

"그런데 뭐했던 사람인지 물어보지도 않고 사람을 고용해? 형답지 않은데?"

물로 입가심을 하던 히가시는 말없이 료의 얼굴을 쳐다보았다.

"그 여자가 술주정을 하는데 자기는 양아치가 아니라더라."

그제야 료는 이해가 간다는 표정을 지었다.

"일 잘하나 못하나 잘 감시해."

히가시는 소파에서 몸을 일으켰다.

"어디 가려고?"

"응. 늦을지도 모르니까 인영이랑 민호 오면 준비 잘 하고 있어."

"알았어."

히가시는 헬멧을 옆구리에 끼고 라커룸을 나섰다.

윤서가 설거지를 끝마칠 무렵, 주방문을 열고 누군가가 들어왔다. 그는 낯선 인물이 설거지를 하고 있는 모습을 보고 흠칫 놀랐다.

윤서가 고개를 돌리자 그곳에는 키가 190㎝는 될 듯한 엄청나게 덩치가 큰 남자가 자신을 쳐다보며 서 있었다. 상대방이 놀란 만큼 윤서도 놀라기는 마찬가지였다.

"누구…… 세요?"

남자의 당황한 듯한 질문에 윤서가 물을 잠그고 고무장갑을 벗었다.

　"안녕하세요. 오늘부터 주방에서 일하게 된 지윤서라고 합니다."

　"주방에서 일해요? 나한테는 한마디도 없었는데?"

　덩치 산만 한 남자는 윤서를 향해 미간을 찌푸렸다.

　"사장님이 오늘부터 여기서 일하라고 하셔서……."

　"히가시 형이 오늘부터 여기서 일하라고 했다고요?"

　남자는 몸을 돌려 그대로 주방 밖으로 다시 나갔다.

　"아씨, 뭐야. 갈 땐 가더라도 이름은 말해주고 가든가."

　윤서는 투덜거리며 설거지를 마저 하기 위해 다시 장갑을 꼈다.

　주방을 나온 민호는 바에 있던 료에게 향했다.

　"야! 주방에 있는 여자 뭐야?"

　"말한다는 걸 깜빡했네. 히가시 형이 고용한 주방 보조야. 오늘부터 일하게 됐어."

　"아, 진짜. 난 여자랑 일하는 거 껄끄러워서 싫은데……."

　"히가시 형 말로는 성별만 여자지 여자가 아니라던데?"

　"그건 또 뭔 개소리야."

　"나도 몰라. 그렇대."

　료가 싱글거리며 웃자 그는 못마땅한 듯 미간을 찌푸렸다.

　"형 어디 갔어?"

　"몰라. 오늘 늦는다고 가게 먼저 열라던데?"

　"주방에 여자 들이지 말라고 수백 번 말했는데."

민호는 투덜거리며 다시 주방 쪽으로 향했다.

윤서가 설거지를 다 마치자, 덩치가 산만 한 남자가 다시 주방으로 들어왔다. 그는 윤서를 쳐다보지도 않고 그녀를 지나쳐 냉장고 쪽으로 갔다.

"저…… 저기요."

윤서가 쭈뼛쭈뼛 말을 걸자 그가 흘깃 그녀의 얼굴을 쳐다보았다. 그의 낯빛은 안 좋다 못해 포악해 보일 정도였다.

"왜요?"

"아니 그래도 통성명은 해야……."

"손민호!"

남자는 귀찮음이 역력한 표정으로 내뱉듯 이름을 말했다. 잠시 후 남자는 무슨 생각이 들었는지 몸을 돌려 윤서에게 다가왔다.

"왜…… 왜 그러세요."

"앞으로 절대로 필요한 일 아니면 말 걸지 말아요. 그리고."

남자는 위협하듯 윤서에게 더 바짝 다가왔다.

"가게 안에서 본 사건이나 일들은 가게 밖에서는 일체 말하면 안 돼요. 만약 한 마디라도 새나가면 당신이 범인인 줄 알고 당장 형한테 당신을 자르라고 할 거예요."

"아니, 여보세요. 이 무슨……."

"내 말 알아들었으면 과일이나 씻어요."

민호는 냉장고 뒤쪽에서 사과와 오렌지, 딸기, 복숭아 등을 박스째로 가지고 왔다.

"아, 저기……."

"빨리 씻으라고요."

그의 험상궂은 표정에 윤서는 말없이 과일을 씻기 시작했다.

바의 뒷문으로 나와 쓰레기를 버린 윤서는 잠시 숨을 돌렸다. 민호가 시킨 대로 거의 몇 박스의 과일을 씻은 데다가, 사과를 일일이 4등분으로 쪼개서 설탕과 소금을 섞은 물에 담가놓느라 어깨가 빠질 지경이었다.

"이 가게는 성질 더러운 인간들 집합소인가, 젠장."

그때 누군가가 뒷문을 열고 나왔다. 윤서가 고개를 돌리자 그곳에는 하얀 셔츠에 검은 바지를 입은, 긴 머리의 엄청난 미인이 담배를 입에 물고 서 있었다. 긴 머리는 거의 허리까지 내려왔고, 하얀 얼굴에 오목조목한 이목구비는 마치 도자기 인형처럼 예뻤다. 윤서를 발견한 그녀는 개의치 않으며 담배에 불을 붙였다. 그녀에게 말을 걸기도, 그렇다고 무시하기도 뭐해서 윤서는 슬금슬금 문 쪽으로 다가갔다. 이윽고 담배를 한 모금 피운 그녀가 윤서 쪽으로 고개를 돌렸다.

"그쪽이…… 오늘 새로 들어온 주방 보조?"

"네, 맞는데요."

왠지 모를 분위기에 위축된 윤서는 침을 꿀꺽 삼켰다. 그녀는 담배를 손가락 사이에 끼우고 천천히 윤서를 향해 다가왔다.

"반가워요. 나는 블랙잭의 바텐더 주인영이야."

그녀는 윤서를 향해 손을 내밀었다.

"아, 저는…… 지윤서라고……."

"가게에 여직원은 우리 둘뿐이야. 잘 지내봐요."

"네네, 감사합니다."

윤서는 자기도 모르게 그녀의 손을 두 손으로 잡고 허리를 숙였다. 인영은 조용히 미소를 지었다.

"재미있는 사람이네."

"네?"

"그럼 나중에 또 봐요."

인영은 검지를 탁탁 털어서 담뱃불을 끄고는 꽁초를 쓰레기통에 집어넣었다.

"나 먼저 들어갈게요."

인영이 먼저 건물 안으로 들어가고 윤서도 그 뒤를 따라가려던 찰나, 등 뒤쪽에서 오토바이 소리가 들렸다. 윤서는 쎄한 느낌에 일부러 고개를 돌리지 않고 문을 열었다. 그녀의 짐작대로 아니나 다를까 등 뒤에서 히가시의 목소리가 들렸다.

"어이, 발육부진! 일하는 첫날부터 농땡이인가?"

"농땡이가 아니라 쓰레기 버리러 나왔거든요!"

윤서는 고개를 돌려 히가시를 쏘아보았다. 그런데 아까와는 달리 히가시는 반창고 없이 멀쩡한 얼굴로 윤서를 쳐다보고 있었다.

"아, 저 얼굴이……."

히가시는 놀리듯 '훗' 하는 소리를 내며 웃었다.

"뭘 그리 놀라?"

"아니, 얼굴이 멀쩡해지셔서……."

"왜, 또 따귀 때리고 싶어?"

히가시가 장난을 치듯 빙글거리자 윤서는 주먹을 꼭 쥐었다.

"어이쿠, 한대 치겠네."

"사장님이 지금 제 성질을 건드리고 있잖아요."

"그나저나 오늘밤은 여기서 자지 말라고."

히가시가 밉살맞은 얼굴로 웃으며 윤서를 지나쳐 뒷문을 열었다.

"쓰레기장은 침실이 아니야."

그가 문을 닫고 들어가자 윤서는 바닥에 굴러다니던 음료수 캔을 집어 문 쪽으로 힘껏 던졌다.

"야! 이 양아치야! 언젠간 내가 꼭 백배로 갚아준다!"

그녀는 씩씩거리며 주먹을 꼭 쥐었다.

2. 블랙잭의 밤

　부엌으로 들어가자 바 쪽에서 음악 소리가 들렸다. 민호는 큰 덩치에 어울리지 않게 섬세한 손놀림으로 과일을 모양내서 접시 위에 예쁘게 늘어놓았다. 그 손길이 얼마나 빠르고 정확한지 윤서는 벌린 입을 다물 줄 몰랐다.

　"뭘 봐요?"

　민호가 신경질적으로 얼굴을 찌푸리자, 윤서는 정신을 차리고 입을 열었다.

　"아니, 과일 손질 정말 잘하시네요."

　"매일같이 하는 일인데 못하면 바보지."

　접시 위에 과일을 다 세팅하자 민호는 멍하니 서 있는 그녀를 재촉했다.

　"그렇게 서 있을 시간이 있으시면 쟁반 꺼내서 접시랑 술잔 좀 정리해 놓지 그래요."

윤서가 주춤거리자 그는 한숨을 쉬며 쟁반을 조리대 위에 올려놓고 그 위에 술잔과 얼음 버킷, 접시를 보기 좋게 세팅했다.

"이렇게 하라고요. 조리대 위에 있는 쟁반에 미리 이렇게 세팅을 해놔야 주문이 들어오면 바로바로 가지고 나가죠."

민호가 세팅하는 모습을 유심히 본 윤서는 다른 쟁반 위에 똑같은 모양으로 빠르게 세팅을 했다. 그 사이 민호는 두 번째 과일 접시를 만들어 쟁반 위에 올려놓았다.

"그리고 마른안주도 세팅해서 쟁반에 올려놔요."

그는 땅콩과 마른 오징어 같은 안주를 놓는 법을 윤서에게 보여주었다. 이런 아르바이트를 신물 날 정도로 해본 그녀는 그가 보여주는 세팅법을 한 번만 보고도 그대로 따라 했다. 그녀의 손놀림을 보던 민호는 예상치 못한 상황에 당황했다.

"주방엔 민호 씨랑 저뿐이에요?"

그는 애써 무뚝뚝한 표정을 지었다.

"여긴 식당이 아니니까 기본적인 안주 몇 가지만 하면 돼요. 다른 사람은 별로 필요가 없어요."

"아……."

그때 귀에 송신기를 꽂은 남자가 부엌으로 들어왔다.

"주문 들어왔어. 과일 안주에 소시지 구이."

말이 떨어지자마자 민호는 잽싸게 몸을 움직여 요리를 시작했다. 그 뒤로 주문이 물밀 듯 들어오기 시작했다. 세팅해 놓은 쟁반이 홀로 다 나가자 윤서는 민호가 시키지 않아도 쟁반을 꺼내 마른안주와 술잔을 준비했다. 시키지 않아도 잘하는 윤서를 흘낏 본 민호는 아무 말 없이 다시 하던 일에 집중했다. 그러나 그 침묵은 오래지 않아 깨졌다.

"그런데 이런 과일 안주는 얼마 정도 하는 거예요?"

민호는 자신이 그렇게 까칠하게 구는데도 붙임성 있게 말을 거는 윤서가 귀찮았다.

"한 접시에 이십만 원이에요."

"네?"

가격을 들은 윤서의 눈이 튀어나올 듯이 커졌다.

"뭐가 그렇게 비싸요?"

민호는 자기도 모르게 '풋' 하고 실소를 내뱉었다.

"여기 오는 사람들한테 그런 건 돈도 아니에요."

"이십만 원이면 내 보름치 생활비인데."

"이 가게 회원권이 얼마인 줄 알아요?"

"얼마인데요?"

"천만 원."

"뭐라고요?"

"하긴 여기 어떤 사람들이 오는지 모를 테니……."

주문 받은 안주를 만들고 과일 세팅까지 마친 민호는 윤서를 보며 한쪽 눈썹을 올렸다.

"질문 끝났으면 설거지나 마저 하시죠."

블랙잭의 홀에는 이미 사람들이 꽉 차 있었다. 손님들의 대부분은 이름을 대면 알 만한 유명인들로, 주로 TV에 자주 나오는 배우와 가수였다. 그들이 블랙잭에 오는 이유는 단순했다. 블랙잭 안에서는 마약, 매춘, 폭력과 관련된 불법 행위를 빼고 어떤 짓을 해도 절대로 밖으로 말이 새어나갈 염려가 없기 때문이었다. 블랙잭의 회원은 단순히 돈이 많다고 될 수 있는 것은 아니었다. 전대의 주인이 운영하던 때부터 폭력과 매춘, 마약 사건에 관련된 문제가 있었던 사람들은 아무리 유명하거나 돈이 많을지라도 회원으로 받지 않았고, 가게에서 문제를 일으키면 돈을 돌려주고 바로 제명했기 때문에, 사생활에 민감한 유명인들도 비교적 편안한 마음으로 마음껏 즐길 수가 있었다.

이곳에 오면 유명 연예인이나 감독, 프로듀서 등 연예계 사람들과 그 외 정·재계 인사들을 쉽게 만날 수 있기 때문에 인맥을 잡으려는 많은 신인 연예인이나 연예 기획사 관계자들은 블랙잭의 회원이 되고 싶어 안달이 나 있었다. 돈이 많은 재벌가의 자제들이나 벤처 기업의 회장 같은 사람들도 이곳에 오면 조용하게 연예인들이나 방송 관계자들을 쉽게 만날 수 있었기 때문에, 그들도 블랙잭에서 사람들을 만나 스폰서를 해주거나 광고 관련 일 등에 내해서 이야기를 하곤 했다.

한참 칵테일을 만들고 있던 히가시는 자신에게 인사를 하는 소리에 고개를 들었다.

"안녕! 자기! 오랜만이야!"

새로 사귄 듯한 멀끔한 사내의 팔짱을 끼고 서 있는 영화배우 이화영을 향해 히가시는 영업용 미소를 지었다.

블랙잭에는 회원 한 명에 동반 2인까지 입장이 가능했다. 그러나 동반한 사람이 가게 내에서 문제를 일으키면 바로 데리고 온 회원이 책임을 지고 회원 자격을 박탈당했기 때문에 그들은 동반자의 행동을 조심시켰다.

"어서 오세요."

"잘 있었지? 잘생긴 건 여전하네."

"오랜만이시네요."

화영은 남자에게 소위 작업을 하기 시작하면 반드시 블랙잭으로 데리고 왔다. 히가시는 그녀가 원하는 것이 무엇인지 잘 알고 있었다.

"룸으로 드릴까요?"

"응, 부탁해."

검은 유리에 황금색으로 카드가 새겨진 문 뒤쪽에 위치한 룸은 아무나 들어갈 수 없었다. 그곳은 아무런 문제없이 오랜 시간 동안 블랙잭의 회원이었던 VIP에게만 출입이 허용된 공간이었다. 화영이 남자의 팔짱을 끼고 검은 문 뒤로 웨이터의 안내를 받아 들어가자 료는 한심하다는 듯 고개를 저었다.

"또 빨대 꽂을 남자 데리고 왔네."

"그건 우리가 알 바 아니지. 조용히 술 마시고 돈만 내주고 가면 그걸로 충분해."

히가시는 무표정한 얼굴로 대꾸를 하며 주문으로 들어온 칵테일을 만들었다.

시형은 병원 문을 닫고 블랙잭으로 차를 몰았다. 히가시가 주기로 한 공짜 술도 마시고 싶었지만 그의 진짜 목적은 딴 데 있었다. 그는 블랙잭의 얼음 여왕 인영에게 지대한 관심이 있었다. 인영은 여자 손님들에게는 웃으며 이야기도 하고 싹싹하게 굴었지만 남자 손님들에게는 주문만 받고 필요한 이야기만 할 뿐 사적인 이야기나 지저분한 농담 등에는 절대로 대꾸를 하지 않았다.

이제까지 자신에게 호의적이던 여자들만 만나온 시형은 인영의 태도에 적잖이 당황할 수밖에 없었다. 그도 그럴 것이, 그는 강남에 몇 채의 빌딩을 가진 부잣집 아들인 데다 제 소유의 병원까지 있었다. 거기에 키도 크고 몸도 좋은 데다가 어디 내놔도 빠지지 않는 잘생긴 얼굴까지 가졌다. 매사 자신감이 넘쳐나던 그는 블랙잭의 회원이 되고 나서 수없이 가게를 드나들며 인영에게 말을 걸어봤지만 그녀의 태도는 변함이 없었다. 처음에는 일개 바텐더가 자신을 무시한다는 생각에 화가 났지만 그녀의 그런 태도는 다른 남자들에게도 마찬가지라는 것을 알고선 생각이 바뀌었다. 인영을 볼수록 시형은 그녀에게 호기심이 생겼다. 그리고 아무도 깨지 못하는 그녀의 얼음 성을 자신이 깨보고 싶다는 오기도 생겼다.

"오늘 밤에는 뭐라고 말을 걸지."

시형은 오디오에서 나오는 멜로디를 흥얼거리며 엑셀을 밟았다. 얼마 지나지 않아 시형은 블랙잭에 도착했다. 날 듯한 걸음으로 계단을 내려간 시형이 시형이 싱글벙글 웃으며 바에 들어서자 그를 알아본 인영이 가볍게 묵례를 했다. 인영이 인사를 해주는 것만으로도 그는 기분이 좋아졌다. 히가시는 시형을 반갑게 맞았다.

"왔네."

"어, 너 얼굴 멀쩡해졌네?"

시형이 놀라자 히가시는 소리를 내서 웃었다.

"메이크업 받고 왔어. 내가 얼굴마담인데 볼이 벌겋게 부은 꼴로 가게에 나올 순 없잖아."

"낮에 약속한 거 잊지 않았지?"

"응, 뭐 마실 거야?"

"탈리스커."

히가시는 여유 있게 웃으며 위스키 잔을 바 위에 놓았다.

"30년산."

이어지는 그의 말에 히가시의 얼굴이 구겨졌다.

"있는 거 어떻게 알았어?"

"저번에 나가는 거 봤어."

탈리스커는 싱글 몰트 위스키 중에 최고의 향을 자랑했다. 특히 30년산은 1년에 3000병 내로 한정 생산되어 가격이 엄청나게 비쌌다.

"병원비 치고는 너무 비싼데."

히가시가 툴툴거리자 시형은 기대에 찬 표정으로 그를 올려다보았다.

"너네 가게에서 내가 쓰는 돈이 얼만데. 빨리 내놓으시지."

히가시는 떨떠름한 얼굴로 바 옆으로 돌아가 캐비닛에서 탈리스커를 가지고 왔다.

"잘 마셔."

"고맙다."

탈리스커를 한 잔 마신 시형은 맛에 감동을 받은 듯 표정이 밝아졌다.

"와, 진짜 다르긴 다르네. 입안에서 퍼지는 향이 예술인데? 앞으로도 병원 자주 와라. 공짜로 치료해 줄게."

히가시와 한참을 농담 따먹기를 하던 시형은 눈치를 보다가 인영에게 조심스럽게 말을 건넸다.

"오늘도 여전히 예쁘네요."

인영은 그의 얼굴을 무표정하게 쳐다보았다.

"뭐라고 한마디 해봐요."

그녀는 조용히 한숨을 내쉬었다.

"술이나 드세요."

그녀의 대답에 옆에 있던 료가 킥킥거렸다. 인영이 바 끝 쪽의 여자 손님들에게 주문을 받으러 가자 무안해진 시형은 료에게 화풀이를 했다.

"너 왜 웃어, 인마."

"형, 백날 인영이 누나한테 말 걸어봤자 소용없어요."

료는 인형을 흘낏 보고 시형에게 조그만 소리로 속삭였다.

"누나는 남자를 혐오하거든."

"그게 무슨 소리야?"

"그럴 일이 좀 있어요."

료는 알쏭달쏭한 미소를 지으며 칵테일을 만들기 시작했다.

"그게 무슨 소리냐고."

시형은 몸을 내밀어 료의 팔을 잡고 다그쳤다.

"궁금하면 직접 물어보세요. 내 입으로 이야기할 만한 건 아니니까."

료는 무전기로 웨이터를 불렀다.

"17번 주문 다 됐으니까 가져가요."

료는 시형을 동정하듯 쳐다보았다.

"보통의 방법으로는 인영이 누나랑 대화 한마디도 못 할 거예요. 그것만 알아둬요."

가게의 입구에서 떠들썩한 소리가 나자 히가시는 미간을 찌푸렸다. 자신이 제일 싫어하는 손님 중 하나인 성보화학의 둘째 아들이 가드들과 말다툼을 벌이는 것을 본 그는 소란을 정리하러 얼른 그쪽으로 향했다.

"좀 들어가자고! 니들 내가 누군지 알고 그래?"

홍석은 취한 듯 가드들에게 막무가내로 우기고 있었다. 그의 뒤로는 남녀가 섞인 일행이 5명 정도 더 있었다.

"무슨 일이야."

히가시가 다가가자 홍석을 막느라 난감해하던 가드들이 그에게 사정을 설명했다.

"원래 회원분 외 동반 2인밖에 입장이 안 되는데 자꾸 저분들을 다 데리고 들어오겠다고 하셔서……."

"그래, 마침 잘 나왔네. 오늘 기분 좋은 일이 있어서 그러는데 여기 일행들 좀 다 데리고 들어가면 안 돼?"

"가게 규정상 안 되는 거 아실 텐데요."

히가시가 웃는 얼굴로 대답하자 홍석은 모욕을 당했다고 생각하는 듯 얼굴이 붉어졌다.

"아니, 이딴 가게 나부랭이가 뭐가 그렇게 특별하다고 그래! 좀 들어가자고!"

"회원 등록하실 때 규정을 지키셔야 된다고 말씀을 이미 드렸습니다만."

"그딴 게 뭐가 중요해! 아놔, 진짜 사람 성질 건드리네!"

소리를 지르던 홍석은 재킷을 벗어 바닥에 던졌다.

"야! 돈 주면 될 거 아냐! 진짜 더럽게 깐깐하게 구네."

"가게가 맘에 안 드시면 딴 데로 가세요."

히가시는 여전히 웃는 얼굴이었다. 홍석은 그런 그의 멱살을 잡았다.

"야! 이 새끼야! 너 내가 누군 줄 알아?"

"오빠! 그만하고 딴 데 가자!"

뒤쪽의 일행 중 여자 하나가 짜증 섞인 목소리로 소리쳤다.

멱살을 잡힌 히가시의 표정이 순식간에 차갑게 변했다. 그의 무표정한 얼굴은 삭막하다 못해 살기까지 느껴졌다. 홍석은 갑자기 등 뒤로 냉기가 흐르는 느낌에 자신도 모르게 움찔거렸다. 히가시는 천천히 제 멱살을 잡은 홍석의 손을 떼어냈다.

히가시는 고개도 돌리지 않고 홍석을 쏘아보며 옆에 서 있던 가드를 불렀다.

"형구야. 가서 홍석 씨 회원 가입서랑 수표 가져와라."

형구가 홍석의 회원 가입서와 수표를 가져오자 그가 홍석에게 수표를 건넸다.

"이거 받으시죠."

홍석은 자신의 손에 쥐어진 수표를 멍한 얼굴로 내려다보았다. 그것은 천만 원짜리 자기앞수표였다. 히가시는 홍석의 회원 가입서를 그의 눈앞에서 찢기 시작했다.

"야! 지금 뭐 하는 거야!"

"규정 어기면 바로 퇴출되는 거 아실 텐데."

히가시는 종이를 찢으며 섬뜩한 얼굴로 웃었다. 홍석의 회원가입서를 조각조각 찢은 그는 종잇조각을 형구에게 건넸다.

"가지고 가서 화장실에 버리고 물 잘 내려."

히가시는 웃는 얼굴로 홍석에게 묵례를 했다.

"그럼 잘 가시고 다시는 오지 마시죠."

아무 미련 없어 보이는 그의 뒷모습을 홍석과 그의 일행은 입을 벌린 채로 멍하니 쳐다보았다. 곧이어 블랙잭의 가드들이 홍석과 그의 일행들을 가게 밖으로 몰아냈다.

히가시는 귀찮은 얼굴로 셔츠를 털며 혀를 찼다. 바로 가자 시형이 무슨 일이냐고 물었다.

"옷 다 구겨졌잖아, 젠장."

"멱살 잡혔어?"

"아무것도 아니야. 맘에 안 드는 손님이 있어서 처리하고 왔어."

"가끔 널 보면 장사를 하고 싶어 하는지 안 하고 싶어 하는지 참 헷갈릴 때가 있어."

시형의 말에 히가시는 입꼬리를 한쪽만 올리며 시니컬하게 웃었다.

"골치 아플 것 같은 일은 사전에 예방하는 게 나을 때도 있는 거야."

"술집이 손님을 가려 받는 것부터가 이상하다고."

"싫으면 안 오면 그만이지."

시형은 히가시가 이해가 되지 않아 고개를 저었다.

"넌 진짜 이상한 놈이야."

그는 잔에 남은 탈리스커를 다 마시고 아쉬움에 입맛을 다셨다. 한참을 그렇게 노닥거리다 시계를 보자 새벽 1시가 가까워져 있었다. 대리기사의 전화를 받은 시형은 블랙잭에 더 있고 싶었지만 내일도 일해야 하기 때문에 아쉬운 마음을 남긴 채 자리에서 일어났다.

"가게?"

"이래봬도 꽤 성실한 의사라고, 나."

시형은 인사를 하기 위해 인영에게 다가갔다. 인영은 바 앞에 앉은 여자 손님들과 이야기하고 있었다.

"조만간 또 봐요."

시형은 인영에게 손을 흔들었다. 그녀는 여전히 무표정한 얼굴로 시형에게 가볍게 묵례를 했다. 그래도 좋다고 웃은 시형은 료가 한 말을 곰곰이 곱씹으며 가게를 나섰다.

"남자를 혐오한다니, 그게 무슨 소리지."

시형은 인영에 대한 호기심이 더욱 커지는 것을 느꼈다.

대리기사를 만난 시형은 그에게 차 키를 건네고 차에 올랐다. 차는 미끄러지듯 조용히 주택가를 빠져나갔다.

새벽 네 시가 넘어가며 주문이 뜸해지자 쉴 새 없이 술잔과 접시를 씻고 안주를 준비하던 민호와 윤서도 한숨을 돌렸다. 민호는 넋이 나간 얼굴로 어깨를 주무르는 윤서를 흘긋 쳐다보았다.

민호는 자리에서 일어나 구석으로 가서 사과를 깎기 시작했다.

"먹어요."

민호가 사과를 내밀자 윤서는 멍한 얼굴로 그를 올려다보았다.

"왜 이걸 저한테."

"배고파서 쓰러지면 곤란하니까 먹어두라고요. 그래야 나머지 설거지도 부려먹죠."

그러고 민호는 주방을 나갔다. 혹시 설사약이라도 뿌려놓은 건 아닌지 잠시 고민하던 윤서는 사과를 한쪽 집어서 먹기 시작했다. 저녁도 못 먹고 쫄쫄 굶은 터라 평생 먹었던 것 중에 제일 맛있는 사과를 먹는 것 같은 기분이었다.

"내일은 빵이라도 사와서 먹어야지."

사과를 우적우적 씹으며 윤서는 한숨을 푹 내쉬었다.

컵은 씻고 있던 히가시는 주방에서 나오는 민호의 얼굴을 살폈다. 생각보다 표정이 나쁘지 않자 그는 료의 팔을 어깨로 툭 건드렸다. 료가 쳐다보자 히가시는 턱으로 민호를 가리켰다.

"새로 온 주방 보조는 쓸 만해?"

"나쁘진 않아."

"웬일이냐. 네가 그런 평가를 다 하고."

"걔는 어디서 주워왔어?"

히가시는 웃으며 젖은 손을 수건에 닦았다.

"가게 뒤 쓰레기장에서."

"하여간 사람 줍는 데는 일가견이 있다니까. 다음부터 사람 주워오면 이야기 좀 해. 아무데나 처박아두지 말고."

민호는 바를 한번 훑어본 후 다시 주방으로 들어갔다.

"오! 윤서 씨 일 꽤 하나 봐. 민호가 별말 안 하는 거 보니."

"그러게 의원데. 성질머리만 더러운 줄 알았더니 깡다구도 있나 보네."

히가시는 흥미가 동하는 듯한 얼굴로 리퀴를 쉐이커에 넣고 흔들었다.

"형, 오늘은 좀 일찍 닫자. 손님도 없고 윤서 씨도 왔는데 회식하자."

"그럴까?"

히가시는 뭐가 좋은지 히죽거리며 칵테일을 잔에 따랐다.

3. 일식 주점 아소

가게의 유니폼 대신 원래 입었던 옷으로 갈아입은 료는 민호와 윤서를 부르기 위해 주방으로 향했다. 주방문을 열자 설거지를 하는 윤서와 바닥을 쓸고 있는 민호가 보였다. 윤서는 꽤나 능숙한 손놀림으로 그릇을 닦는 중이었다.

"왜?"

바닥을 쓸던 민호가 고개를 들자 료는 씩 웃어 보였다.

"회식하러 가자고."

민호는 다시 고개를 숙이고 비질을 계속했다.

"5분만 기다려."

료는 조리대에 등을 기대고 서서 윤서가 설거지를 하는 모습을 유심히 관찰했다. 앞치마를 두르고 그릇을 닦는 그녀의 뒷모습은 꽤나 대차 보였다. 그릇들과 술잔, 접시를 헹궈 공간의 낭비

없이 요령껏 잘 정리해서 건조대에 배치하는 그녀를 보며 료는 왜 민호가 별 불평이 없었는지 조금은 이해가 되었다. 그릇을 다 행구자 그녀는 행주로 싱크대 주위를 깔끔하게 닦고 싱크대에 물을 채운 후 락스를 부어 행주와 수세미를 담가서 소독했다. 소독이 끝난 행주를 탁탁 털어 싱크대에 길게 펼쳐서 널어놓는 능숙한 손놀림은 이런 일을 한두 번 해본 솜씨가 아니었다.

"주방 아르바이트 많이 해봤어요?"

윤서는 피로가 켜켜이 쌓여 생긴 다크 써클로 판다같이 변한 얼굴을 하고 료를 돌아보았다.

"주방 아르바이트 포함해서 온갖 아르바이트를 다 해봤어요."

"일 정말 잘하는데요?"

"잠자리를 구하기 위해선 어쩔 수가 없었으니까…… 요."

료는 의아한 눈초리로 윤서를 쳐다보았다.

"이제 뭐 더 할 거 없어요?"

윤서는 료의 어깨 너머로 민호에게 큰소리로 물었다.

"없어요."

민호는 쓰레기를 정리해 봉지에 담고 입구를 묶었다.

"쓰레기 버리고 올 테니까 기다려."

뒤도 돌아보지 않고 민호가 주방을 나서자 료는 걱정스러운 표정으로 윤서를 쳐다보았다.

"민호가 심하게 굴지 않았어요?"

윤서는 덤덤한 얼굴로 어깨를 두들기며 료를 쳐다보았다.

"심하게 구는 게 뭔데요?"

"마구 일 시키고 말 험하게 하는 거죠."

"저런 건 심하게 구는 축에도 안 드는 거예요."

윤서는 앞치마를 벗어 벽에 걸었다.

"그래도 저녁 걸렀다고 사과도 깎아주시고, 좋은 분 같아요."

예상과는 다른 대답에 료는 '흐음' 하는 소리를 내며 팔짱을 꼈다.

안 봐도 뻔한 일이었지만 민호가 그녀에게 잘 대해줬을 리가 없었다. 지금까지 주방 보조로 들어왔던 사람들은 길어야 두 달 정도 버티고 다들 그만두곤 했었다. 주방 보조가 특별히 힘든 일은 아니었지만 민호는 성에 차지 않게 일을 하면 제대로 일할 때까지 엄청나게 구박하는 타입이었다. 그는 이때까지 일했던 주방 보조 중에 민호를 좋은 사람이라고 말하는 경우를 한 번도 본 적이 없었다. 그런데 무슨 일이 있었던 것인지 일을 한 첫날임에도 불구하고 민호도 윤서에 대해 별 불평이 없었고 윤서도 민호를 좋은 사람이라고 하고 있었다.

료는 재미있는 일이 생길 것 같은 예감에 가방을 챙기는 윤서의 뒷모습을 유심히 쳐다보았다.

"나가지."

쓰레기를 버리고 들어온 민호는 손을 씻은 뒤 수건으로 손을 닦았다.

"그래, 가자."

료는 즐거운 듯 머리 뒤쪽에 깍지를 끼고 휘파람을 불며 주방을 나섰다.

가게의 뒷문으로 나가자 차를 대놓고 기다리는 인영이 보였다. 조수석에는 벌써 라이더 재킷을 입은 히가시가 타고 있었다. 윤서가 일행과 나오는 것을 본 인영은 히가시를 쳐다보았다.

"오빠, 뒷좌석으로 가라."

"왜?"

"윤서 씨 조수석에 타라고."

"뒷좌석은 좁아서 싫은데."

"그렇다고 한참 나이의 아가씨를 남자애들 사이에 앉으라고 할 수는 없잖아."

히가시는 내키지 않는 듯 오만상을 찌푸렸다.

"알았어, 내가 가야지 뭐."

그는 꿍꿍거리며 조수석에서 내려 뒷좌석에 자리를 잡았다. 덩치가 큰 민호와 료, 그리고 히가시까지 타자 뒷좌석은 손가락 하나도 꼼지락거리기 힘들 정도로 꽉 찼다.

"아! 좁잖아! 그만 밀어!"

료는 뭉개진 찹쌀떡처럼 히가시와 민호 사이에 끼어 소리를 질렀다.

"시끄러, 인마. 나도 불편하기는 마찬가지야."

몸을 잔뜩 구긴 히가시는 미간을 찌푸린 채 투덜거렸다. 뒷자리의 불평을 무시하며 인영은 윤서를 향해 상냥하게 미소를 지었다.

"힘들었죠? 어서 타요."

얼떨떨한 얼굴의 윤서는 머뭇거리며 조수석에 올라탔다.

"저…… 뒷좌석이 불편할 것 같은데."

"응? 괜찮아. 가는 곳이 여기서 그렇게 안 멀어요."

인영은 그대로 시동을 걸고 차를 출발시켰다.

"그럼 가볼까나."

룸미러로 뒤를 흘끗 쳐다본 인영은 찌그러진 세 사람의 표정에 터져 나오려는 웃음을 겨우 참았다. 그녀의 차는 초겨울의 어스름을 가르며 서울의 거리를 빠르게 지나갔다.

"그런데 우리 어디 가요?"

윤서는 선물상자 안에 눌려 있는 곶감처럼 끼어 앉은 남자들의 눈치를 살피며 조심스럽게 인영에게 말을 건넸다.

"응? 맛있는 거 먹으러 가요."

인영은 기분이 좋은 듯 라디오에서 흘러나오는 음악에 핸들 위에 놓은 손을 까닥거리며 박자를 맞췄다.

"우리 단골집이 있어요. 이 시간에 문을 여는 가게는 흔치 않으니까."

인영이 차를 몰아 도착한 곳은 명동의 뒷골목에 위치한 작은 일식 주점이었다.

"일식 좋아해요? 그러고보니 물어보지도 않고 막 왔네."

"좋아해요."

"다행이네."

인영은 웃으며 뒷좌석으로 고개를 돌렸다.

"다 왔어요, 내려요."

히가시는 이미 잽싸게 차에서 내려 기지개를 켜고 있었다.

"아이고 허리야!"

"운동 좀 하라고."

료는 혀를 차며 그의 허리를 주먹으로 톡톡 두들겼다.

"시끄러, 나이 들면 다 이런 거야."

료에게 대꾸한 후 히가시는 성큼성큼 걸어 일식 주점의 미닫이 문을 거침없이 열고 안으로 들어갔다. 윤서도 차에서 내려 민호와 인영의 뒤를 따랐다.

"이랏샤이…… 아이고 이게 누구야!"

인사를 하려던 주점의 사장은 일행을 보고 반색을 했다.

"잘 있었어?"

그는 바 뒤에서 나와 히가시에게 다가왔다. 우락부락하고 험한 인상과는 다르게 그의 웃는 얼굴은 매우 다정했다. 그는 히가시의 손을 잡으며 반갑게 그를 껴안았다.

"오랜만이네."

"좀 바빴어."

"서준 형, 잘 있었어요?"

료의 인사에 서준은 료의 머리를 쓰다듬었다.

"잘 있었지?"

"네."

민호와 인영은 아무 말 없이 서준에게 묵례를 했다. 서준은 둘을 보며 미소를 지었다.

"못 보던 얼굴이 있네?"

"아, 오늘부터 일하게 된 지윤서 씨야."

"안녕하세요."

윤서가 인사하자 서준은 환한 얼굴로 그녀에게 인사를 건넸다.

"잘 왔어요."

그는 문으로 다가가 〈open〉 사인을 끄고 문 안쪽의 커튼을 쳤다.

"간만에 왔는데 맛있는 거 해줘야겠네. 뭐 먹고 싶어?"

"전 시샤모 구이요!"

"다른 사람들은?"

사람들은 오뎅탕과 야끼우동, 메로구이, 오코노미야끼 등 자신의 입맛에 맞는 음식을 주문했다. 윤서는 벽에 붙은 메뉴판을 외워 버릴 기세로 뚫어지게 쳐다보는 중이었다.

"뭐 먹고 싶어요?"

"제일 빨리 먹을 수 있는 걸로 주세요."

굶주린 짐승의 눈빛으로 메뉴판에서 고개를 돌린 윤서를 향해 그는 너털웃음을 터뜨렸다.

"배고픈가 봐요. 기다려요. 우동 끓여줄게요."

서준이 주방으로 가자 사람들은 가게 안쪽의 긴 탁자에 자리를 잡고 앉았다. 벽은 일본산 청주와 고양이 인형, 일본 부채와 붉은 등으로 장식되어 있었다. 윤서가 호기심에 찬 얼굴로 둘러보자 인영이 말을 건넸다.

"여기 음식들 맛있어요."

"명동 구석에 이런 가게가 있을 줄 몰랐어요."

"여긴 자릿세가 비싸니까요."

윤서는 물을 한 잔 마셨다. 그녀의 위장에서 '꾸루룩' 소리가 나자 히가시는 미간을 찌푸리며 윤서에게 시선을 돌렸다.

"발육부진, 너 밥 안 먹었어?"

"가게에 오자마자 설거지 시키셨잖아요. 밥을 언제 먹어요."

"뭐야, 오늘 다 굶었어?"

"오늘 정신이 없었잖아. 형도 없고. 밥 안 먹었어, 다들."

민호의 대답에 히가시는 기분이 좋지 않은 듯 혀를 찼다.

"밥도 안 주고 부려먹고, 악덕 업주네."

"뭐가 악덕 업주야. 다 같이 굶었는데."

료에게 한마디를 쏴주고 윤서를 흘깃 쳐다본 히가시는 해쓱해진 그녀의 얼굴을 보며 표정을 구겼다.

민호는 가볍게 한숨을 내쉬고 윤서에게 무뚝뚝하게 말했다.

"내일부터 같이 먹어요. 원래 다들 저녁은 가게에서 내가 간단하게 만든 요리로 해결하니까. 오늘은 히가시 형이 나에게 말도 안 해주고 사람을 들여서 밥이고 뭐고 생각을 못했네."

"감사…… 합니다."

"감사할 게 뭐 있어요. 다 먹고 살자고 하는 일인데."

"민호 요리 잘해요. 한식이랑 양식 조리사 자격증 있거든."

"어쩐지, 칼질이 예사롭지 않더라고요."

히가시는 인영과 수다를 떠는 윤서를 눈을 가늘게 뜨고 유심히 지켜보았다.

"그래, 일해본 첫날 소감이 어떠신가?"

왠지 비아냥거리는 듯한 말투에 윤서는 눈에 힘을 주고 히가시를 똑바로 마주 보았다.

"매일 하는 일이 오늘같은가요?"

"대부분은 그렇지."

"그럼 할 만하겠네요."

"그래?"

히가시는 시니컬한 미소를 지었다.

"그럼 도망가지 말고 열심히 일해서 빚 갚아."

윤서는 돈벌레를 보는 듯한 얼굴로 그를 잠시 노려보다가 포기한 듯 한숨을 쉬었다.

"알았으니까 신분증이랑 폰이나 주세요."

"기다려."

라이더 재킷 안쪽을 뒤지던 히가시는 갑자기 난감한 표정을 지었다.

"없는데?"

"아니, 지금 이 양반이!"

윤서의 목소리가 커지가 료는 당황한 히가시의 팔을 찔렀다.

"형! 어디다 놔뒀어?"

"집에서 안 가지고 왔나 본데."

윤서의 눈에서 레이저가 나가자 히가시는 그녀를 외면했다.

"어쩌실 거예요!"

"왜 신경질이야. 이따 돌려주면 되지."

히가시는 모르는 척하며 물을 한 모금 마셨다. 윤서는 히가시의 목을 조르고 싶은 욕구를 겨우 참았다.

"회식 끝나고 집에 들렀다 가라고."

"제가 사장님 집에 왜 가요?"

"싫으면 말든가."

윤서는 부글부글 끓어오르는 속을 달래며 주먹을 꼭 쥐었다. 그사이 그녀가 주문한 우동이 나왔다.

"어서 드세요."

서준이 우동이 담긴 그릇을 내려놓자 그녀는 방금 화냈던 사실을 까맣게 잊어버리고 우동을 허겁지겁 먹기 시작했다. 빈속에 따뜻한 국물과 면이 들어가자 거지같은 하루의 끝마무리 치고는 나쁘지 않다는 생각에 기분이 좋아지기 시작했다. 히가시는 행복한 얼굴로 우동을 먹는 윤서를 웃음을 참는 얼굴로 훔쳐보았다.

"맛있냐?"

"말 시키지 마세요. 등가죽에 들러붙은 뱃가죽을 빨리 제자리로 돌려놔야 되니까."

"말을 해도 꼭…… 어쩌면 여자다운 맛이 하나도 없을까. 거기다가 폭력적이기까지 하고……."

히가시의 말을 무시하며 윤서는 대접을 들어 우동 국물을 들이켰다. 인영이 갑자기 킥킥거리며 웃었다.

"둘이 만담해?"

"그게 무슨 소리야."

"무슨 개그 커플 같아."

"커플이라니, 말만 들어도 소름 끼친다."

히가시의 뜨악한 반응에 대접을 식탁에 내려놓은 윤서는 벌레를 씹은 얼굴이 되었다.

"그건 이쪽도 마찬가지네요. 널린 게 남자인데……."

그때 서준이 오코노미야끼 반죽을 가지고 주방에서 나왔다.

"자, 알아서들 부쳐 드셔."

그는 반죽을 료 앞으로 내밀었다.

"형. 이거 원래 주인이 해주는 거 아니야?"

"오코노미야키는 원래 셀프야. 너 여기 철판 안 보이냐."

그는 테이블 가운데에 있는 철판에 불을 켰다. 료가 반죽을 보며 난감해하자 민호는 반죽이 든 그릇을 자기 앞으로 가져왔다. 철판이 달궈지길 기다렸다가 기름을 철판 위에 뿌린 뒤 민호는 반죽을 철판에 붓고 그 위로 양배추와 새우 등을 얹고 계란까지 풀어 끼얹었다. 그 사이 주문한 음식들이 차례대로 나왔다.

"술은 안 마셔?"

"사이다랑 콜라나 줘. 우리가 술 파는 사람들인데 뭔 술이야."

히가시의 말에 서준은 가소롭다는 표정으로 팔짱을 끼었다.

"칵테일은 술이 아니지, 술의 진정한 왕자는 사케다."

"그건 뭔 개통같은 소리야."

"준마이 다이긴조라고 최고급 사케가 들어왔는데 데워 드릴 테니 한 잔씩들 드셔봐."

민호는 능숙한 솜씨로 순식간에 오코노미야끼의 모양을 흐트러뜨리지 않고 뒤집었다. 익어가는 오코노미야끼에서는 먹음직스러운 냄새가 났다. 그 사이 히가시는 할 이야기가 있는 듯 서준을 따라 부엌으로 들어갔다.

"아…… 역시 식구 중에 요리사가 있으니 편하구만."

윤서는 아리송한 얼굴로 료를 쳐다보았다.

"식구라뇨? 민호 씨랑 료 씨랑 가족이에요?"

"피를 나누진 않았지만 여기 있는 사람들은 가족이나 마찬가지예요."

료는 활짝 웃으며 민호와 인영을 쳐다보았다.

"우리는 다 히가시 형이 새로운 인생을 살게 해줬거든요."

"네?"

"우리도 윤서 씨처럼 오빠가 다 길에서 주워왔어."

"저는 주워온 거 아닌데……."

"민호 이후로 형이 가게에 누구를 데려온 건 처음이에요."

의아한 표정의 윤서를 향해 료는 의미심장한 미소를 지었다.

"그것도 여자를……. 그래서 윤서 씨 보고 되게 놀랐어요."

"왜요?"

"히가시 형은 여자를 싫어하거든요."

"여자를 싫어해요?"

"좀 더 지내보면 내 말이 무슨 뜻인지 알 거예요."

"인영 씨에게는 친절하시던데."

인영은 피곤한 얼굴로 머리를 쓸어 올렸다.

"그거야 오빠가 나를 동생처럼 생각하니까 그런 거지, 여자를 좋아한다는 뜻은 아니야."

그 사이 민호는 다 익은 오코노미야끼를 뒤집개로 자르고 그 위에 마요네즈와 소스를 뿌렸다.

"누구 귀 가렵겠네. 오코노미야끼나 먹어."

"장사는 좀 어때?"

"그냥 그렇지 뭐."

"요즘은 그쪽에서 너 안 찾아와?"

사케를 도꾸리에 담아 물을 부은 냄비에 넣고 중탕을 하던 서준은 무표정한 얼굴로 불을 줄였다.

"이미 손 뗐는데 뭐."

"그쪽 인간들이 끈질기잖아."

"어쩔 거야……. 과거에 내가 저지른 짓이 있는데."

서준은 나직하게 한숨을 쉬었다.

"너는 어때?"

히가시는 답답한 얼굴로 팔짱을 끼었다.

"잠잠한 걸 보니 포기한 모양이지."

"진짜 그럴 거라고 생각해?"

"아니면……."

히가시는 팔짱을 풀며 이를 악물었다.

"왜 이제 와서 난리야."

"죽을 날이 가까워 오니까 네가 보고 싶나 보지."

"웃기지 말라고 그래."

서준은 히가시를 안쓰러운 얼굴로 쳐다보았다. 그는 위로하듯 히가시의 어깨에 손을 올렸다.

"사케 다 데워졌다. 나가자."

서준과 히가시는 도꾸리와 사케 잔을 쟁반에 담아 홀로 나갔다.

"와! 그새를 못 기다리고 다 먹었냐?"

음식들은 그새 접시 위에 흔적만 남기고 깨끗하게 사라진 상태였다.

"형 거는 여기 남겨놨어."

히가시의 자리에는 오코노미야끼 한 조각과 메로구이, 야끼우동, 오뎅탕 등이 따로 덜어져 있었다.

"하여간 뱃속에 거지들이 살고 있나."

히가시는 한숨을 쉬며 자리에 앉았다. 서준은 사케 잔을 사람들 앞에 하나씩 놓고 도꾸리에 담긴 사케를 따라주었다. 따뜻한 사케를 맛본 료는 깜짝 놀란 얼굴로 술잔을 들여다보았다.

"와! 진짜 맛있다. 형! 이거 어디 회사 거야?"

"모리노쿠라 거야. 상온에서 마셔도 되는데 난 데워 마시는 게 좋더라고."

"와! 정말 맛이 깨끗하고 부드러워요."

"그렇죠?"

서준은 사케의 맛에 감탄하는 윤서의 반응에 만족스러운 웃음을 지었다.

히가시는 윤서를 유심히 쳐다보았다. 첫날에는 새벽인 데다 겪은 일이 일인지라 잘 몰랐지만 윤서는 꽤나 예쁘장한 얼굴을 하고 있었다. 눈은 고양이처럼 눈꼬리가 살짝 위로 올라간, 크고 쌍꺼풀이 있어 성깔이 있어 보이기도 했지만 자그마한 코, 그 아래로 자리한 도톰한 입술은 둥글둥글한 광대뼈와 어울려 전체적으로 귀여워 보이는 인상이었다.

"야, 발육부진."

윤서는 미간을 구겼다.

"사장님, 그런데 왜 저한테 발육부진이라고 하세요? 저도 이름이 있는데."

"그럼 발육부진보고 발육부진이라고 하지 뭐라고 그래."

"저 그렇게 발육부진 아니거든요."

둘의 대화를 듣던 인영과 료는 킥킥거리며 웃었다.

"역시 만담 커플이야."

"아니에요. 제발 저를 저 양아…… 아니 사장님께 가져다 붙이지 마시라고요."

윤서의 말에 히가시는 코웃음을 쳤다.

"그건 내가 할 말이다."

"그런데 윤서 씨는 무슨 일을 했었어요?"

료의 질문에 윤서는 한숨을 쉬었다.

"그냥 작은 회사에 다녔어요."

"그런데 어쩌다가 바 뒤의 쓰레기장에……."

"회사에서 잘렸거든요. 홧김에 술 먹고 헤매다가 거기까지 간 거예요."

어제 새벽의 일을 생각하자 히가시는 다시 뺨이 욱신거리는 느낌이 들어 자기도 모르게 왼쪽 뺨을 만졌다.

"아…… 다시 생각하기 싫다."

뺨을 만지는 히가시를 보자 윤서는 다시 미안해졌다.

"죄송합니다."

히가시가 의외라는 듯 쳐다보자 윤서는 고개를 숙였다.

"생각해 보니까 제대로 사과도 안 드린 것 같아요."

"그래, 미안하면 일 열심히 해서 돈 갚아."

"진짜, 순 사기……."

"뭐라고?"

"아…… 아니에요. 사기 진작 차원에서 맛있는 거 사주셔서 감사하다고요."

전혀 감사해하지 않는 얼굴로 감사하다고 말하는 윤서를 보며 인영과 료는 서로를 마주보며 웃었다.

"아! 그런데 '아소'는 무슨 뜻이에요?"

"처음에 형이 가게 낸다고 할 때 이름으로 엄청 고민했거든요.

그런데 내가 낸 이름이 마음에 든다고 가져다 쓴 거예요."

"무슨 심오한 뜻이 있나요?"

"제가 큐슈의 구마모토 출신이에요. 거기 유명한 활화산이 있어요. '아소산'이라고. 장사가 활화산처럼 잘됐으면 좋겠다는 의미의 이름이에요."

료의 설명에 윤서는 이해가 되는 듯 고개를 끄덕였다.

"멋있잖아. 언젠간 장사가 화산 폭발하는 것처럼 잘되겠지."

그때까지 조용히 있던 민호는 서준의 어깨를 살짝 두들겼다.

"형, 그런데 메로구이 맛있다. 무슨 소스를 쓴 거야?"

"우리 가게 특제 데리야끼 소스다."

"나 레시피 좀 알려주면 안 돼?"

"와서 하루 일해. 그럼 가르쳐 주마."

"알았어."

히가시는 꿍꿍이가 있는 얼굴로 술잔을 손으로 까닥거리며 서준을 쳐다보았다.

"민호 몸값 비싼데."

"지가 와서 일한다잖아."

"그래, 부려먹고 돈 주고 사케도 딸려 보내. 그럼 하루 빌려줄게."

"와! 치사하네."

"난 원래 손해 보는 장사는 안 하거든."

편안하게 웃는 히가시의 얼굴은 의외로 천진난만한 어린아이 같았다. 화기애애한 블랙잭의 식구들 사이에서, 윤서는 오랜만에 가슴이 따뜻해지는 느낌이 들었다. 그들은 그녀가 어디서 뭘 했는지, 어떻게 살았는지 개의치 않고 있는 그대로 대해주었다. 윤서는 막연히 이 사람들과 함께라면 늘 족쇄처럼 따라다니는 '보호관찰 대상', '문제아', '가출소녀'라는 과거를 떨쳐 버릴 수도 있겠다는 생각이 들었다.

아무 말이 없는 윤서에게 인영은 다정하게 말을 건넸다.

"피곤해요?"

"아뇨, 괜찮아요."

"피곤하겠지. 거의 밤새 육체노동을 한 건데."

인영은 사람들을 둘러보며 손뼉을 쳤다.

"우리도 이만 가요. 그래야 오늘 장사를 하지."

"그래요, 가서 잡시다."

그녀의 말에 사람들이 자리를 털고 일어났다.

"저, 안 치워 드리고 가도 되나요?"

윤서의 말에 서준은 다정하게 미소 지었다.

"괜찮아요. 다음에 또 놀러와요."

"네, 감사합니다. 안녕히 계세요."

가게를 나가는 사람들을 서준은 문을 열고 나가 배웅했다. 거리에는 새벽의 푸르스름한 기운이 내려앉는 중이었다.

인영의 차가 멀어지는 모습을 보던 서준은 조용히 혼잣말을 했다.

"재미있는 아가씨를 주워왔네."

4. 각자의 사정

"윤서 씨 집이 어디야?"

"전 옥수동이에요."

"그래? 그럼 이 길로 가면 안 되겠는데?"

뒷자리에서 못마땅한 얼굴로 창밖을 쳐다보던 히가시는 윤서의 뒤통수에 대고 말을 건넸다.

"폰은 안 찾아갈 생각인가?"

"그냥 가게로 가져다주세요."

"또 까먹으면 어쩌려고. 요즘 기억력이 나빠져서 말이야."

집에 가서 빨리 이불 속으로 들어가고 싶은 생각이 간절했던 윤서는 히가시의 말에 짜증이 나기 시작했다. 그녀는 뭔가를 결심한 듯 히가시를 향해 고개를 돌렸다.

"손 좀 내밀어 보세요."

히가시가 조수석 쪽으로 손을 내밀자 윤서는 그의 손을 자신의 앞으로 잡아 당겼다. 얼떨결에 몸이 앞쪽으로 끌려간 히가시는 순식간에 얼굴이 하얗게 변했다.

"야! 너 뭐하려고 그래?"

윤서는 가방에서 볼펜을 꺼내 그의 손바닥에 글씨를 쓰기 시작했다.

"야! 간지럽잖아!"

히가시의 불평을 아랑곳하지 않고 윤서는 그의 손을 놓지 않았다.

"이제 됐죠?"

잠시 후 윤서가 손을 놔주자 히가시는 얼떨떨한 표정으로 손바닥을 들여다보았다.

손바닥에는 '지윤서의 핸드폰, 신분증 까먹지 말고 오늘 오후에 가지고 올 것'이라는 글씨가 커다랗게 쓰여 있었다. 그걸 본 료는 웃음을 터뜨렸다.

"와! 잊어버리려야 잊어버릴 수가 없겠네."

"이게 뭐야! 쪽지에 써서 주면 되잖아!"

"기억력이 안 좋으시다면서요. 쪽지 드렸는데 잊어버리면 어떻게 해요. 문신 안 새긴 걸 감사하게 생각하세요."

운전을 하던 인영은 어깨를 들썩거리며 웃었다.

"좋은 방법이네, 나도 앞으로 써먹어봐야겠어."

인영의 차는 옥수동의 가파른 오르막길을 천천히 올라가는 중이었다.

"와! 여기 경사 장난 아닌데."

"매일 다니다 보면 다닐 만해요."

"여길 매일 다녀서 그렇게 힘이 센가 보지."

뒷자리의 히가시가 투덜거리는 걸 무시하고 윤서는 한 골목길의 입구를 가리켰다.

"저기서 세워주세요."

골목 입구에 차가 멈추자 윤서는 차에서 내렸다.

"고맙습니다. 가게에서 봐요."

윤서는 인영과 뒷좌석의 사람들에게도 인사를 했다.

"잘 가요! 오후에 봐요!"

인영과 료, 민호는 윤서를 보고 손을 흔들었다. 히가시는 여전히 못마땅한 얼굴로 팔짱을 끼고 그녀를 쳐다보지도 않았다. 윤서는 한 번 고개를 갸웃하곤 몸을 돌려 골목 안으로 걸어갔다. 그녀의 모습이 골목길 안으로 사라지고 나서야 히가시는 뒷좌석에서 내려 조수석으로 옮겨 탔다.

"왜 그렇게 못마땅한 얼굴이야?"

인영이 묻자 그가 얼굴을 찌푸렸다.

"별거 아냐."

"별거 아닌 얼굴이 아닌데?"

인영의 말에 료가 킥킥거렸다.

"뭔가 마음에 안 드는 게 있는 모양이지."

"왜 또 심사가 뒤틀린 거야?"

히가시는 여전히 묵묵부답이었고 인영은 그의 집이 있는 삼성동으로 차를 몰았다.

집으로 돌아온 히가시는 자신의 손바닥을 들여다보았다. 사실 그는 누군가가 자신의 몸을 만지는 걸 싫어했다. 특히나 여자들이 자신의 몸을 만지는 것은 질색이었다. 때문에 가게의 여자 손님들이 팔을 잡거나 하면 그는 자신도 모르게 얼굴이 굳어지곤 했다. 그런데 윤서가 손을 내밀어보라고 했을 때 무의식적으로 손을 내밀었던 자신을 이해할 수 없었다. 평소의 그였다면 절대로 있을 수 없는 일이다.

"도대체 무슨 생각이었지?"

히가시는 소파에 길게 드러누웠다. 그녀가 자신의 손바닥에 글씨를 쓰고 있을 때 손을 빼려면 얼마든지 뺄 수 있었지만 그는 왜 자신이 그러지 않았는지도 의문이었다.

"글씨는 더럽게 못쓰네."

히가시는 손으로 눈을 가리고 가볍게 한숨을 쉬었다. 창밖에는 이미 해가 중천이었지만, 커튼을 쳐놓은 집안은 여전히 어두웠다.

집으로 돌아와 간단히 씻고 이불 속으로 들어온 윤서는 오늘 하루를 찬찬히 되돌아보았다.

"다들 길에서 주워왔다니? 그게 무슨 소리지?"

무슨 사연인지는 알 수 없었지만 블랙잭 사람들에게는 각자 복잡한 과거가 있는 것처럼 보였다.

"그 양아치가 새 인생을 살게 해줬다니…… 참……."

윤서의 눈에 히가시의 외모는 양아치 중에서도 상양아치에 속했다. 반삭을 한 머리나 귀의 피어싱, 성질 더러워 보이는 쭉 찢어진 눈과 라이더 재킷은 어디로 봐도 깡패라고 밖에는 보이지 않았다. 그렇지만 그의 웃는 얼굴은 의외로 순수한 아이 같았다.

"웃는 얼굴은 좀 괜찮더라만⋯⋯."

윤서는 조그맣게 중얼거리며 이불을 목까지 올려 덮었다. 힘들고 고된 부엌일을 한 탓에 슬슬 잠이 몰려왔다.

•　•　•

"야! 씨발! 너 고개 안 들어?"

폐창고 안의 공기가 차가웠다. 축 늘어진 인영의 팔을 양쪽에서 잡고 있는 교복을 입은 남학생들은 의자에 앉아 있는 남학생의 눈치를 보는 중이었다. 고개를 숙인 인영이 미동도 없자 의자에 앉은 남학생이 늘어진 긴 머리 사이로 손을 집어넣어 그녀의 턱을 잡았다. 그는 거칠게 그녀의 얼굴을 들어 올렸다. 입술이 터져 피를 흘리는 그녀를 향해 남학생은 달래듯 부드러운 목소리로 이야기를 했다.

"그러니까 내가 사귀자고 할 때 순순히 말을 들었어야지."

그는 히죽거리며 먹이를 앞에 놓은 뱀처럼 탐욕스럽게 웃었다.

"적당히 튕기라고 했지, 내가⋯⋯."

그때 인영이 천천히 눈을 떴다.

"내가 너 같은 새끼랑 왜 사귀어야 되는데⋯⋯."

들릴 듯 말 듯 그녀의 입에서 튀어나온 말에 남학생의 얼굴이 붉어졌다.

"뭐야! 이 싸가지 없는 년이!"

남학생이 손을 날리자 바람을 가르는 '짝' 소리와 함께 그녀의 얼굴이 한쪽으로 돌아갔다.

"야! 이 쌍년 저 구석으로 끌고 가."

팔을 잡고 있던 남학생들이 짐짝처럼 그녀를 구석으로 질질 끌고 갔다.

"진짜 맛을 봐야 정신을 차리지."

앉아 있던 남학생이 자리에서 일어나 그쪽으로 다가왔다. 인영은 더러운 비료 포대 위에 내동댕이쳐졌다. 히죽거리며 다가오던 남학생은 쓰러진 인영의 옆에 쭈그리고 앉았다.

"내가 오늘 너한테 남자가 뭔지 알려줄게. 같이 즐겨보자고."

그는 인영의 교복 단추를 무자비하게 잡아 뜯었다. 필사적으로 상의 앞섶을 손으로 잡고 버티던 인영의 뺨을 남학생이 한 번 더 거칠게 후려쳤다. 그녀의 고개가 옆으로 돌아가자 그는 다른 남학생들에게 눈짓을 했다. 그들이 그녀를 붙잡아 결박하자 남학생은 다시 그녀의 옷에 손을 가져갔다. 그 모습을 지켜보는 다른 남학생들의 눈빛은 먹잇감을 앞에 둔 야수처럼 번질거렸다.

"벗겨놓으니 더 먹음직스럽네."

그는 인영의 머리카락을 움켜쥐고 그녀의 찢어진 입술에 강제로 입을 맞췄다.

"읍! 우읍!"

인영의 눈에서 굵은 눈물이 흘러내렸다. 그때 누군가가 폐창고의 문을 열고 들어섰다.

· · ·

"허억……헉!"

얼굴이 하얗게 질린 인영은 숨을 거칠게 몰아쉬며 눈을 떴다. 겨우 정신을 차리고 주위를 둘러보자 그곳은 자신의 침실이었다. 매일 앉아서 화장을 하는 화장대와 그 위에 가지런히 정리된 화장품들, 벽에 걸린 옷가지들과 책꽂이의 책들 모두 다 어제와 마찬가지의 모습이었다. 그녀는 침대에서 일어나 벽에 등을 기대고 앉았다.

"그때 꿈을 또 꾸다니……."

꿈속의 장면이 다시 떠오르자 인영은 부들부들 떨었다. 그녀는 손바닥에 얼굴을 묻고 한참 동안 그대로 있었다.

"잊어버리고…… 싶어."

인영은 괴로움에 찬 신음 소리를 냈다. 그녀는 빠르게 뛰는 심장을 진정시키기 위해 깊은 한숨을 내쉬었다.

집으로 돌아온 료와 민호는 소파에 앉아 맥주 캔을 하나씩 땄다. 그들은 생활비도 줄일 겸 한집에서 같이 살고 있었다. 맥주를 한 모금 마신 료는 '캬' 하는 감탄사를 내뱉고 과자를 집어 먹는 민호를 쳐다보았다.

"윤서 씨 맘에 들어?"

민호는 생뚱맞은 표정으로 료를 쳐다보았다.

"맘에 들고 말고가 어디 있어. 겨우 하루 같이 일했는데."

"아니, 네가 별소리 없길래 궁금해졌어. 지금까지 일했던 사람들은 네가 다 엄청 못살게 굴었잖아?"

"괜히 그런 게 아니야. 그럴 만한 이유가 있었어."

민호는 맥주를 한 모금 마시고 나직하게 한숨을 내쉬었다.

"그럴 만한 이유가 뭔데?"

"다들 염불보다는 잿밥에 관심이 있었다고."

"응? 그건 또 무슨 소리야?"

"우리 가게에 일하러 오는 애들은 다 꿍꿍이가 있어. 특히 주방 보조로 일을 하러 들어오는 목적은 두 가지라구."

"그게 뭔데?"

"첫 번째는 연예인이나 유명 인사들 가십을 얻어듣고 SNS에 올리거나 언론사에 팔아먹으려는 수작이고, 두 번째는 어떻게 해서든 유명인의 눈에 들어서 떨어지는 콩고물이라도 받아먹으려고 하는 거야."

"그럼 바텐더나 웨이터를 하는 게 낫잖아. 왜 하필 주방 보조야?"

민호는 그것도 모르냐는 듯 어깨를 으쓱했다.

"우리는 바텐더 안 뽑잖아. 웨이터들도 엄청나게 까다롭게 심사해서 뽑고."

"그럼 만만한 게 주방 보조라 이거야?"

"너랑 히가시 형한테는 말 안 했지만 일하러 오는 애들의 대부분은 우리 가게에 어떤 사람들이 오는지 알고 있었어. 사실 주방 보조는 수단일 뿐이고 호시탐탐 어떤 핑계를 대서든 홀에 나갈 기회를 노리는 애들이 대부분이었지."

료는 생각지도 못했던 말에 놀란 얼굴로 마시던 맥주를 탁자에 내려놓았다.

"핸드폰으로 홀 사진을 찍다가 걸려서 쫓아낸 적도 많아."

"전혀 몰랐는데."

"알아서 좋을 게 뭐 있어."

민호는 길게 한숨을 내쉬었다.

"왜 그런 이야기를 안 했어?"

"뭐 하러 해, 큰일도 아닌데."

"너는 참……."

료는 답답한 듯 고개를 저었다.

"그럼 윤서 씨는 다르다는 거야?"

"지금까지 왔던 주방 보조 중에서는 제일 성실했어. 일도 잘하고…… 그리고……."

"그리고?"

"가게에 오는 사람들이 어떤 사람들인지 슬쩍 흘렸는데 전혀 흥미를 안 보이더라고."

"그래?"

"대개는 그런 이야기를 들으면 누가 오는지 꼬치꼬치 묻게 마련인데 시키는 일만 묵묵히 하더라."

료는 흥미가 동하는 듯 입꼬리를 올리며 눈을 가늘게 떴다.

"재밌네."

"뭐가?"

"너 히가시 형이 다른 사람이 자기 몸 만지는 거 싫어하는 거 알지? 그런데 아까 인영이 누나 차 안에서 윤서 씨가 형 손을 잡고 글씨를 쓰는데 가만히 있었잖아."

"그런데?"

"그걸 보니까 '뭐지, 이건' 이런 생각이 들던데."

"흠……."

"앞으로 재미있어지겠어."

"너 무슨 일 꾸미고 있냐?"

료는 재미있는 장난감을 손에 쥔 어린애 같은 표정을 지었다.

"나중에 자세하게 이야기해 줄게. 대신 나중에 나한테 협조 좀
해줘."

"알았으니까 엉뚱한 짓만 하지 마."

"걱정하지 말라고."

민호의 한숨 소리를 배경음 삼아 료는 맥주 캔을 구겨 부엌의
쓰레기통으로 농구하듯 던졌다. 캔은 자석에 이끌리듯 정확히
쓰레기통 안으로 골인했다.

"아, 왠지 느낌이 좋은데."

하지만 료와 달리 민호는 귀찮은 일이 생길 것 같은 예감에 미
간을 구기고 캔에 남은 맥주를 한꺼번에 다 마셨다.

．　．　．

료는 점퍼 주머니에 손을 집어넣고 먹잇감을 찾는 들개처럼 지
나가는 사람들을 보며 어슬렁거리고 있었다. 어제의 벌이가 시원
찮아서 그는 두목에게 한참을 두들겨 맞고 나온 길이었다.

"오늘은 돈이 좀 있는 놈을 털어야 되는데."

료는 초조한 마음에 입술만 잘근잘근 씹었다. 부모님이 사고
로 돌아가신 뒤 친척집을 전전하다가 고아원에 맡겨졌던 그는,

고아원의 맛없는 밥이 너무 싫어서 몇 년 전 그곳에서 도망쳐 나왔다. 거리를 전전하며 노숙을 하던 그를 거둬준 건 지금 그가 있는 소매치기 집단의 두목이었다. 돈을 못 버는 날은 손찌검을 심하게 했지만 어쨌든 두목은 그의 은인이었다. 그리고 벌이가 좋은 날이면 두목은 그에게 친절하게 대해주곤 했다.

그때 소매치기 대상을 물색하던 료의 눈이 빛났다. 야구 점퍼를 입고 두꺼운 뿔테 안경을 쓴 어리바리한 인상의 키 큰 남자가 그의 레이더망 안으로 들어왔다. 보기에는 평범한 것 같았지만 그가 매고 있는 가방이나 신고 있는 운동화는 모두 비싼 브랜드였다.

'아싸! 호구 발견.'

료는 속으로 쾌재를 부르며 남자 쪽으로 빠르게 걸음을 옮겼다. 안경을 쓴 남자가 가게의 쇼윈도를 구경하며 천천히 걸어오자, 료는 그 남자에게 일부러 몸을 부딪쳤다. 료가 잽싸게 그의 품에서 지갑을 꺼내는 찰나, 두꺼운 뿔테 안경을 쓴 그 샌님 같은 남자가 그의 손목을 붙잡았다. 당황해 위를 올려다 본 료의 눈에 들어온 것은 뿔테 너머의 쭉 찢어진 남자의 눈에서 흘러나오는 섬뜩한 안광이었다.

「그래서 몇 살이라고?」

그 남자에게 이끌려 뒷골목의 쓰레기장으로 끌려온 료는 하얗게 질려 두려움에 떨었다. 남자의 손을 물어뜯고 도망칠까 생각해 봤지만 손목을 그러잡고 있는 남자의 아귀힘은 보통 사람의 것이 아니었다. 게다가 오랜 거리 생활로 발달한 료의 촉이 도망쳐 봤자 별로 재미가 없을 거라는 경고 신호를 보내는 중이었다.

「열…… 여섯 살이요.」

「그래?」

입꼬리를 올리며 웃는 그의 얼굴이 너무 소름이 끼쳐 료는 자신의 이마에서 식은땀이 나고 있는 것도 알아채지 못했다.

「너 누구 밑에 있어?」

「네? 그게 무슨…….」

「너 소매치기 조직에 들어가 있는 거 아니야?」

남자의 말에 료의 눈이 커졌다.

「아…… 아니에요. 그냥 저 혼자…….」

「소매치기가 조직적으로 움직인다는 건 길바닥의 거지들도 다 아는 사실이야.」

남자의 눈이 새파란 안광을 뿌리며 잘 갈린 칼날처럼 빛났다.

「짝도 없이 움직인 걸 보니 니네 두목은 널 귀찮게 생각하고 있나 보군.」

「아니에요! 우리 두목은…….」

「그래, 그래서 니네 두목이 누구냐고.」

무심결에 두목이 있다는 걸 불어버린 료의 얼굴이 흙빛으로 변했다. 그가 아무 말이 없자 남자는 료의 손목을 부러뜨릴 듯 세게 쥐었다.

「빨리 불어. 더 질질 끌어봤자 너한테 좋을 게 하나도 없어.」

살기 어린 남자의 눈빛에 료는 반쯤 포기한 심정으로 입을 열었다.

「혼조 유타리…….」

두목의 이름을 불어버린 료는 뒷감당을 할 생각에 그 자리에 주저앉고 싶을 만큼 절망스러웠다. 이 일을 알면 두목은 그를 죽이고도 남을 위인이었다. 안경을 쓴 남자는 여전히 료의 손목을 그러잡은 채로 누군가에게 전화를 걸었다. 이윽고 전화가 연결되자 그는 빠른 속도로 이야기를 하기 시작했다.

「혼조 유타리라는 소매치기 조직 두목 좀 찾아봐. 그리고 그쪽에 연락을 좀 넣어. 나한테 전화 좀 하라고.」

전화를 끊은 남자는 갑자기 딴사람이 된 것 같은 부드러운 얼굴로 료를 보며 미소를 지었다.

「밥은 먹었냐?」

「네?」

료는 무슨 꿍꿍이인가 싶어 경계하는 마음이 되었다.

「밥 먹었냐고.」

「아뇨…… 아직……. 그런데 그건 왜요?」

「밥 먹으러 가자.」

남자의 입에서 튀어나온 말을 들은 료는 순간 자신의 귀가 잘못된 게 아닌가 싶어 멍한 얼굴로 눈만 깜빡거렸다. 세상에 지갑을 소매치기하려고 한 인간에게 밥을 먹었냐고 물어보는 사람이 있다는 이야기는 들어본 적이 없었다. 남자는 료의 손목을 대로 쪽으로 잡아 끌었다.

「밥 먹으러 가자. 너 우동 좋아해?」

「네…….」

료는 엉겁결에 남자가 이끄는 대로 다시 대낮의 거리로 끌려나갔다.

．　．　．

"아! 배고파!"

거실로 나온 료는 까치집 같은 머리를 하고 배를 벅벅 긁으며 냉장고 문을 열었다. 냉장고 안에 바로 먹을 수 있는 것이 없자, 그는 민호의 방문을 열고 들어가 자고 있는 민호의 어깨를 흔들 었다.

"민호야! 밥 줘! 배고파! 배고프다고!"

"네가 알아서 해먹어."

이불을 뒤집어 쓴 민호는 잠이 덜 깬 목소리로 중얼거렸다.

"나 요리 못하는 거 알잖아."

"그럼 라면을 끓여 먹든가!"

민호가 일어날 기색이 없자 료는 침대로 올라가 이불을 뒤집어 쓴 그를 뒤에서 껴안았다.

"아이…… 자기…… 그러지 말고 밥해줘잉……."

료의 기습에 민호는 소름이 끼치는 듯 갑자기 몸을 떨었다.

"자기야…… 내가 사랑하는 거 알지?"

"아놔! 소름끼쳐, 젠장!"

민호는 참지 못하고 결국 침대에서 일어나 거실로 도망쳐 나왔 다. 료는 그런 민호의 뒷모습을 보고 낄낄거리며 웃었다.

료가 거실로 나오자 소파에 앉아 있던 민호는 아직도 몸서리가 쳐지는 듯 인상을 쓰고 료를 노려보았다.

"그러니까 밥해달라고."

료가 짓궂은 얼굴로 미소를 짓자 민호는 징그러운 것을 본 것처럼 다리를 소파 위로 올렸다.

"밥 안 해주면 계속 애교 부린다."

"꺼져. 미친놈아!"

료가 낄낄거리자 민호는 소파에서 일어나서 최대한 멀리 돌아서 부엌으로 향했다.

"대신 설거지는 네가 해."

"여부가 있겠습니까. 시켜만 주세요."

민호는 한숨을 쉬며 쌀을 씻어 밥을 올렸다.

잠시 후 민호의 빠른 손놀림에 식탁에는 계란찜과 생선구이, 김이 모락모락 나는 된장찌개와 현미밥이 차려졌다.

"아! 나 현미밥 싫은데, 방구 나와!"

료의 되도 않는 투정을 무시하며 민호는 밥을 한 숟가락 떴다.

"흰쌀밥이 좋다고."

"주는 대로 먹어. 밥 버리기 전에."

민호의 짜증 섞인 말투에 료는 순식간에 겁먹은 강아지처럼 순한 얼굴이 됐다.

"네네, 잘 먹겠습니다."

된장찌개를 한입 맛본 료는 허겁지겁 밥을 먹기 시작했다.

"맛있는데!"

"앞으로 뭘 어쩔 생각이야?"

입에 한가득 밥을 넣고 우물거리던 료는 멀뚱히 민호를 쳐다보았다.

"뭘?"

"뭐 한다며."

"아, 그거?"

료는 꿍꿍이가 있는 얼굴로 민호를 보며 씩 웃었다.

"지켜보면 알아. 혹시 윤서 씨가 홀로 나올 일이 있으면 지체하지 말고 내보내."

"그게 뭔 소리야."

"조만간 윤서 씨가 홀로 나올 일이 생길 거다."

영문을 알 수 없어 잠시 료를 쳐다보던 민호는 작게 한숨을 쉬고 다시 밥을 먹기 시작했다.

5. 겁 없는 여자

    윤서가 블랙잭에 도착했을 때 료와 민호는 이미 일찌감치 출근을 마친 뒤였다. 민호는 음식 재료를 배달해 주는 트럭을 기다리며 부엌을 정리하는 중이었다. 트럭이 도착하자 뒷문으로 자신을 따라 나오는 윤서를 보며 민호는 한쪽 눈썹을 올렸다.

    "왜 따라 나와요?"

    "같이 재료 나르려고요."

    민호는 음식 재료들을 트럭에서 내리고 말없이 상자 두 개를 자신의 양어깨에 올렸다. 그리고 제일 작아 보이는 상자를 턱짓으로 가리켰다.

    "이거 들고 와요."

    상자를 부엌에 놓은 민호는 복도로 다시 나와 윤서가 들고 오던 상자도 받아서 다시 부엌으로 들어갔다.

"원래 그렇게 눈치가 빨라요?"

윤서는 영문을 모르겠다는 표정으로 눈을 깜빡거렸다.

"굳이 시키지 않아도 다 알아서 하니 하는 말이에요."

"눈치가 없으면…… 살아남기가 힘들었어요."

윤서의 말에 민호가 잠시 멈칫했다.

"살아남는다니…… 누가 죽이려고 했어요?"

"밥 못 먹고 잘 데 없으면 죽는 거죠, 뭐. 삶이 복잡해 보여도 사실은 입는 거 먹는 거 자는 거가 기본이잖아요. 전…… 그것들이 해결이 안 됐었어요."

등을 돌린 채로 묵묵히 음식 재료를 정리하고 있는 민호는 대꾸가 없었다.

윤서도 더 이상 입을 열지 않고 싱크대에 물을 채우고 과일을 씻기 시작했다. 물소리가 들리자 민호는 그제야 고개를 돌리고 깡마른 윤서의 뒷모습을 착잡한 얼굴로 쳐다보았다.

료는 오늘의 룸 예약자 명단을 확인하고는 갑자기 입꼬리를 올리며 히죽 웃었다.

"생각보다 일이 쉽게 풀릴 수도 있겠는데."

그때 히가시가 출근을 했다.

"발육부진은 출근했냐?"

"민호랑 주방에 있어."

료는 주방 쪽으로 향하는 히가시에게 뭔가를 내밀었다.

"형, 오늘 룸 예약자 명단 봤어?"

료가 건네준 명단을 본 히가시는 미간을 찌푸렸다.

"가드 형들한테 미리 말을 좀 해둬야 될 것 같은데."

히가시는 낮게 한숨을 쉬며 주방으로 발길을 돌렸다.

음식 재료 손질에 정신이 없는 윤서와 민호는 히가시가 주방에 들어오는 것도 모르고 있었다.

"야! 발육부진!"

"에구머니나!"

등 뒤에서 갑자기 들린 목소리에 쥐고 있던 과일을 떨어뜨린 윤서는 깜짝 놀라 고개를 돌렸다.

"왜 그렇게 놀라?"

"기척이라도 좀 내고 다가오세요."

"이 이상 기척을 어떻게 더 내나."

히가시가 밉살스럽게 낄낄거리며 웃자 윤서는 짜증을 내며 물 위에 둥둥 뜬 복숭아를 집어 벅벅 씻었다.

"네 전화기랑 신분증 가져왔는데 어디다 놔둘까?"

"저쪽에 걸려 있는 점퍼 주머니에 넣어놓으세요."

윤서가 턱짓으로 가리키는 곳에 그녀의 옷이 덩그러니 걸려 있는 걸 본 히가시는 미간을 찌푸렸다.

"너 라커룸에 옷 안 넣어놓니?"

"라커룸 쓰라고 말씀 안 하셨잖아요."

히가시는 생각보다 융통성 없는 윤서의 성격에 한숨을 내쉬었다. 그녀의 옷 주머니에 신분증과 핸드폰을 집어넣은 히가시는 그것과 가방을 가지고 주방 밖으로 나갔다.

"사장님! 제 옷하고 가방 어디로 가지고 가요?"

윤서가 당황한 얼굴로 히가시를 불렀지만 그는 뒤도 돌아보지 않고 대답했다.

"라커룸에 넣어놓을 테니까 거기서 옷이랑 가방 찾아가."

윤서가 뭐라 항의하는 것을 못 들은 척하고 히가시는 라커룸으로 들어갔다.

"옷도 되게 낡았네."

캐비닛에 윤서의 옷을 걸어놓던 히가시는 혀를 찼다. 점퍼는 꽤나 낡아 소매와 목덜미 끝의 보풀이 다 풀려가고 있었다.

"얘는 돈 벌어서 도대체 어디에다가 쓴 거야."

아무리 월급이 짜다고 해도 옷 한 벌 정도는 사 입을 여유가 있을 법도 하건만, 낡아빠진 옷 꼴을 보자 히가시는 의아한 생각이 들었다.

"뭐 내가 알 바는 아니지."

히가시가 캐비닛을 닫으려고 하는 순간 윤서의 주머니에 넣어놓았던 핸드폰에서 벨소리가 울렸다. 순간적으로 멈칫한 그는 주머니 안으로 손을 넣어 전화를 꺼냈다. 액정에는 '김영희 사회복지사님'이라는 이름이 떠 있었다.

"사회복지사?"

발신자를 확인한 히가시는 또 궁금한 것이 많아졌지만 이내 전화기를 다시 주머니에 집어넣었다.

인영까지 출근을 하자 민호는 볶음밥을 만들어 블랙잭 식구들을 부엌으로 불렀다. 조리대에 둘러서서 간단하게 식사를 마치고 나자 물을 마신 료가 히가시에게 슬쩍 말을 건넸다.

"가드 형들한테는 말했어?"

"아직."

"뭔데 그래."

민호의 질문에 히가시가 골치 아픈 얼굴로 대답했다.

"오늘 룸 예약 팀 중에 껄끄러운 팀이 하나 있어."

"누군데."

"JT기획 박 실장네."

이름을 들은 민호의 표정이 굳었다. JT기획은 신인들의 로비를 위해 늘 블랙잭에 룸을 잡았다. 방송국 PD 등 관계자들과 박 실장이 젊은 여자 배우들을 데리고 룸에 들어갔다 나오면, 여자 배우들은 늘 꼴이 엉망이 되곤 했다. 여배우들은 티를 내지 않으려 노력했지만 작은 표정의 변화까지 감추지는 못했다. 지금까지는 이렇다 할 소동을 일으킨 적이 없었지만 어려 보이는 여배우들이 울 것 같은 얼굴을 하고 룸에서 나오는 걸 보는 게 직원들에게는 썩 유쾌한 일은 아니었다.

"오빠, 그 사람들 회원권 취소시키면 안 돼?"

인영의 말에 히가시는 난감한 듯 혀를 찼다.

"아직까지는 사고를 치질 않았잖아. 뭐가 있어야지."

"진짜 기분 나쁘다고, 그 박 실장이라는 인간."

느글느글한 눈빛으로 자신을 위아래로 훑어보던 박 실장의 뱀 같은 얼굴이 생각나자 인영은 소름이 끼쳐 몸을 떨었다.

"조금만 기다려 봐."

가만히 있던 료가 자신만만한 얼굴로 사람들을 훑어보았다.

"나한테 방법이 있다고."

블랙잭 오픈 시간이 지나자 손님들이 몰려들기 시작했다. 정신 없이 칵테일을 만들던 료는 JT기획의 박 실장이 앳되어 보이는 여자와 방송국 PD 등 몇 명의 남자들을 데리고 가게 안으로 들어서는 모습을 보고 히가시의 옆구리를 찔렀다.

"잘 있었어?"

박 실장이 인영을 향해 느글거리는 웃음을 짓자 그녀는 대꾸도 없이 고개를 돌렸다.

"어이구, 얼음공주님은 여전하시네."

박 실장은 히가시에게도 인사를 건넸다.

"예약해 놓은 방은 준비됐지?"

"저쪽 웨이터를 따라가시면 됩니다."

히가시가 영업용 미소를 지으며 웨이터에게 손짓하자 박 실장은 만족스러운 듯 느끼한 미소를 지었다.

"그럼 잘 부탁해. 오늘 중요한 손님 접대를 해야 되거든."

박 실장이 웨이터와 함께 검은색 문 뒤로 사라지자 료는 히죽거리며 히가시를 쳐다봤다.

"형, 저 방 서빙은 오늘 내가 할게."

히가시의 의아한 얼굴을 뒤로한 채 료는 계략을 세우는 책사 같은 눈빛으로 VIP 룸으로 들어가는 문을 쏘아보았다.

"귀찮은 일 없게 할 테니까 맡겨보라고."

료는 웨이터 대신 쟁반을 들고 검은 문 뒤쪽의 룸으로 향했다. '5'라는 금색 숫자가 붙어 있는 문 앞에 서서 료는 방문에 귀를 대보았다. 복도에 서 있던 가드가 의아한 표정으로 쳐다보자 그는 웃으며 입술에 손을 대고 조용히 하라는 신호를 보냈다.

"이러지 마세요."

그의 예상대로 당황한 듯한 여자의 목소리가 방 안에서 새어 나왔다.

"가만히 있어, 원래 뜨려면 몸 로비해야 되는 거 몰라? 물정을 모르는 년이네."

PD인 듯한 남자의 목소리에 이어 박 실장의 목소리가 들렸다.

"왜 이래? 여기 오기 전에 알아듣게 말해줬잖아? 왜 빼고 난리야."

"이런 말씀 없으셨잖아요!"

"시끄러워, 이런 거 하기 싫었으면 애초에 배우 할 생각도 하지 말았어야지."

"거 되게 튕기네, 벗어! 빨리!"

뒤이어 여자의 비명 소리가 들렸다. 그 소리에 맞춰 료는 노크도 하지 않고 문을 벌컥 열었다. 방 안에서는 PD가 여배우의 윗옷을 벗기는 중이었다. 료가 문을 여는 것에 놀란 사람들은 일제히 당황한 얼굴로 그를 쳐다보았다.

"주문하신 술과 안주가 나왔는데요."

료가 웃으면서 말하자 얼굴이 벌게진 박 실장이 그에게 소리를 질렀다.

"노크도 안 하고 문을 열면 어떻게 해?"

"죄송해요, 제가 서빙에는 익숙하지가 않아서."

료는 쟁반을 테이블에 내려놓았다. 반쯤 옷이 벗겨진 여자의 얼굴은 치욕스러움에 눈물로 범벅이 되어 있었다.

"그런데 룸에서 이런 짓 하시는 거 가게 규정에 어긋나는데."

"뭐야! 새끼야! 네가 뭔데 이래라 저래라야?"

흥분한 박 실장은 일어나 료의 멱살을 잡았다.

"가게 종업원 괴롭히시는 것도 규정 위반이에요."

료는 복도 쪽을 향해 가드를 불렀다.

"형! 이리로 좀 와봐! 문제가 생겼어!"

가드들이 룸으로 몰려오자 난처해진 박 실장의 얼굴이 일그러졌다. 방 안을 들여다보던 효성이 무전으로 히가시를 불렀다. 효성은 블랙잭의 가드들을 관리하는 실장이었다.

"형! 룸 쪽으로 좀 와보세요!"

멱살을 잡힌 료는 여유 만만한 얼굴로 박 실장을 쳐다보았다.

"이것 좀 놓으세요. 그리고 이런 짓은 딴 데 가서 하시라고요."

"뭐야! 이 새끼가!"

흥분한 박 실장은 그의 따귀를 힘껏 내려쳤다. 멱살을 잡힌 채로 얼굴이 돌아간 료는 따귀를 맞고도 뭐가 좋은지 킥킥거리며 웃었다. 료는 다시 박 실장을 쳐다보며 빈정거렸다.

"어휴! 힘없는 여배우나 괴롭히면서 다른 사람 팰 기운은 있나 봐."

"이 새끼가!"

박 실장의 손이 다시 올라가려는 찰나 누군가가 방 안으로 들어와 그의 손을 잡았다.

"얘들아! 방 안에 있는 분들 다 룸 밖으로 모셔라."

박 실장의 손목을 잡은 히가시의 표정이 험악했다.

"이 손 못 놔?"

"못 놓겠는데요."

지옥문을 지키는 투견 같은 히가시의 표정을 본 박 실장은 순간 움찔했다.

"가게 직원에게 손찌검을 하시면 규정 위반입니다만."

"뭐가 어쩌고 어째?"

료는 아직도 제 멱살을 쥐고 있는 박 실장의 손을 떼어냈다. 그 사이 다른 가드들이 방 안에 있던 남자들의 주머니를 뒤져 전화기와 지갑을 꺼내 한곳에 모았다. 그때 인영이 룸 쪽으로 들어왔다.

"오빠, 무슨 일이야!"

방 안의 상황을 파악한 인영은 창백해진 얼굴로 몸을 부들부들 떨었다. 료는 인영의 손을 잡고 바깥으로 이끌었다.

"누나, 바에 가 있어. 윤서 씨 보고 오라고 그럴게."

료는 인영을 바로 데려다준 뒤 주방으로 가서 윤서를 불렀다.

"좀 나와봐요!"

"저요?"

쟁반을 세팅하던 윤서는 한쪽 뺨이 부어오른 료의 얼굴을 보고 무슨 일이 생겼다는 것을 직감했다.

"할 일이 좀 있어요."

윤서는 앞치마를 벗고 군말 없이 료를 뒤따라 홀로 나갔다.

윤서는 인터넷 기사와 TV에서 보던 익숙한 얼굴들이 곳곳에 앉아 있는 것을 보고 깜짝 놀랐다. 그러나 지금은 그게 중요한 게 아니었다. 료는 벌게진 뺨을 손으로 가리고 테이블 사이를 유유히 지나 홀 뒤쪽의 까만 문을 열었다.

"무슨 일이에요?"

윤서가 조용한 목소리로 묻자 그는 작게 한숨을 쉬었다.

"가보면 알아요."

료의 말에 윤서는 긴장한 얼굴로 까만 문 뒤쪽으로 들어갔다.

"이쪽으로 와요."

료가 가리키는 쪽으로 발길을 옮기자 그곳에는 문이 닫힌 룸이 하나 있었다.

"들어가요."

방으로 들어선 윤서는 앞섶을 부여잡고 구석에 앉아 울고 있는 여자를 보고 놀라 료를 돌아보았다.

"무슨 일이에요?"

윤서는 지체 없이 여자의 옆으로 다가가서 앉았다. 료가 담요를 꺼내 윤서에게 건네주자 그녀는 담요를 여자의 어깨에 덮어주었다.

"소동이 좀 있었어요."

료의 말에 윤서의 표정이 어두워졌다.

"혹시…… 몹쓸 짓을 당할 뻔했어요?"

울고 있던 여자는 고개도 들지 못한 채 흐느끼기 시작했다.

"세상에…… 무슨 짓을 한 거야."

"여기 잠시만 이분이랑 있어줘요. 경찰 불렀으니까 좀 있으면 아마 사람들이 올 거예요."

"걱정하지 마세요."

료가 방에서 나가자 윤서는 여자의 어깨를 감싸 안았다.

"괜찮을 거예요. 저랑 같이 있어요."

여자는 윤서를 쳐다보며 희미하게 미소를 지었다.

한편, 인영은 얼굴이 하얗게 질려 몸을 부들부들 떨고 있었다. 료가 왜 윤서를 데려가나 싶어 홀로 나와본 민호는 그런 인영을 보고 혀를 찼다.

"누나! 괜찮아?"

인영은 간신히 입을 열어 떨리는 목소리로 대답했다.

"괜찮아."

"전혀 안 괜찮아 보이는데, 물이라도 가져다 줄까?"

인영은 작게 고개를 끄덕였다. 그때 가게로 들어온 시형이 곧장 인영에게 다가왔다.

"안녕! 그런데 다들 어디 갔어요?"

바를 한번 둘러본 시형은 인영에게 다시 시선을 돌렸다.

"소동이 있어서…… 룸 쪽에 갔어요……."

"어! 내 질문에 대답을 다 하네! 그런데……."

창백해진 인영의 얼굴을 알아챈 시형이 그녀 쪽으로 몸을 굽혔다.

"무슨 일이에요? 안색이 안 좋은데?"

인영이 흠칫 몸을 떨자 시형은 안심하라는 듯 부드럽게 미소를 지었다.

"난 의사예요. 상태가 안 좋아 보여서 보려는 것뿐이니까 겁낼 것 없어요. 손 좀 내밀어봐요."

인영이 주저하는 사이 민호가 물을 떠왔다.

"이거 좀 마셔. 그리고 손 줘. 뭐 어렵다고 그래."

물컵을 받아든 인영은 한 번에 반이나 마시고 나서 심호흡을 했다. 그녀는 결심을 한 듯 시형에게 손을 내밀었다.

"왜 이렇게 심장이 빨리 뛰어요?"

맥박을 짚으며 시계를 들여다보던 시형이 인영의 얼굴을 걱정스러운 표정으로 쳐다보았다.

"뭐 충격 받은 일이 있었어요?"

인영은 고개를 들어 시형의 얼굴을 쳐다보았다.

"좀 쉬는 게 나을 것 같은데."

그때 바 쪽으로 료가 돌아왔다.

"어! 형 왔네!"

"응, 그런데 룸 쪽에 무슨 일이 있었어?"

"별건 아니고……."

"그런데 너는 뺨이 또 왜 그래?"

"뭐 좀 말리다가 한대 얻어 터졌어."

"너희 가게 요새 뺨 풍년이냐."

료는 어제 히가시도 이랬던 것이 생각나 '풉' 하고 실소를 날렸다.

"그나저나 인영 씨 상태가 안 좋은데 좀 쉬게 해줘."

료는 창백한 얼굴의 인영을 걱정스럽게 쳐다보았다.

"누나, 라커룸에 좀 가 있어. 여긴 내가 맡을게."

"괜찮은데……."

"지금 누나 얼굴이 어떤지 알아? 바로 쓰러질 사람 같아."

인영은 비틀거리며 자리에서 일어났다.

"그럼 나 조금만 쉬고 올게."

인영의 뒷모습을 지켜보던 시형은 료에게 고개를 돌렸다.

"무슨 일이야?"

"누나에게는 최악일 장면을 봐버렸거든."

"응?"

"그런 게 있어. 빨리 진정이 돼야 하는데."

료는 나직하게 한숨을 쉬었다.

가드들과 히가시에게 밀려 룸의 구석방으로 억지로 끌려 들어
간 박 실장은 방 안을 계속 왔다 갔다 하고 있었다.

"이게 무슨 꼴이야."

자리에 앉은 PD는 짜증과 두려움이 섞인 목소리로 박 실장에
게 불평을 늘어놓았다.

"그렇지 않아도 성 접대니 뭐니 해서 엄청 시끄러운데 경찰서
로 가면 기자들이 따라붙을 거 아니야."

"그건 걱정 마세요. 제가 막을 테니까."

그 자리에 서서 머리를 굴리던 박 실장은 문가로 다가가 문을
두드리기 시작했다.

"왜 그러세요?"

문밖을 지키던 가드가 문을 살짝 열자 박 실장이 심각한 표정
으로 말을 건넸다.

"화장실에 좀 가고 싶은데."

"좀만 참으세요. 곧 있으면 경찰이 올 테니까."

"쌀 것 같다고."

박 실장의 말에 가드가 잠시 망설이는 듯하다가 문을 열었다.

"그럼 다녀오세요. 대신 제가……."

문이 열리자마자 박 실장은 가드의 가슴팍을 밀어붙이고 5호실을 향해 잽싸게 뛰기 시작했다.

"야! 잡아!"

뒤에서 가드들이 소리를 지르며 박 실장을 쫓아왔다. 지금 이 순간 박 실장의 머릿속에는 오늘 데리고 온 여배우의 입단속을 해야 한다는 생각밖에는 없었다. 그건 자신의 밥줄이 달린 일이었다. 혹시라도 경찰에게 입을 잘못 놀리면 자신은 이 바닥에서 영영 끝이나 마찬가지였다.

그가 5호실의 문을 열고 들어가자 그를 본 여배우가 두려운 얼굴로 몸을 흠칫 떨었다.

"야! 너!"

"누구세요!"

그녀의 옆에 앉아 있던 깡마른 여자가 그의 앞을 막아서자 박 실장은 미간을 구기며 그 여자를 밀치기 위해 손을 뻗었다.

"이건 또 뭐야?"

몸을 옆으로 돌려 박 실장의 손을 가볍게 피한 윤서가 갑자기 그의 정강이를 발로 걷어찼다.

"아악!"

박 실장이 정강이를 감싸며 바닥에 나뒹굴자 윤서는 무릎을 꿇고 그의 멱살을 잡았다.

"이 사람 아까 아가씨에게 못된 짓 했던 놈 패거리예요?"

윤서의 물음에 여자가 천천히 고개를 끄덕였다.

"야! 이 쓰레기 같은 새끼야. 여기가 어디라고 다시 기어들어와. 꺼져!"

방으로 들어온 가드들은 눈앞에 펼쳐진 뜻밖의 광경에 어안이 벙벙해서는 윤서를 쳐다보았다. 소동을 듣고 온 히가시 역시 방 안의 광경을 보고 놀란 표정을 감추지 못했다. 박 실장의 멱살을 잡고 있던 윤서는 고개를 들어 가드들을 태연한 얼굴로 쳐다보았다.

"뭐 해요. 빨리 끌고 가요."

여배우까지 챙겨서 경찰서로 보내고 나자 히가시는 경찰차의 꽁무니를 쳐다보고 있던 윤서의 어깨를 살짝 두들겼다.

"발육부진, 너 진짜 겁 없더라. 남자가 달려드는데 무섭지도 않던?"

"뭐가 무서워요. 칼을 가지고 있는 것도 아닌데. 남자는 거시기나 정강이, 명치를 공격하면 다 나가떨어져요."

"너 그런 건 어디서 배웠냐."

"거시기를 안 걷어찬 걸 고맙게 생각해야 될 거예요. 나쁜 놈인지 판단이 안 서서 정강이를 걷어찬 거니까."

"앞으로 이런 일 있으면 자주 부려먹어야 되겠어."

히가시가 하는 말에 그녀는 씁쓸한 표정을 지었다.

"사장님은 이런 술집을 왜 하는 거예요?"

"뭘 물어봐, 돈 벌려고 하는 거지."

"그럼 차라리 그냥 선술집 같은 거 하는 게 낫지 않아요?"

히가시는 팔짱을 끼며 '피식' 소리를 내며 웃었다.

"너 그거 아냐? 바가지도 고급스럽게 씌우면 바가지가 아닌 게 되는 거야. 그냥 고급스러운 게 되는 거지."

"그건 무슨 이상한 논리예요?"

"넌 아직 이 바닥을 잘 몰라."

"전 이 바닥을 잘 모르지만 그냥 선술집 하는 게 더러운 꼴을 덜 볼 거라는 건 확실히 알겠네요."

"어차피 술장사는 다 거기서 거기야."

히가시는 윤서를 뒷문 쪽으로 밀었다.

"가서 민호나 도와주셔."

"네네. 시키는 대로 합죠."

윤서는 히가시가 등을 떠미는 대로 순순히 안으로 들어갔다.

주방으로 들어가기 전, 윤서는 전화기도 확인할 겸 라커룸 쪽으로 향했다.

"주방 안 가셔?"

뼈다귀에 옷만 걸쳐 놓은 듯한 윤서의 뒷모습에 히가시는 속으로 혀를 찼다.

"전화 좀 확인해 보고요."

"어, 깜빡했는데 아까 사회복지사한테 전화 왔는데."

"그 이야기를 지금 하시면 어떻게 해요!"

윤서는 짜증을 내며 히가시를 돌아보았다. 사정을 모르는 히가시가 자신에게 바로 말하지 않은 것이 이해는 됐지만 그녀는 전화를 못 받은 것이 그의 탓인 것만 같아 화가 치밀어 올랐다. 그는 머쓱한 표정을 지었다.

"잊어버릴 수도 있지 뭘 그래."

"아…… 사장님이 전화기를 가져간 탓에 망했어요."

윤서는 얼굴을 찡그리며 라커룸으로 향했다. 라커룸에 들어간 윤서는 소파 위에 쭈그려 앉아 무릎에 고개를 묻고 있는 인영을 보고 놀라서 잠시 주춤거렸다. 그러다 이내 발소리를 죽여 인영의 곁으로 다가갔다.

"무슨 일 있어요?"

윤서가 조심스럽게 어깨에 손을 올리자 인영이 창백해진 얼굴로 고개를 들었다.

"별일…… 없어."

떨리는 인영의 목소리를 들은 윤서는 그녀의 곁에 조용히 앉았다.

"별일 없는 얼굴이 아닌데요?"

인영이 아무 말이 없자 그녀는 조그맣게 한숨을 쉬었다.

"무슨 일인데 그래요. 혹시 말하기 어려운 일이에요?"

"조금은……."

윤서는 인영의 옆모습을 쳐다보았다. 그녀의 표정에는 언제나 어두운 그늘이 있었다. 무언가 말 못할 사정이 있을 거라고 생각은 했지만 윤서는 그녀에게 자신의 사정을 말하라고 강요하고 싶지는 않았다.

"괜찮아지면 이야기해 주세요. 혹시 저 필요하면 부르시고요."

"고마워."

인영은 희미하게 미소를 지었다.

윤서는 라커로 다가가 문을 하나씩 열어보기 시작했다. 문을 세 개쯤 열자 그곳에 자신의 옷이 얌전히 걸려 있는 게 보였다. 윤서는 주머니로 손을 뻗어 전화기를 꺼냈다. 부재중전화로 '김영희 사회복지사님'이라고 뜬 이름이 보였다. 윤서는 심호흡을 하고 전화를 걸었다. 신호가 이어지고 이윽고 중년 여자의 목소리가 흘러나왔다.

[여보세요.]

"저예요."

[오, 윤서로구나. 잘 있었니?]

"복지사님도 잘 지내시죠?"

윤서의 말에 전화 건너편의 그녀가 웃는 소리가 들렸다.

[덕분에 잘 지내고 있어.]

"아이들은…… 잘 있나요?"

[학교도 잘 다니고 잘 지낸다.]

"다행…… 이네요."

잠시 뜸을 들이던 윤서는 미안함이 묻어나는 목소리로 말을 이어갔다.

"전화 자주 못 드려서 죄송해요."

[죄송할 건 없고 건강하게 지내면 되는 거야. 직장은 어떠니?]

"직장…… 옮겼어요."

[그래, 힘들 텐데 늘 아이들을 도와줘서 고맙구나.]

"별 말씀을요. 그런데 무슨 일 있나요?"

나직하게 들려오는 한숨 소리에 윤서는 불안한 예감이 적중했다는 사실을 직감적으로 느꼈다.

[네 아버지께서 연락을 하셨어. 널 만나고 싶다고.]

윤서는 '아버지'라는 단어에 어금니를 꽉 깨물며 전화를 붙잡은 손에 힘을 줬다.

"새삼스럽게…… 이제 와서 왜요."

[그러지 말고 한번 만나보지 그러니.]

"싫어요."

윤서는 단호한 목소리로 그녀의 말을 잘랐다.

[그래도…… 너 보고 싶다고 연락하셨는데…….]

"두들겨 팰 때는 언제고 지금 와서 왜요?"

[윤서야…….]

"복지사님, 데리고 있는 아이들이나 다른 문제로는 언제든지 전화하셔도 되지만 아버지 문제로는 연락하지 마세요. 저 바쁘니까 전화 끊을게요."

전화 너머에서는 잠시 아무 말도 없었다.

[그래, 알았다.]

"그럼 건강하게 지내세요."

윤서는 전화를 손에 꼭 쥔 채로 한참을 그 자리에 서 있었다. 핸드폰을 주머니에 구겨 넣고 돌아서자 인영이 그녀를 물끄러미 쳐다보고 있었다.

"죄송해요. 시끄러우셨을 텐데……."

"아니야."

잠시 망설이던 인영은 조심스럽게 윤서의 안색을 살폈다.

"그런데…… 아버지랑 사이가 안 좋아?"

윤서는 생각하기도 싫은 듯 고개를 숙였다.

"제 인생에서 가장 지워 버리고 싶은 인간이 우리 아버지예요."

"혹시…… 아버지한테 맞았어?"

고개를 숙인 윤서는 대꾸가 없었다. 한참 후 그녀는 말하고 싶어 하지 않는 목소리로 겨우 대답했다.

"맞았어요. 많이……."

"정말 많이 힘들었겠네……."

"이제 다 지난 일인걸요."

윤서가 고개를 들자 인영은 머리를 쓸어 넘겼다.

"나…… 고등학교 때 납치돼서 성폭행을 당할 뻔한 적이 있어."

윤서는 놀란 얼굴로 인영을 쳐다보았다.

"그 뒤로 사람들이…… 남자들이 무서워서 한동안 집 밖으로 돌아다니지를 못했어……. 벌써 10년도 더 된 일인데…… 난 아직도 그 일이 잊히지가 않아. 아까 룸에서 옷이 벗겨진 여자를 보자 옛일이 떠올랐어. 그 일이 생각나니까 나도 모르게 소름이 끼치고 머릿속이 텅 비어버려서…… 숨을 쉴 수가 없었어."

인영의 어깨가 떨리는 것을 본 윤서는 그녀의 곁으로 다가가 앉았다.

"시간이 지난다고 상처가 다 아무는 건 아니야. 난 그걸 너무 잘 알고 있어."

"그동안 그걸 어떻게 견디고 살았어요?"

윤서는 조용히 인영의 등을 쓰다듬었다. 인영의 눈에 고여 있던 눈물이 창백해진 그녀의 볼을 따라 흘러내렸다.

"히가시 오빠가 없었으면 죽었을지도 몰라. 오빠가 있어서 나는 그나마 용기를 내서 바깥세상으로 나왔던 거야. "

"사장님이요?"

"오빠는 정말 좋은 사람이야. 그때 나를 구해준 것도 오빠야."

"네?"

"그러고 보니 그게 벌써 10년 전이네."

   •   •   •

히가시는 새로운 거래 장소로 낙점된 경기도 외곽의 폐창고 앞에 오토바이를 세웠다. 버려진 지 한참 된 듯한 쓰러져 가는 창고를 쳐다본 그는 한숨을 내쉬었다.

"도대체 쿄우 형은 무슨 생각인 거야. 이런 데를 새로운 거래 장소로 삼다니."

헬멧을 벗어 오토바이 위에 놓은 히가시는 저녁의 어스름 속에서 더욱 을씨년스러워 보이는 창고 앞으로 발길을 옮겼다. 창고의 문을 열려고 손잡이를 그러쥔 그는 문득 문 아래로 새어 나오는 불빛을 보았다.

'설마…… 상대방 쪽에서 눈치채고 먼저 둘러보러 왔나?'

히가시는 조용히 옆으로 돌아 불빛이 새어 나오는 벽의 구멍을 통해 창고의 안쪽을 들여다보았다.

"저건 뭐야."

고등학생으로 보이는 남자 셋이 쓰러진 여자 주위에 있는 모습이 보였다. 여자는 상의가 벗겨진 채 속옷만 걸치고 있었다. 그들은 쭈그려 앉아 여자에게 뭐라고 말을 하고 있는 중이었다.

"귀찮게 생겼군."

그들이 무슨 짓을 하고 있는지 대충 상황 판단이 된 히가시는 조그맣게 중얼거렸다. 그는 천천히 앞으로 돌아가 창고의 문을 열었다. 문이 열리는 소리에 여자를 둘러싸고 있던 남학생 셋이 동시에 문 쪽을 돌아다보았다.

"저 새끼는 뭐야!"

쪼그려 앉아 있던 남학생이 일어서며 소리를 질렀다.

"아! 씨발! 망했네. 가서 덮쳐!"

남학생 셋은 동시에 창고로 들어온 히가시에게 달려들었다. 자신에게 달려오는 남학생들을 보며 그는 고개를 저었다.

"도망가면 그냥 놔두려고 했더니 안 되겠네."

인영이 눈을 뜨자 하얀 천장에서 빛나고 있는 형광등이 보였다. 그녀는 서서히 고개를 돌려 주위를 살펴보았다. 흐릿한 시야가 밝아지자 자신의 팔에 꽂혀 있는 링거의 줄이 보였다.

"여기는……."

누군가가 인영의 옆으로 다가왔다.

"깼어?"

말은 건 남자는 인영이 처음 보는 사람이었다. 반삭의 머리에 눈이 쭉 찢어진 남자는 걱정스러운 얼굴로 그녀를 내려다보고 있었다. 그때 그의 옆으로 경찰 제복을 입은 누군가가 다가왔다.

"학생, 다행스럽게 깨어났네."

"여긴…… 어디예요?"

"여긴 병원이야. 학생이 성폭행 당할 뻔한 걸 이분이 구해주셨어."

성폭행이라는 말에 인영은 갑자기 찬물을 온몸에 뒤집어쓴 듯한 기분이 들었다.

"그놈들은 어디 갔어요?"

"다 경찰서로 연행됐어. 여기 이분이 그놈들을 잡는 데 도움을 주셨어.”

경찰의 말에 인영의 시선이 남자에게로 옮겨갔다.

“감사…… 합니다.”

“아니 뭐, 감사는 됐어. 우연히 그곳을 지나가다가 그 장면을 본 것뿐이니까.”

그 남자는 가죽 재킷 안주머니에서 뭔가를 꺼내 인영에게 내밀었다.

“혹시 나중에 필요하면 연락해. 도움을 줄 수 있으면 도와줄게.”

그가 인영에게 건넨 것은 명함이었다. 인영은 명함을 받아들고 천천히 그 위에 쓰인 글자를 읽어 내려갔다.

— 국제 변호사 유타카 히가시

예상하지 못했던 남자의 직업에 인영은 놀란 눈이 되었다.

“변호사세요?”

“응.”

히가시의 행색은 변호사보다는 폭주족에 가까웠다. 히가시는 놀란 토끼 눈을 한 인영을 향해 미소를 지은 뒤 경찰을 향해 고개를 돌렸다.

“그럼 저는 가보겠습니다. 혹시 필요하면 연락하세요.”

“네, 감사합니다. 증인 신청할 때 필요할 것 같으니까 당분간 한국에 계셨으면 좋겠네요.”

“당분간은 한국에 있을 겁니다. 그럼 너도 몸조리 잘해. 기회가 되면 나중에 보자.”

히가시가 인사하고선 등을 돌리자 정신을 차린 인영은 황급히 그를 불렀다.

“저기요!”

히가시가 의아한 얼굴로 돌아보자 인영이 명함을 쥔 손에 힘을 줬다.

“꼭 연락 드릴게요. 너무…… 감사합니다.”

“그래!”

그는 웃는 얼굴로 응급실을 나섰다.

·　·　·

“네? 사장님이 변호사였다고요?”

“응.”

윤서는 믿을 수 없다는 표정을 지었다.

“그런데 왜 바텐더를 하고 계신 거예요?”

“그럴 만한 사정이 있어.”

인영은 마음이 좀 안정된 듯 소파 위에 웅크리고 있던 자세를 고쳐 똑바로 앉았다.

“아마 우리 중에 사정이 제일 복잡한 사람은 히가시 오빠일 거야. 티를 안 내서 그렇지.”

“기분은 좀 괜찮아졌어요?”

“자기랑 이야기한 덕에 많이 좋아졌어.”

“앞으로 무슨 일이 있으면 저한테 이야기하세요.”

윤서는 인영의 손을 꼭 잡았다.

"저도 노숙할 때 언니랑 비슷한 일을 당할 뻔해서 그 기분이 어떨지는 조금 알아요."

"정말이야?"

윤서는 심난한 얼굴로 한숨을 쉬었다.

"전 열다섯 살 때 가출을 했어요. 하고 싶어서 한 게 아니라 죽지 않으려면 어쩔 수가 없었거든요."

윤서의 얼굴이 침울해지자 인영은 안됐다는 얼굴로 그녀의 어깨에 손을 얹었다.

"자기도 고생이 많았네."

"그래도 다행히 저는 운이 좋은 편이었어요. 좋은 분들을 만나서 그나마 맘 잡고 학교라도 다녔으니까요."

과거 이야기를 담담히 꺼내는 윤서의 옆모습을 인영은 물끄러미 쳐다보았다. 그녀는 윤서를 보자마자 사연이 많을 거라는 걸 알 수 있었다. 히가시가 주변에 두는 사람들은 하나같이 상처가 많았다. 자신을 비롯해서 료나 민호 모두 사회에서 버림받았던 아이들이었고, 히가시를 빼고는 누구 하나 그들의 상처에 관심을 주는 이가 없었다.

블랙잭은 히가시가 꾸려놓은 가족 공동체와 비슷한 곳이었다. 일에 있어서는 냉정하고 금전적인 면을 철저히 챙기는 그였지만, 블랙잭 식구들에게는 부드럽고 다정했으며 최선을 다해 그들을 보듬어주려고 노력했다.

"우리 앞으로도 오랫동안 잘 지내."

인영은 윤서의 손 위로 자신의 손을 포갰다.

잠시 후 인영과 윤서는 라커룸을 나섰다. 윤서는 화장실 쪽으로, 인영은 바로 들어갔다.

"좀 괜찮아졌어요?"

시형이 걱정스러운 표정으로 묻자 인영은 살짝 미소를 지어 보였다.

"고맙…… 습니다."

시형은 놀란 표정으로 인영을 쳐다보았다. 그의 질문에 인영이 제대로 답한 건 이번이 처음이었다.

"아니…… 고마울 건 없는데……."

"칵테일 드시고 싶은 거 있으시면 말씀하세요. 제가 서비스로 만들어 드릴게요."

그녀의 얼음성이 조금은 녹은 듯한 느낌에 시형은 부드러운 표정으로 인영을 쳐다보았다.

"그럼 블랙 러시안으로 줘요."

인영은 보드카를 찾아 들고 블랙 러시안을 만들기 시작했다. 시형은 그런 그녀의 모습에 알 수 없는 미묘한 감정의 파도가 가슴 속으로 밀려오는 것을 느꼈다.

인영은 블랙 러시안을 시형의 앞에 놓았다. 칵테일을 한 모금 마신 시형은 잔을 내려놓고 인영을 빤히 쳐다보았다.

"맛있네요."

그가 미소를 짓자 그녀는 살짝 얼굴을 붉히며 고개를 돌렸다.

"맛있게…… 드세요."

그 한마디를 끝으로 인영은 바의 끝 쪽으로 자리를 옮겼다. 히가시는 속을 알 수 없는 얼굴로 팔짱을 낀 채 시형과 인영을 보고 있었다.

"그렇게 좋냐?"

"뭐가, 인마."

시형이 쑥스러운 듯 얼굴을 살짝 붉히며 투덜거리자 히가시는 여자 손님들을 접대하는 인영의 뒷모습을 흘끗 쳐다보았다.

"인영이가 남자랑 말하는 거 참 오랜만에 보네."

"그래?"

"응, 내가 쟤를 만난 지 10년쯤 됐는데 나나 민호, 료 말고 다른 남자랑 말하는 걸 거의 본 적이 없거든."

"무슨 일이 있었는데?"

"내 입으로 말하기는 좀 그래."

히가시는 정색을 하고 시형을 마주 보았다.

"형, 인영이 잘 대해줘. 나한테는 동생하고 똑같은 애야."

"뭔 헛소리야. 아직 말 한마디 한 것밖에 없는데."

히가시는 말없이 시형의 빈 잔에 물을 채웠다.

"원래 관계의 시작은 말 한 마디에서부터라고."

한편, 료가 뺨이 퉁퉁 부은 채로 웃으며 바의 손님들을 접대하고 있는 것을 본 히가시는 혀를 찼다.

"가서 볼에 얼음 좀 대고 와."

히가시는 료의 귀에 대고 작은 목소리로 속삭였다. 그를 올려다보던 료는 눈을 가늘게 만들며 특유의 미소를 지었다.

"괜찮은데."

"내가 안 괜찮거든. 가서 네 얼굴 꼴 좀 보고 와라."

히가시는 료의 등을 떠밀었다. 주방 안으로 들어선 료의 얼굴을 본 민호는 말없이 냉장고에서 얼음을 꺼내 지퍼백에 가득 채워 키친타월로 돌돌 말아왔다. 료는 그걸 받아 자신의 왼쪽 볼에 댔다.

"얼마나 세게 맞은 거야."

"별로 세게 안 맞았는데."

"너 일부러 그 새끼 성질 돋웠지?"

료는 볼에 얼음주머니를 댄 채로 씩 웃었다.

"어떻게 알았어?"

"너랑 같이 한 게 몇 년째인데 그걸 모르겠냐. 보나마나 살살 약올려서 손찌검하게 만들었겠지."

료는 민호의 말에 킥킥거리며 조소를 날렸다.

"아, 계획이 반은 성공하고 반은 실패했네."

"니가 계획한 게 뭐였는데."

"뭐 일단은 JT기획 박 실장을 몰아내는 게 1차 계획이었는데 그건 성공했지. 그런데……."

"그런데?"

"히가시 형이랑 윤서 씨랑 좀 엮어보려고 그랬는데 윤서 씨가 의외로 너무 용감해서 말이지……."

"그게 무슨 소리야."

"박 실장 놈이 잡혀 있던 중간에 도망쳐서 윤서 씨랑 그 여배우가 있던 방으로 갔거든. 협박당하는 윤서 씨와 여배우를 히가시 형이 구해주고 윤서 씨가 형을 보고 반한다……. 뭐 대충 이런 스토리였는데 윤서 씨가 박 실장 정강이를 걷어차는 바람에……."

료의 말을 듣고 있던 민호의 눈이 커졌다.

"윤서 씨가 박 실장 정강이를 걷어찼다고?"

재미있는 구경거리를 놓쳐 아쉬운 듯한 얼굴로 료는 어깨를 살짝 올렸다 내렸다.

"진짜 재미있는 여자라니까."

"정말 겁도 없네."

민호는 한숨을 쉬며 고개를 저었다.

"그런데 너 박 실장놈이 도망칠 것까지 다 생각하고 있었냐?"

"생각했다기보다는 그럴 수도 있지 않을까 한 거지. 워낙 잔머리가 잘 돌아가는 뱀 같은 인간이니까."

"무서운 놈."

민호는 료를 보며 조그만 목소리로 중얼거렸다.

"너 같은 놈은 적으로 두고 싶지 않아."

"왜?"

"머리가 너무 좋다구."

료는 큰소리로 낄낄거리며 웃었다. 그때 주방으로 들어오던 윤서는 민호와 료가 동시에 자기를 쳐다보자 머쓱한 얼굴로 앞치마를 손에 들었다. 앞치마를 입고 돌아선 그녀는 두 남자가 자신을 여전히 주시하고 있자 고개를 갸웃했다.

"왜요?"

"박 실장 정강이를 걷어찼다면서요?"

"네. 여자분한테 달려들려고 하길래 얼떨결에 걷어찼어요."

윤서가 아무렇지도 않게 대꾸하자 료는 얼음을 볼에 댄 채로 터지려는 웃음을 겨우 참았다.

"원래 그렇게 겁이 없어요?"

"겁이 없다기보다는 몸에 밴 방어 본능같은 거예요."

윤서는 다시 물을 틀고 설거지를 하기 시작했다.

"누가 죽이려고 했어요? 방어 본능이라니……."

그릇을 닦으며 윤서는 건성으로 대답했다.

"하루하루 사는 게 다 죽지 않으려고 발버둥치는 거랑 똑같은 거예요. 이런 험한 세상에 자기 몸 하나는 자기가 지켜야죠."

윤서의 대답에 료는 '그것 봐'라고 말하는 듯한 얼굴로 민호를 보았다. 민호는 착잡한 표정으로 윤서의 뒷모습을 쳐다보았다.

블랙잭의 입구에서 떠들썩한 소리가 들렸다. 시형이 그쪽으로 고개를 돌리자 요즘 잘나가는 신인 여배우 송이경이 자신의 여자 친구들 두 명과 쾌활하게 웃으며 가게 안으로 들어오는 모습이 보였다. 히가시를 발견한 이경은 화사한 꽃 같은 웃음을 지었다.

"안녕! 오빠! 잘 있었어요?"

그녀의 애교 넘치는 인사에 히가시는 영업용 미소를 지었다.

"어서 오세요."

"어머! 오빠, 오랜만에 얼굴 보는 건데 좀 더 반갑게 인사 좀 해줘요."

가슴 라인이 적나라하게 드러나는, 몸에 딱 붙는 검은 원피스를 입은 그녀는 히가시의 앞쪽에 앉았다.

"네가 말한 오빠가 이분이니?"

그녀의 일행이 히가시를 위아래로 훑으며 이경에게 물었다.

"응! 우리 오빠 잘생겼지?"

이경의 말에 시형이 갑자기 기침을 했다.

"형, 왜 그래."

"사레가 들렸어. 쿨럭."

시형이 가슴을 두들기자 히가시는 물을 컵에 따라 그에게 건넸다.

"어머, 이분은 누구셔?"

멀끔한 얼굴과 비싸 보이는 차림새의 시형을 위아래로 쓱 훑어본 이경은 눈웃음을 치며 말을 걸었다.

"아, 이쪽은 김시형 내과 원장님이신 김시형 씨예요."

"어머, 의사분이셨어요?"

내과 원장이라는 소리를 들은 이경의 얼굴이 밝아졌다.

"네, 안녕하세요."

"반가워요. 제가 요즘 몸이 안 좋은데 친하게 지내요."

이경이 손을 내밀자 시형은 어색하게 그녀의 손을 잡았다. 바 끝 쪽에 있던 인영이 이경이 있는 쪽으로 다가와 인사했다.

"어서 오세요."

"어머, 인영 씨 안녕? 오랜만이야."

인영은 이경을 보며 화사한 웃음을 지었다. 시형은 그녀가 웃는 모습을 이렇게 가까이에서 보기는 처음이었다. 그녀의 웃는 얼굴은 만개한 백합처럼 청초하고 예뻤다. 인영이 이경을 상대하자 히가시는 도망치듯 료에게 다가가 귓속말을 했다.

"인영이가 나를 구해주러 왔네. 그렇잖아도 가게 끝나고 만나자고 송이경이 들이대는 통에 힘들었는데."

"왜, 싫어?"

"내가 좋아서 만나자고 하겠냐. 내 돈이 목적이지."

료는 이경과 그 일행에게 시선을 돌렸다. 그녀들은 어느새 난처한 얼굴을 한 시형에게 작업을 걸고 있었다.

"시형이 형이 먹잇감이 됐네. 안됐구만."

"알아서 하겠지."

히가시는 라커룸으로 잽싸게 발길을 옮겼다.

이경 일행을 상대하던 시형은 진땀을 빼고 있었다. 인영은 이경의 일행이 주문한 칵테일을 만들고 있을 뿐 아무 말도 없었다.

"어머, 의사 선생님이 얼굴도 미남이네. 인기 많겠다."

이경의 일행인 여자가 시형에게 호감을 표시하자 그는 어색한 얼굴로 겨우 미소를 지었다.

"감사합니다."

이경은 시형을 유혹하듯 눈웃음을 쳤다.

"언제 시간이 괜찮으세요? 병원으로 한번 찾아가고 싶은데."

"아무 때나 오세요. 환자분들이 적을 때는 낮 시간이니까 낮에 오셔도 되고요."

"병원 끝나고 가도 되나요? 제가 요즘 스케줄이 바빠서…….
명함 좀 주세요."

이경이 가슴골이 훤히 들여다보일 정도로 상체를 바짝 들이대며 다가오자 시형은 고개를 옆으로 돌렸다. 부자인 아버지 덕분에 부족한 것 없이 자랐기에 웬만한 유혹은 다 받아본 적이 있지만 그는 이런 식으로 들이대는 여자들은 질색이었다. 예쁘다는 여자들과 연애도 남부럽지 않을 만큼 했었지만 시형은 은근히 보수적인 구석이 있었다.

"제가 지금 명함이 없어서요. 다음에 만나면 드릴게요."

시형이 은근슬쩍 말을 넘기자 이경의 얼굴에 실망한 기색이 떠올랐다. 그러나 그녀는 이내 화사한 웃음으로 표정을 감췄다.

"그럼 전화번호라도 주세요."

"병원 전화번호 드릴게요."

시형은 인영에게 메모지를 받아 병원 전화번호를 적고는 그 메모지를 이경에게 건넸다.

"오시기 전에 전화 주세요."

이경은 떨떠름한 시형의 반응에 자존심이 상한 듯했다.

"그럼 나중에 한번 찾아갈게요."

이경은 바 쪽으로 몸을 돌려 주위를 한 바퀴 둘러보았다.

"히가시 오빠는 어디 갔어요?"

"사장님은 일이 있으셔서 잠깐 자리 비우셨어요."

"오랜만에 이야기 좀 해보려고 그랬더니."

이경의 입이 댓발 나오자 일행들이 그녀를 달랬다.

"곧 오겠지. 조금만 기다려 봐. 그러지 말고 우리끼리 마시자."

이경은 자신의 앞에 놓인 마가리타를 홀짝거렸다.

"재미없어."

이경이 툴툴거리자 인영은 그녀에게 가까이 오라고 손짓했다. 이경이 그쪽으로 몸을 기울이자 인영은 조용히 속삭였다.

"저쪽에 이성수 PD님이 와 계신데, 가보시겠어요?"

인영의 말에 이경의 안색이 밝아졌다.

"어디예요?"

"저쪽 끝 테이블에요."

인영이 홀의 제일 안쪽, 남자들만 앉아 있는 테이블을 손가락으로 가리키자 이경은 눈을 빛냈다.

"나 저쪽으로 가볼래. 인영 씨 고마워요."

일행을 이끌고 홀을 가로지르는 이경의 뒷모습을 보며 인영은 조용히 웃었다.

"와! 죽는 줄 알았네."

"이경 씨 그렇게 나쁜 분은 아니에요."

"나쁘고 말고를 떠나서 난 저렇게 들이대는 여자들은 질색이라……."

그때 손님 접대를 끝낸 료가 인영의 옆으로 다가왔다.

"어! 이경 씨 갔어?"

"저쪽 이성수 PD님 쪽으로 보냈어."

료는 PD 옆에 찰싹 달라붙어 애교를 떨고 있는 이경을 식겁한 얼굴로 쳐다보았다.

"하여간 대단해."

"여배우인데 살아남으려면 저 정도는 해야겠지."

"난 저런 걸 보면 여자들이 무섭다구."

인영은 료의 말에 웃음을 터뜨렸다.

"오빠더러 나오라고 해."

"알았어."

료는 히가시를 부르기 위해 라커룸으로 갔다.

"생각보다 손님을 잘 다루네요. 주의를 그렇게 자연스럽게 돌릴 줄은 몰랐어요."

"저도 바텐더로 일한 지 꽤 됐어요. 손님 접대하는 건 이제 몸에 익어서……."

시형은 잔에 남은 블랙 러시안을 마저 다 비웠다.

"혹시라도 몸이 안 좋으면 병원으로 바로 와요."

시형은 자신의 핸드폰 번호를 적은 메모를 인영에게 내밀었다.

"내 번호니까 아무 때나 연락해요."

인영은 메모를 받을지 말지 망설였지만 결심을 한 듯 손을 내밀었다.

"감사…… 합니다."

"감사할 건 없어요. 환자를 돌보는 건 의사가 당연히 해야 할 일이니까."

시형은 이제 그만 가야겠다며 자리에서 일어났다.

"가볼게요. 히가시에게 인사 좀 전해줘요."

"네, 안녕히 가세요."

인영은 시형의 뒷모습을 물끄러미 쳐다보았다.

"오늘 오길 잘했네."

혼자만 들을 수 있는 나지막한 소리로 중얼거리며 시형은 블랙잭 밖으로 나섰다.

이경을 피해 라커룸의 소파에 누워 있던 히가시는 계속 울리는 전화에 귀찮은 얼굴로 주섬주섬 일어났다. 액정에 '쿄우'라는 이름이 떠 있는 걸 본 그는 한숨을 쉬며 전화를 받았다.

「여보세요.」

[나다.]

전화 너머에서 들리는 저음의 남자 목소리에 히가시는 미간을 찌푸렸다.

「알고 있어.」

[아버지께서 보자고 하신다.]

「왜?」

[부모가 자식을 보자는데 이유가 필요한가?]

히가시는 대꾸를 하고 싶지도 않아 코웃음을 쳤다.

「언제부터 아들 취급을 했다고 그래. 웃기시네.」

[조만간 가게로 찾아가마.]

「오지 마. 그만큼 일해줬으면 됐잖아. 뭘 더 어쩌라는 거야.」

[가게로 가는 건 내 개인 스케줄로 가는 거다. 아버지랑은 상관없이.]

「술 한잔할 거면 와. 다른 일로 올 거면 오지 말고.」

[알았다. 가기 전에 전화하마.]

전화를 끊은 히가시는 가시가 목에 걸린 듯한 기분에 인상을 찌푸렸다. 그때 료가 라커룸으로 들어왔다.

"얼굴이 왜 그래. 무슨 일 있어?"

히가시는 전화를 소파에 대충 던져놓고 피로가 밴 얼굴로 마른세수를 했다.

"쿄우 형에게 전화가 왔어."

"왜?"

"뻔하지 뭐."

"노인네 왜 그래? 죽을 때가 가까워졌나?"

"나도 몰라. 조만간 형이 가게로 온대."

"아, 벌써부터 긴장되네."

료는 걱정스러운 눈빛으로 히가시를 쳐다보았다.

"쿄우 형은 괜찮잖아. 켄지 형이 문제지."

"그 누가 됐든 그쪽 집안 사람들은 더 이상 보고 싶지 않아."

"괜찮을 거야, 형."

히가시는 고개를 숙인 채로 한숨을 쉬었다.

"제발 괜찮았으면 좋겠다."

윤서가 시계를 올려다보자 얼추 가게가 끝날 시간인 5시가 다 되어 있었다. 그녀는 그릇을 다 정리하고 잠시 의자에 앉아 허리를 두들겼다. 민호는 물 묻은 손을 행주에 닦으며 무심한 얼굴로 중얼거리듯 말을 했다.

"이틀밖에 안 됐는데 별일을 다 겪네요."

"사실 별로 놀랍지도 않아요. 예전에 별의별 꼴들을 하도 많이 봐서."

"도대체 예전에 뭘 하고 산 거예요?"

윤서는 예전 일들이 생각나 저도 모르게 깊은 한숨을 쉬었다.

"이것저것 다 했어요. 뭘 하고 산 게 아니라 어떻게든 살아남으려고 한 거였죠."

민호는 슬쩍 윤서의 눈치를 보았다.

"혹시…… 가출했었어요?"

"그걸 어떻게……."

"나도 가출했었거든요."

윤서는 놀란 얼굴로 민호를 마주보았다.

"이야기하는 거 들으면서 '평범하게 살아온 건 아니었구나' 하는 생각을 했었어요. 좋은 부모 밑에서 평탄하게 자라온 아이들은 그렇게까지 본능적으로 살아남으려고 발버둥치진 않으니까요."

"민호 씨는…… 왜 가출했었어요?"

"학교 폭력에 휘말렸어요."

"그쪽이…… 가해자였어요?"

"아뇨. 피해자였어요."

민호는 기억하고 싶지 않은 과거가 생각나 착잡한 표정이 되었다.

"학교를 다닐 수가 없었어요. 집은 가난했고 부모님은 먹고살기에 바빠 나를 변호해 줄 여력이 없었어요. 어떻게든 참아보려고 했었는데 힘없는 중학생이 혼자서 버티기엔 상황이 너무 나빴어요."

"저도…… 마찬가지였어요."

윤서는 예전 일을 입에 올리기도 싫은 듯 고개를 푹 숙였다.

"저는 살기 위해서 집을 뛰쳐나왔어요. 아버지의 폭행에…… 죽을 것만 같았거든요."

왈칵 터질 것 같은 눈물을 애써 참으며 윤서는 작은 목소리로 힘들게 이야기를 내놓았다.

"사람들은 시간이 지나면 아픈 상처가 다 잊혀진다고 하지만 그건 거짓말이에요. 난…… 아직도 아버지를 용서할 수 없어요. 아버지에게 맞았었던 기억이 너무 생생해서…… 아직도 가끔씩 악몽을 꿔요."

민호는 윤서에게 냅킨을 가져다주었다. 윤서는 냅킨을 받아 눈가에 고인 눈물을 닦았다.

"언젠가는 아버지를 용서할 수 있는 날이 올 거예요."

"아니요. 그럴 일은 없어요."

민호는 윤서를 안타까운 얼굴로 내려다보았다.

"때로는 용서가 자신을 구하는 유일한 방법이 될 때도 있어요. 난…… 이미 나에게 나쁜 짓을 했던 사람들을 용서했어요."

"전…… 아니에요."

윤서는 냅킨을 쥔 손에 힘을 줬다.

"여기서 지내다 보면 내가 한 말이 무슨 뜻인지 알 수 있는 날이 올 거예요."

윤서는 민호의 말이 이해가 되지 않아 멀뚱히 그를 올려다보았다. 그때 료가 주방으로 들어왔다.

"집에 가자! 문 닫았어."

심상치 않은 분위기의 두 사람을 번갈아 쳐다보던 료는 의미심장한 미소를 지었다.

"둘이 수상한데!"

"꺼져, 미친놈아. 그런 거 아니거든!"

"둘이 썸 타대요, 오글거려 죽겠네!"

"저 미친놈이!"

홀로 달려가는 료를 잡기 위해 비호같이 뛰어가는 민호의 뒷모습에 윤서는 자기도 모르게 미소를 지었다. 그녀는 행주와 수세미를 소독하고 앞치마를 벗은 뒤 주방의 불을 껐다.

6. 아니, 분명히 여자를 싫어한다고 했는데…….

윤서가 홀로 나가자 민호는 료를 붙잡고 헤드락을 거는 중이었
다. 라커룸에서 옷을 갈아입고 나온 히가시는 둘을 보며 쾌활하
게 웃었다.

"쟤네 둘은 맨날 싸워."

인영은 포기한 듯 고개를 저었다. 그러다 윤서에게 다정하게
말을 건넸다.

"오늘도 집까지 태워다 줄까?"

"괜찮아요. 집이 강남 쪽이시잖아요. 저 태워다 주시려면 돌아
가셔야 되는데."

"그럼 지하철역까지라도 태워다 줄게."

윤서는 웃으며 고개를 저었다.

"그냥 걸어가도 돼요. 운동도 할 겸 걸어갈게요."

히가시가 블랙잭의 문을 닫은 후 일행은 다 같이 뒷문을 통해 밖으로 나갔다.

겨울 새벽의 어스름이 거리에 짙게 깔려 있었다. 추운 날씨 탓에 윤서의 입에서 하얀 연기처럼 입김이 나왔다. 인영이 차를 끌고 나오자 민호와 료는 잽싸게 올라탔다.

"그럼 우리 갈게요!"

"진짜 안 태워줘도 괜찮아?"

인영이 걱정스럽게 묻자 윤서는 후드를 뒤집어쓰고 씩씩한 얼굴로 미소를 지었다.

"저 걷는 거 좋아해요. 어서 가세요."

윤서는 인영와 일행에게 손을 흔들었다. 차가 떠나는 것을 지켜보던 히가시는 오토바이 헬멧을 옆구리에 끼고 윤서를 내려다보았다.

"잘 가라. 낮에 보자."

"사장님도 조심해서 들어가세요."

차가운 새벽 공기를 마시며 지하철역 쪽으로 향하는 윤서의 뒷모습을 히가시는 말없이 바라보았다. 두툼한 점퍼를 입었지만 그 아래로 드러난 바싹 마른 다리 때문에 윤서는 걷다가 쓰러질 것만 같았다. 히가시는 자신의 두카티 오토바이에 올라타 삼성동 집으로 향하려다가 방향을 돌려 지하철역 쪽으로 향했다.

윤서는 등 뒤에서 들려오는 오토바이 소리에 고개를 돌렸다. 뒤에서 따라오던 오토바이가 옆에 멈춰 섰다. 히가시는 오토바이의 엔진을 끄고 헬멧의 쉴드를 위로 올린 채 윤서를 빤히 쳐다보았다.

아니, 분명히 여자를 싫어한다고 했는데…….　121

"사장님! 이쪽으로는 왜……."

"너 아침 먹을래?"

"네?"

히가시의 느닷없는 제안에 윤서는 어떻게 대답을 해야 좋을지 몰라 눈만 깜빡거렸다.

"오늘 고생했으니까 사주는 거야. 아침 먹고 가라."

"괜찮은데요."

"먹으랄 때 먹어. 이런 기회 흔치 않아."

"집에 가서 먹으면 되는데."

히가시가 오토바이에서 내려 서자 헬멧까지 뒤집어쓴 그는 윤서보다 머리가 하나 반은 더 있었다.

"고집부리지 말고 따라와."

히가시는 뒷좌석에 묶여 있던 헬멧을 풀어 그녀에게 내밀었다.

"이거 쓰고 타."

윤서가 헬멧을 쓰자 히가시는 오토바이의 시동을 걸었다. 그녀는 조심스럽게 히가시의 뒷자리에 올라탔다.

"꼭 잡아!"

윤서는 몸이 닿지 않게 가방을 히가시와 자신의 사이에 끼웠다. 그러고는 어찌할 바를 모른 채 머뭇거리자 히가시가 그녀의 손을 당겨 자신의 허리에 감았다.

"다치고 싶지 않음 꼭 잡으라고!"

오토바이의 엔진 소리가 윤서의 귓전을 때렸다. 소리도 소리였지만 오토바이가 출발하자 칼바람 때문에 손가락이 떨어져 나갈 것 같았다. 윤서는 자기도 모르게 그의 허리를 감은 손을 꾸무럭

거렸다. 그때 히가시가 뭐라고 소리를 질렀다.

"뭐라고요?"

"손 좀 가만히 놔두라고! 운전을 못 하겠잖아!"

히가시가 고래고래 소리를 지르자 그제야 그의 말소리가 조그맣게 들렸다.

"손이 너무 시렵다고요!"

윤서도 질세라 소리를 고래고래 질렀다. 그들이 투닥거리며 도착한 곳은 근처의 한 해장국집이었다. 히가시가 오토바이를 세우자 윤서는 뒷자리에서 내려 얼른 헬멧을 벗었다.

"우와! 손가락 떨어지는 줄 알았네."

윤서가 빨갛게 얼어붙은 손을 비비며 입김으로 녹이자 히가시는 그녀를 곁눈으로 흘끗 쳐다보았다.

"너 그렇게 손을 꾸무럭거리면……."

"손이 너무 시린데 어떻게 해요."

"그럼 내 재킷 주머니에 손을 넣든가."

"운전하는데 손을 어떻게 떼요. 떨어져 죽으려고…… 엄청 무섭더구만."

윤서의 입이 삐죽 나오자 히가시는 작게 한숨을 내쉬었다.

"너 해장국 좋아하냐?"

"전 못 먹는 거 없어요."

히가시는 그녀의 대답이 마음에 드는 듯 한쪽 입꼬리를 올렸다.

"그것 참 듣기 좋은 말이네. 그럼 가자."

히가시는 성큼성큼 걸어 해장국 집 안으로 들어갔다.

아니, 분명히 여자를 싫어한다고 했는데…….　　**123**

"어서 오세요! 어머! 오랜만이네!"

히가시의 단골집인 듯 주인아주머니가 그를 보고 반색을 했다.

"어서 와서 앉아. 오늘은 아가씨랑 같이 왔네?"

주인아주머니는 윤서를 보고 푸근한 웃음을 지었다.

"잠깐만 기다려. 반찬 가져다 줄게. 그리고 아가씨도 여기 앉아요."

윤서는 히가시의 건너편에 앉았다. 주인아주머니가 뜨거운 물을 가져다주자 그녀는 컵을 잡고 꽁꽁 얼어붙은 손을 녹였다. 물을 한 모금 마신 히가시는 윤서를 무심하게 마주보았다.

"너 밥은 제대로 먹고 다니냐?"

"저 밥 잘 먹어요."

"그런데 왜 그렇게 말랐어?"

"마른 건 원래 체질이 그래요."

"그런데 사회복지사에게선 전화가 왜 온 거야?"

윤서는 그가 왜 이런 질문을 하는지 의중을 파악할 수가 없어 대답을 망설였다.

"대답하기 곤란해?"

"그런 건 아니지만……."

"난 원래 남의 호구조사 같은 건 안 해. 그런데 넌 내가 고용한 직원이니까 이 정도는 물어볼 수 있는 거라고 생각해. 대답하기 곤란하면 안 해도 되지만……."

윤서는 이왕 이렇게 된 거 굳이 과거를 숨길 필요가 없을 것 같아 입을 열었다.

"전 열다섯 살 때 가출을 했었어요."

히가시는 이미 짐작하고 있었던 듯 아무 말이 없었다.

"몇 년간 아르바이트를 하면서 근근이 지내다가 어느 날 패싸움에 휘말렸어요. 그때…… 경찰서에 잡혀갔다가 사회복지사님을 만났어요."

윤서는 입이 바짝 타들어가 컵을 들어 물을 한 모금 마셨다. 있는 그대로 털어놓기로 결심했다지만 자신의 과거를 이야기하는 것은 쉽지 않은 일이었다.

"사회복지사님이 제 사정을 듣고 고맙게도 저를 거둬주셨어요. 그분은 벌써 저랑 비슷한 애들 몇을 돌봐주고 계셨더라고요. 그래서 거기서 맘 잡고 학교도 다니고 그 덕에 취직도 했어요."

"좋은 분이셨네."

"네, 그래서 조금이라도 도움을 드리려고 월급을 받으면 얼마 정도는 사회복지사님께 보내드렸어요. 같이 사는 애들이 있으니까 생활비에 조금이라도 보태시라고……."

히가시는 왜 그녀의 옷 꼴이 그 모양이었는지 이제야 이해가 됐다.

"그런데……."

윤서는 컵을 잡고 있던 손에 힘을 줬다. 입술만 깨문 채 말이 없자 히가시는 그녀의 안색을 살폈다.

"말하기 싫으면 안 해도 돼. 다들 각자의 사정이라는 게 있는 거니까……."

윤서는 고개를 들고 그의 얼굴을 빤히 쳐다보았다.

"사장님은 제가 가게 돈을 들고 튈까 봐 걱정도 안 되세요?"

윤서의 느닷없는 말에 히가시는 '픕' 하는 소리를 내며 황급히

아니, 분명히 여자를 싫어한다고 했는데……. **125**

입을 막았다. 그러나 이미 물은 사방으로 튀어 수습이 불가능했다. 윤서는 미간을 찌푸리며 얼굴에 튄 물을 황급하게 닦았다.

"아악, 더러워."

"다 너 때문이잖아. 왜 이상한 소리를 해서."

히가시는 손에 묻은 물을 닦으며 테이블에 튄 물을 닦는 윤서를 황당한 얼굴로 쳐다보았다.

"그게 무슨 소리야. 돈 들고 튈 생각이었냐?"

"보통 가출했었다는 이야기를 하면 질 나쁜 애로 보잖아요."

히가시는 어이없는 얼굴로 한숨을 쉬었다.

"그렇게 따지면 료나 민호가 더하지. 걔네보다 내가 더 질이 나쁘고."

윤서는 히가시의 말이 무슨 뜻인지 이해가 되지 않았다.

"사장님은 변호사라면서요."

"그 소리는 또 어디서 들었어?"

"인영 씨가 그러던데요."

"원래 질 나쁘기로 따지면 배운 놈들이 더한 거야."

그때 주인아주머니가 해장국을 가지고 왔다.

"어서 먹어요."

"잘 먹을게요."

히가시는 아주머니를 향해 미소를 지어보이고 윤서에게도 먹으라고 권했다.

"너도 얼른 먹어. 남기지 말고."

두 사람은 말없이 먹는 데만 집중했다.

뜨끈한 해장국으로 몸을 따뜻하게 하고 가게를 나서자 거리는 벌써 출근하는 사람들과 차들로 붐비고 있었다.

"지하철 복잡하겠네."

윤서는 혼잣말을 했다.

"우리 집에 갈래?"

예상하지 못했던 제안에 윤서는 의심스러운 얼굴로 히가시를 쏘아보았다.

"제가 사장님 집에 왜 가요?"

"가서 커피 마시고 좀 있다 가라고. 출근길 지하철에서 사람에 치어죽지 말고."

윤서가 망설이자 히가시는 헬멧을 썼다.

"안 내키면 저 사람들 틈으로 들어가든가."

"갈게요."

윤서는 그의 제안이 일리가 있다고 생각했다. 어차피 히가시는 여자를 싫어한다고 했으니 그의 집에 가도 이상한 짓을 하진 않을 듯했다.

"그럼 타."

히가시는 또다시 헬멧을 윤서에게 내밀었다. 윤서가 뒤에 타자 히가시가 쉴드를 올리고 그녀에게 뭐라고 말을 했다.

"네?"

"재킷 주머니에 손 넣으라고!"

윤서를 태운 히가시는 곧장 그의 빌라로 향했다. 얼마 지나지 않아 집에 도착했고, 빌라 지하 주차장에 내린 윤서는 헬멧을 벗고 주차장을 한 바퀴 둘러보았다. 히가시가 헬멧을 오토바이에 묶는 동안 그녀는 비싼 외제차들을 한참이나 구경했다.

아니, 분명히 여자를 싫어한다고 했는데…….　127

"뭘 그렇게 보냐."

"차들이요. 다들 외제차네요."

"돈 있으니 타겠지. 내가 알 바는 아니지만."

"그런데 사장님은 왜 오토바이를 타요?"

히가시는 '이건 뭐지' 하는 얼굴로 윤서를 보았다.

"내 맘이지. 난 차보다 오토바이를 좋아하니까."

"이거 비싼 거예요?"

자신의 오토바이를 싸구려 취급하는 것 같은 윤서의 질문에 히가시는 기분이 상했다.

"이거 가격이 네가 보고 있는 차의 두 배다."

"네?"

윤서는 오토바이를 다시 한 번 훑어보았다.

"말도 안 돼, 생긴 건 짜장면집 배달 오토바이같이 생겼는데."

"어떤 중국집에서 이런 오토바이로 배달을 하냐. 보는 눈도 되게 없네."

히가시는 짜증을 내며 얼른 엘리베이터에 올랐다.

엘리베이터에서 내리자 양쪽에 빌라의 문이 보였다. 그의 빌라는 다른 곳과는 달리 한 층에 두 가구밖에 없었다. 히가시가 오른쪽 집 문을 열고 들어가자 윤서가 그 뒤를 따랐다. 윤서가 현관에서 신발을 벗는 사이 히가시는 얼른 거실에 가 불을 켰다.

거실은 한마디로 깔끔함 그 자체였다. 남자 혼자 사는 집이니 지저분할 거라고 생각했던 윤서의 예상과는 달리 거실에는 고급스러워 보이는 다크 브라운의 가죽 소파 세트와 모던한 커피 테이블이 놓여 있었고, 책이 빼곡히 꽂혀 잘 정리된 책장이 한쪽 벽면을 채우고 있었다. 반대편에는 진공관 오디오가 턴테이블과 함께 보기 좋게 놓여 있었다.

윤서가 선뜻 안으로 들어오지 못하고 그 자리에 서 있자 재킷을 벗어 소파에 놓던 히가시는 그녀를 향해 고개를 돌렸다.

"뭐하고 있어? 들어와서 앉아."

윤서는 어색하게 소파로 다가가 앉았다.

히가시는 부엌으로 들어가 커피 머신에 물을 부었다. 오크 캐비닛과 검은색 그레나이트로 상판이 마무리가 된 조그마한 아일랜드는 히가시의 고급스러운 취향을 그대로 보여주었다.

"커피 뭐 마실래?"

"아무거나 주세요."

"잠깐 이리 와봐."

윤서는 엉거주춤한 자세로 일어나 부엌으로 걸어갔다. 히가시는 캡슐 커피가 꽂혀 있는 카루셀을 가리켰다.

"종류가 많으니까 한번 골라봐."

커피를 유심히 들여다보던 윤서는 'Breakfast blend dark roast'를 골라 히가시에게 내밀었다.

"이거 진한 거죠? 이걸로 주세요."

"커피 종류 구분할 줄 알아?"

"커피 전문점에서 아르바이트도 해봤어요."

"너 보기보다 아는 게 많구나."

"칭찬인가요?"

"그럼 욕이겠냐."

히가시는 캡슐을 커피 머신에 집어넣었다. 조금 지나자 집 안에 향긋한 커피 냄새가 퍼졌다.

윤서는 거실로 나가 히가시의 책장을 구경했다. 책장에는 일본어와 한국어, 영어와 독일어 책들이 크기별로 가지런히 정리되어 있었다.

"사장님, 독일어도 할 줄 알아요?"

"응, 필요해서 배웠어. 귀찮았지만."

커피가 다 내려지자 히가시는 머그를 옆으로 옮겼다.

"설탕이나 크림 넣어줄까?"

"우유 있으면 조금만 넣어주세요."

히가시는 냉장고에서 저지방 우유를 꺼내 윤서의 커피에 부었다. 그는 자신의 커피도 마저 내려 양손에 머그를 들고 거실로 나갔다. 그 사이 윤서는 책을 한 권 꺼내 읽는 중이었다. 윤서가 고른 책은 나쓰메 소세키의 〈풀잎 베개〉였다.

"너 일본어 할 줄 알아?"

"회사 다닐 때 일본어 능력시험 자격증 따려고 배웠어요."

"너 꽤 부지런했구나."

히가시가 윤서에게 커피 머그를 건넸다.

"감사합니다."

윤서는 머그를 받아들고 커피를 한 모금 마셨다.

"어때?"

"맛은 있는데…… 원두를 직접 갈아서 내려 마시는 게 더 나은 것 같아요."

"아무래도 그렇지. 나도 기계가 편해서 쓰고 있긴 한데 맛은 영 별로야."

히가시는 아무 것도 모를 거라고 생각했던 윤서가 의외로 커피도 잘 알고 일본어도 할 줄 안다는 것에 속으로 조금 놀랐다.

그는 창가로 다가가 커튼을 걷었다. 통유리를 통해서 한적한 아침의 골목과 멀리 분주한 도로가 한눈에 내려다보였다.

"살면서 이렇게 고급스러운 집은 처음 들어와 봤어요."

히가시는 그녀의 말에 정색을 했다.

"이게…… 고급스럽다고?"

"네."

"내 취향을 그렇게 표현해 주니 고맙군."

히가시는 커피를 한 모금 마시고 입꼬리를 올렸다.

"이거 인테리어 사장님이 직접 하신 거예요?"

"대부분은……. 특히 부엌은 내가 타일이랑 상판 같은 걸 일일이 다 골랐어."

"그럼 가게도?"

"응."

"생각보다 취향이 진짜 고급이세요. 전 사장님 처음 봤을 때 쌩 양아치인줄 알았는데……."

"내가 어딜 봐서 쌩 양아치야."

윤서는 머뭇거리며 히가시를 곁눈으로 쳐다보았다.

"그 귀랑 코에 피어싱이랑 머리 스타일하며…… 인상이……."

"내 인상이 뭐가 어때서."

"사장님 인상…… 더럽…… 아니 무섭다고요."

히가시는 어이가 없어 자기도 모르게 헛웃음이 튀어나왔다. 평생 자기 앞에서 인상이 더럽다고 면전에 대고 이야기한 건 윤서가 처음이었다.

"생긴 건 어쩔 수 없지. 내가 원해서 이렇게 생긴 것도 아니니까."

윤서는 새삼 그의 웃는 얼굴이 진심으로 보기 좋다고 느꼈다. 무표정할 때의 그의 얼굴은 차갑기 그지없었지만, 웃을 때의 얼굴은 그를 180도 달라 보이게 했다.

"사장님, 이거 진공관 앰프죠?"

"응, 이런 것도 알아?"

"저 이걸로 음악 한번만 들어보면 안 돼요? 예전부터 궁금했는데."

"이거 들으려면 예열을 좀 시켜야 돼."

"오래 걸려요?"

"아니, 조금만 기다리면 돼."

"그럼 기다릴게요."

히가시는 앰프에 전원을 넣었다.

"뭐 듣고 싶은 음악 있어?"

"아뇨, 아무거나……."

"그럼 그냥 CD플레이어에 들어 있는 거 들어."

전원을 켜자 지직거리는 소리에 이어 D'angelo의 'Untitled' 의 부드러운 전주가 흘러 나왔다. 곧이어 그의 속삭이는 듯한 보컬이 오디오의 성능을 말해주듯 풍성하게 집 안을 채웠다.

"진짜 끝내주는데요."

"이 맛에 진공관 앰프를 쓰는 거지. 클래식을 들을 때면 그 진가를 더 잘 느낄 수 있어."

음악이 다 끝나가자 윤서는 커피 머그를 들고 일어났다.

"잘 마셨어요. 사장님도 다 드셨으면 저한테 컵 주세요."

히가시가 의아하게 쳐다보았다.

"치우고 갈게요. 제가 드릴 건 없고 설거지는 잘하니까요."

윤서는 히가시에게 손을 내밀었다. 그 순간 그는 윤서의 가느다란 손목을 그러잡고 자신의 옆으로 끌어당겨 앉히고 싶은 묘한 충동에 휩싸였다. 윤서의 손은 살이 하나도 없었다. 그렇지만 가늘고 길게 잘빠진 손가락과 하얀 손등이 의외로 고왔다.

히가시는 고개를 들어 그녀를 올려다보았다. 작고 마른 얼굴 안에 자리 잡은, 눈꼬리가 살짝 올라간 눈과 자그마한 코, 도톰하고 붉은 입술을 보자 심장이 갑자기 빨리 뛰기 시작했다.

그는 참을 수 없이 아랫배가 간질거려 소파에서 냉큼 일어났다.

"그런 거 안 해도 돼. 내가 할 테니까 컵은 그냥 둬."

"그렇지만……."

"괜찮아. 이제 사람들 별로 없을 시간이니까 그만 가봐."

윤서는 할 수 없이 머그를 내려놓고 가방을 어깨에 둘러멨다.

"그럼 바에서 뵐게요."

"그래. 잘 가."

히가시는 윤서의 얼굴을 보지도 않고 문을 닫았다.

갑자기 달라진 히가시의 태도에 윤서는 자신이 뭔가를 잘못했나 싶어 곰곰이 자신의 행동을 되짚어 보았다.

"그다지 잘못한 건 없는 것 같은데?"

윤서는 알쏭달쏭한 표정으로 빌라를 나섰다.

아니, 분명히 여자를 싫어한다고 했는데……. **133**

"사춘기 여자애도 아니고, 정말 이상한 사람이라니까."

그녀는 문밖으로 나서며 점퍼의 앞섶을 꼭 여몄다. 매서운 바람을 조금이라도 빨리 피하고 싶은 마음에 지하철역으로 향하는 윤서의 발걸음이 빨라졌다.

윤서를 보내고 난 뒤 히가시는 가죽 소파에 길게 드러누웠다. 애당초 그녀를 쫓아가 밥을 같이 먹고자 한 것부터가 자기 자신조차 이해가 안 되는 충동적인 행동이었다. 밥을 먹은 건 깡마른 그 여자가 불쌍해서였다고 치더라도, 윤서의 손을 당겨 일부러 허리를 감게 한 것은 절대로 있을 수 없는 일이었다. 히가시는 여자가 만지는 걸 싫어할 뿐만 아니라 인영과 몇 사람을 빼고는 대부분의 여자를 혐오했다.

그런데 윤서는 어딘가가 달랐다. 히가시는 고작 만난 지 3일밖에 안 된, 잘 알지도 못하는 여자에게 쓸데없이 관대한 자신의 태도를 이해할 수가 없었다.

"처음 만났을 때 뺨을 하도 세게 맞아서 머리가 이상해진 거 아냐?"

히가시는 왼쪽 뺨에 손을 얹었다. 뺨의 부기는 사라지고 없었지만 그녀가 자신의 뺨을 때렸을 때의 느낌은 아직도 생생하게 남아 있었다.

"도대체 나한테 무슨 짓을 한 거지."

히가시는 소파에서 일어나 윤서가 마셨던 커피 머그를 쳐다보았다.

"거기다가 집에는 왜 데려온 거지?"

그는 반삭한 머리를 손으로 슥슥 쓸어내렸다.

그녀의 손을 생각하자 그녀가 자신의 허리에 손을 감고 꾸무럭 거렸던 때의 느낌이 다시 떠올랐다. 그 묘한 느낌 때문에 그는 운전을 하는 데 애를 먹었었다.

"병원에 좀 가볼까……. 병에 걸린 건가."

히가시는 되새김질을 하는 양처럼 그 상태로 한참을 멍하니 소파에 앉아 있었다.

$\bullet \quad \bullet \quad \bullet$

"아악! 아빠 잘못했어요!"

"너만…… 너만 아니었어도…… 네 엄마가 죽진 않았을 거야."

술에 취한 윤서의 아빠는 어린 윤서의 몸에 사정없이 매질을 했다. 그녀의 가녀린 몸에 빨간 낙인처럼 매 자국이 박혔다. 몸을 한껏 웅크린 윤서는 겨우 입을 열어 아빠에게 용서를 빌었다.

"아빠…… 내가 다 잘못했어요……. 제발……."

웅얼거리는 윤서의 목소리를 들은 아버지는 매를 옆으로 던져 놓고 방을 나갔다. 어린 윤서는 아픔과 공포에 몸을 덜덜 떨며 어둠 안에서 몸을 웅크리고 소리를 죽여 울었다.

다음 날 아침, 조용히 방문을 연 아버지 손에 약이 들려 있었다. 그는 눈물 자국이 얼굴에 남은 채로 잠들어 있는 윤서를 한참이나 말없이 내려다보았다.

"미안…… 하다."

그는 약을 윤서의 머리맡에 놓아두고 방문을 닫았다.

학교에 갔다가 집으로 돌아온 윤서는 안방으로 들어가 등산용 백팩을 꺼냈다. 아버지가 퇴근해서 돌아오기 전, 빨리 짐을 꾸려서 나가야만 했다. 이대로 더 있다가는 아버지에게 맞아 죽을 것만 같았다.

옷장과 서랍을 열어 급하게 속옷과 옷들을 가방에 넣은 후, 윤서는 그동안 모아두었던 돈이 들어 있는 통장과 핸드폰을 챙겼다. 갈 데는 없었지만 그 어디라도 이 지옥 같은 집보다는 나을 것 같았다. 집을 나서기 전 윤서는 거실을 한번 둘러보았다. 엄마가 살아 있을 적에는 더없이 행복하고 따뜻했던 집이지만 지금의 그녀에게 있어서 이 집은 지옥, 그 자체였다.

"다시는…… 돌아오지 않을 거야."

윤서는 뒤도 돌아보지 않고 집을 떠났다.

경찰서 안은 패싸움을 한 십대 아이들 때문에 혼잡했다. 경찰들은 말 안 듣는 아이들을 정리하느라 애를 먹는 중이었다. 눈에 멍이 들고 입술이 터진 윤서는 경찰서의 구석에 조용히 앉아 있었다.

"지윤서! 여기 지윤서 있니?"

누군가가 자신의 이름을 부르자 윤서는 고개를 들었다.

"네가 지윤서야?"

경찰이 다가와 질문을 하자 그녀는 고개를 끄덕였다.

"너네 아버지가 널 찾아왔어. 나가볼래?"

'아버지'라는 단어에 윤서의 얼굴에서 핏기가 가셨다.

"싫어요. 전 아버지가 없어요."

윤서의 대답에 경찰이 의아한 얼굴로 서류를 뒤적거렸다.

"너희 아버지 이름이 지승호 씨 아니야?"

"아니에요. 전 그런 사람 몰라요."

고개를 갸웃거리며 복도로 나간 경찰은 윤서의 아버지를 데리고 아이들이 버글거리는 청소년계 사무실 안쪽으로 다시 들어왔다. 아버지를 본 윤서는 얼굴이 파랗게 질린 채로 숨을 멈췄다.

"윤서야!"

가출을 한 지 2년 만에 아버지의 얼굴을 본 윤서는 두려움에 몸을 떨었다. 그녀는 얼른 옆에 앉아 있던 같은 가출 팸의 여자아이의 등 뒤로 얼굴을 숨겼다.

"윤서야! 아빠야!"

"아저씨, 누구세요! 전 아저씨 몰라요!"

"윤서야! 그러지 말고……."

아버지가 윤서의 팔을 잡자 그녀는 소리를 질렀다.

"살려주세요! 아악!"

윤서의 반응에 아버지는 어쩔 줄 몰라 당황했다. 그걸 지켜보던 경찰은 상황을 짐작한 듯 혀를 차며 한숨을 내쉬었다.

"저랑 잠깐 밖으로 나가시죠."

경찰은 윤서에게 눈을 떼지 못하는 아버지를 이끌고 다시 복도로 나갔다.

· · ·

아니, 분명히 여자를 싫어한다고 했는데……. **137**

[다음 역은 교대, 교대역입니다.]

윤서는 지하철 안내 방송 소리에 눈을 떴다. 그녀는 자리에서 일어나 출입문 앞에 섰다. 유리창에는 가방을 멘 자신의 깡마른 모습이 비쳐 보였다.

"왜 이제 와서……."

윤서는 입술을 깨물었다. 출입문이 열리자 3호선으로 환승하기 위해 그녀는 천천히 발걸음을 옮겼다. 출근 시간이 지나 있었지만 교대역은 오가는 사람들로 혼잡했다.

침대에 누운 히가시는 잠이 오지 않아 몸을 이리저리 뒤척였다. 그는 결국 잠자는 걸 포기하고 침대 헤드 보드에 등을 기대고 앉았다.

"책이나 볼까."

그는 거실로 나가 책장의 책들을 둘러보았다. 그의 손이 자연스럽게 나쓰메 소세키의 '풀잎 베개' 쪽으로 향했다. 책을 읽던 윤서의 모습을 떠올리자 그는 자신도 모르게 슬며시 미소를 지었다.

"……내가 왜 웃고 있지?"

머쓱해진 히가시는 책을 다시 책꽂이에 꽂고 소파에 앉았다. 어머니와 유타카 가문에서 겪어왔던 여자들 때문에 히가시는 아주 어릴 때부터 여자에게 흥미가 없었다. 그가 지금까지 봐왔던 여자들은 인영과 몇 명을 제외하고는 모두 속물적인 욕심에 가득 찬 혐오스러운 여자들뿐이었다.

그는 자신의 팔 안쪽에 있는 장미와 광대 문신을 내려다보았다. 문신은 어머니가 자신에게 남긴 흉터를 가리기 위한 것이었다. 문신을 쓰다듬던 히가시는 씁쓸한 미소를 지었다.

"아유, 제길."

출근 준비를 하던 료는 짜증이 나는 듯 욕을 내뱉었다.

"왜 그래."

핸드폰을 들여다보며 커피를 마시던 민호는 왼쪽 뺨을 유심히 들여다보고 있는 료를 쳐다보았다.

"망할 놈이 손힘은 세가지고 볼에 멍이 남았잖아."

"뺨 맞은 거? 어떻게 하냐."

"BB크림 발라야지."

"그게 뭔데."

"이거? 화장할 때 바르는 거."

료가 BB크림을 손가락에 짜서 볼에 살살 문지르자 멍 자국이 감쪽같이 가려졌다.

"남자가 무슨 화장이야."

"촌스러운 놈, 요즘 트렌드를 모르네. 남자도 잘 꾸며야 여자에게 어필할 수 있는 시대라고."

BB크림을 든 료는 장난기가 가득한 얼굴로 민호를 보며 씩 웃었다.

"너도 발라줄까?"

"너나 발라!"

"우리 사이에 왜 이래, 같이 미남 되자구!"

아니, 분명히 여자를 싫어한다고 했는데…….　**139**

료가 달려들자 민호는 자신의 방으로 도망가서 문을 닫았다.

"야! 이 돌아이야! 제발 그만 좀 해!"

"왜 그래 자기! 미남으로 만들어주겠다는데!"

"좀 꺼져!"

잠긴 방의 문고리를 돌리며 료는 킥킥거리고 웃었다.

"빨리 나와, 출근하자!"

결국 한숨도 자지 못한 히가시는 퀭한 얼굴로 침대에서 일어났다. 피로가 무거운 추처럼 어깨를 짓눌러서 고개를 들기도 힘들었다.

"망했네."

이 상태로 바에 나가봤자 아무것도 못 할 게 분명했다. 저혈압인 그는 잠이 부족하면 최악의 상태가 됐다. 아니나 다를까 아까부터 머리를 망치로 내려치는 듯한 통증이 시작되고 있었다.

히가시는 한숨을 내쉬고 다시 침대에 누웠다.

"망할……. 커피는 왜 마셔가지고……."

한참을 눈을 감고 있던 그는 료에게 전화를 했다.

[형! 지금 출근하려고 하는데 왜?]

"나 오늘 좀 늦게 갈 것 같으니까 너희끼리 가게 열어."

[왜, 몸이 안 좋아?]

"응, 좀 그래."

[어휴, 우리 형이 아저씨 다 됐네.]

료의 웃음기 섞인 장난에 히가시가 미간을 구겼다.

"내 나이가 몇인데 아저씨야."

[삼십대 중반이면 아저씨지. 크크크크.]

"젊어서 좋겠다. 망할 놈아."

[우리끼리 먼저 가게 열게. 걱정하지 마.]

전화를 끊은 히가시는 옆에 있던 베개를 안고 몸을 돌려 누웠다.

"걔는 말라서 안으면 딱딱하겠지."

자신이 내뱉은 말이 무슨 의미인지 깨달은 히가시는 정신이 번쩍 들어 베개를 옆으로 확 밀쳤다.

"아…… 미치겠네, 진짜 돌은 거 아냐?"

히가시는 머리를 세게 흔들었다.

"잡생각 말고 자자. 자자고……."

바에 출근한 윤서는 홀에 모여서 이야기를 나누고 있는 민호와 료, 인영에게 인사했다.

"왔어!"

인영은 웃으며 윤서를 반겨주었다.

"사장님은요?"

"몸이 안 좋다고 좀 늦게 온대."

"아침까지만 해도 멀쩡했는데……."

윤서의 대답에 료는 정색을 했다.

"아침에 형이랑 같이 있었어요?"

"지하철 타러 가는데 사장님이 같이 아침을 먹자고 하시더라고요. 그래서 아침 먹고 사장님 댁에 가서 커피 한잔 마셨어요."

이야기를 들은 사람들은 서로를 놀란 얼굴로 쳐다보았다.

아니, 분명히 여자를 싫어한다고 했는데…….　　**141**

"형네 집에 가서 커피를 마셨다고요?"

"네……. 왜요……? 뭐가 잘못됐나요?"

료는 뭔가를 캐내고 싶어 하는 얼굴로 은근하게 윤서를 보았다.

"가서 커피만 마셨어요?"

"네, 그런데 기분이 안 좋으셨는지 중간에 좀 그래서……."

"그래서?"

"그냥 나와서 집에 갔어요. 그때까지는 괜찮아 보였는데……."

료가 킥킥거리며 웃자 윤서는 당황했고, 인영은 나무라듯 료의 어깨를 살짝 밀었다.

"커피 맛있었어?"

"네, 그럭저럭요……. 그런데 왜 웃으세요?"

"아, 미안해요. 하도 의외의 상황이라 좀 웃겨서요. 비웃은 거아니니까 오해하지 마세요."

"오해는 안 해요. 사장님이 걱정돼서 그렇죠. 그럼 전 주방으로 가볼게요."

윤서는 어색한 기분으로 자리를 피했다.

"혹시 기분 상한 건 아니겠지."

"윤서 씨는 오빠 사정을 모르니까 기분 나쁠 수도 있지. 나중에 잘 설명해 줘."

"그러나 저러나 우리 형이 이번엔 좀 다른데?"

료는 꿍꿍이가 있는 얼굴로 눈을 빛냈다. 그러자 민호는 고개를 저으며 주방으로 향했다.

그가 들어가자 윤서는 벌써 과일을 꺼내서 씻고 있었다. 그는 냉동실에서 전복을 꺼냈다.

"그거 전복 아니에요?"

"맞아요."

"그건 왜 씻어요?"

"형한테 보낼 죽 좀 끓이려고요. 보통 이런 날엔 저녁을 거르거든요."

"사장님은 어디가 아픈 거예요?"

"편두통일 거예요. 원래 저혈압이라 잠을 못 자는 날은 머리가 자주 아파요."

전복을 다 씻은 민호는 전복을 다듬기 시작했다. 윤서는 다 씻은 과일을 바구니에 차곡차곡 올려놓았다. 그때 료가 주방으로 들어왔다.

"죽 끓이고 있냐?"

"응. 재료 손질은 대충 끝냈으니까 한 20분이면 다 될 것 같은데."

료는 은근슬쩍 윤서 옆으로 다가왔다.

"혹시 아까 기분 나빴어요?"

"네? 아니요. 영문을 몰라서 무슨 일인가 했어요."

"형이 집에 누군가를 들인 게 하도 오랜만이라 놀라서 그랬어요. 비웃은 거 아니니까 기분 나빠 하지 마세요."

"사장님이 집에 자주 안 부르세요?"

"명절에나 가끔 모여서 밥 먹지, 거의 집으로 안 불러요. 결벽증이 있는 사람이라."

"성격 참 유난스럽네요."

아니, 분명히 여자를 싫어한다고 했는데……. 143

"원래 유한 성격은 아니에요. 그건 그렇고 히가시 형네 좀 다녀 올래요?"

"일해야 되는데……."

"지금은 좀 한가하니까 다녀와요."

그새 냄비를 불 위에 올린 민호는 불린 쌀을 참기름에 볶으며 대꾸했다. 윤서가 알았다는 듯 고개를 끄덕이자 료가 봉투를 하나 내밀었다.

"이게 뭐예요."

"형네 주소랑 집 키, 비밀번호랑 택시비예요. 택시 타고 다녀 와요."

윤서는 고무장갑을 벗고 봉투를 받아 바지 주머니에 넣었다.

"그럼 좀 이따 다녀올게요."

"꼭 깨워서 죽 다 먹는 거 보고 와요, 알았죠?"

윤서가 다시 고무장갑을 끼는 사이 료는 민호를 보며 씩 웃었다. 민호는 료의 장난기 가득한 얼굴에 고개를 설레설레 저었다.

금방 완성한 죽을 보온병에 넣은 민호는 뚜껑을 닫고 봉투에 넣으며 윤서에게 주의사항을 일러주었다.

"혹시라도 차가 막혀서 죽이 퍼지면 물하고 소금 좀 넣고 다시 데워요."

"그럴게요."

죽 봉투를 들고 블랙잭의 뒷문으로 나온 윤서는 택시를 잡았다. 그녀는 택시 기사에게 종이에 적힌 주소를 내밀었다.

"이곳으로 가주세요."

택시가 삼성동의 빌라 앞에 도착하자 윤서는 택시에서 내려 주위를 둘러보았다. 아침에는 정신이 없어서 잘 몰랐지만 그의 빌라는 부촌의 한가운데 있었다.

윤서는 빌라의 문을 열고 들어가 엘리베이터를 탔다. 이윽고 엘리베이터는 3층에 도착했고 그녀는 그의 집 앞에 섰다. 쪽지에 적힌 대로 번호 키를 눌러 문을 열고 윤서는 집 안으로 들어섰다. 불이 꺼진 어두운 거실은 커튼까지 쳐져 있어 빛도 들어오지 않았다. 그녀는 벽을 더듬어 불을 켰다.

"사장님은 아직도 주무시나."

윤서는 부엌으로 걸어가 보온병을 식탁 위에 올려놓았다.

빌라에는 방문이 4개 있었다. 잠시 망설이던 윤서는 현관 쪽에 가장 가까운 문부터 살며시 열어보았다. 운이 좋게도 바로 그곳이 히가시의 침실이었다.

윤서는 방문을 조금만 열어두고 발소리를 죽여 히가시가 누워 있는 침대로 다가갔다. 히가시는 윗옷을 벗은 채 진한 갈색의 이불을 덮고 잠들어 있었다. 윤서는 손을 뻗어 그의 어깨를 살살 흔들었다.

"사장님, 일어나보세요. 저녁 가져왔어요."

그는 나지막하게 신음 소리를 냈다.

"사장님."

그때 히가시가 반쯤 눈을 떴다. 그리고 그는 갑자기 손을 뻗어 윤서의 팔을 붙잡고는 당겼다.

그 바람에 윤서는 히가시가 누워 있는 침대로 바로 엎어졌다.

"우읍…… 사장님!"

히가시는 윤서가 소리를 지르든 말든 한 손으로는 그녀의 등을

아니, 분명히 여자를 싫어한다고 했는데…….　　145

단단히 감싸 안고, 다른 팔로 그녀의 허리를 감쌌다. 그 힘이 얼마나 셌던지 깡마른 윤서의 몸은 그대로 침대 위로 딸려 올라갔다.

윤서는 히가시의 벗은 가슴에 얼굴이 묻혔다. 그에게서 벗어나려고 버둥거려 봤지만 아무런 소용도 없었다. 히가시에게 완전히 밀착된 상태에서 윤서는 겨우 손을 올려 그의 가슴팍에 대고 얼굴을 간신히 뒤로 떼어냈다. 그러나 그것도 잠시, 히가시가 꽉 껴안는 바람에 그녀의 얼굴은 다시 그의 가슴에 묻혔다.

그에게서 시원하지만 달콤한 녹차향이 풍겼다. 그의 탄탄한 가슴에 댄 손바닥을 통해 힘찬 심장 고동이 그대로 전해졌다. 윤서를 품에 안은 히가시는 눈을 감고 조용히 웃었다.

"뭐야…… 부드럽…… 잖아."

그는 잠꼬대인지 혼잣말인지 구분이 안 되는 말을 웅얼거리며 그대로 윤서의 머리카락에 얼굴을 묻었다.

"냄새도…… 좋잖아…… 발육…… 부진도…… 아니고……."

그는 윤서의 가슴께로 손을 가져갔다. 그 순간 얼굴이 빨갛게 달아오른 윤서가 히가시의 어깨를 잡고 세게 흔들었다.

"사장님! 일어나세요! 사장님!"

윤서의 고함 소리에 히가시가 눈을 떴다. 잠시 눈을 굴리던 그는 자신의 품에 안겨 있는 윤서를 발견하고 멍한 눈으로 그녀를 보았다. 그러다가 갑자기 정신이 든 듯 경악하며 그녀를 자신의 품에서 밀어내고 번개처럼 일어나 앉았다.

"뭐야…… 이게 무슨 일이야……?"

히가시는 이불을 끌어모아 상체를 가리고 황당한 얼굴로 윤서를 쳐다보았다.

"민호 씨가 사장님께 죽 가져다 드리라고 해서 온 거예요."

"그런데…… 왜…… 내가 너를……."

얼굴이 빨갛게 달아오른 히가시는 윤서를 쳐다보지도 못했다.

"기억 안 나세요? 제가 사장님을 깨우려고 했는데 사장님이 갑자기…… 제 팔을 잡아당겨서……."

"내가?"

히가시는 금세 어이없는 얼굴이 되었다.

"그럼 제가 그랬겠어요?"

발끈한 윤서의 대답에 그는 반쯤 넋이 나간 얼굴이 됐다.

'뭐야…… 꿈인 줄 알았는데…….'

"내가 혹시…… 이상한 짓…… 하지 않았지?"

윤서는 빨개진 얼굴로 히가시를 간신히 쳐다보았다. 그녀는 차마 그가 자신의 가슴을 만지려고 했다는 말을 할 수가 없었다.

"아…… 아무 짓도 안…… 했어요."

"그래? 그…… 그거 다행이네……."

히가시는 어색하게 웃으며 그녀에게 나가라는 손짓을 했다.

"옷…… 입고 나갈게……. 먼저…… 나가 있어."

"알았어요."

윤서는 황급히 침대에서 일어나 방을 나갔다.

어두운 방 안에서 히가시는 망연자실했다.

"도대체 무슨 짓을 한 거야. 진짜 머리가 어떻게 됐나 봐……. 병원에 좀 가봐야겠다."

그는 이불에 얼굴을 박고 주먹으로 이불 위를 팡팡 두드렸다.

아니, 분명히 여자를 싫어한다고 했는데……. **147**

겨우 진정하고 옷을 꿰어입은 히가시가 밖으로 나가자 윤서가 보온병에 있던 죽을 냄비에 붓는 중이었다.

"뭐…… 하는 거야."

히가시가 어색해하며 묻자 윤서는 뒤를 돌아보지도 않은 채 대답했다.

"죽이 좀 퍼졌어요. 민호 씨가 죽이 퍼졌으면 냄비에 부어서 물하고 소금을 좀 넣고 데우라고 했거든요. 그런데……."

"그런데 뭐?"

"소금 좀 찾아주세요. 어디 있는지 모르겠어요."

히가시는 윤서의 옆에 섰다. 그가 손을 뻗자 그녀는 무심결에 흠칫 놀랐다.

"왜, 아무 짓도 안 해."

"누가 뭐래요?"

부끄러움과 어색함에 쏘아붙이듯 대답하는 윤서의 귀가 빨갛게 달아올라 있었다. 히가시는 찬장에서 소금을 꺼내 가스레인지 옆에 놓고 죽을 저을 수 있도록 나무 숟가락을 꺼내 윤서에게 건넸다. 그녀는 그의 얼굴을 똑바로 보지도 못하고 숟가락을 받아들었다. 잠시 그녀의 모습을 지켜보던 히가시는 말없이 냄비받침과 밥공기를 챙겨 식탁에 놓았다.

죽이 다 데워지자 윤서는 냄비를 식탁 위로 옮겼다. 그녀는 식탁에 밥공기가 2개 놓여 있는 것을 보고 그제야 히가시를 마주보았다.

"왜……."

"양을 보니까 1인분이 아니잖아. 앉아서 같이 먹고 가. 어차피 가게로 가봤자 저녁도 없을걸."

"그래도……."

"먹어. 괜찮으니까."

윤서는 죽을 히가시의 밥공기에 덜었다. 그의 말대로 죽은 절
대 혼자선 다 못 먹을 양이었다. 그녀는 망설이다가 자신의 밥공
기에도 죽을 덜었다.

히가시와 윤서는 어색하게 마주 앉아 죽을 먹기 시작했다. 한
참 말이 없던 히가시는 코를 박을 듯한 자세로 죽만 꾸역꾸역 먹
고 있는 윤서를 힐끔 쳐다보았다.

"침실에서 있었던 일 말인데……."

윤서는 깜짝 놀란 듯 어깨를 움찔거렸다.

"무슨 일이요."

"아니 내가 널 안은…… 거 말이야."

"그냥 잠이 덜 깨서 그러신 거잖아요."

밥공기에서 시선을 떼지 못하는 윤서의 정수리를 보며 히가시
는 뭐라고 대꾸를 해야 할지 생각이 나지 않아 당황스러웠다.

"그래……. 네 말이 맞아."

"일부러 그러신 거 아닌 거 아니까 신경 쓰지 마세요. 괜찮아
요."

윤서의 말에 그는 왠지 모르게 서운해졌다.

"넌…… 아무렇지도 않아?"

"사장님이 절 좋아해서 안은 것도 아니고 잠결에 그런 걸 어떻
게 해요. 그러려니 해야죠."

"아니, 넌 무슨 여자애가……."

아니, 분명히 여자를 싫어한다고 했는데……. **149**

"그럼 사장님한테 피해보상 청구라도 해야 돼요?"

윤서가 고개를 들고 자신을 쳐다보자 그는 할 말이 없었다.

"그래도 사장님은 제 은인이잖아요. 사장님이 제게 이상한 생각을 가지고 그랬을 거라고 생각 안 해요. 블랙잭의 다른 분들도 다들 그렇게 오랫동안 돌봐주셨는데……."

"그렇게 생각해 주면 고맙지만……."

"식기 전에 어서 드세요. 빨리 먹고 가게에 가봐야죠."

윤서는 다시 고개를 숙였다. 히가시도 남은 죽을 마저 먹기 시작했다.

다 먹은 윤서가 밥공기를 챙겨 일어나자 히가시는 그녀에게 명령하듯 말했다.

"설거지하지 마. 내가 할 테니까."

"그냥 놔두면 냄새 나잖아요."

"물만 부어놔. 괜찮아."

그는 의자에서 일어났다.

"같이 가자. 조금만 기다려, 씻고 나올 테니까."

"료 씨가 주신 택시비 남았어요."

"같이 가, 기름도 안 나는 나라에서 왜 기름 낭비야."

히가시가 침실로 들어가자 잠시 망설이던 윤서는 이내 밥공기와 냄비, 숟가락과 보온병을 깨끗하게 설거지했다.

설거지는 금세 끝났다. 그러곤 윤서는 거실로 나가 소파에 주저앉았다. 히가시 앞에서는 아무렇지도 않은 척했지만 남자의 벗은 몸을 그렇게 적나라하게 느껴본 건 처음이었다. 그의 가슴에 얼굴이 파묻혔던 느낌이 떠오르자 얼굴이 터질 것처럼 빨갛게 달아올랐다.

"그래도 생각보다 몸이 좋았어……."

윤서는 무심결에 내뱉은 말에 당황했다.

"지윤서, 정신 차려. 돈 벌 궁리나 해라."

윤서는 스스로를 책망하며 마음을 다잡았다.

히가시는 샤워기 아래에 서서 쏟아지는 물을 맞으며 얼굴을 손바닥으로 씻어 내렸다. 옷을 입고 있을 때는 잘 보이지 않지만 그는 어릴 때부터 해온 유도 덕분에 온몸이 근육이었다.

"……나만 설렜나 보네."

히가시는 스스로가 한심해져 실소를 내뱉었다.

"아무리 그래도 어떻게 저렇게 아무렇지도 않아 하지……."

히가시는 자신의 마음 한구석에서 왠지 모를 화가 치밀어 오르는 것을 깨닫고 당황했다.

"이건…… 아무리 생각해도 정상이 아니야. 이상하다고……."

샤워를 마친 그는 거울을 들여다보며 계속 혼잣말을 중얼거렸다. 히가시는 반팔 셔츠를 입고 그 위에 두꺼운 니트를 겹쳐 입었다. 청바지까지 입은 그는 거울을 한번 보고 거실로 나갔다.

윤서는 책장을 들여다보고 있었다. 문이 열리는 소리에 그녀는 고개를 돌렸다.

"뭐 보고 싶은 책 있어?"

"이거요. 저 빌려가도 돼요?"

윤서가 가리킨 책은 아침에 와서 읽었던 나쓰메 소세키의 '풀 잎 베개'였다.

아니, 분명히 여자를 싫어한다고 했는데…….   **151**

"곱게 읽고 가져와."

"고맙습니다. 그런데 오늘은 가죽 바지 안 입으셨네요?"

"차 몰고 갈 거야. 아직 머리가 아파서 오토바이 못 타."

"사장님, 차도 있어요?"

윤서의 놀란 얼굴에 히가시는 '훗' 하고 가볍게 웃음을 흘렸다.

"짐 나르려면 차도 필요하니까. 얼른 내려가자."

주차장에 내려간 히가시는 리모컨을 눌러 오토바이 옆에 세워져 있던 포르쉐 카이엔의 문을 열었다.

"이거 사장님 차였어요?"

"응, 왜?"

"사장님 진짜 부자네요."

윤서의 얼굴에 부러움이 묻어났다.

"왜, 나는 부자면 안 돼?"

"알고는 있었지만 새삼스럽게 그냥 부러워서요. 나이도 젊으신데 이렇게 성공하시고……."

"너도 할 수 있어. 나도 아무것도 없이 시작해서 이렇게 돈을 번거니까."

"저도 할 수 있겠죠?"

히가시는 윤서를 보며 환하게 웃었다.

"당연하지."

그녀는 히가시의 반대편으로 돌아가 조수석에 올라탔다. 히가시의 차는 가게가 있는 청담동 쪽으로 향했다. 윤서는 우두커니 창밖을 스쳐 지나가는 야경을 바라보며 생각에 잠겼다.

윤서와 히가시는 건물 옆 주차장에 차를 세우고 뒷문으로 들어갔다. 윤서가 주방으로 들어섰을 때 민호는 눈코 뜰 새 없이 바쁘게 음식을 준비하고 있었다. 그녀는 옷을 벗어 벽에 걸고 바로 민호를 돕기 시작했다.

뒤이어 히가시가 들어오자 민호는 그를 보고 걱정스러운 얼굴을 했다.

"좀 괜찮아?"

"죽 잘 먹었다. 맛있더라."

"맛있었다니 다행이네. 그런데 차 가지고 왔나 보네."

"응, 아직도 머리가 아파서."

히가시의 차림새를 훑어본 민호는 음식 준비를 하는 윤서에게 시선을 옮겼다.

"죽 안 퍼졌어요?"

"좀 퍼져서 데워서 드렸어요."

"저녁 먹고 왔죠?"

"네. 보온병은 씻어서 가져왔어요."

히가시는 윤서를 향해 한쪽 눈썹을 올렸다.

"너 설거지했냐?"

"네."

"하지 말라니까 왜……."

"보온병 씻는 김에 씻었어요. 어차피 손에 물 묻힌 김에 한 거예요."

그는 포기한 듯 고개를 저었다.

"나 바로 나가볼게. 그럼 일해라."

"응."

히가시는 쟁반을 세팅하는 윤서의 뒷모습을 흘끗 쳐다보고 바
쪽으로 발길을 돌렸다.

"어, 왔네. 몸은 괜찮아?"

바에서 칵테일을 만들던 료가 히가시를 보고 싱글벙글 웃었
다.

"아직도 머리가 아파."

"그럼 쉬지 뭐 하러 나왔어."

"나와봐야지."

"죽은 잘 먹었어?"

료가 쉐이커를 흔들며 의미심장하게 웃자 히가시는 표정을 들
키기 싫어 고개를 돌렸다.

"맛있더라."

"그랬겠지, 전복죽인데."

"난 옷 갈아입으러 간다."

라커룸으로 향하는 히가시의 뒷모습을 보며 료는 인영에게 귓
속말을 했다.

"둘이 뭔가가 있었나 봐. 역시 내 예상이 맞았다니까."

인영은 히가시의 뒷모습을 보며 미소를 지었다. 그리고 그의
얼어붙은 마음에 따뜻한 봄비가 내리기를 진심으로 바랐다.

히가시는 옷을 갈아입고 바로 나왔다. 그는 바 안쪽으로 들어
와 료의 옆에 섰다.

"뭐 더 만들 거 있어?"

"아냐, 다 했어. 형 오기 전에 주문이 갑자기 많이 들어와서
바빴거든."

그때 송이경이 가게 안으로 들어왔다. 어제와는 다르게 그녀는 연한 화장을 한 채 몸에 딱 붙는 티셔츠와 스키니진 차림이었다. 육감적인 그녀의 몸매는 편한 옷차림으로도 돋보였다. 히가시를 발견한 이경의 얼굴이 전원이 들어온 로봇처럼 순식간에 밝아졌다.

"오빠! 오늘은 바에 있네요."

"어서 오세요."

히가시는 그녀를 향해 영업용 미소를 지었다. 이경은 그를 마주보고 앉았다.

"어휴! 어제는 친구들이랑 같이 왔는데 이성수 PD님을 우연히 만나가지고 정신없었잖아요. 오빠랑 이야기 좀 하고 싶었는데."

그녀는 히가시를 향해 눈웃음을 쳤다. 사실 손님들 중에 히가시에게 호감을 보이는 여자들은 수도 없이 많았다. 일개 바텐더인 줄 알았던 그가 블랙잭의 사장이라는 사실을 알게 되면 여자들은 당장 그를 대하는 태도부터 달라졌다. 심지어 어떤 여자들은 취한 척하며 바의 영업시간이 끝날 때까지 기다렸다가 그에게 달라붙는 경우도 있었다.

"그래서 이성수 PD님이랑 좋은 시간 보내셨어요?"

이경은 미간을 살짝 찡그렸다.

"다 비즈니스죠. 아무래도 드라마 PD니까 배우들을 캐스팅하는 데 힘이 좀 있을 거 아녜요."

"그렇겠죠."

"오늘은 오빠 만나러 온 거니까 나랑 같이 있어줘요. 알았죠?"

이경의 요구에 그는 말없이 미소를 지어 보였다.

아니, 분명히 여자를 싫어한다고 했는데…….　　155

"뭐 드시겠어요?"

"마티니로 줘요. 그리고 오늘은 어디 가지 말아요."

마티니를 만들기 위해 컵을 꺼내려 등을 돌린 히가시는 치밀어 오르는 욕지기를 간신히 참았다. 그는 돈과 권력을 위해서는 어떤 일도 마다하지 않는 여자들을 지긋지긋할 정도로 많이 봐왔다. 바를 하면서 만났던 대다수의 여자들도 이경과 크게 다르지 않았다. 이경은 그런 그의 마음을 짐작도 못 하는 듯 자신만만한 표정으로 다리를 꼬고 앉았다. 히가시는 마티니를 만들어 이경의 앞으로 내밀었다.

"어머, 오빠가 만든 거라 그런지 너무 맛있다."

마티니를 한 모금 마신 이경은 유혹하듯 히가시를 보며 웃었다.

"감사합니다."

"오빠, 오늘은 몇 시에 끝나요?"

"5시에요."

"그럼 그때까지 기다려도 돼요?"

"왜요?"

"알면서 왜 그래요. 우리 데이트 해요. 새벽 데이트."

이경의 뻔한 수작에 그는 접대용 미소를 지으며 그녀의 제안을 단칼에 잘랐다.

"그건 좀 곤란한데요. 저는 잠을 못 자면 일을 못 하거든요."

"어머, 생긴 건 엄청 건강할 것 같이 생겼는데."

이경이 손을 내밀어 히가시의 팔뚝을 잡자 그의 표정이 순식간에 굳었다.

그때 료가 다급하게 히가시를 불렀다.

"형! 저쪽에서 손님이 찾는데, 좀 가봐."

"알았어."

히가시는 이경의 손을 슬며시 떼어내고 반대쪽으로 걸어갔다. 료는 히가시 대신 이경을 마주보며 씩 웃었다.

"이경 씨, 우리 사장님 좋아해요?"

이경을 료를 새침하게 빤히 쳐다보았다.

"그렇게 티 나요?"

"티 많이 나요."

칵테일을 마시며 이경은 료를 슬쩍 흘겨봤다.

"오빠 일부러 저쪽으로 보낸 거죠?"

"티 많이 났어요?"

"네, 많이 났어요. 나 좀 도와줘요. 난 오빠가 진짜 좋은데."

료는 애원하듯 말하는 이경의 수작에 속으로 코웃음을 쳤다.

"오빠는 어떤 스타일의 여자를 좋아해요?"

"글쎄요. 히가시 형이 여자를 만나는 걸 본 적이 없어서 저도 잘 모르겠어요."

"어머, 오빠가 여자를 안 사귀어봤어요?"

"아마 그럴걸요."

"왜요? 저렇게 돈도 많고 잘생겼는데."

"글쎄요. 뭐 말 못할 문제가 있나 보죠."

말 못할 문제라는 미끼를 문 이경의 눈이 빛나는 걸 본 료는 서서히 낚싯대의 줄을 감아올리기 시작했다.

"문제가 뭔데요?"

"저도 잘 몰라요. 히가시 형이 말을 안 하니까."

"궁금하네, 문제가 뭔지."

"글쎄요, 신체적 이상이라든가 뭐 돈 문제라든가 그런 게 있겠죠."

"신체적 이상이요?"

"저도 잘은 모르겠지만 이상하잖아요. 남자가 여자를 안 사귄다는 게."

이경의 표정이 석연찮게 변하자 료는 고기를 낚아챌 때가 왔음을 알았다.

"그리고 제가 친하니까 이경 씨에게만 알려드리는 건데요……."

"뭔데요?"

료는 이경에게 가까이 다가오라는 손짓을 했다. 료는 그녀의 귀에 대고 나지막하게 속삭였다. 료의 말을 들은 이경의 얼굴에서 그녀가 쓰고 있던 가면이 서서히 벗겨졌다.

"그게 정말이에요?"

이경이 신경질적으로 묻자 그는 몰랐냐는 얼굴로 고개를 끄덕였다.

"제가 뭐 하러 거짓말을 하겠어요."

"쳇!"

이경은 기분이 상한 듯 마티니를 단숨에 마시고 자리에서 일어났다.

"안녕히 가세요."

이경은 히가시의 인사를 무시하고 그대로 밖으로 나갔다. 그녀가 나가자 료는 팔짱을 끼고 낄낄거렸다.

"너 뭐라고 그랬냐."

히가시가 묻자 료는 턱을 살살 문지르며 장난스럽게 웃었다.

"별말 안 했어. 형이 이 가게 낼 때 빚을 하도 많이 져서 버는 족족 그거 갚느라고 집이랑 차랑 다 저당 잡히고 돈 하나도 없다고, 여자한테 돈을 꿔야 할 처지라고 말하니까 저러고 가는데?"

"뭐래."

"뻔하지, 저런 부류들은 돈 없다고 하면 당장 떨어져 나가. 아니나 다를까네."

히가시는 료의 옆구리를 팔꿈치로 쿡 찔렀다.

"혹 하나 떨궈줬네."

"앞으로 가게에 와도 형한테 달라붙지는 않겠지."

웨이터에게 주문이 들어오자 료는 컵을 꺼냈다.

"이 신세는 나중에 초밥으로 받겠어."

료는 기분 좋게 휘파람을 불며 주문으로 들어온 준벽을 만들기 시작했다.

민호와 윤서는 안주들을 만드느라고 정신이 없었다. 새벽 3시가 지나 주문이 뜸해지자 윤서는 의자에 앉아 어깨를 두들겼다. 민호는 종이컵에 든 커피를 그녀에게 내밀었다.

"잘 마실게요."

윤서는 컵을 받아 들며 미소를 지었다.

"궁금한 게 있는데 뭐 하나 물어봐도 돼요?"

"뭔데요?"

"사장님은 뭘 해서 이렇게 돈을 번 거예요?"

아니, 분명히 여자를 싫어한다고 했는데…….　　159

"그게 왜 궁금해요?"

"아까 사장님 집에서 나오는데 사장님도 맨몸으로 시작해서 돈을 벌었다고 하시더라고요."

민호는 잠시 생각을 하는 듯 종이컵을 만지작거렸다.

"나도 형이 바를 열기 전에 뭘 했었는지 잘 몰라요. 아마 형을 가장 오래전부터 알았던 인영이 누나가 형의 과거는 제일 잘 알고 있을 거예요. 그런데 형은 원래 변호사였으니까 그때 번 돈으로 이 가게를 차렸겠죠. 그리고 제가 알기로는 이 가게 말고도 여기 저기 투자해 놓은 게 많아요."

"사장님은 사업 수완이 좋은가 봐요."

"그럴걸요. 제가 처음에 바에 왔던 몇 년 전만 해도 손님이 이 정도로 많지는 않았거든요. 그리고 히가시 형은 머리가 정말 좋아요. 앞으로 보면 알겠지만 때로는 다른 사람들이 생각 못하는 걸 잘 잡아내거든요."

"사장님이 부러워요. 나도 사장님처럼 성공하고 싶은데……."

민호는 윤서를 보며 미소를 지었다.

"돈 벌고 싶어요?"

"당연하죠."

"그럼 여기서 열심히 일해봐요. 돈이 따라올 테니까."

윤서가 의아하게 쳐다보자 민호는 그답지 않게 이를 드러내며 활짝 웃었다.

새벽 5시가 가까워오자 히가시는 가게를 닫고 수입을 정산했다. 바 정리를 끝낸 인영은 옷을 갈아입고 나와 그에게 다가왔다.

"오빠. 마음에 드는 여자가 있으면 사귈 거야?"

신용카드 영수증을 정리하던 히가시는 왜 그런 질문을 하느냐는 듯한 얼굴로 그녀를 마주 보았다.

"뜬금없이 그게 무슨 소리야."

"그냥 물어보는 거야. 궁금해서."

"몰라, 생각 안 해봤어. 맘에 드는 여자도 없고."

"오빠, 그래도 내가 오빠를 여기서는 제일 오래 봐왔잖아."

"마음에 드는 여자가 있음 밀어내지 말고 만나봐. 세상의 여자들이 다 오빠가 생각하는 것처럼 이상한 건 아니야."

"나도 알고 있어. 걱정해 줘서 고맙다. 그런데 난 나보다 네가 더 걱정인데."

"나는 내가 알아서 할게."

히가시는 걱정스러운 얼굴로 인영을 쳐다보았다.

"혹시라도 남자가 생기면 오빠한테 제일 먼저 이야기해. 오빠가 봐줄 테니까. 알았지?"

"응."

다시 고개를 숙이고 영수증 정리에 몰두한 히가시를 인영은 생각이 많은 얼굴로 쳐다보았다.

그때 라커룸에서 옷을 갈아입고 나온 료는 히가시와 인영이 이야기를 나누는 걸 흘낏 쳐다본 후 주방 쪽으로 걸어갔다. 주방에서는 민호와 윤서가 한창 뒷정리 중이었다.

"가자! 가서 자야지."

"응, 대충 다 정리했어."

"드디어 오늘은 쉬는 날이네."

아니, 분명히 여자를 싫어한다고 했는데……. **161**

료의 말에 설거지를 하던 윤서가 고개를 돌려 그를 쳐다보았다.

"오늘 쉬어요?"

"어, 몰랐어요? 우리 가게는 월요일이 휴무예요."

"이야기를 안 해주셔서 몰랐어요."

"오늘 뭐 할 거예요?"

"모르겠어요. 아직 아무 생각도 없는데요."

"그래요? 그럼 우리랑 쇼핑하러 갈래요?"

"쇼핑이요?"

"옷 좀 살까 하고요. 할일 없으면 같이 가요. 이태원에 가볼까 생각 중인데."

"옷 사러 이태원에 가요?"

"민호가 덩치가 커서 보통 가게에서는 옷 사기가 힘들어요. 같이 갈래요?"

잠시 생각을 하던 윤서는 닦던 그릇들을 헹궜다.

"갈게요. 이태원에 한 번도 안 가봤는데 재미있을 것 같아요."

"그럼 전화할게요. 푹 자고 오후 2시에 이태원역에서 만나요."

료는 꿍꿍이가 있는 얼굴로 빙그레 웃었다.

'저 자식이 또 뭘 꾸미고 있구만.'

민호는 료가 무슨 일을 꾸미고 있는지 짐작이 되었지만 아무 말 없이 쓰레기 봉지를 묶어 밖으로 가지고 나갔다.

윤서는 지하철역 쪽으로 걸어갔고, 윤서의 모습이 시야에서 사라지자 남은 네 사람은 건물 옆 주차장을 향해 발길을 돌렸다.

"역까지 태워줄걸. 걱정되는데."

인영이 찜찜한 얼굴을 하자 민호도 말을 더했다.

"신세지기 싫다잖아. 여기서 거기까지 얼마나 된다고. 차 돌려야 돼서 복잡하다고 어찌나 고집을 부리는지."

"저렇게 고집이 세니까 혼자서 이때까지 살았겠지."

료는 생각에 빠져 있는 히가시의 얼굴을 찬찬히 쳐다보았다.

"형! 나랑 민호랑 오늘 이태원 가기로 했는데 같이 갈래?"

"뭐 하러."

"옷 사러 갈 건데 형도 가자. 형도 라이더 재킷 새로 장만할 때가 됐잖아?"

"하긴…… 좀 낡긴 했지."

그가 입고 다니는 라이더 재킷도 꽤 오래전 이태원에서 구입한 물건이었다. 겨울이 되면 거의 매일 입고 다녔던 탓에 재킷은 소매 끝과 목 주위가 꽤나 닳아 있었다.

"누나도 갈래?"

료가 묻자 인영은 담배를 꺼내 불을 붙였다.

"난 사양할래. 할 일도 있고."

"또 거기 가는 거야?"

"응. 쉬는 날인데 일주일에 한 번이라도 가야지."

"혹시라도 마음 변하면 누나도 와, 알았지?"

"그래."

인영은 담배를 한 모금 빤 뒤 천천히 연기를 뱉었다.

집으로 돌아온 윤서는 원룸의 불을 켰다. 좁디좁은 원룸은 이

아니, 분명히 여자를 싫어한다고 했는데…….　　**163**

부자리와 책상과 노트북, 얼마 되지도 않은 옷가지들로도 꽉 찰 정도였다.

"나도 옷이 없긴 정말 없구나."

윤서는 추레한 옷가지들을 둘러보며 혼잣말을 했다. 돈이 없기도 했지만 그녀는 옷을 사는 데 그다지 취미가 없었다. 전에 다니던 직장은 딱히 복장 제한이 있는 곳이 아니라 평상복을 입어도 괜찮아 특별히 옷을 산 적이 별로 없었다. 그녀가 입고 다니는 겨울용 점퍼도 산 지 5년이 넘어가는 옷이었다.

"이태원이라…… 나도 가서 옷 좀 골라볼까……."

윤서는 옷걸이에 걸린 옷들을 하나씩 넘겨보며 나직하게 한숨을 내쉬었다. 그렇게 잠시 휴식을 취한 후 윤서는 약속 시간에 맞춰 집을 나섰다.

이태원역에서 내려 밖으로 나가자, 거리에는 눈발이 약하게 흩날리고 있었다.

"올해는 그래도 겨울이 그렇게 춥지 않아서 다행이야."

손을 내밀어 눈송이를 손바닥에 받으며, 그녀는 엄마를 화장하던 날 볼을 에는 듯한 겨울바람을 타고 화장터 밖으로 흩날리던, 차갑기 그지없던 눈발을 떠올렸다.

'엄마, 그곳은 춥지 않지?'

잠시 하늘을 올려다보다가 그녀는 료와 만나기로 한 카페를 향해 발걸음을 옮겼다. 거리는 평일 오후인데도 관광객으로 보이는 외국인들과 그들을 노리는 호객꾼들, 지나가는 사람들이 엉켜 혼잡했다. 윤서가 카페에 도착해 두리번거리자 안쪽에 앉아 있던 료가 그녀를 향해 손을 흔들었다.

"여기예요!"

윤서가 다가가자 그곳에는 료와 민호가 이미 주문을 마치고 커피를 마시는 중이었다. 그리고 그곳에는 예상하지 못했던 인물이 한 사람 더 있었다.

"사장…… 님?"

윤서가 놀란 눈으로 쳐다보자 히가시는 그녀를 흘끗 보고 무심한 얼굴로 앞에 놓여 있던 커피를 한 모금 마셨다.

"얼굴이 왜 벌레 씹은 표정이야. 나는 여기 오면 안 돼?"

"아니 그건 아닌데 오신다는 말을 못 들어서……."

"형도 이태원 자주 와요. 이 근처에 할리 매장이 있어서 라이더 재킷이랑 바이크 아이템을 많이 팔거든요."

료는 자리에서 일어나 카운터로 향하며 뭘 마시겠느냐고 물었다. 윤서는 어떤 걸 마셔야 할지 결정을 못하고 그의 뒤를 따라갔다.

"뭐 마실래요?"

윤서는 카운터의 뒤쪽에 걸린 메뉴판을 유심히 들여다보았다.

"그냥 아메리카노 마실게요."

"더 비싼 거 마시지. 내가 살게요."

"그거면 됐어요."

주문을 마치고 윤서가 옆자리에 앉자 히가시는 기다렸다는 듯 길게 기지개를 켰다. 키가 큰 데다가 팔다리가 긴 그가 마치 기다란 젓가락 같아 보여 윤서는 신기한 얼굴을 했다.

"사장님, 진짜 팔다리 기네요."

히가시는 팔을 쭉 편 채로 미간을 구겼다.

아니, 분명히 여자를 싫어한다고 했는데……. **165**

"왜, 내 팔다리가 길어서 너한테 뭐 손해 입힌 거 있냐?"

"부러워서 한 말이에요. 나도 팔다리가 길었으면 좋겠는데."

"팔다리 길이랑 키 얘기는 하지 말라고요. 스트레스 받아."

료는 웃는 얼굴로 짜증을 내며 치즈 케이크에 포크를 꽂았다. 윤서는 쿡쿡거리며 웃었다.

"료 씨는 잘생겼잖아요."

"남자는 키예요. 얼굴은 대충 생겨도 된다고요. 나는 맨날 형이랑 민호 사이에 끼어가지고 호빗 취급이나 받고…… 젠장……."

"요즘은 남자도 얼굴이라며."

민호가 심드렁하게 대꾸하자 료는 그를 분한 얼굴로 슬쩍 흘겨보았다.

"네가 키 작은 자의 슬픔을 아냐? 하긴 네가 뭘 알겠어. 맨날 윗공기만 마시고 사는 놈이, 나도 바지 사면 수선 좀 안 해봤음 좋겠다고."

"료 씨도 그렇게 작은 키는 아니잖아요. 170㎝ 넘지 않아요?"

"남자라면 적어도 180㎝는 돼야죠. 얼굴은 뜯어 고칠 수나 있지 키는 고치지도 못하잖아!"

"왜 그러냐. 나름 외모에 자신 있다며."

히가시는 성난 고양이를 달래듯 료를 부드럽게 다독였다.

"민호랑 맨날 같이 다니니까 중딩 취급을 당한다고. 저번에 마트에 갔는데 나보고 형아랑 장보러 나왔냐고, 엄마가 아들들 잘 둬서 뿌듯하겠다고 어떤 아줌마가 그랬어. 진짜 열 받았다고."

료의 입이 댓발 나오자 민호는 한숨을 쉬었다.

"그래도 넌 아무 데나 가서 옷이나 사지, 난 뭐야. 신발이고 옷이고 맨날 이 동네 와서 사든가 인터넷으로 사야 되잖아. 짜증은 내가 더 난다고."

그때 직원이 아메리카노가 나왔다고 소리쳤다. 커피를 받으러 가는 윤서의 뒷모습을 따라 히가시의 고개가 돌아가는 것을 본 료는 발끝으로 민호의 신발을 툭툭 건드렸다.

"너 내가 집에서 말한 거 안 까먹었지?"

민호가 고개를 끄덕이자 료는 뒤돌아서는 윤서를 보고 재빨리 고개를 돌리는 히가시를 턱으로 가리키며 그에게 눈짓을 했다.

"재미있어지겠어."

7. 그게 그렇게 좋냐

카페를 나서자 눈발이 조금 더 세게 흩날리고 있었다. 윤서는 점퍼의 앞섶을 두 손으로 여몄지만 낡은 점퍼는 솜이 죽어버려 추위를 간신히 막을 수 있는 정도였다. 히가시는 그 모습을 보고 속으로 혀를 찼다.

"눈이 꽤 내리네."

"그러게. 바깥 쪽으로는 눈이 좀 그치면 돌아다니고 일단 시장 안으로 들어가자."

일행은 대로변 뒤쪽의 시장으로 향했다. 시장 안으로 들어서 자 작은 가게들이 각각 한 칸씩을 차지하고 온갖 물건들을 팔고 있었다. 아기 옷부터 성인 정장까지 없는 게 없는 오래된 시장 안 은 마치 미로와도 같았다.

"와아!"

윤서가 탄성을 내뱉자 료는 미소를 지었다.

"여기 처음 와봤죠?"

"이런 곳이 있을 거라고 생각도 못했어요."

"여기 물건 값도 싸요. 특이한 옷들도 많고요."

한참을 시장 안을 구경하던 그들은 히가시가 찾던 바이크 용품을 파는 가게 앞에 멈춰 섰다.

"들어갈 거야?"

"응."

히가시는 망설임 없이 가게 안으로 들어갔다. 윤서도 그의 뒤를 따랐다.

그 안은 윤서에겐 신세계였다. 다양한 디자인의 라이더 재킷과 바지가 벽을 가득 메우고 있었고, 고글, 오토바이용 백, 마스크 등 바이크 관련 용품도 셀 수 없을 정도로 많았다.

"맘에 들어?"

"이런 데는 처음 들어와 봤어요."

히가시는 손님을 맞으러 나온 가게 주인에게 웃으며 인사를 건넸다.

"오랜만에 오셨네요. 라이더 재킷 보러 오셨어요?"

"네, 이것저것 좀 보려고요."

"그럼 신제품 들어온 거 보실래요? 이쪽으로 오세요."

히가시가 주인을 따라가자 윤서는 선반에 전시되어 있는 고글과 가방 등을 구경했다.

"진짜 희한한 거 많구나."

히가시와 윤서가 가게 안으로 들어간 것과 달리 료와 민호는 그 밖에 있었다. 그러다 료는 안쪽의 눈치를 살피곤 민호에게 눈짓을 했다. 둘은 잰걸음으로 바이크 용품을 파는 가게에서 최대한 멀리 떨어지려 부지런히 발을 놀렸다.

"말 안 하고 이렇게 와도 괜찮을까?"

"넌 무슨 걱정이 그렇게 많아. 둘이 데이트 좀 하라고 내버려둬. 어차피 우리는 옷 사려면 밖으로 나가야 되잖아."

"하긴……."

"우린 옷 사고 집으로 가자니까. 크크크크……."

료는 재미있어 죽겠다는 듯 웃었다. 그들이 시장 밖으로 나가자 눈은 어느새 그쳐 있었다.

새로 들어온 라이더 재킷을 심각한 표정으로 보던 히가시는 윤서를 불렀다.

"어이! 발육부진!"

히가시의 부름에도 윤서는 대답을 하지 않았다.

"어이!"

그가 다시 한 번 소리쳐 부르자 그제야 윤서가 대꾸를 했다.

"왜요!"

"이리 좀 와봐!"

윤서는 입술을 삐죽이며 히가시 쪽으로 왔다. 그는 라이더 재킷 두 개를 놓고 심각한 얼굴로 고민 중이었다.

"네가 보기엔 둘 중에 뭐가 나은 것 같아?"

히가시는 재킷에서 눈을 떼지 않고 윤서에게 물었다. 윤서는 알 게 뭐냐는 듯한 표정으로 히가시를 힐끔 쳐다보았다.

"전 잘 모르겠어요. 제가 이쪽으로 뭘 알아아죠."

"그러니까 디자인이 뭐가 더 낫냐고."

라이더 재킷에 관심이 있을 리 없는 윤서의 눈에는 그 옷이 그 옷이었다. 그녀는 질이 좋은 옷이나 골라주자는 심정으로 소매 끝과 앞섶의 지퍼 쪽을 유심히 들여다보았다.

"디자인을 보라니까 뭐하고 있어."

"가죽 제품은 가죽의 부드러움과 바느질 상태를 꼼꼼히 봐야죠. 디자인만 보고 고르시면 낭패를 본다고요."

그녀는 안감과 세탁 방법이 적혀 있는 태그까지 꼼꼼하게 살펴보았다. 윤서의 말에 가게 주인은 '옷 좀 고를 줄 아네'라는 얼굴로 흐뭇한 미소를 지었다.

"야무진 아가씨네. 가죽 제품 고르는 법은 어디서 배웠어요?"

"예전에 옷가게에서 일했거든요. 그때 주인 언니가 옷 고르는 법을 알려줬어요."

"어쩐지 꼼꼼하게 잘 보더라니. 쇼핑 파트너 잘 데려오셨네."

"그러게요."

윤서가 옷을 살피는 사이 그는 주위를 한 바퀴 둘러보았다.

"그런데 료랑 민호 자식은 어디로 간 거야. 가게에 안 들어왔어?"

"모르겠어요. 같이 들어온 줄 알았는데 없어졌나."

히가시는 료에게 전화를 걸었다. 신호가 몇 번 가더니 이윽고 료가 전화를 받았다.

"여보세요. 너 어디야?"

[어! 우리 시장 밖으로 나왔어!]

"뭐! 언제 나갔어?"

[형이 가게로 들어가고 우리도 옷 좀 살려고 돌아다녔는데 길을 잃어버려서……. 시장 안이 좀 복잡하잖아. 그래서 출구가 보이길래 밖으로 나왔지.]

"그럼 전화를 하든가."

[옷 보느라 정신이 팔려서…….]

히가시는 한숨을 쉬었다.

[두 시간 있다가 아까 만났던 카페에서 봐.]

"알았다."

히가시는 전화를 끊었다.

"어디래요?"

"시장 밖으로 나갔대."

"네?"

"두 시간 뒤에 만나자니까 그때 보지 뭐."

히가시는 라이더 재킷으로 다시 눈을 돌렸다.

"그래서 네가 보기엔 둘 중에 뭐가 나은데."

"사장님이 좋아하는 걸로 사야죠. 제 의견이 무슨 소용이 있어요."

히가시는 미간에 주름을 잡았다. 잠시 망설이던 그가 왼쪽에 있는 재킷을 입자 호리호리한 체격의 그에게 꼭 맞춘 듯 잘 어울렸다.

"어때?"

"좋아요."

히가시는 입고 있던 것을 벗고 다른 재킷을 걸쳤다.

"이건?"

"이것도 괜찮아요."

다 좋다는 윤서의 말에 그는 인상을 구겼다.

"대답 좀 성의 있게 해봐."

"둘 다 잘 어울려요. 뭐 어쩌라고요. 바느질은 처음 게 더 낫긴 하던데……."

히가시는 다시 고민을 하는 듯하더니 처음 입었던 재킷을 다시 걸쳤다.

"이걸로 살게요."

"잘 고르셨어요."

히가시가 계산하러 주인을 따라 카운터로 가자 윤서도 그의 뒤를 따라갔다. 히가시가 능숙하게 가격을 흥정하는 동안 윤서는 액세서리들을 구경했다. 그중에 히가시의 오토바이와 비슷하게 생긴 열쇠고리가 있어서 꺼내보았다. 흥정을 끝마친 히가시가 지갑에서 카드를 꺼내자 윤서가 그 키 체인을 내밀었다.

"이거 사장님 오토바이랑 비슷한데요."

"내 오토바이가 훨씬 나아."

"누가 뭐래요. 그냥 비슷하다고요."

민망한 마음에 윤서가 키 체인을 제자리에 걸어놓자 히가시는 그녀는 곁눈으로 살짝 쳐다보았다. 삐친 어린아이처럼 입이 삐죽 나와 있는 게 귀여워 그는 자기도 모르게 미소를 지었다.

"그거 사줄까?"

"됐어요."

"왜, 내 오토바이랑 비슷하다며."

"사장님 오토바이가 낫다면서요."

히가시는 손을 뻗어 윤서가 방금 내려놓은 키 체인을 빼서 재 킷 위에 놓았다.

"이것도 계산해 주세요."

"그럴게요."

계산을 끝마치자 히가시가 윤서에게 키 체인을 내밀었다.

"잘 가지고 다녀, 잊어버리지 말고."

"……치잇. 네. 이제 어디 가요?"

가게를 나온 히가시는 무언가를 찾는 듯 골목을 좌우로 두리 번거렸다.

"나 살 건 다 샀는데 너도 옷 살 거 아니었어?"

"저는 겨울 점퍼나 코트를 좀 보고 싶어요."

"여기 지하가 여성복 코너일 거야. 가만 있어봐. 계단 쪽으로 가려면……."

천장 쪽을 두리번거리던 히가시는 출구 표지판을 찾아냈다.

"이쪽으로 가면 되겠다. 가자."

그가 긴 다리로 성큼성큼 발걸음을 옮기자 윤서는 뛰다시피 하며 그의 뒤를 따라갔다.

"사장님!"

"왜!"

앞서가던 히가시가 뒤를 돌아보자 윤서는 가쁜 숨을 내쉬었 다.

"좀 천천히 가세요. 사장님 따라가려면 힘들다고요."

히가시는 윤서를 위아래로 훑어보았다.

"너 생각보다 다리가 짧구나."

"제 다리가 짧은 게 아니라 사장님 다리가 지나치게 긴 거예요."

윤서는 짜증을 내며 히가시를 지나쳤다. 히가시는 킥킥거리며 그녀의 뒤를 따랐다.

"빨리 가서 옷 고르자."

히가시는 뒤에서 그녀와 보조를 맞춰 천천히 걷기 시작했다.

지하로 내려가자 그곳에는 또 다른 세계가 펼쳐져 있었다. 티셔츠부터 청바지, 정장, 잠옷과 속옷에 이르기까지 여성을 위한 모든 옷들이 각 가게마다 쌓여 있었다. 가게를 하나하나 들여다보던 윤서의 발이 여성용 겨울 코트를 파는 가게 앞에서 멈췄다. 그녀가 가게 안으로 들어가자 주인이 나와 그녀를 맞았다.

"어서 오세요. 코트 보시게?"

"그냥 좀 둘러보려고요."

"우리 가게 옷들 예쁘지? 구경 좀 해봐요. 이거 다 OEM으로 생산되는 명품들 태그만 떼고 가져다 넣은 거야."

주인의 말처럼 진열되어 있는 코트들은 척 보기에도 고급스러워 보였다. 옷들을 뒤적거리던 윤서의 손이 한 곳에서 멈췄다. 그녀가 고른 것은 밝은 황토색의 정장용 코트였다.

"아가씨 보는 눈이 있네. 이거 우리 집에서 제일 비싼 옷인데."

주인장은 슬림하게 빠진 세련된 디자인의 반코트를 꺼냈다.

"한번 입어볼래요?"

"이거 얼마예요?"

윤서가 망설이며 묻자 주인은 여상하게 대꾸했다.

"별로 안 비싸. 50만원."

"네?"

"원래 팔리는 가격의 1/4밖에 안 돼. 이거 캐시미어라고. 진짜 싸게 파는 거야."

"됐어요."

윤서가 손사래를 치자 가만히 보고만 있던 히가시가 옷을 구경하는 척하며 슬쩍 한마디를 던졌다.

"입어봐. 안 사도 입어는 볼 수 있는 거지."

"괜찮으니까 입어봐요."

주인장까지 거들자 윤서는 잠시 망설이다가 코트를 걸치고 거울 앞에 섰다.

"어머, 잘 어울리네. 사이즈도 딱이고. 이 코트가 좀 슬림한 디자인이라 날씬한 사람에게 잘 어울리거든."

코트를 입은 윤서는 평소와 전혀 달라 보였다. 슬림한 코트는 윤서의 마른 몸에 잘 어울렸다.

"예쁘네요."

"당연히 예쁘지."

윤서는 조심스럽게 코트를 벗어 주인에게 건넸다.

"죄송해요. 다음에 와서 살게요."

"그럼 둘러보고 와요."

다시 점퍼를 입은 윤서는 아쉬운 얼굴로 가게를 나섰다.

"왜, 아쉬워?"

윤서는 미련을 버리려는 듯 뒤도 돌아보지 않고 빠르게 걸음을 옮겼다.

"아쉬우면 뭐해요. 사지도 못하는데."

"어차피 오래 입을 거면 사면 되잖아."

"그럴 돈이 어디 있어요. 저도 돈 있으면 사고 싶죠."

윤서는 한숨을 내쉬었다. 히가시는 고개를 돌려 옷집 간판을 다시 확인하고는 핸드폰을 꺼냈다. 그런 히가시를 못 본 윤서는 여전히 앞만 보며 복잡한 시장 골목을 걸었다.

시장을 한 바퀴 돈 윤서는 결국 싸구려 점퍼를 하나 샀다. 그래도 새 옷이라고 원래 입고 있던 옷보다는 훨씬 따뜻했다. 원래 입고 있던 옷은 봉투에 넣고 윤서는 새 점퍼를 입은 채 크리스마스 선물을 받은 어린애처럼 환하게 웃었다.

"그렇게 좋아?"

"너무 좋아요. 따뜻하고."

그녀의 웃는 얼굴을 보자 히가시는 자신의 의지와는 상관없이 심장이 빨리 뛰기 시작하는 것을 느꼈다.

'이건…… 뭐지…….'

히가시는 당황스러워졌다. 윤서는 그가 그러든지 말든지 아랑곳하지 않고 시장 출구 쪽을 향해 발걸음을 옮겼다.

저만치 앞서가는 윤서를 보다가 히가시는 뛰어가 그녀의 손을 잡고 싶은 충동에 휩싸였다. 평생을 여자는 혐오스러운 존재라고 생각하고 살았던 그에게 이런 감정은 꽤나 낯선 것이었다.

'쟤는 대체 뭐야.'

히가시는 그녀의 뒤를 따라 묵묵히 걸으며 생각에 빠졌다. 시장 밖으로 나오자 바람은 그쳤지만 그 대신 함박눈이 펑펑 쏟아지고 있었다.

"사장님, 이것 좀 보세요. 함박눈이 내려요."

윤서의 말에 히가시는 그제야 고개를 들어 뒤늦게 눈을 확인했다.

"진짜 눈이 많이 내리네."

"이제 새 옷을 사서 눈이 와도 걱정이 없겠어요."

점퍼의 모자를 뒤집어쓰고 눈을 맞는 윤서를 보며 히가시는 천천히 밖으로 나갔다. 그는 윤서와 같이 눈을 맞으며 고개를 들어 하늘을 올려다보았다.

"가자, 애들 와 있겠다."

윤서와 히가시는 만나기로 약속한 카페로 발길을 옮겼다.

카페에 도착했지만 추운 날씨 탓에 안은 사람들로 가득 차 있었다. 윤서가 카페 안을 한 바퀴 둘러보았지만 료와 민호의 모습은 보이지 않았다.

"아직 안 왔나 봐요."

윤서의 말에 히가시는 료에게 전화를 걸었다.

"어디냐."

[우리 집에 왔어.]

"그게 무슨 소리야."

[일이 좀 있었거든.]

"무슨 일?"

[민호가 옷 가게에서…… 예전에 조직에 있던 사람을 만났어.]

"뭐라고?"

히가시의 목소리가 커지자 윤서는 놀라 눈이 동그래졌다.

[민호 기분 안 좋아져서 그냥 집으로 왔어. 형이 좀 이해해 줘.]

"알았어. 그런데 너희 저녁은 먹었어?"

[옷 살 정신도 없었는데 저녁은 당연히 못 먹었지.]

"기다리고 있어. 저녁 사서 갈 테니까."

전화를 끊은 히가시는 심난한 얼굴이었다.

"무슨 일이에요?"

"료랑 민호네 집에 좀 가봐야 될 것 같은데 같이 갈래?"

"료 씨랑 민호 씨 집에 갔대요?"

"응, 좀 그럴 일이 있었거든."

히가시는 카페를 나섰다.

"브리또 사가자. 료랑 민호가 브리또 좋아하는데 너도 괜찮지?"

"네."

윤서는 앞장서서 걸어가는 히가시의 뒤를 따라갔다.

두 시간 전, 료와 민호는 단골가게인 빅사이즈 옷을 파는 가게로 들어갔다.

"디자인 멋있는 거 많은데?"

민호는 티셔츠를 하나 골라 제 몸에 대고 료를 향해 돌아섰다. 민호는 비만은 아니었지만 워낙 골격이 큰 데다가 타고난 근육이 두꺼웠다. 그래서 보통 상점에 가서 옷을 구하려면 사이즈 때문에 상당히 애를 먹었다.

"이거 어때?"

민호는 빈티지 콜라 머신과 로고가 큼지막하게 프린팅된 티셔츠를 골랐다.

"멋있네. 좋은데."

민호는 씩 웃었다. 그때 갑자기 그의 표정이 굳었다. 민호의 시선이 자신의 뒤에 꽂혀 있는 걸 느낀 료가 고개를 돌리자 그곳에는 민호만큼이나 덩치가 큰 남자가 서 있었다.

"아따, 이것이 누구여. 민호 아녀! 오랜만이다."

남자는 이를 드러내고 야비하게 웃으며 다가왔다. 그러나 민호의 얼굴이 점점 굳어지자 그는 더 이상 가까이 오진 않고 손을 내밀었다.

"그래도 같이 지낸 시간이 있는디 인사는 해야지 않겠냐. 안 그래?"

"오랜만이네요."

민호는 남자가 내민 손을 잡는 대신 떨떠름한 얼굴로 인사를 건넸다. 남자는 내밀었던 손을 거둬들이며 민호를 위아래로 훑어보았다.

"넌 잘 지내는 갑다. 신수가 훤해져 부렀구먼."

"잘 지내요."

"그래, 그러겠지."

그 남자는 고개를 돌려 료 역시도 위아래로 훑어보았다.

"저치도 니가 지금 속해 있는 조직의 조직원이냐?"

"조직 같은 데 아니에요."

"그게 조직이지 왜 조직이 아니여. 그 사람이 널 우리 쪽에서 빼갈 때도 형님이 찍소리도 못 하더구만."

민호가 고개를 숙이자 남자는 느물거리며 민호의 어깨에 손을 올렸다.

"내가 뭐를 할라고 그런 것이 아니고 니 보고 반가워서 인사한 거여. 형님이 궁금해하긴 하더라. 니가 어떻게 지내는지."

"그게 왜 궁금해요. 배에 칼 맞은 나를 쓰레기장에 버려두고 갔으면서."

"그때는 미안하게 됐다야. 나도 살아야지 않겠냐. 싸움하는데 어떻게 다른 사람까지 돌본다냐."

민호는 자신의 어깨에서 그 남자의 손을 걷어냈다.

"다시는 아는 척하지 마세요. 이젠 그쪽하고 남남이니까."

"아따 새끼, 아직도 성질나 있는 갑네."

능글거리는 남자의 얼굴에 구역질이 날 것만 같아 료는 민호의 손을 잡아끌었다.

"집에 가자."

고개를 숙인 민호 대신 료는 남자를 노려보았다. 민호가 어깨를 떨자 료는 그의 등을 두들겼다.

"이젠 괜찮아. 다 지나간 일이잖아."

료는 불안해하는 민호를 위해 일부러 더 환하게 미소를 지어 보였다.

・　・　・

앞이 보이지 않을 정도로 비가 쏟아졌다. 영등포의 '불곰파' 행동대원이던 민호는 골목길의 쓰레기 위에 널브러져 있었다. 그의 배에서 흐르는 피가 비와 섞여 바닥으로 흘렀다.

그는 서울 내 세력권 확보를 위한 조직폭력배 간의 싸움에 동원되었다. 고등학교를 중퇴하고 조직에 들어가 칼 쓰는 법을 배운 민호의 역할은 상대파 행동대원들을 칼로 위협해 되도록이면 부상자를 많이 나오게 하는 것이었다. 그러나 실전 경험이 미숙했던 민호는 싸움이 시작되자마자 배에 칼을 맞았고, 그를 챙겨주리라 호언장담했던 동료들은 부상당한 그를 뒷골목에 버려두고 그 길로 줄행랑을 치고 말았다.

쏟아지는 비를 맞으며 의식이 희미해져 가던 민호는 자신의 처지가 우스워 나지막하게 욕을 내뱉었다.

"씨발, 이렇게 죽을 줄 알았으면 엄마 아빠한테 연락이나 해둘걸."

학교 폭력의 희생자였던 민호는 어느새 자신도 모르는 사이 가해자가 되어버렸다. 그는 조직에 들어간 후, 조직원들과 몰려다니며 부수었던 불쌍한 노점상들의 리어카와 작은 가게들을 운영하던 사람들의 얼굴을 떠올렸다.

"이럴 줄 알았으면, 좀 더 착하게 사는 건데."

그때 우비를 입은 누군가가 민호를 향해 다가왔다. 키가 큰 남자는 민호를 내려다보았다.

"넌 뭐냐. 아까 있었던 싸움에서 버려진 애냐?"

남자의 나직한 목소리에 민호가 피식 웃었다.

"다치기 싫으면 가던 길이나 가요. 오지랖 부리다가 얽히지 말고."

남자는 몸을 구부려 민호의 얼굴 앞에 자신의 얼굴을 바싹 가져다 댔다. 그의 옆으로 찢어진 눈에서 새파란 살기가 흘러나오는 것을 본 민호는 그가 저승사자 같다고 느꼈다.

"다 죽어가는 주제에 입은 살아 있네."

"내가 죽든 말든 당신이 무슨 상관이야. 꺼지라고, 다치기 싫으면."

"넌 죽어가는 마당에도 네 목숨을 살려달라고 구걸을 안 하는구나?"

남자는 갑자기 희미하게 미소를 지었다.

"넌 너 때문에 내가 다칠까 봐 걱정이냐?"

"당신이 누군지 알고 내가 당신을 걱정해. 귀찮으니까 꺼지라고."

"하하하하, 그놈 참 재미있네."

남자는 전화를 꺼냈다. 그리고 알아들을 수 없는 일본어로 전화에 대고 말을 하기 시작했다.

「나다. 이쪽으로 차 좀 보내. 사람을 하나 주웠는데 병원에 좀 데려가야 될 것 같아.」

남자는 전화를 끊고 누워있는 민호를 보며 씩 웃었다.

"네가 맘에 들었어. 내가 널 살려주마. 대신 열심히 살아."

남자는 품에서 손수건을 꺼내 민호의 상처를 꾹 눌러 지혈했다.

"아아악!"

엄청난 고통에 민호가 소리를 지르자 남자가 조용히 웃었다.

"좀 참아. 곧 병원에 갈 테니까."

•　•　•

브리또를 사서 포장해 나온 히가시는 차를 세워둔 공영 주차장으로 향했다. 윤서는 표정이 좋지 않은 히가시의 눈치를 보고 있었다.

"심각한 일이에요?"

"심각하다면 심각하고 아니라면 아니고."

"그런데……."

윤서가 말을 늘이자 히가시가 그녀를 의아하게 쳐다보았다.

"뭐?"

"저도 가도 되나요?"

"뭐 어때, 앞으로 같이 지내려면 이 정도는 괜찮아. 차에 타."

히가시는 덤덤한 얼굴로 운전석의 문을 열었다. 윤서가 조수석에 올라타자 그는 차를 출발시켰다.

쏟아지던 눈은 어느새 그쳐 있었다. 히가시의 차는 한강 다리를 건너 료와 민호가 사는 강남을 향해 달렸다.

"왔어?"

문을 연 료는 뜻밖의 인물이 있는 것을 보고 놀란 기색을 감추지 못했다.

"엇! 윤서 씨도 왔네?"

"뭐라고?"

료의 말이 들린 듯 당황한 민호의 목소리가 안쪽에서 새어 나왔다.

"데리고 오면 온다고 미리 말을 했어야지!"

민호의 큰 목소리에 히가시는 안으로 들어서며 혀를 찼다.

"아직 충격을 덜 받았나 보구만. 목소리 하나는 쌩쌩하네."

"들어와요. 집 안은 무지 더럽지만."

료는 윤서를 향해 미안한 얼굴로 미소를 지었다.

신발을 벗고 집 안으로 들어선 윤서는 거실의 풍경을 보고 깜짝 놀랐다. 료의 말과는 다르게 집안은 예상했던 것보다 훨씬 깔끔했다. 윤서가 놀란 부분은 거실의 책장을 가득 채운 건담과 각종 애니메이션, 마블 만화 영화의 캐릭터 피규어들과 각종 게임기들이 연결된 TV였다.

민호는 갈색의 스웨이드 소파 앞에서 얼굴을 붉히며 서 있었다.

"우리 집보다 훨씬 깨끗한데요."

료는 발로 바닥에 널려 있는 과자 껍질을 소파 아래로 밀어 넣으며 씩 웃었다.

"이거 더러운 편인데."

"깨끗해요. 흉 안 볼 테니까 걱정하지 말아요."

소파에 앉은 히가시는 브리또 봉지를 료에게 내밀었다.

"가서 쟁반에 좀 담아와. 맥주도 있으면 좀 내오고. 배고파."

"이게 뭔데."

"브리또. 너네 이태원에 가면 이거 꼭 먹잖아."

봉지 안을 들여다본 료는 밝은 표정으로 부엌으로 향했다.

"우리 형이 최고라니까."

히가시는 어색하게 서 있는 민호와 윤서를 번갈아 보며 앉으라는 손짓을 했다.

"너네 둘 다 서 있기 대회하냐? 앉아."

윤서와 민호는 조심스럽게 소파에 앉았다. 냉장고를 뒤지던 료는 거실을 향해 큰 소리로 물었다.

"형, 맥주 많은데 뭐 마실래."

"아무거나 가져와. 하이네켄 빼고."

"윤서 씨는요?"

"저도 아무거나 주세요."

료는 맥주와 브리또를 쟁반에 챙겨 들고 거실로 나왔다. 히가시는 맥주부터 먼저 한 모금 마셨다.

"브리또 하나 남네?"

"인영이 것도 사왔어. 어차피 이 근처에 살잖아."

"누나한테 전화해 볼까? 집에 오라고?"

"응."

료는 인영에게 전화를 걸었다.

[여보세요.]

"누나, 어디야?"

[지금 밖인데.]

"아직 집에 안 왔어?"

[응, 누구를 좀 만나고 있어.]

"히가시 형이 이태원에서 브리또 사왔어. 집에 있으면 같이 먹자고 하려고 전화했는데."

[좀 이따 갈게. 내 거 남겨놔.]

"알았어."

료가 전화를 끊자 히가시는 벽시계를 쳐다보았다.

"아직 밖이라는데?"

"웬일이냐. 병원에 가도 집에 5시면 돌아오는데."

"누구를 만나고 있대."

"누구를?"

료의 말에 히가시는 의아해졌다. 자신이 알기로 인영이 따로 시간을 내서까지 만날 만큼 절친한 사람들은 블랙잭 식구들을 빼고는 없었다.

인영은 핸드폰을 가방 안에 집어넣었다. 그녀의 맞은편에는 시형이 앉아 있었다.

"히가시가 전화했어요?"

"료예요. 히가시 오빠가 이태원에서 브리또를 사왔다고 집에 오라고요."

"블랙잭 식구들은 사이가 좋네요."

"다들 가까이 지내는 가족이 없으니까 서로를 가족처럼 생각하는 거죠."

두 사람은 종합병원 지하의 카페에서 커피를 한 잔씩 앞에 두고 앉은 상태였다. 시형은 커피를 한 모금 마셨다.

"여기서 인영 씨를 만날 줄은 몰랐어요. 전혀 예상 못했는데."

"저도요."

"그나저나 소아암 병동 자원봉사는 언제부터 온 거예요?"

"좀 됐어요. 한 2년 정도 되는 것 같아요."

"자원봉사를 하게 된 계기가 있어요?"

인영이 잠시 대답을 망설이자 시형은 부담스러워하지 말라는 얼굴로 가볍게 미소를 지었다.

"곤란하게 하려는 건 아니었어요. 답하기 곤란하면 대답 안 해도 돼요."

"아버지가…… 2년 전쯤에 폐암으로 돌아가셨어요. 그때 이 병원에 입원하셨는데 거의 매일 낮에 이곳으로 출근하다시피 했어요. 그때마다 소아암 병동 앞을 지나갔는데…… 아이들이 휠체어를 타고 링거를 꽂은 채 마음대로 움직이지도 못하는 모습이 너무 가슴이 아프더라고요. 그래서 자원봉사를 시작한 거예요. 히가시 오빠가 권하기도 했었고요."

"히가시가요?"

"네. 제가 가진 문제를 극복하는 데 도움이 될 거라고 오빠가 그랬거든요. 결론적으로 조금은 도움이 되긴 했지만……."

인영은 커피를 한 모금 마셨다.

"오늘 여기서 열린 컨퍼런스에 오길 잘했네요. 로비에서 열린 음악회에 아이들이 모여 있길래 유심히 봤는데 인영 씨 얼굴이 보여서 긴가민가했어요."

시형은 살짝 고개를 숙인 인영의 얼굴을 자세히 들여다보았다. 바가 아닌 곳에서 인영을 본 건 처음이었지만 인형처럼 생긴 오목조목한 이목구비와 윤기 나는 긴 머리는 여전히 아름다웠다.

사실 시형은 컨퍼런스에 참석했던 이 병원에서 일하는 동기들에게 소아암 병동의 자원봉사자 중에 기가 막힌 미인이 있다는 소리를 듣고 일부러 아이들이 있는 쪽을 유심히 쳐다본 것이었다. 그리고 아이들과 다른 자원봉사자들 사이에서 인영의 얼굴을 발견한 순간 자신도 모르게 뛰다시피 달려가 그녀의 어깨에 손을 올렸다.

"혹시 시간 괜찮으면 저녁…… 같이 먹을래요?"

인영이 당황스러워하자 시형은 한발 물러나야 된다는 것을 깨달았다. 갑자기 세게 밀어붙이면 애써 잡은 기회가 날아가 버릴 수도 있었다.

"부담스러우면 안 먹어도 괜찮아요."

"다음에…… 먹을게요."

시형은 인영이 자신의 청을 거절할 걸 예상하고 있었다. 자원봉사 중에도 병원 의사들에게 데이트 신청을 많이 받았던 모양이지만 인영은 남자들에게 말 한 마디도 하지 않는 여자라고 이미 소문이 나 있었다. 시형은 그녀에게 차였을 남자들을 생각하며 코웃음을 쳤다.

"조만간 바로 갈게요. 그럼 거기서 봐요."

"네."

인영은 컵에 남아 있던 커피를 마저 다 마셨다.

"우와! 이거 맛있네."

료는 브리또를 한입 먹고 그 안을 들여다보았다.

"너 이거 만들 수 있어?"

"응."

민호는 료를 쳐다보지도 않고 대답했다.

"그럼 만들어줘! 응?"

"내가 네 전용 요리사냐. 네가 만들어 먹어."

"내가 요리를 하면 지옥의 맛이란 말이야. 만들어줘. 응?"

민호는 귀찮은 표정으로 한숨을 쉬었다.

료는 소파의 귀퉁이에 앉아 조용히 브리토를 먹고 있는 윤서에게 붙임성 있게 말을 건넸다.

"그래서 옷은 샀어요?"

"점퍼 하나 샀어요. 저기 입고 온 거요."

윤서가 벗어 놓은 옷을 본 료는 잘 샀다는 의미로 엄지를 세워 내밀었다.

"생각보다 옷값이 싸죠?"

"다른 데보다 싸긴 한데 비싼 옷도 많더라고요."

브리토를 다 먹고 맥주를 한 모금 마신 히가시는 민호에게 말을 꺼냈다.

"그래, 옷 가게에서 만난 놈이 뭐라고 그러던?"

"별말 안 했어. 그냥 인사하는 거라고."

"확실히 얼굴이 두껍긴 하군."

민호는 맥주병을 내려다보며 한숨을 내쉬었다.

"어차피 뭐라고 지껄이든 너한테 뭘 어쩌진 못할 거야."

"알고 있어. 그래도……."

민호가 말이 없자 히가시는 맥주를 한 모금 더 마셨다.

"조만간 쿄우 형이 한국에 올 거다. 아마 형이 한국에 들어오면 그쪽 인간들도 만날 거야."

"쿄우 형이 한국에 온다고?"

민호는 놀라서 고개를 들었다.

"응, 형이 얼마 전에 전화를 했어. 가게로 오겠다고."

"왜?"

"뻔하지."

"형은 어쩔 생각인데."

"모르겠어. 그런데 조만간 한번 가보긴 해야 할 것 같아."

"큰일이네."

윤서는 오가는 대화를 가만히 듣고만 있을 뿐 아무 말도 없었다. 료는 가만히 있는 윤서가 어색해할 것 같아 그녀에게 말을 건넸다.

"우리가 무슨 이야기 하는지 궁금하지 않아요?"

"사실…… 궁금해요. 하지만……."

"하지만?"

"나중에 이야기해 주실 때가 되면 해주실 거라고 생각해요. 제가 낄 대화도 아닌 것 같고……."

윤서는 자신이 낄 자리와 아닌 자리를 확실히 구분했다. 료는 눈치 빠른 윤서가 마음에 들었다. 히가시도 윤서가 신경 쓰였는지 그녀를 보았다.

"나중에 때가 되면 너도 무슨 이야기인지 알게 될 거야. 널 따돌리는 게 아니니까 이해해라."

"괜찮아요. 전 신경 쓰지 마세요."

윤서는 정말 아무렇지 않은 표정이었다.

"민호 씨, 음악 좋아해요?"

"네?"

윤서의 갑작스러운 질문에 민호의 얼굴이 새빨개졌다.

"저기 제가 음악을 좋아해서 받아놓은 게 좀 있는데 들어볼래요? 기분이 안 좋을 때 들으면 좀 풀리더라고요."

"주시면 좋죠."

"그럼 핸드폰 줘보세요. 블루투스로 보낼 거니까 필요한 옵션은 조작해서 주세요."

민호가 핸드폰을 건네자 윤서는 자신의 핸드폰과 뒤쪽을 마주 댔다.

"이렇게 하면 바로 원하는 파일이 전송되더라고요."

윤서는 민호를 향해 웃어 보였다. 전송이 끝나자 윤서는 폰을 민호에게 다시 돌려주었다.

"다 됐나 봐요. 제대로 전송됐는지 한번 보세요."

민호는 핸드폰을 열어 음악 파일을 살펴보았다.

"잘 됐는데요."

"한 곡만 플레이해 보세요."

곧 커피소년의 '내가 니편이 되어줄게'가 스피커에서 잔잔하게 흘러 나왔다.

"아……."

민호가 나직하게 탄성을 내뱉었다.

"고마워요."

"뭘요. 듣고 싶은 음악 있으면 이야기하세요."

윤서는 고마워하는 민호를 향해 미소를 지었다.

히가시와 윤서가 돌아간 이후 민호는 이어폰으로 음악을 듣고 있었다. 쓰레기를 버리고 설거지를 마치고 온 료는 그런 민호를 빤히 쳐다보았다.

"좋냐?"

"으응……."

민호는 생각에 잠겨 있었던 듯 깜짝 놀라며 료를 쳐다보았다.

"자식, 되게 좋아하네."

"좋아하는 거 아니거든. 음악이 좋아서 듣고 있는 거지."

"웃기시네."

료는 쿡쿡거리며 민호를 거실에 두고 자기 방으로 향했다.

"아이고…… 앞으로 어떻게 될지는 모르겠지만 흥미진진하긴 하겠네."

료는 나직하게 중얼거리며 노트북의 전원을 켰다.

8. 내 마음이 나도 궁금해

윤서는 창밖을 스쳐 지나가는 서울의 야경을 감상하는 중이었다. 불이 켜진 다리의 풍경은 어두운 서울의 도심을 화려하게 밝히고 있었다.

"사장님은 정체가 뭐예요?"

무표정한 히가시의 얼굴에는 특유의 냉기가 흘렀다. 윤서는 그가 화가 나서 그런 표정을 짓는 것이 아니라는 것을 이제는 어렴풋이 알 수 있었다.

"정체가 뭐긴. 술집 사장이지."

"단순히 술집 사장이라고 하기에는 뭔가가 이상하잖아요. 조직에 속해 있었던 민호 씨도 아무렇지 않게 빼내오고."

히가시는 그녀가 악의 없이 단순한 호기심에서 질문을 한다는 걸 알고 있었지만 대답을 하기가 상당히 껄끄러웠다.

"넌 태어날 때부터 양아치 소리를 들어야 하는 사람들이 있다는 걸 알고 있냐?"

"그게 무슨 소리예요. 태어날 때부터 양아치인 사람이 어디 있어요."

"그런 사람도 있어. 그리고 그게 싫어서 거기서 벗어나려고 하는 사람도 있고."

"그럼 사장님도 그런 사람 중에 하나예요?"

"그렇다고 보면 그렇겠지."

히가시의 애매한 대답에 윤서는 미간을 찌푸렸다.

"그래도 사장님은 좋은 분이시잖아요."

"네가 나를 며칠이나 봤다고 좋은 사람이네 아니네 하는 거야."

"그럼 사기꾼이에요?"

히가시는 어처구니가 없어 실소를 흘렸다.

"넌 세상에 좋은 사람 아니면 사기꾼 둘뿐이라고 생각하냐?"

"그런 건 아니지만…… 사장님은 진짜 이상하다고요. 예전엔 변호사였다면서 지금은 술집 사장이고…… 사람들도 데려와서 도와주고……."

"아이들을 데려온 건……."

말을 하는 히가시의 눈빛이 무겁게 가라앉았다.

"내가 저질렀던 짓에 대한 일종의 속죄야."

"그럼 저도 그런가요?"

히가시는 장난기 어린 얼굴로 입꼬리를 올렸다.

"넌 뺨 때리는 솜씨가 맘에 들어서 데려온 거고."

"그만 좀 하세요! 월급에서 돈 까신다면서요."

발끈하는 윤서를 보며 히가시는 놀리듯 웃었다.

옥수동의 오르막 길가로 숯 검댕처럼 색깔이 까맣게 변한 더러운 눈이 쌓여 있었다. 윤서는 집으로 들어가는 골목길의 눈이 하나도 치워지지 않은 걸 보고 한숨을 쉬었다.

윤서가 골목길 안으로 들어가지 않고 머뭇거리고 있자 히가시가 뒷좌석의 창문을 내렸다.

"왜?"

"눈이 쌓여서 그새 얼었어요."

"미끄러질까 봐 걱정돼서 그래?"

"뭐…… 조금요."

"집 앞까지 업어다 주랴?"

윤서는 히가시를 슬쩍 노려보았다.

"제가 앤 줄 아세요?"

"왜 그래, 걱정돼서 한 말인데."

"조심해서 가세요. 그리고 태워다 주셔서 감사해요."

"그래 조심해서 들어가라."

히가시는 다시 창문을 올렸다. 그리고 대리운전 기사에게 무어라 지시했다. 차는 오르막길의 위쪽으로 움직였다. 윤서는 그 자리에 서서 그의 차가 사라지는 것을 확인한 후 골목길 안으로 걸음을 옮겼다.

원룸으로 들어온 윤서는 방 안의 불을 켰다. 입고 온 새로 산 점퍼를 옷걸이에 걸어놓은 그녀는 이불 아래 깔려 있는 전기장판의 전원을 켰다. 가스비를 아끼기 위해 윤서는 웬만한 추위에는 보일러를 켜지 않았다.

윤서는 가방을 뒤져 히가시가 사준 오토바이 키 체인을 꺼내 만지작거렸다. 체인은 바퀴도 돌아가고 핸들도 따로 움직일 만큼 정교하게 만들어져 있었다.

"2만원이나 했었는데."

꽤 비싼 가격이었지만 히가시는 아무렇지 않게 키 체인을 사주었다. 윤서는 가방에서 꺼낸 열쇠 꾸러미에 키 체인을 꽂았다.

"잃어버리지 말아야지."

윤서는 열쇠 꾸러미에 달린 키 체인을 눈을 빛내며 바라보았다.

집에 도착한 히가시는 진공관 앰프를 켜고 턴테이블에 LP를 걸었다. 스피커를 통해서 희미하게 LP판 특유의 노이즈가 들려오고 뒤이어 Wes Montgomery의 'Round Midnight'의 첫 소절 연주가 시작되었다.

가스레인지에 주전자를 올린 히가시는 찬장을 뒤적여 아쌈 홍차를 꺼냈다. 그는 인퓨저에 홍차를 집어넣고 찻주전자를 꺼내 그 안에 인퓨저를 넣었다. 홍차 잔과 찻주전자를 쟁반 위에 챙겨 들고 그는 거실로 걸어 나왔다. 그에게는 월요일 밤의 이 시간이 일주일 중의 유일한 휴식 시간이었다. 월요일이 휴무라고 해도 밀린 집안일과 가게의 정산 문제, 투자해 놓은 자산 문제로 낮에는 거의 쉴 수 없었다. 소파에 깊숙하게 몸을 묻은 히가시는 새 옷을 사고 나서 아이처럼 신나 하던 윤서의 얼굴을 떠올렸다.

"진짜…… 무슨 강박증도 아니고……. 미치겠네."

히가시는 손등으로 눈을 가리고 깊숙하게 한숨을 내쉬었다.

여덟 살이 되던 해 유타카 가문의 본가로 들어가고 나서의 삶은 그야말로 치열했다. 대학을 졸업하고 변호사 자격증을 따고 가문을 위해서 일할 때도 그는 한순간도 긴장을 늦출 수가 없었다. 그나마 그가 숨을 돌리게 된 건 블랙잭을 인수하고 나서의 요 몇 년 사이의 일이었다. 오로지 살아남기 위해 몸부림을 치던 그의 삶에는 여자에 대한 사랑이나 이성에 대한 관심이 들어올 여지가 없었다.

그는 처음 느껴보는 낯선 감정을 어떻게 다뤄야 할지 감도 잡히지가 않았다. 수많은 죽을 고비를 넘기며 마음이 메말라 버린 그였지만 자신을 보며 아이처럼 웃는 윤서의 얼굴에 무방비 상태로 그녀에게 마음이 열리는 걸 느꼈다.

문득 정신이 든 히가시는 찻주전자를 들어 홍차를 찻잔에 따랐다. 차를 한 모금 마신 그의 얼굴이 일그러졌다.

"너무 우러났잖아."

인퓨저를 찻주전자에서 꺼낼 시간을 놓쳐 버린 차는 너무 우러나 탄닌 특유의 떨떠름한 맛을 내고 있었다. 그는 떨떠름한 차가 자기 자신의 모습과 비슷한 것 같아 쓴 미소를 지었다.

"너나 나나 정신 놓고 있는 게 다른 게 뭐 있냐."

그는 찻잔을 들어 남은 차를 마저 다 마셨다.

다음 날 오후, 블랙잭으로 일찍 출근한 인영은 문을 열고 가게 안으로 들어갔다. 가게의 불을 켠 그녀는 라커룸 쪽으로 발길을 옮겼다. 옷을 갈아입던 인영은 문득 어제 자신이 시형과 별 거리 낌 없이 이야기를 나눴다는 사실을 떠올렸다.

'왜였지. 밖에서 아는 얼굴을 만나서 반가워서 그랬었던 건가.'

10년 전의 사건 이후로 인영은 친구들과도 일체 연락을 하지 않고 있었다. 인영은 피해자였지만, 아이러니하게도 성폭행 피해 자를 향한 세상의 시선은 차가웠다. 그녀는 친구라고 여겼던 아 이들이 자신에 대해 어떻게 소문을 내고 다녔는지를 학교로 다시 돌아와서야 알게 되었다. 그녀는 순식간에 질 나쁜 양아치들과 어울리는 노는 그런 아이가 되어 있었다. 그 일 이후로 학교를 자 퇴하고 집 안에만 틀어박혀 있던 그녀에게 먼저 연락을 한 것은 히가시였다.

현재 그녀가 이야기를 나눌 수 있는 남자란 히가시와 료, 민호 와 서준 정도가 유일했다. 그런데 그녀는 어제 시형과 아무 부담 없이 커피를 마시며 이야기를 나눴었다.

"오늘도 바에 찾아올까."

인영은 옷을 마저 다 갈아입고 바로 나가 음악을 틀었다.

출근을 하기 위해 밖으로 나온 윤서는 예상과 다르지 않은 골 목길을 보고 낮게 한숨을 쉬었다. 햇빛이 들지 않는 골목길의 치 우지 않은 눈들이 밤새 꽁꽁 얼어 빙판길이 되어 있었다. 계단에 서 내려와 한 걸음을 내딛는 순간 불안한 예감이 엄습했다. 그리 고 아니나 다를까 빙판길 위로 몇 발자국을 떼자마자 그녀는 미 끄러지면서 길 한가운데 볼썽사납게 넘어지고 말았다. 왼쪽 발목 이 꺾이면서 옆으로 넘어진 그녀는 건물의 벽을 짚고 간신히 몸의

중심을 잡고 일어났다. 왼쪽 발을 옆으로 내딛자 엄청난 통증이 몰려왔다. 그녀는 건물 벽을 짚고 절뚝거리며 간신히 다시 돌아갔다. 계단에 주저앉아 신발을 벗자 찐빵처럼 부풀어 오르기 시작한 발목이 보였다.

"아놔, 젠장. 재수가 없으려니까."

발목도 발목이었지만 돈을 벌어야 하는데 출근하지 못하게 된 게 더 속상했다.

"어떻게 해."

윤서는 잠시 망설이다가 가방에서 전화를 꺼냈다.

"여보세요."

출근 전 여유 있게 커피를 마시던 히가시는 전화벨이 울리자 액정을 들여다본 뒤 웃으며 전화를 받았다.

"웬일이냐. 나한테 전화를 다 하고."

[사장님, 저 오늘 출근 못 할 것 같아요.]

"그게 무슨 소리야."

[출근하려고 나가다가 빙판길에 미끄러져서 발목을 삐었어요.]

커피를 한 모금 더 마시려고 머그를 입으로 가져가던 히가시는 잠시 움직임을 멈췄다.

"많이 다쳤어?"

[발목이 좀 부었어요.]

"그럼 한의원에 가야지."

[못 갈 것 같아요. 걸어가지를 못하겠어요.]

"너 지금 집이야?"

[네.]

"거기 그대로 있어. 지금 갈 테니까."

[아니, 안 오셔도 돼요.]

"걷지를 못한다며. 병원에는 가야 될 거 아니야."

전화를 끊은 히가시는 방으로 들어가 최대한 빠른 속도로 옷을 갈아입었다. 그는 겨울용 라이더 재킷을 챙겨 들고 서둘러 집을 나섰다.

어제 저녁 윤서를 바래다줬던 골목길 앞에 도착한 후 히가시는 윤서에게 전화를 걸었다.

[여보세요.]

"니네 집 앞 골목길에 왔는데 집이 어디야."

[그 골목 맨 끝 쪽으로 오시면 왼쪽에 빨간 벽돌로 된 빌라가 있어요. 거기 2층 201호예요.]

히가시는 윤서가 말한 쪽으로 가 빌라 앞에 차를 세우고 지은 지 족히 20년은 넘어 보이는 낡은 빌라를 올려다보았다.

히가시는 2층으로 올라가 201호라고 번호가 붙어 있는 문 옆에 달린 초인종을 눌렀다. 각종 전단지와 떼어낸 스티커 자국 때문에 문에는 얼룩덜룩한 자국이 잔뜩 남아 있었다.

"누구세요."

문 안쪽에서 윤서의 목소리가 들렸다.

"나야. 문 열어."

한참이 지난 후에야 걸쇠가 풀리는 소리가 들리고 이윽고 문이 열렸다. 가뜩이나 마른 그녀의 얼굴이 더욱 창백해 보였다.

"괜찮아?"

"네, 아까보다는 나아요."

안으로 들어선 히가시는 방 안에서 느껴지는 냉기에 잠시 멈칫했다. 그녀의 좁디좁은 원룸은 서너 명이 앉으면 꽉 찰 정도로 좁아 보였다. 방 안은 깨끗한 편이었지만 그건 정리가 잘 돼 있다기보다는 물건이 거의 없다고 표현하는 게 맞을 정도로 살림이 없었다. 문을 열자마자 보이는 바로 옆에 붙어 있는 문은 화장실인 듯싶었고, 정면으로 보이는 커튼이 쳐진 창문 아래로 작은 앉은뱅이책상과 노트북이 있었다. 방 안에 있는 가구라고는 왼쪽 벽에 세워진 기다란 행어와 그 아래의 옷 박스가 전부였다. 옷걸이 옆으로는 그녀의 이부자리가 전기장판 위에 가지런히 개켜져 있었다.

윤서는 절룩거리며 이불이 있는 쪽으로 걸어갔다.

"앉으세요. 좁긴 하지만."

"보일러 고장 났어? 왜 이렇게 방이 냉골이야."

"웬만하면 보일러 안 켜요. 가스비가 비싸서."

"그러다가 감기 걸려."

"괜찮아요. 이미 익숙해졌어요."

그녀는 발목을 찜질하고 있었던 듯 방 한가운데 놓은 세숫대야에 수건이 담겨 있었다. 히가시는 문가에 서서 한숨을 내쉬었다.

"옷 입어. 병원 가게."

"안 가도 되는데."

"시끄러워. 네 발목 꼴을 봐라."

그녀의 왼쪽 발목은 벌써 보라색과 검정색 멍이 올라와 팅팅

부어 있었다. 윤서는 일어나기 위해 한쪽 팔을 바닥에 짚고 간신히 몸을 일으켰다.

"거기 가만히 있어."

히가시는 신발을 벗고 집 안으로 들어가 옷걸이에서 점퍼와 가방을 꺼내 그녀에게 내밀었다.

"입어."

"아니 이렇게 안 해주셔도 되는데……."

윤서가 옷을 다 입자 히가시는 그녀의 앞에 등을 돌리고 쭈그려 앉았다. 그녀는 의아한 눈으로 히가시의 등을 쳐다보았다.

"뭐 하시는 거예요?"

"업혀."

"네?"

"업히라고, 귀먹었어?"

"아니…… 사장님."

"한 번 더 말하기 귀찮으니까 업히라고. 계단은 내려가야 될 거 아냐."

설마 했던 상황이 실제로 일어나자 윤서는 어떻게 해야 할지 몰라 망설였다. 그녀는 설마 히가시가 자기를 업겠다고 나설 거라고는 생각해 본 적도 없었다.

"다리 저려, 빨리 업혀!"

히가시의 다그침에 머뭇거리던 윤서는 그의 등에 업혔다. 그에게서 풍기는 가죽 냄새와 녹차향기가 섞인 체취가 윤서의 코를 간지럽혔다. 그녀를 업고 일어난 히가시는 얼굴을 구긴 채 불평을 했다.

"보기랑 다르게 되게 무겁네. 너 통뼈냐?"

"그럼 내려놓으시든가요. 누가 업어달래요?"

윤서가 투덜거리자 히가시가 쿡쿡 웃는 소리가 들렸다.

"움직이지 마. 그렇지 않아도 무거운데 움직이면 더 무거우니까."

히가시가 신발을 신자 윤서는 문을 열었다. 복도로 나와 문을 닫은 후 윤서가 그에게 뭔가를 내밀었다.

"이게 뭐야."

"열쇠요. 문은 잠가야죠."

"훔쳐갈 것도 없더구만."

윤서에게 열쇠를 받은 히가시는 오토바이 모양의 키 체인을 보고 미소를 지었다.

"벌써 달았네."

"비싼 거잖아요. 안 잃어버리게 조심해서 가지고 다닐 거예요."

조심조심 계단을 내려오고 또 조심조심 차에 태워 히가시는 곧장 병원으로 향했다.

한의원 앞에 도착해 건물 앞 주차 공간에 차를 세운 히가시는 얼른 내려 조수석에서 내릴 채비를 하고 있던 윤서에게 다가갔다. 그는 다시 등을 돌리고 섰다.

"그냥 제가 걸어서 갈게요."

"시끄러워. 업혀. 네가 빨리 나아야 민호가 덜 힘들 거 아니야."

"사장님, 여기는 사람도 많잖아요!"

집 앞은 인적이 드물어서 괜찮았다 치더라도 여기는 백주 대낮의 큰길가였다.

"사람이 많아서 어쩐다고. 내가 너를 업으면 법률에 저촉되기라도 하냐?"

"아니, 그렇지만……."

"추워! 빨리 업혀!"

히가시가 물러날 기세가 아니었기 때문에 결국 윤서는 부끄러움을 무릅쓰고 그의 등에 업혔다. 지나가던 사람들이 힐끔거리는 눈길에 윤서의 얼굴은 빨갛다 못해 터지기 직전의 화산처럼 달아올랐다.

2층에 있는 한의원의 문을 열자 접수계 직원이 두 사람의 모습을 보고 깜짝 놀라서 자리에서 일어났다.

"무슨 일이세요?"

"여기 이 사람이 발목을 삐었어요. 침 좀 맞고 싶은데."

"잠시만 기다리세요."

히가시는 윤서를 소파에 내려놓았다. 2층까지 업고 올라오는 게 힘들었을 법도 한데 그는 지친 기색도 없었다.

"이 은혜는 꼭 갚을게요."

히가시는 '훗' 하는 소리를 내며 윤서를 쳐다보았다.

"뭐해서 갚을 건데."

"나중에 발목이 나으면…… 뭐든 한 가지 시키고 싶은 일을 시키세요."

"뭐든 시키라고?"

히가시가 입꼬리를 올리며 묻자 윤서는 자신이 말실수를 했다는 사실을 깨달았다.

"그 말 후회 안 하지?"

"아니, 그러니까……."

"한 번 말을 했으면 그걸로 끝인 거야."

히가시는 뭐가 그렇게 좋은지 히죽거리며 웃었다. 윤서는 밀려 오는 불안한 예감에 숨을 깊게 들이마셨다.

"지윤서 씨."

간호사가 윤서의 이름을 부르자 그녀는 자리에서 일어나기 위 해 몸을 돌렸다. 히가시는 그런 그녀를 부축했다.

"사장님, 이러지 않으셔도 돼요."

"거 되게 말 많네. 좀 가만히 있어. 나도 이러고 싶어서 이러는 게 아니니까."

그의 큰 키 때문에 윤서가 불편해하자 히가시는 허리를 조금 숙여 그녀가 걷기 편하도록 해주었다. 간호사는 두 사람을 향해 상냥하게 웃었다.

"남자 친구분이 정말 다정하시네요."

히가시와 윤서는 동시에 뜨악한 얼굴로 간호사를 쳐다보았다.

"어머! 제가 말실수를 했나 봐요."

"저희 가게 사장님이세요."

"어머, 사장님이 직원을 이렇게 챙겨주세요? 좋은 분이시네 요."

윤서는 벌레 씹은 표정인 히가시를 힐끔 쳐다보곤 저 역시도 별로 다를 것 없는 표정을 지었다.

진료실로 들어서자 초로의 한의사가 책상 건너편에 앉아 있었다. 한의사는 안경 너머로 히가시의 부축을 받으며 들어오는 윤서를 유심히 살펴보았다.

"그래, 어디가 아파서 오셨나?"

"빙판길에 넘어져서 발목을 삐었어요."

"그럼 잠깐 저쪽으로 가서 누워보시지."

한의사는 맞은편 벽에 붙어 있는 진료용 침대를 가리켰다. 히가시의 도움을 받아 윤서가 침대에 오르자 한의사는 발목을 자세히 들여다보았다. 그가 발목을 손에 쥐고 살살 돌리자 윤서가 소리를 질렀다.

"아악! 아파요."

히가시는 사정을 봐주지 않는 한의사의 진료가 마음에 들지 않아 인상을 찌푸렸다.

"다행이 힘줄이나 뼈는 이상이 없네. 근육만 다친 거 같으니까 한 일주일 치료하면 되겠어요."

"그렇게나 오래 걸려요?"

윤서가 당황하자 한의사가 안경을 치켜 올렸다.

"이런 거 그대로 놔두면 평생 골병이 되는 거야. 침 맞고 부항 뜨고 찜질할 테니까 치료실로 가서 기다려요. 요즘 빙판길 때문에 아가씨 같은 염좌 환자들이 많아."

진료실에서 나와 치료실로 향하는 윤서는 히가시에게 변제할 돈과 자신 때문에 고생하게 될 가게 사람들 때문에 기분이 좋지 않았다. 히가시는 그녀에게 괜찮다고 하고 싶었지만 입에서 튀어나온 말은 상냥함과는 거리가 멀었다.

"왜?"

"일주일이나 자리를 어떻게 비워요. 민호 씨가 고생할 텐데. 저 때문에 피해 가는 거 싫은데."

"아픈 걸 어쩔 거야. 네가 다치고 싶어서 다친 것도 아닌데. 그리고 일주일간 혼자 일한다고 안 죽어."

"그렇지만……."

"나중에 민호가 아프면 네가 메우면 되잖아. 신경 쓰지 마."

치료실의 침대에 윤서가 눕자 히가시는 그녀를 내려다보며 전화를 꺼냈다.

"피해 주기 싫으면 부지런히 치료해서 빨리 나아. 난 밖에 나가 있을게."

"네."

윤서는 누운 채로 밖으로 나가는 그의 뒷모습을 지켜보았다.

료와 함께 가게를 열 준비를 하고 있던 인영이 전화를 받았다.

"여보세요."

[가게 열 준비는 하고 있어?]

"오빠, 왜 안 와?"

[발육부진이 다쳤어.]

"뭐라고? 어딜 다쳤는데?"

[빙판길에 미끄러져서 발목을 삐었는데 걷지를 못하더라. 병원에 데려왔는데 일주일은 치료해야 된대.]

"어머, 너무 아프겠네."

[저녁까지 챙겨주고 가야 할 것 같아.]

"당연히 그래야지. 우리끼리 가게 열 테니까 신경 쓰지 말고 천천히 와."

[그래, 부탁 좀 할게.]

"윤서 씨한테 빨리 나으라고 안부 좀 전해줘."

[알았어.]

컵을 닦던 료가 걱정스러운 얼굴을 한 인영을 쳐다보았다.

"무슨 일이래?"

"윤서 씨가 다쳤대. 발목을 삐었다는데 히가시 오빠가 병원에 데리고 갔나 봐."

"저런! 많이 다쳤대?"

"걷지를 못한다는데. 일주일은 치료해야 된대."

"많이 아프겠네."

료는 조그맣게 한숨을 쉬었다.

"민호한테도 이야기하고 올게."

료는 얼른 주방으로 가 이 사실을 민호에게 알렸다.

"뭐라고?"

민호는 료의 말에 깜짝 놀라 자리에서 일어났다.

"일주일은 치료해야 되나 봐."

"아……."

"그 동안 주방일 너 혼자 해야 되는데 괜찮겠어?"

"주방 일은 문제가 아니야. 많이 다친 모양인데, 걱정이네."

"가게 끝나고 다 같이 가보지, 뭐."

"그래야지."

민호는 다시 의자에 앉아 걱정스럽게 한숨을 쉬었다.

"걱정돼?"

"당연하지. 사람이 다쳤다는데."

"그렇게 걱정되면 전화를 한번 해보든가."

"네가 말 안 해도 할 거거든."

"그래, 그래야지."

료는 민호를 향해 슬쩍 미소를 지은 후 주방을 나섰다. 곧 오픈 시간이라 민호도 각오를 단단히 다졌다.

손님들이 물밀듯이 몰려들었다. 연말이 가까워오는 탓에 사람들은 분위기에 휩쓸려 연일 술집을 찾았다. 그 덕에 인영과 료와 민호는 눈이 돌아갈 만큼 바쁜 시간을 보내는 중이었다. 혼자 주방에서 일하던 민호는 새삼 윤서의 빈자리가 크게 느껴졌다. 손끝이 야무지고 일을 하는 속도가 빠른 그녀가 없으니, 민호는 평소보다 일이 3배는 더 많아진 듯한 느낌이 들었다.

"겨우 며칠 같이 일했을 뿐인데."

민호는 벽에 걸려 있는 윤서의 앞치마를 물끄러미 쳐다보았다.

"과일 안주 주문 들어왔어!"

웨이터가 주방에 대고 소리를 치자 민호는 정신을 차리고 잽싸게 과일을 다듬기 시작했다.

치료를 다 마친 윤서는 침대에 누워 대기실까지 어떻게 나가야하나 고민하는 중이었다. 침을 맞았다고 해도 당장에 좋아지는건 아니었기 때문에 혼자 걸을 일이 막막했다. 그렇다고 다시 히가시의 도움을 받기도 미안했기 때문에 한동안 그렇게 가만히 누워서 갈등을 하고 있었다. 그때 치료실 문이 열리고 히가시가 들어왔다.

"너 뭐 하고 있냐. 여기서 한숨 자려고 하고 있었어?"

"아니 그게 아니라······."

"치료가 다 끝났으면 전화를 하든가."

"그게······ 죄송하잖아요."

히가시는 그녀를 내려다보며 음흉한 미소를 지었다.

"뭐든 한 가지 시키는 대로 한다며."

"그건 그렇지만······."

"그럼 발목이 다 나을 때까지는 내가 좀 도와줘도 되겠네. 어차피 나중에 다 돌려받을 테니까."

히가시가 눈을 빛내며 웃자 윤서는 등 뒤로 한기가 지나는 것 같았다.

"그렇게 누워 있지 말고 일어나. 집에 가서 쉬어야지."

히가시는 윤서가 일어나서 앉을 수 있게 도와주었다. 그는 그녀를 향해 등을 내밀었다.

"또요?"

"그럼 너 혼자 걸어 나오든가."

윤서는 부끄러움에 다시 얼굴이 새빨개졌다.

"안 갈 거야?"

"갈게요."

윤서는 한숨을 쉬며 그의 목에 팔을 둘렀다.

병원으로 올 때와 같은 과정을 거쳐 빌라로 돌아온 히가시는 윤서를 업고 그녀의 방 안으로 들어갔다. 윤서를 바닥에 내려놓은 그는 이부자리를 폈다.

"여기 누워."

"괜찮은데……."

"누우라면 누워."

윤서가 자리에 앉자 히가시는 일어나서 보일러 스위치를 찾아 두리번거렸다.

"그리고 보일러 좀 켜고 살아."

"안 돼요! 가스비 나온단 말이에요."

"월급 넉넉히 줄 테니까 켜. 이게 뭐야. 그래도 사람이 겨울엔 따뜻하게 살아야지."

히가시가 스위치를 켜자 보일러가 돌아가는 소리가 났다. 그는 윤서가 앉은 자리 맞은편에 앉았다.

"그나저나 방 진짜 좁네."

"저한테는 여기도 사치스러운 장소예요."

윤서는 덮고 있던 이불을 그의 무릎에 덮어주었다.

"그래도 여기라도 얻을 만큼 돈을 모을 수 있어서 얼마나 기뻤 었는지 몰라요."

"너 부모님이랑 아예 연락 안 하는 거야?"

윤서의 얼굴이 어두워지는 걸 본 그는 나지막하게 한숨을 쉬 었다.

"너도 네 나름대로 사정이 있을 테니까……."

"다른 분들은 어때요?"

"료랑 인영이는 부모님 다 돌아가셨어. 민호는 부모님하고 가 끔 연락하고……."

"사장님은요?"

히가시는 그녀의 눈을 쏘아보았다. 윤서는 매서운 그의 시선을 피하지 않고 마주 보았다.

"사장님은 부모님하고 연락 안 해요?"

"그걸 왜 물어봐?"

"사장님도 저한테 물어보셨잖아요. 저도 물어볼 수 있죠."

"넌 말이야……."

히가시는 윤서에게 자신의 얼굴을 바짝 들이댔다. 달콤하고 시원한 녹차향같은 체취가 훅 끼쳐오자 당황한 윤서는 얼굴을 돌렸다.

"넌 진짜 맹랑하다고."

"제가…… 뭘…… 뭘요."

고개를 돌린 채로 얼굴이 붉어진 윤서는 말을 더듬었다.

"넌 진짜 재미있는 애야."

히가시는 씩 웃으며 손을 내밀어 윤서의 머리카락 몇 올을 손에 쥐었다.

"나를 도발하지 않는 게 좋을 거야. 요즘 나도 내 자신이 잘 제어가 안 되거든."

"제가 언제 사장님을 도발했다고 그래요!"

히가시가 멀어졌을 거라고 생각한 윤서는 고개를 돌렸다. 그러나 예상과는 달리 그의 얼굴이 바로 눈앞에 있자, 당황한 그녀는 잽싸게 다시 고개를 옆으로 돌렸다. 심장이 천 미터를 전력질주한 듯 걷잡을 수 없이 뛰기 시작했다. 그런 윤서의 반응에 히가시는 재미있는 듯 킥킥거리며 웃었다.

"장난도 못 치겠네. 뭘 그렇게 당황해."

히가시는 몸을 뒤로 빼며 낄낄거렸다.

"사장님!"

"저녁 챙겨주고 갈 테니까 푹 쉬어. 무슨 일 있으면 연락하고."

그는 품에서 핸드폰을 꺼내 음식을 주문했다. 이내 히가시가 주문한 설렁탕이 배달되어 오자 윤서는 노트북을 올려놓은 앉은 뱅이책상을 치웠다. 책상을 사이에 두고 마주앉은 히가시와 윤서는 사이좋게 설렁탕을 한술씩 떠서 맛보았다.

"이 집 맛있네."

"맛있죠? 저도 가끔 이 집에 가서 먹어요."

"그래, 잘 챙겨 먹어야지. 몸도 이쑤시개처럼 말라가지고."

"그래도 저 건강해요. 잘 아프지도 않고."

윤서는 히가시에게 고맙다는 말을 하고 싶어, 그가 설렁탕에 공깃밥을 다 말기를 기다렸다.

"사장님."

"왜."

"진짜 고맙습니다. 이렇게 누가 저 챙겨주는 거 진짜 오랜만이에요."

히가시는 윤서를 빤히 쳐다보았다.

"나도 그렇고 민호나 료, 인영이 다 마찬가지야. 아프거나 일이 생겨도 챙겨줄 사람이 하나도 없지. 그래서 우리끼리라도 챙기고 사는 거야. 너도 다른 애들 아프면 같이 챙겨줘."

"그럴게요."

윤서는 다시 설렁탕을 먹기 시작했다. 설렁탕의 뜨거운 국물 때문이었는지는 모르겠지만 그녀는 가슴 한편이 따뜻해지는 걸 느꼈다. 작은 원룸 창문 밖으로는 어둠이 내려앉고 있었다.

윤서의 원룸을 나선 히가시는 그녀의 방 창문을 올려다보았다. 불이 켜진 창문을 한동안 응시하던 그는 차에 올라타 시동을 걸었다. 윤서의 상황이 좋지 않을 거라 짐작은 했지만 생각했던 것보다 훨씬 열악한 상황인 걸 확인하자 여러 가지 생각이 머릿속에서 교차했다.

"쟤는 정말……."

히가시는 나직하게 한숨을 쉬었다. 돈으로 사람을 차별하는 것을 혐오하는 히가시는 자신의 처지를 탓하지 않고 당당하게 열심히 사는 윤서가 기특했다. 그는 왜 자신이 그녀에게 그토록 끌리고 있는지를 조금은 알 것 같았다.

늘 자기를 꾸미고 겉치레만을 중요하게 생각하는 여자들 틈에서 살아온 히가시에게 윤서는 처음 만나본 타입의 여자였다. 그녀는 자신에게 잘 보이려고 기를 쓰지도 않았고, 남자들의 동정심을 사고 싶어 하지도 않았다.

사실 방 안에서 그녀에게 얼굴을 들이댔을 때, 그는 자칫하면 이성을 잃고 그녀의 입술에 키스를 할 뻔했다. 커다란 눈과 빨갛게 달아오른 볼, 촉촉하고 붉은 입술과 그녀에게서 풍기는 사과 향은 이성을 마비시키기에 충분했다. 그는 간신히 남은 이성을 쥐어짜서야 자신을 멈출 수 있었다. 그녀에게 얼굴을 들이댄 것 자체가 충동적이었기 때문에 자신이 어디까지 할지 예측이 되질 않았다. 제어가 안 된다고 말했던 것은 농담이 아니었다. 윤서만 보면, 히가시는 본능에 따라 충동적인 행동을 하고 있었다. 평생을 자신을 억누르고 살아왔던 그는 이 상황이 그만큼 당황스러웠다. 그는 한참이나 나이 어린 여자에게 무방비로 휘둘리는 자신이 한심했다.

"한심해 죽겠어, 유타카 히가시."

큰길로 차를 뺀 히가시는 블랙잭을 향해 출발했다.

블랙잭으로 들어오는 시형의 손에 작은 종이 가방이 하나 들려 있었다. 그가 바에 앉자 료가 반갑게 인사를 건넸다.

"형, 오셨어요?"

"응. 히가시는 어디 갔냐?"

"형은 일이 있어서 좀 늦을 거예요."

시형이 인영을 찾아 바를 한 바퀴 둘러보자 료는 그의 마음을 짐작하고 있는 듯 나직하게 속삭였다.

"인영이 누나가 만들던 칵테일 다 만들면 이쪽으로 올 거예요. 조금만 기다리세요."

"알았어."

"뭐 드실 거예요?"

"난 맥컬런이나 한 잔 줘."

"그럴게요, 잠시만 기다리세요."

료가 위스키를 꺼내러 캐비닛 쪽으로 돌아가자 칵테일을 다 만든 인영이 손을 닦고 시형을 향해 다가왔다.

"어서 오세요."

"이거 받아요."

시형은 가지고 온 종이 가방을 그녀에게 내밀었다. 인영은 가방을 받는 대신 시형을 쳐다보았다.

"이게 뭐예요?"

"비타민이랑 영양제 이것저것 챙겨왔어요. 받아요."

"이런 거…… 안 챙겨주셔도 되는데."

"빨리 받아요. 내민 손이 무안하잖아요."

시형이 웃으며 채근하자 얼굴이 붉어진 인영은 마지못해 가방을 받았다.

"밤에 일하면 건강 상하기가 더 쉬우니까 잊어버리지 말고 꼭꼭 챙겨 먹어요."

"감사…… 합니다."

"무슨 일 있음 바로 연락해요. 아파도 참고 있지 말고."

"그럴…… 게요."

인영은 시형에게 받은 가방을 바 뒤쪽의 구석에 조심스럽게 놓아두었다.

"맥컬런 가져왔어요."

시형의 앞에 위스키 잔을 놓은 료는 인영을 힐끔 쳐다보았다.

"왜 갑자기 팔이 저리지. 일을 너무 많이 했나."

"아파?"

"괜찮아. 스트레칭 좀 하고 오지 뭐. 여기 위스키는 누나가 따라라."

맥컬런 병을 인영 앞에 놓고 료는 팔을 스트레칭하며 바를 빠져나갔다. 시형은 료의 도움에 속으로 흐뭇하게 웃었다.

"드세요."

인영은 위스키 잔에 맥컬런을 따랐다.

"소아암 병동 자원 봉사는 매주 가는 거예요?"

"네, 웬만하면 매주 가려고 노력하고 있어요. 애들은 손이 많이 가니까 항상 사람들이 필요하거든요."

"봉사 끝나면 뭐 해요?"

"집에 돌아와서 쉬어요. 아니면 료랑 민호랑 같이 밥을 먹거나 하고요."

"흐음……."

시형은 맥컬런을 한 모금 마셨다. 맥컬런 특유의 오크향이 입 안에 부드럽게 퍼지자 긴장하고 있던 마음이 조금 풀렸다. 사실 그는 비타민과 영양제를 준비해 오면서도 인영이 거절할까 봐 살짝 긴장하고 있었다. 지금까지 여자를 여럿 사귄 경험이 있었지만, 인영은 어떻게 대해야 할지 감도 잡히지 않아 시형은 내심 혼자서 고민 중이었다.

"그럼……."

잠시 말을 끌던 시형은 침을 한번 삼키고 인영의 얼굴을 쳐다보았다.

"다음 주에 봉사 끝나면 내가 데리러 갈 테니까 저녁 같이 먹어요. 괜…… 찮죠?"

시형의 갑작스러운 제안에 인영은 당황스러웠다.

"생각 좀 해볼게요."

"그래요. 같이 먹을 생각 있으면 전화 줘요. 내 번호는 알죠?"

"네……."

시형은 한숨 놓은 얼굴로 맥컬런을 한 모금 더 마셨다.

히가시가 주방에 들어가자 민호가 혼자서 발에 불이 나도록 주방을 가로질러 다니며 음식을 준비하는 중이었다.

"바쁘지?"

바쁜 와중에도 민호는 히가시를 보자마자 윤서의 안부부터 물었다.

"윤서 씨는 괜찮아?"

"한의원 가서 침 맞고 집에서 쉬고 있어. 치료받고 있으니 곧 나아지겠지."

"빨리 나았으면 좋겠네. 옆에서 챙겨주는 사람도 없을 텐데."

"혼자 걸을 수 있을 때까진 내가 병원에 데려다 주려고."

민호는 할 말이 있는 듯 갑자기 다듬던 과일을 접시 위에 내려 놓았다.

"형. 혹시 윤서 씨 좋아해?"

히가시는 자기도 모르게 움찔했다.

"그건 왜 물어봐."

"궁금해서 물어보는 거야. 그동안 형이 여자에게 이렇게 대하는 걸 한 번도 본 적이 없으니까."

히가시는 한숨을 쉬며 머리를 손으로 쓱쓱 쓸어내렸다.

"나도…… 잘 모르겠어. 나도…… 내 마음이 어떤지 궁금하다. 누가 답을 알고 있다면 붙잡고 물어보고 싶을 정도야."

난감해하는 히가시를 향해 민호는 뭔가 설명하기 힘든 표정을 지었다.

"형, 나는 형보다 나이도 어리고 아는 것도 없지만 이거 한 가지는 확실히 알아."

"뭔데."

"형 스스로에게 질문을 해봐. 자신의 마음이 어떤지. 그럼 아마도 답이 나올 거야."

히가시는 새삼스럽게 민호의 얼굴을 다시 쳐다보았다. 처음 블랙잭에 왔던 때와는 달리 소년 티를 완전히 벗은 민호는 이제 자신에게 충고를 할 수 있을 정도로 다 자라 있었다.

"너도 다 컸구나."

"그럼 언제까지 형이 길에서 주워온 어린애일 줄 알았어?"

"너나 료나 어느새 다들 남자가 돼버렸어. 다들 아직 어리다고 생각했었는데……."

"형만 나이를 먹는 건 아니야."

"그래, 그건 그렇지."

히가시는 왠지 아쉬운 생각이 들었다.

"당분간은 고생 좀 해줘."

"걱정하지 마. 나 혼자 일한 적도 많으니까."

"그래, 고맙다."

등을 돌리는 히가시의 뒤통수를 향해 민호는 한마디를 더 건넸다.

"가게 끝나고 인영이 누나랑 료랑 윤서 씨네 가보려고."

"그래, 가봐. 좋아할 거야."

히가시는 밖으로 모습을 감췄다. 그 자리를 한참이나 쳐다보던 민호는 다시 고개를 숙이고 과일을 다듬었다.

그렇게 몇 시간을 정신없이 일하고서 민호는 폐점 시간이 가까워오자 냉장고를 뒤져 재료들을 꺼냈다. 마음 같아서는 장을 제대로 봐서 음식을 만들고 싶었지만 그럴 상황이 아니었기 때문에 그는 소시지 야채 볶음과 달걀말이 같은 간단한 밑반찬을 만들어 종이 도시락에 담았다. 시간은 새벽 4시 40분을 지나고 있었다. 그때 료가 어슬렁거리며 주방으로 들어왔다.

"뭐 해?"

"보면 모르냐, 음식 만들잖아."

"윤서 씨 가져다주려고?"

료는 놀란 얼굴로 민호가 만들어놓은 밑반찬을 훑어보았다. 민호는 벌써 도시락 4개를 꽉꽉 채운 상태였다.

"우와! 죽이는데!"

료의 감탄에 대꾸도 없이 민호는 밑반찬을 담는 데만 열중하고 있었다. 료가 슬며시 달걀말이로 손을 뻗자 민호는 으르렁거리는 목소리로 경고를 했다.

"손대면 죽인다."

"안 먹어, 인마. 그런데 언제 이렇게 다 만든 거야?"

"내가 너랑 똑같은 줄 아냐."

료는 알 만하다는 얼굴로 콧방귀를 뀌었다.

"그런데 전화는 해봤어?"

"아직……."

"멍청한 자식. 음식만 하면 뭐해, 간다고 전화를 했어야지."

민호가 한숨을 내쉬자 료는 큭큭거리며 팔짱을 끼었다.

"내가 그럴 줄 알고 미리 전화했지. 우리가 5시 반쯤 간다고 했으니까 기다리고 있을 거야."

민호는 도시락을 가방에 넣으며 무표정하게 료를 쳐다보았다. 료는 네 마음을 다 안다는 듯한 얼굴을 했다.

"내가 고맙냐?"

"뭐가 고마워."

"전화해 줬는데 안 고마워?"

"별걸 다……."

민호는 퉁명스럽게 말을 뱉고 종이 가방을 든 채로 주방을 나섰다. 료는 혀를 한번 차고 민호의 뒤를 따라나섰다.

밖으로 나오니 이미 인영이 가게 뒤쪽에서 기다리고 있었다. 차에 오른 민호와 료는 히가시가 없자 인영에게 질문했다.

"형은?"

"오빠는 낮에 윤서 씨 병원에 데려다줘야 된다고 아까 들어갔어."

"주소는 알아?"

"응, 오빠가 이야기해 줬거든. 빨리 가자. 기다리고 있겠다."

인영의 차는 새벽 거리의 어둠을 가르며 한강 다리를 건넜다.

"누나, 민호가 밑반찬을 왕창 만들었어."

료는 인영에게 어린아이처럼 고자질을 했다.

"그래? 고생했네."

"평소에 집에서는 반찬 이렇게 안 해준다고."

민호는 료가 투덜거리건 말건 창밖만 보았다. 인영은 그런 둘을 룸미러로 보며 미소를 지었다.

"료 너도 민호한테 요리 좀 배워보지 그래? 언제까지 둘이 살 건 아니잖아?"

"얘한테 요리 배우다가 맞아 죽을 일 있어? 다른 건 몰라도 칼질 못하면…… 아…… 상상하기도 싫다고."

그의 너스레에 민호는 료를 슬며시 노려보았다.

"그러니까 연습을 해야지. 처음부터 잘하는 사람이 어디 있냐?"

"난 다른 건 모르겠는데 집안일 중에 요리가 제일 싫어. 나중에 요리 잘하는 마누라 만나야지."

그들이 수다를 떠는 사이 인영의 차는 어느새 윤서의 빌라 앞에 도착했다.

"전화 좀 해봐. 깨어 있나."

"알았어."

료는 윤서에게 전화를 걸었다. 이윽고 윤서의 목소리가 흘러나왔다.

[여보세요.]

"우리 왔어요! 몇 호예요?"

[2층 201호예요. 문 열어놓을 테니까 들어오세요.]

"알았어요."

전화를 끊은 료는 차 문을 열었다.

"가자, 기다리고 있대."

새벽이라 세 사람은 조심스럽게 계단을 올랐다. 201호 앞에서서 인영은 노크를 한 번 하고 문을 열었다.

"실례합니다."

인영이 문 사이로 얼굴을 들이밀자 방의 구석에 이불을 덮고 앉아 있던 윤서는 미안한 얼굴로 미소를 지었다.

"어서 들어오세요. 방은 좁지만 4명은 앉을 수 있어요."

인영을 따라 들어온 료는 집 안을 한 바퀴 둘러보았다.

"우와, 집 엄청 작다. 도쿄 아파트 같은데!"

"좁죠? 그래도 혼자서 살 만해요."

윤서는 웃으며 대답을 했다. 민호까지 집 안에 들어오자 가뜩이나 좁은 방은 발 디딜 틈이 없었다.

"어서 앉으세요. 제가 발목이 이래놔서 일어나기가 힘들어요."

"괜찮으니까 신경 쓰지 마. 그나저나 얼마나 다친 거야. 발목 좀 봐봐."

윤서가 이불을 걷자 사람들은 곧 경악했다. 그녀의 왼쪽 발목은 오른쪽 발목의 2배의 굵기로 부어 있었고 붉고 퍼런 멍까지 올라와 생각했던 것보다 상태가 좋지 않았다.

"어머, 너무 아팠겠다."

"그래도 사장님이 도와주셔서 병원에 다녀온 덕에 좀 나아진 거예요."

"당연히 도와줘야지. 가게는 신경 쓰지 말고 빨리 나아. 돌봐 줄 사람도 없잖아."

"민호 씨 미안해요. 많이 바쁘죠?"

민호는 걱정스러운 얼굴로 윤서를 마주 보았다.

"혼자서도 일할 수 있으니까 걱정 말아요. 그리고 이거……."

민호는 윤서에게 가져온 봉투를 내밀었다.

"이게 뭐예요?"

"밑반찬 좀 해왔어요. 밥 먹기 힘들 것 같아서요."

"이렇게 안 해주셔도 되는데……."

"급하게 하느라고 가게에 있는 재료로 만든 거라 입맛에 맞을지 모르겠어요."

도시락을 꺼내 뚜껑을 열어본 윤서는 한동안 말이 없었다.

"왜 그래요? 뭐 싫어하는 반찬 있어요?"

"그게 아니라……."

도시락을 쥔 윤서의 손이 가늘게 떨렸다.

"너무 고마워서요."

고개를 든 그녀의 눈은 촉촉하게 젖어 있었다.

"다들…… 너무 고마워요. 아플 때 누가 이렇게 챙겨준 게 정말 오랜만이라……. 사장님도 그렇고, 다들…… 너무 고맙습니다."

윤서는 어깨를 들썩이며 조그맣게 흐느꼈다. 인영은 울고 있는 윤서를 꼭 안았다.

"그런 말 안 해도 돼. 이젠 우리가 가족하고 똑같아. 서로 챙기면서 같이 지내면 되지."

"그래요, 울지 말아요. 나중에 우리가 아플 때 윤서 씨가 챙겨주면 되지."

코끝이 빨개진 료는 애써 웃으며 윤서의 어깨를 두들겼다. 민호는 고개를 옆으로 돌리고 눈물을 참고 있었다. 인영의 가슴에 얼굴을 묻은 윤서는 그동안의 외로움을 토해내듯 한참을 울었다. 그 방에 있는 모두가 윤서의 외로움이 어떤 것인지 알고 있었기에 한참 동안 말이 없었다.

윤서의 울음이 잦아들자 인영은 웃는 얼굴로 그녀를 내려다보았다.

"이제 좀 괜찮아졌어?"

"네."

얼굴은 눈물로 엉망이었지만 윤서는 환한 미소를 띠고 사람들을 둘러보았다. 민호는 윤서에게 휴지를 건네주었다.

"고맙습니다."

"빨리 낫기나 해요. 반찬 더 필요하면 이야기하고……."

"이걸로 충분할 것 같아요."

"그런데 자기 여기 계약 언제 끝나?"

"몇 달 안 남았어요. 왜요?"

"자기 우리 집에 와서 나랑 같이 살래? 우리 집에 방 하나가 남는데."

인영의 갑작스러운 제안에 윤서는 어리둥절한 얼굴이 됐다.

"전세로 사시는 거 아니에요?"

"아니, 내 집이야. 아버지가 돌아가시고 남은 유산이랑 내가 벌어둔 돈이랑 합쳐서 작은 빌라를 하나 샀거든. 히가시 오빠도 좀 도와주고. 방이 3개라 혼자 쓰기는 너무 넓었는데 자기가 오면 좋을 것 같아."

"그래도…… 되나요?"

"물론이지."

인영은 윤서의 손을 꼭 잡았다.

"나도 혼자 있는 거 별로 안 좋아하거든."

"그거 좋은 생각이네, 누나네랑 우리 집도 가깝잖아. 어차피 출퇴근도 같이 하면 되고."

료가 인영의 말에 장단을 맞추었다.

"같이 살게 해주시면 저야 고맙죠. 그래도 죄송해서……."

"죄송하면 빨리 나아. 그리고 공짜로 사는 거 아니고 집안일이랑 생활비는 나랑 분담하는 거야."

"당연하죠."

윤서는 고마움을 가득 담은 눈으로 인영을 마주 보았다.

"아, 왠지 같이 산다니까 이젠 진짜 식구 같은데."

료는 기분이 좋은 듯 민호를 향해 한쪽 눈을 찡긋거렸다.

"낮에 오빠가 병원에 데려다주러 올 거야. 그때까지 몸조리 잘
하고 있어."

"네."

인영이 자리를 털고 일어나자 료와 민호도 따라서 일어났다.

"가시게요?"

"아픈데 쉬어야지. 우리도 일하려면 자러 가야 되고."

윤서가 자리에서 일어나려고 뒤뚱거리자 민호가 얼른 윤서에
게 다가가 그녀의 어깨를 부축했다.

"고맙습니다."

"빨리 낫기나 해요."

무뚝뚝하게 대답하는 민호의 얼굴이 붉게 상기되어 있었다.
민호의 부축으로 문 앞까지 나온 윤서는 사람들이 문밖으로 나
설 때까지 그 자리에 우두커니 서 있었다.

"또 올게. 빨리 나아!"

"또 올게요!"

"조심해서 가세요."

원룸의 문이 닫히자 윤서는 한참이나 그 문을 바라보았다. 그
녀의 마음은 어느새 보일러가 들어오는 방만큼이나 사람들의 정
으로 따뜻해졌다.

집으로 돌아온 히가시는 민호의 말을 곰곰이 곱씹었다.

"형 스스로에게 질문을 해봐. 자신의 마음이 어떤지. 그럼 아마
도 답이 나올 거야."

"스스로에게 질문을 해보라고?"

히가시는 이마에 손을 얹었다.

"나는 걔를 어떻게 생각하고 있는 거지?"

그는 자신이 왜 이렇게 윤서에게만은 관대한지 스스로에게 질
문을 해보았다. 다른 여자가 만지면 질색을 하는데도 윤서에게만
은 아무렇지도 않게 등을 내주고, 시도 때도 없이 그녀의 모습이
떠오르고, 그녀의 웃는 얼굴을 볼 때마다 소풍 가기 전날의 어린
애처럼 가슴이 두근거리며 뛴다.

"이런 게…… 누구를 좋아한다는 건가."

무심결에 내뱉은 말에 히가시는 깜짝 놀라 일어나 앉았다.

"이런……."

그는 당황해 어찌할 바를 몰라 얼굴을 쓸어내렸다. 평생 여자
를 좋아하거나 사랑할 수 없을 거라고 생각하며 살아왔던 얼어
붙은 그의 마음에도 어느 샌가 봄비가 내리고 있었다.

"허…… 이런……. 이 나이에 첫사랑이라니……."

히가시는 너무 어이가 없어서 헛웃음이 나왔다. 그는 광대와
장미 문신으로 숨긴 팔 안쪽의 흉터를 천천히 어루만졌다.

　　　　•　•　•

　"히가시, 우리 같이 죽자."

　유리는 어린 아들을 껴안고 저주스러운 자신의 인생을 탓하며 미친 듯이 울고 있었다.

　"엄마! 왜 그래, 울지 마, 응?"

　"이대로는 도저히 못살 것 같아. 그리고 그들 손에 너를 잃느니 차라리 내 손으로 너를……."

　유리는 바닥에 놓아두었던 칼을 손에 쥐었다.

　"너 먼저 보내고 엄마도 따라갈게."

　"엄마! 왜 그래! 엄마!"

　"조금 아프지만 오래 걸리지 않을 거야. 알았지?"

　유리는 고통을 줄이기 위해 히가시의 팔 안쪽을 순식간에 칼로 그었다.

　"엄마! 아파! 아악!"

　히가시의 팔에서 피가 분수처럼 흘러 내려 다다미 바닥을 적시기 시작했다.

　"엄마도…… 금방 뒤따라 갈게."

　히가시는 피가 흐르는 팔을 다른 손으로 부여잡고 겁에 질린 채로 엄마를 말리려고 안간힘을 썼다. 유리가 칼로 자신의 목을 찌르려는 찰나 갑자기 아파트의 철문이 벌컥 열렸다.

　"무슨 짓이야!"

　남자의 외침과 동시에 한 떼의 남자들이 아파트 안으로 몰려들어왔다. 소리를 지른 남자는 미친 듯이 달려와 히가시를 품에 안았다. 유리는 뒤따라 온 남자들에게 양팔을 잡혀 발버둥을 쳤다.

"이렇게는 못 살아! 다 당신 때문이야! 애초에 당신이 나에게 거짓말을 했기 때문이라고!"

유리가 악에 받쳐 소리를 지르자 남자가 뒤따라 들어온 남자들에게 소리를 질렀다.

"빨리 구급차 불러! 뭐 하고 있어!"

히가시를 품에 안은 남자는 자신의 와이셔츠를 찢어 히가시의 팔을 꼭 묶고 지혈을 했다.

"죽지 마라, 히가시. 죽으면 안 돼."

흐려져 가는 히가시의 시야에 남자의 얼굴이 희미하게 보였다.

• • •

전화벨 소리에 히가시는 상념에서 빠져나와 다시 현실로 돌아왔다. 액정의 이름을 확인한 히가시는 나직하게 한숨을 쉬고 전화를 받았다.

「여보세요.」

[내일 한국 들어간다.]

「지금이 몇 시인 줄은 알아?」

[너랑 내가 시간 따지고 전화하는 사이였던가? 그리고 지금은 아침 아니야?]

전화기 너머의 목소리는 사무적인 말투로 자신의 말을 이어갔다.

[모레 일 마치고 가게에 들르마. 그리고 이번 신년회에는 참석

하는 게 좋을 거다. 아버지께서 건강이 좋지 않으셔.]

「그게 나랑 무슨 상관이야. 언제부터 자식 취급했다고.」

[넌 언제나 아버지 자식이었다. 네가 아무리 부정해도 그건 사실이야.]

「웃기시네! 그동안 키워준 공은 다 갚았잖아!」

[넌 아버지를 오해하고 있어.]

「듣기 싫어! 오해고 자시고 그놈의 집엔 발도 들이기 싫어!」

[올해가 네 어머니 소식을 들을 수 있는 마지막 기회가 될지도 몰라.]

「뭐라고?」

히가시는 자리에서 벌떡 일어났다.

「엄마 어디 있어?」

[궁금하면 신년회 때 와서 직접 들어라.]

히가시의 얼굴은 분노로 순식간에 달아올랐다.

「젠장! 이런 식으로 사람 약 올리지 말라고!」

[넌 내가 지금 너를 약 올리고 있다고 생각하나?]

「그럼 뭐야?」

[네 어머니의 행방을 아는 건 아버지뿐이야. 궁금하면 직접 물어보라고 하는 소리다.]

히가시는 뭐라고 쏘아붙이고 싶었지만 아무런 대꾸도 할 수 없었다.

「빌어먹을…….」

[모레 일 끝나면 들르마. 기다리고 있어.]

전화를 끊은 히가시는 휴대폰을 소파에 내동댕이쳤다.

「진짜…… 미치겠네.」

그는 머리를 손으로 감싸 쥐며 소파에 주저앉았다.

「망할 놈의 집안, 이번에 가서 인연을 확실하게 끊어주마.」

그의 눈동자는 분노와 괴로움으로 이글이글 불타고 있었다. 몸을 일으킨 그는 라이더 재킷을 집어 들고 집을 나섰다.

두카티에 몸을 맡긴 히가시는 한강 다리를 건너 윤서의 집 쪽으로 오토바이를 몰았다. 동틀 무렵의 새벽 공기가 차가웠지만 그는 그런 것도 느끼지 못할 만큼 분노로 이성이 마비되어 있었다. 예전 같았으면 혼자서 유도장이라도 가서 몸을 풀었겠지만 지금 그의 머릿속에는 오직 윤서의 얼굴만이 가득했다. 그녀의 얼굴을 보면 마음이 진정될 것만 같은 생각에 그는 앞뒤 가리지 않고 무작정 그녀의 집을 향해 달려갔다.

오토바이가 굉음을 울리며 새벽의 정적을 깨고 골목으로 들어섰다. 히가시는 윤서가 사는 빌라 앞에 오토바이를 세웠다. 헬멧을 벗고 불이 꺼진 2층 창문을 쳐다보던 그는 단숨에 계단을 올라가 201호의 문 앞에 섰다.

그는 문 옆에 달린 초인종을 눌렀다. 초인종을 두세 차례 누르자 안쪽에서 잠이 덜 깬 목소리가 새어 나왔다.

"누구…… 세요."

"발육부진, 나야, 문 좀 열어봐."

"사장…… 님?"

철문 아래로 불빛이 새어 나오고 이윽고 문이 열렸다.

"사장님…… 이 시간에 웬일이세요?"

눈도 못 뜬 윤서가 불편한 발목 때문에 벽을 짚고 올려다보자 그는 조용히 집 안으로 들어와 문을 닫았다. 입을 꾹 다문 채 그녀의 얼굴을 내려다보던 히가시는 갑자기 그녀를 껴안았다.

"사장님! 왜 이러세요!"

"잠깐만…… 이렇게 있어줘. 부탁이야."

깜짝 놀란 윤서는 히가시의 어깨를 밀어내려고 했지만, 단단히 감긴 그의 팔을 떼어내기가 쉽지 않았다.

"사장님!"

"제발……."

히가시의 어깨가 가늘게 떨렸다.

"사장님, 무슨 일 있어요?"

"그냥…… 잠시만 이러고 있을게. 잠시만……."

그의 목소리까지 떨리는 것 같자 머뭇거리던 윤서의 손이 히가시의 등으로 올라갔다.

"무슨 일이에요. 괜찮아요. 울지 마세요."

윤서는 부드러운 손길로 히가시의 등을 쓰다듬었다. 둘은 한참 동안 그 자세로 서 있었다. 원룸의 창문으로 그새 뿌연 아침 햇살이 밝아왔다.

한참 동안 윤서를 안고 있던 히가시는 이윽고 팔을 풀고 그녀를 놓아주었다. 그녀는 의아한 얼굴로 그를 올려다보았다.

"사장님, 무슨 일 있어요?"

"……."

"일단 들어와서 좀 앉으세요. 서 계시지 말고요."

윤서는 다리를 절룩거리며 벽을 짚고 이불이 있는 쪽으로 가서 앉았다. 히가시도 신발을 벗고 안으로 들어와 그녀의 옆에 앉았다. 그러고는 고개를 숙이고 머리를 손으로 감쌌다.

"무슨 일인데 그래요, 괜찮으시면 저한테도 이야기해 주세요."

고개를 든 히가시의 얼굴에는 슬픔과 분노의 감정이 뒤엉켜 있었다.

"너…… 나한테 우리 부모님이랑 연락하냐고 물어봤었지?"

"네."

"난…… 여덟 살 때 이후로 엄마를 만난 적이 없어."

"만난 적이 없다고요?"

"응."

"사장님 어머님이 사장님을…… 버린 거예요?"

"아니…… 버린 게 아니고 억지로 나한테서 떼놓은 거야."

"누가요?"

"우리…… 아버지가……."

"왜요?"

"우리 엄마가…… 나를…… 죽이려고 했었거든."

윤서는 충격을 받은 얼굴로 한동안 말을 잇지 못했다.

"사장님 어머니가 사장님을 죽이려고 했었다고요?"

"응."

"세상에……."

"그런데…… 아까 형의 전화를 받았어. 엄마의 행방을 알지도 모른다고……."

애써 담담하게 말하는 히가시의 얼굴에는 깊은 슬픔이 배어 있었다. 윤서는 그런 히가시를 어떻게 위로해야 할지 몰라 우물쭈물했다.

"사장님…… 많이 힘들었겠네요."

"다짜고짜 찾아와서…… 미안해."

"괜찮아요. 사장님의 아픔을 다 이해할 수는 없지만 제 어깨 정도는 언제든지 빌려 드릴 수 있어요."

무엇 때문에 그를 죽이려고 했었냐고 꼬치꼬치 물을 법도 했건만 윤서는 그저 그의 어깨에 가볍게 손을 올려놓을 뿐이었다.

"사장님이 저를 도와주셨듯 저도 사장님이 힘드실 때 돕고 싶어요. 저는 가진 것도 없고 아는 것도 없지만 이야기 상대가 필요하면 언제든지 오세요."

히가시는 자신을 위로하는 윤서의 눈을 마주보았다. 가식이 없는 그녀의 눈빛은 자신을 진심으로 걱정하고 있었다. 그는 그녀의 눈을 마주하는 순간 심장을 아프게 찌르고 있던 무언가가 순식간에 녹아 없어지는 듯한 느낌이 들었다. 히가시는 충동적으로 손을 올려 윤서의 초췌한 얼굴을 천천히 쓰다듬었다. 갑작스러운 그의 행동에 그녀는 깜짝 놀라 몸을 뒤로 뺐다.

"사장님……."

"미안……."

히가시는 정신이 돌아와 화들짝 놀라며 손을 내렸다. 얼굴이 붉어진 윤서는 어색해진 분위기를 바꾸기 위해 부엌으로 시선을 돌렸다.

"커피라도 한잔하시겠어요? 커피 믹스 밖에 없지만……."

"내가 할게. 주전자 어디 있어?"

"거기 가스레인지 위에 있어요. 커피 믹스는 위쪽 찬장에 있고요. 물은 냉장고 안에……."

히가시는 부엌으로 가서 냉장고의 문을 열었다. 냉장고 안에는 민호가 주고 간 밑반찬이 들어 있는 종이 도시락이 쌓여 있었다.

"이 도시락은 뭐야?"

"아까 인영 씨랑, 료 씨, 민호 씨가 왔다 갔어요. 그건 민호 씨가 가져온 밑반찬들이에요."

히가시는 생수를 꺼내 주전자에 물을 부었다. 가스레인지에 불을 켜고 그는 위쪽 찬장을 열어 커피 믹스와 머그컵을 꺼냈다.

"너 진짜 살림 없다."

"혼자 사는데 뭐가 얼마나 필요하겠어요."

"그래도……."

"아까 인영 씨가 저보고 같이 살자고 했어요. 몇 달 뒤에 이곳의 계약이 끝나거든요."

"인영이가 같이 살자고 했다고?"

"네."

"잘됐네. 인영이도 쓸쓸해했었는데, 가게하고도 가깝고."

"같이 살자고 해주셔서 너무 고마웠어요. 사실 어디로 이사 가야 되나 고민이었거든요."

물이 끓자 히가시는 커피 믹스를 머그에 타와 윤서에게 건넸다.

"너에게 뭘 시킬까 고민했었는데 마음을 정했어."

윤서는 뒤통수를 맞을 것 같은 불안한 예감에 슬쩍 히가시의 눈치를 봤다.

"뭔데요."

"나중에 알려줄게."

"뭔데 그래요? 궁금하잖아요. 지금 말해주세요!"

히가시는 장난스럽게 웃으며 커피를 한 모금 마셨다.

"나중에…… 이런 건 궁금해 해야 맛이지."

윤서는 추궁해 봤자 히가시가 말을 해주지 않을 거라는 걸 깨닫고는 그저 그가 이상한 걸 시키지 않기를 바라며 될 대로 되라는 심정이 되었다. 창밖은 떠오른 아침 해로 완전히 밝아져 있었다.

"참, 사장님께 드릴 게 있는데."

커피를 마시던 히가시에게 윤서는 앉은뱅이책상 위에 놓여 있던 무언가를 가져와 내밀었다. 히가시는 윤서의 손바닥 위에 있는 물건을 보고 그녀를 미심쩍게 쳐다보았다.

"이게 뭐야?"

"이거 얼굴이 사장님이랑 닮았어요."

그녀가 양 인형의 머리 부분을 잡아당기자 베어브릭의 갈색 머리가 보였다. 양의 탈을 벗은 베어브릭은 눈이 옆으로 쫙 찢어진 데다가, 썩소까지 짓고 있어 귀여운 데라고는 털끝만큼도 없었다.

"이게 어디가 날 닮았다는 거야?"

"눈 찢어진 게 사장님이랑 똑같잖아요. 동네 문방구 옆을 지나가다가 사장님이랑 닮았길래 샀어요. 생긴 게 똑같죠?"

"나 참……."

히가시가 못마땅한 얼굴로 베어브릭을 쳐다보자 윤서는 시무룩한 얼굴이 됐다.

"맘에 안 드세요? 그래도 사장님 생각하고 산 건데."

"나를 생각하고 산 거라니까 가져가 주지."

"걔랑 사이좋게 지내세요. 제가 이름도 지어줬어요"

"이름이 뭔데."

"히가시 미니미요."

이름을 들은 히가시는 얼굴을 찌푸렸다.

"히가시 미니미라고?"

"네, 이름 잘 지었죠?"

"너 작명 센스 정말 꽝이구나."

히가시는 혀를 차면서도 베어브릭을 재킷 안에 집어넣었다.

"그래도 사장님께 제가 도움이 될 수 있어서 기뻐요. 나중에 혹시라도 힘든 일이 생기시면 저에게도 이야기해 주세요."

"그래, 고맙다."

무뚝뚝하게 대꾸했지만 히가시는 새벽에 불쑥 찾아온 것을 짜증도 내지 않고 받아준 그녀가 고마웠다. 윤서가 미소를 짓자 히가시는 설레는 마음이 얼굴에 드러날까 봐 일부러 무뚝뚝한 표정을 지었다.

병원 문이 열릴 시간까지 윤서의 집에 있던 히가시는 그녀를 병원에 데려갔다가 집에 데려다주고, 자신의 집으로 향했다. 새벽녘, 그녀의 집으로 향할 때 느꼈던 분노의 감정은 이미 흔적도 찾아볼 수가 없었다.

집에 도착한 그는 라이더 재킷의 품 안에서 베어브릭을 꺼냈다. 소파에 앉아 그는 베어브릭을 만지작거리며 윤서와 했던 이야기들을 떠올렸다.

"걔는 참 볼수록 재미있다니까."

히가시는 베어브릭의 코를 살짝 누르며 미소를 지었다.

"너도 그렇게 생각하지? 히가시 미니미?"

그는 베어브릭을 들고 거울 앞에서 자신과 베어브릭의 얼굴을 비교해 보았다.

"진짜 나랑 얘랑 닮았나."

웃는 표정을 짓자 베어브릭과 자신의 얼굴이 얼추 닮아 보였다.

"좀 닮긴 했나 보네."

히가시는 베어브릭을 거실의 책꽂이에 올려놓았다. 커튼을 열자 겨울 오전의 햇살이 거실로 쏟아져 들어왔다. 그는 진공관 앰프를 예열하고 씨디 플레이어의 파워를 켰다. 음악을 들으며 한산한 동네의 풍경을 한참이나 쳐다보던 그는 커튼을 다시 닫고 안방으로 향했다.

9. 그 남자의 사정

　히가시가 출근하자 민호와 료, 인영이 일찌감치 나와 한참 가게를 열 준비를 하는 중이었다. 바 안쪽에서 칵테일 잔을 닦던 료는 히가시에게 반갑게 인사를 건넸다.

　"윤서 씨는 병원 잘 데려다주고 왔어?"

　"응."

　"아침에 인영이 누나랑 나랑 민호랑 윤서 씨네 찾아갔었는데."

　"그래, 왔다 갔다고 그러더라."

　"발목 봤는데 많이 다쳤더라고."

　"힘줄이랑 뼈는 안 다쳤대, 다행이지."

　라커룸으로 향하던 히가시는 다시 료와 인영을 향해 돌아섰다.

　"내일 저녁에 쿄우 형이 가게로 올 거야."

히가시의 말에 컵을 닦던 료의 손이 멈췄다. 옆에서 리쿼와 술을 체크하던 인영도 긴장한 표정으로 히가시를 쳐다보았다.

"언제 온대?"

"시간은 말 안 했어."

"혹시 켄지 씨도 같이……."

"그건 아니야. 그 인간이 여길 뭐 하러 와."

둘의 대화를 듣던 료는 깊게 한숨을 쉬었다.

"영업시간 전에 오면 좋겠는데."

"그럴 리가 없잖아. 여기가 얼마나 잘 돌아가는지 체크하러 오는 건데."

"쿄우 형은 정말 껄끄럽다구. 으…… 얼굴만 생각해도 벌써 오금이 저린다."

컵을 닦던 료는 생각하기도 싫은 듯 오만상을 찌푸렸다.

"아무튼 내일 룸 하나 비워놔. 그리고 너희들도 물어보는 거에만 대답해."

"걱정하지 말라고. 장사 한두 번 하나."

컵을 다 닦은 료는 바를 빠져나와 부엌 쪽으로 향했다. 히가시는 몸을 돌려 다시 라커룸으로 발걸음을 옮겼다.

료는 발소리를 죽이고 민호의 옆으로 다가갔다. 뒤통수에 눈이 달린 듯 민호는 고개도 돌리지 않고 한마디를 툭 던졌다.

"왜?"

"내일 누가 오는 줄 아냐?"

"누가 오는데."

"쿄우 형."

민호는 손을 멈추고 한쪽 눈썹을 치켜 올렸다.

"언제 온다는데."

"시간은 모른대. 히가시 형이 입 조심하라고 하더라고."

"젠장……."

민호는 딱 한번 쿄우를 본 적이 있었다. 그는 풍겨 나오는 아우라만으로도 사람을 주눅 들게 할 수 있다는 말이 어떤 것인지를 실감나게 하는 인물이었다. 그의 분위기는 동네의 폭력배들과는 차원이 달랐다. 조직을 빠져나오는 데 결정적인 도움을 준 사람이 쿄우라는 것을 알고 있었지만, 그는 민호의 인생에서 다시는 만나고 싶지 않은 부담스러운 인물 중의 하나였다.

"내일은 음식에 신경을 많이 써야겠네."

"인영이 누나는 모르겠는데 너랑 나는 쿄우 형한테 인사를 하러 가야 될 거야, 아마."

"아…… 정말 싫다."

민호는 물 위에 뜬 사과를 들고 힘을 주어 박박 닦았다. 그런 민호를 보며 료는 씁쓸한 웃음을 지었다.

블랙잭이 문을 열자 손님들이 하나둘씩 가게 안으로 들어오기 시작했다. 대부분은 연말 분위기에 휩쓸려 술을 마시러 온 사람들이었지만, 그중에는 말쑥한 정장 차림으로 바에 앉아 히가시와 심각한 표정으로 이야기를 나누고 있는 한 무리의 넥타이 군단도 있었다. 히가시 역시 심각한 얼굴로 고개를 끄덕거렸다. 그들과 같은 사람들이야 말로 히가시가 블랙잭을 연 목적에 가장 부합하는 손님들이었다.

히가시와 이야기를 나누고 있는 사람들은 그가 변호사로 일할 때부터 친분이 있던 이들로, 여의도의 증권가와 금융가에서 일하고 있었다. 그들은 경제와 정치가 돌아가는 현안에 가장 민감했으며, 큰돈의 흐름에 가장 가까이 있는 사람들이었기 때문에 히가시에게는 가장 좋은 투자 정보의 출처가 되었다. 국제 변호사라는 거창한 직업을 갖고 있긴 했지만, 히가시가 유타카의 본가에서 일할 때 주로 맡았던 일은 기업의 M&A에 관련된 부분이었다. 그의 업무는 한국과 일본을 오가며, 기업들을 싼 값에 사들여 작은 회사로 쪼개서 비싼 값에 팔아치우는 일이었다. 히가시는 바를 오픈한 뒤, 친분 있는 사람들에게 회원권을 무료로 발급해 주고 그들의 가장 큰 투자자들을 손님으로 데려올 것을 부탁했다. 그들로서도 손님 접대를 하거나 다른 부분에 관련해서 손해 보는 일이 아니었기 때문에, 기꺼이 히가시의 부탁을 받아들였다.

그렇게 입소문을 내서 히가시는 1차적으로는 가게의 매출을 늘렸을 뿐만 아니라, 손님들로부터 받은 정보를 바탕으로 블랙잭에 오는 기업의 CEO나 정치가들이 누구와 접촉을 하는지를 파악해 앞으로의 투자 방향을 가늠하고 있었다.

히가시의 사업 수완과 머리를 잘 알고 있는 쿄우는 이번 방문으로 히가시를 다시 유타카 가문으로 데려가기 위해 설득할 것이 뻔했다. 신년회나 어머니 이야기를 꺼낸 것도 본격적으로 히가시를 설득하기 위한 미끼에 불과했다.

넥타이 부대와 이야기를 나누던 히가시는 그들의 잔에 하일랜드 파크를 따라주었다. 그 모습을 쳐다보던 료는 칵테일을 만들던 인영에게 슬쩍 다가가 그녀의 팔을 툭 쳤다.

"왜?"

료는 턱짓으로 히가시 쪽을 가리켰다. 히가시가 활짝 웃는 걸 본 인영은 다시 고개를 숙이고 칵테일을 만들었다.

"형이 뭐 하나 물었어. 얼굴 좀 봐."

"그런가 보지."

"누나는 우리 돈이 불어나는데 신나지도 않아?"

"난 잘 모르겠어. 그쪽으로는 깡통이라."

"난 진짜 신나는데. 이번엔 형이 뭘 알아냈으려나."

료는 경외의 눈빛으로 히가시의 옆모습을 쳐다보았다. 료의 눈에 히가시는 이 세상에서 가장 완벽한 남자의 현신이었다.

히가시가 돌아가고 난 뒤 윤서는 곰곰이 아침에 있었던 일을 곱씹어보았다. 윤서가 보기에 히가시는 웬만한 일에는 눈도 하나 깜짝하지 않을 것 같은 사람이었다. 그런 사람이 새벽부터 찾아와 갑작스럽게 눈물을 보이고, 어머니가 자신을 죽이려고 했다는 사실을 털어놓은 걸 어떻게 받아들여야 할지, 그녀는 심각하게 고민 중이었다. 사실 윤서는 히가시에게 왜 어머니가 그를 죽이려고 했었는지 묻고 싶었지만, 그의 아픈 과거를 캐묻고 싶지 않아 가만히 있었다.

"설마 사장님이 날 좋아하는 건 아니겠지."

윤서는 자신이 내뱉은 말이 스스로도 어이가 없었다.

"내가 뭐 볼 게 있다고. 얼굴도 안 돼, 몸매도 안 돼, 학벌도 없어, 돈도 없어, 능력도 없어. 아…… 나 진짜 한심하다."

윤서는 무릎을 껴안고 얼굴을 다리 사이에 묻었다.

"참나, 난 도대체 뭘 하고 살아온 거야."

윤서는 블랙잭에서 일을 해 돈을 좀 모으게 되면 사이버 대학이나 방송통신대학이라도 등록할 생각이었다. 학교를 다닐 때 그녀는 공부를 꽤 잘하는 편이었고, 공부하는 걸 좋아하기도 했었다. 대안학교를 졸업하기는 했지만 그녀는 항상 공부에 대한 아쉬움이 남아 있었고, 그것 때문에 회사에 다닐 때도 부지런히 일본어 공부를 했었다.

윤서는 문득 히가시에게서 빌려온 책이 떠올랐다. 그녀는 앉은 뱅이책상 쪽으로 다가가 책을 펼쳐 들었다. 책의 맨 첫 페이지를 펴자 일본어로 '히가시 도련님에게, 생일 축하드려요 ― 마마 아키꼬'라고 쓴 글귀가 보였다.

"히가시 도련님이라고?"

윤서는 미간을 찌푸렸다.

"도대체 이 아저씨는 어떤 삶을 살아온 거야."

윤서는 가슴 속에서 커지는 의문에 책을 덮고 다시 생각에 빠졌다. 히가시는 그녀가 상상하는 것 이상으로 버라이어티한 인생을 살아온 것이 분명했다. 윤서는 노트북을 열고 '유타카 히가시'라는 이름을 검색해 보았다. 수많은 검색 결과 중 '주식회사 유타카의 한국 진출'이라는 기사가 눈에 띄었다. 윤서는 그 페이지를 열어 기사를 읽기 시작했다.

"설마 이게 사장님 이야기인가?"

기사를 읽으며 윤서는 놀란 얼굴을 했다. 기사의 내용은 '주식회사 유타카가 한국 기업과의 합병을 통해 한국의 금융 시장에 진출을 하게 되었다'라는 것이 골자였다. 기사의 중간에는 '이번 합병에는 주식회사 유타카의 M&A 전문 변호사인 유타카 히가시가 이끄는 법률 팀의 활약이 절대적이었으며, 한국의 법규 완화로 인해 외국인들이 한국의 금융 시장에 대거 진출하게 된 사례 중 가장 성공적인 합병 케이스로 간주된다.'라는 구절이 있었다.

윤서는 노트북을 덮고 한동안 멍하게 앉아 있었다.

"완전 양아치인줄 알았는데 알면 알수록 놀라운 사람이네."

윤서는 히가시에 대한 사실을 하나씩 알아갈수록 그에 대한 편견이 하나씩 깨지는 것에 당황스러움을 감추지 못했다.

"역시 사람은 겉만 보고는 모르는구나."

윤서는 자신도 모르게 그에 대한 호기심이 마음속에서 뭉게뭉게 피어나고 있다는 사실을 깨달았다.

"내일 오면 도련님이 도대체 무슨 소리인지 물어봐야겠어."

윤서는 뒤뚱거리며 일어나 부엌으로 향했다. 그녀는 가스레인지 위에 주전자를 올리고 커피믹스를 하나 꺼냈다. 원룸 창밖으로 조금씩 눈이 흩날리는 것이 보였다.

"발육부진! 문 열어!"

새벽까지 책을 읽다가 잠깐 잠이 든 윤서는 누군가가 원룸의 문을 두들기는 소리에 잠에서 깨어났다. 그녀는 이불 안에서 몸을 뒤척이며 자리에서 일어나 부스스한 머리를 대충 정리했다.

한의원을 계속 다닌 덕분에 발목은 첫날보다 많이 나아 있었다.

벽을 짚고 절룩거리며 걸어가 문을 열자 진한 남색 파카와 청바지를 입은 히가시가 문 앞에 서 있었다.

"어! 사장님, 오늘은 라이더 재킷 안 입고 오셨네요."

"오늘 엄청나게 추워. 어제 눈이 내렸잖아."

"집 밖에 안 나가서 몰랐어요."

"병원 가게 옷 입어."

"세수도 좀 해야죠. 머리도 빗고요."

"그럼 씻고 나오든가."

히가시는 신발을 벗고 집 안으로 들어왔다. 윤서가 화장실로 들어가자 그는 옷걸이의 옷들을 유심히 살펴보았다. 몇 년은 되어 보이는 낡은 옷들이 대부분이라 히가시는 속으로 혀를 찼다.

"옷 살 돈도 없으면서 사회복지사한테 돈은 왜 보내는 거야."

잠시 후 씻고 나온 윤서는 대충 옷을 걸친 채 문 쪽으로 뒤뚱거리며 걸어갔다.

"가요."

"바지는 안 갈아입어?"

"어차피 금방 갔다 올 거잖아요."

"네가 입은 츄리닝 무릎이 다 나왔잖아."

"원래 츄리닝은 무릎이 나오는 맛으로 입는 거예요."

얼굴색 하나 변하지 않고 목도리를 둘러매는 윤서를 보며 히가시는 어이가 없다는 얼굴을 했다.

"누가 데려가려는지는 몰라도 너랑 사는 남자는 옷값은 안 들겠다."

"사장님한테 데려가 달라고 안 할 테니까 걱정 마세요."

히가시는 윤서의 앞에 쭈그려 앉아 등을 내밀었다. 그녀는 히가시의 목에 손을 두르고 그의 등에 업혔다.

"사장님."

"왜."

"이렇게 매일 저 병원에 데려다주시는 거 귀찮지 않아요?"

"엄청 귀찮아."

"그런데 왜 날마다 오세요."

"나중에 널 야무지게 부려먹으려고."

"쳇."

윤서를 업은 히가시는 낄낄거리며 웃었다. 그는 그녀에게 키를 받아 문을 잠갔다.

"그런데 오늘 무슨 일 있어요?"

"왜?"

"코에 피어싱…… 빼셨잖아요."

윤서의 말에 계단을 내려가려던 히가시의 발이 잠시 멈칫했다.

"알고…… 있었어?"

"엄청 눈에 띄는 피어싱이 없어졌는데 어떻게 몰라요."

"오늘 형이 가게로 오기로 했어. 그 인간에게 잔소리 듣고 싶지 않거든. 귀에 있는 건 가게 가서 빼야 되니까 귀찮아서 그냥 하고 있는 거야."

"형님분이 가게로 오세요?"

"응."

"사장님이랑 닮았어요?"

"난 잘 모르겠는데 눈매가 똑같대."

"어떤 분일지 궁금해요."

"궁금해하지 마. 알아봤자 좋을 것 하나 없는 사람이니까."

히가시의 퉁명스러운 대답에 윤서는 마음이 상했다. 그러나 그녀는 이내 마음을 돌려 이유를 묻는 대신 그의 반삭한 머리에 볼을 기댔다. 히가시는 마음과 달리 퉁명스럽게 나온 대답이 신경이 쓰였지만, 윤서가 아무 말이 없자 그대로 빌라의 계단을 조심스럽게 내려가기 시작했다.

히가시의 차로 이동하는 중에도 두 사람은 말이 없었다.

"어머, 오늘도 같이 오셨네요!"

이젠 익숙해진 접수계 직원이 히가시와 윤서를 보고 아는 척을 했다.

"혼자 걸을 수 있을 때까지는 데려다주려고요."

"사장님이 너무 다정하시다. 좋겠어요, 윤서 씨는."

윤서는 대답 대신 썩소를 지어 보였다. 히가시가 윤서를 소파에 내려놓고 그녀의 옆자리에 앉자, 윤서는 그를 곁눈으로 슬쩍 쳐다보았다.

"왜 그렇게 쳐다봐."

"그냥요. 좀 보면 안 돼요?"

"보지 마. 닳아. 보려면 돈을 내든가."

"쳇! 새삼스럽게 뭘 그렇게 비싸게 구세요."

"나 비싼 남자야. 몰랐구만."

히가시는 탁자 위의 잡지를 뒤적이며 심드렁하게 대꾸했다. 늘 그렇듯 말투는 불친절했지만 히가시는 나름 윤서에게 최선을 다

하고 있었다.

"사장님. 뭐 하나 물어봐도 돼요?"

"뭔데."

"빌려주신 책 말이에요, 첫 장에 '히가시 도련님께'라고 써 있던데 그거 사장님 맞죠?"

윤서의 말에 히가시의 얼굴이 굳었다.

"그런 게 쓰여 있었어?"

"네. 사장님, 도련님이에요?"

히가시는 별로 말하고 싶지 않은 얼굴로 제 머리를 쓱쓱 쓸어내렸다.

"그 이야긴 나중에 해줄게……. 지금은 말하고 싶지 않아."

"혹시…… 제가 사장님 기분을 상하게 한 건가요? 죄송해요. 그럴 의도는 아니었는데……."

윤서가 어쩔 줄을 몰라 하자 그는 껄끄러운 얼굴로 소파에 등을 기댔다.

"물어볼 수도 있지. 그냥 내가 대답을 하고 싶지 않은 것뿐이야. 기분 안 상했으니까 걱정하지 마."

"그렇지만……."

"내가 굳이 이야기하지 않아도……."

잠시 말을 끊은 히가시는 고개를 돌려 윤서의 얼굴을 물끄러미 바라보았다.

"너도 조만간 알게 될 거야."

"아놔! 진짜 신경 쓰여 죽겠네."

룸을 청소하던 료는 테이블을 닦던 행주를 손에 쥔 채로 소파에 털썩 주저앉았다. 옆에서 바닥을 쓸던 민호는 쓰레받기의 먼지와 쓰레기들을 쓰레기통에 버렸다.

"그냥 청소나 해. 누군 신경 안 쓰이는 줄 아냐."

"언제 온다고 시간이라도 말해줘야 될 거 아냐."

"잘도 말해주겠다. 그 냉정한 성격에……."

"아…… 진짜 쿄우 형은 눈빛만 봐도 몸이 꿰뚫리는 기분이 든다구."

료는 소름이 끼치는 듯 팔로 몸을 감싸 안고 온몸을 부르르 떨었다.

"나쁜 사람은 아니잖아. 그래도 너랑 나한테는 은인인데."

"그래도 만나기 부담스러운 건 사실이잖아. 안 그래?"

"그렇긴 그렇지."

그때 노크 소리와 함께 인영이 룸 안으로 들어왔다.

"청소는 다 했어?"

"응, 대강 다 끝냈어."

"이것도 뿌리라고."

그녀는 탈취제를 료에게 내밀었다.

"아! 깜빡하고 있었네."

"다 했으면 빨리 나와. 가게 문 열어야지."

"응, 나갈게."

민호와 인영이 룸의 문 밖으로 나서자 료는 탈취제를 룸 전체에 뿌리고 문을 닫았다.

블랙잭에 정시에 출근한 히가시는 바에서 료와 인영과 함께 손님들을 상대하고 있었다. 한참 가게 안의 분위기가 무르익어 갈 무렵, 입구를 지키고 있던 가드 중의 하나가 히가시에게 다가왔다. 가드가 그에게 귓속말로 뭐라고 중얼거리자, 히가시는 시선을 입구에 둔 채로 고개를 끄덕였다.

바에서 나온 히가시는 입구 쪽으로 걸어 나갔다. 가게 문이 열리고 키가 히가시 만큼이나 크고, 단정하게 빗어 넘긴 머리에 반무테안경을 쓴 남자가 검은 양복 차림의 경호원 둘과 함께 들어왔다. 눈매가 히가시와 꼭 닮아 있었지만 히가시보다 훨씬 더 날카롭고 냉랭한 분위기를 풍기는 남자였다.

히가시는 굳은 표정으로 그에게 다가갔다.

「왔네.」

「간만이구나.」

대답을 하는 쿄우의 눈이 차갑게 빛났다.

「들어와. 기다리고 있었어.」

고급 캐시미어 코트를 벗어 프런트에 맡긴 쿄우는 홀 안쪽으로 발길을 옮겼다. 바에서 칵테일을 만들고 있던 료와 인영은 쿄우를 보자 허리를 90도로 숙여 인사를 했다. 쿄우는 그들에게 고개를 까딱하고 히가시의 뒤를 따라 룸 쪽으로 발길을 옮겼다.

사람들을 압도하는 분위기와 당당한 걸음걸이에 테이블에 앉아 있던 사람들의 시선이 온통 쿄우에게 집중됐다. 그는 사람들에게 눈길도 주지 않고 그대로 까만 문 뒤로 들어갔다.

「얼굴을 보니 굳이 안부를 물을 필요는 없겠군.」

소파에 앉은 쿄우는 맞은편의 히가시를 날카로운 눈빛으로 쏘아보았다.

「보시다시피 잘 있어. 그쪽 집안하고 인연을 끊어도 말이지.」

히가시의 말에 쿄우는 냉랭한 미소를 지었다.

「그래, 그런 것 같군. 너란 녀석은 사막 한가운데 떨어뜨려 놔도 살아남을 놈이니까 말이지.」

히가시는 그의 눈을 꿰뚫듯이 쳐다보며 비릿하게 웃었다.

「이번엔 무슨 일로 온 거야.」

「이쪽 일이 잘 굴러가나 감시 차 온 것뿐이야.」

「그게 전부가 아닐 텐데?」

쿄우는 냉기가 뚝뚝 떨어지는 눈빛으로 히가시를 응시했다.

「잘 알면서 뭘 또 물어보지?」

「아직도 그 집안은 여전한가 해서 말이지. 돈이라면 더러운 것도 마다 않고 시궁창의 쥐새끼 뱃속이라도 갈라서 싹싹 긁어가는 인간들이잖아.」

히가시의 독설에 쿄우는 화를 내는 대신 실소를 내뱉었다.

「하하하, 네 녀석의 독설은 여전하구나? 하긴 그런 근성이 있으니 우리 집안에서 죽지 않고 버텼던 거겠지만.」

「그러니까 나를 더 이상 그 집안에 찍어 바르지 말라고.」

히가시의 가늘어진 눈에서 살벌한 빛이 뿜어져 나왔다.

그때 민호와 료가 안주와 위스키를 가지고 룸 안으로 들어왔다. 쟁반을 내려놓고 둘은 쿄우를 향해 허리를 숙여 인사했다.

「오랜만에 오셨네요.」

「잘들 지내고 있었나 보군.」

껄끄러운 얼굴의 민호와 씩 웃는 료를 쓱 훑어본 쿄우는 위스키 병을 따 앞에 놓인 잔에 따랐다.

「이건 니들이 준비한 거냐?」

「네.」

「신경을 많이 썼군. 잘 마시마.」

「그럼 저희는 나가볼게요. 필요한 게 있으시면 부르세요.」

민호와 료가 룸을 나가자 쿄우는 히가시 앞에 놓인 잔에도 위스키를 따랐다.

「아직도 애들 주워 오냐?」

「그런 거 안 해, 이젠.」

「바보 같은 놈.」

쿄우는 잔에 따른 위스키를 단숨에 마셨다.

「내가 전화해서 한 이야기는 잊지 않았겠지?」

「갈 테니 걱정 마. 가서 노인네한테 알고 있는 사실을 먼지 한 톨까지 다 털어낼 테니까.」

「넌 말이지…….」

쿄우는 그의 빈 잔에 위스키를 다시 채웠다.

「똑똑한 척은 혼자 다 하지만 진짜 멍청한 놈이야.」

「그게 무슨 개소리야.」

「너 같은 놈이 아버지께서 무슨 생각을 하고 계시는지 알 리가 없지.」

분노에 이글거리는 히가시의 눈빛을 얼려 버릴 듯 안경 뒤의 쿄우의 눈이 냉랭하게 빛났다.

「나중에 후회하게 될 거다.」

「미친 소리 하고 있네. 후회라면 그 집구석의 피를 받고 태어난 것부터가 후회스러운 일이지.」

「멍청한 새끼.」

쿄우는 위스키를 다시 단숨에 들이켰다.

룸에 들어갔다 나온 민호와 료는 복도를 따라 걸으며 가슴을 쓸어내렸다.

"몇 년 만에 봤는데도 눈빛이 무시무시한 건 여전하네."

민호는 고개를 돌려 히가시와 쿄우가 있는 룸의 문을 다시 쳐다보았다. 문 앞에는 쿄우가 데리고 온 까만 양복을 입은 두 남자가 절 앞의 사천왕상처럼 험악한 표정으로 버티고 서 있었다.

"둘이 싸우는 것 같던데."

"싸우기는……. 쿄우 형 사전에는 싸움이라는 게 없어. 그 인간은 보이는 것만 무시무시한 게 아니라 실제로 하는 짓도 무시무시하다고."

료는 민호가 모르는 뭔가를 아는 듯 몸을 부르르 떨었다.

"그게 무슨 소리야."

"너한테 내가 있었던 소매치기 조직에서 나올 때 이야기를 안 했었나?"

"너네 두목이 선선히 물러나질 않아서 히가시 형이 쿄우 형에게 부탁했었다면서."

"부탁을 받은 쿄우 형이 어떻게 했냐 하면 말이야……."

잠시 말을 멈춘 료는 정색을 하며 민호를 쳐다보았다.

"히가시 형의 부탁을 두목이 거절한 걸 핑계로 삼아서 큐슈 일대의 소매치기 조직을 하나도 남김없이 싹 삼켜 버렸다고."

"그게 무슨 소리야."

료는 자신의 목에 대고 손을 쓱 그어 보였다.

"뭐야?"

"진짜 죽였다는 게 아니라 드러나지 않게 손을 써서 감옥에 줄줄이 처넣었어. 그것 때문에 한동안 큐슈 경찰이랑 언론에서 난리가 났었거든. 대규모 소매치기 조직 소탕이라고. 그리고 그 조직의 똘마니들을 하나로 다 묶어서 자기 아래 심복 중 하나에게 관리를 맡겼어."

"……장난 아닌데."

"쿄우 형은 자신의 야심을 채우기 위한 일에는 피도 눈물도 없어. 히가시 형은 쿄우 형이 아끼니까 그나마 저렇게 놔두는 거야. 반면에 켄지 형은…… 뭐 그 자식은 원래 쓰레기니까 할 말도 없지만…… 쿄우 형이 발가락의 때만큼도 안 여긴다고."

민호는 새삼스럽게 자신을 꿰뚫을 듯이 쳐다보던 쿄우의 눈빛을 떠올렸다.

"네가 있던 조직의 두목도 그 소리를 들어서 널 말없이 놔준 걸 거야. 거절했다간 박살날 걸 아니까."

"장난 아니구나."

"유타카 집안은 옛날부터 그랬대. 목적을 위해선 수단과 방법을 가리지 않는다고. 자신들이 원하는 대로 일을 이끌어갈 자금력과 물리적인 힘도 충분하고. 그래서 히가시 형이 인연을 끊으려고 저렇게 발버둥치는 거잖아. 형이 굳이 한국까지 와서 술집을 하는 이유가 뭔데."

"형이 불쌍하다. 저런 사람들을 가족이라고……."

"능력이 없었으면 진작에 형도 죽었을걸?"

민호는 크게 한숨을 내쉬며 검은 문을 열고 료와 함께 홀로 나
갔다.

시형이 블랙잭에 왔을 때 바에는 인영만이 홀로 서서 칵테일을
만드는 중이었다. 바에 앉은 시형은 홀을 둘러보며 인영에게 말
을 건넸다.

"히가시랑 료는 어디 갔어요?"

"오셨어요. 두 사람은 손님이 와서 룸으로 인사하러 갔어요."

"룸으로 인사를 하러 갔다고요? 엄청 중요한 손님인가 봐요."

"히가시 오빠의 형님께서 오셨어요."

"히가시의 형님이 오셨다고요?"

"네."

"그런데 왜 료까지……."

"다들 관련이 있으니까요."

"그래요?"

인영은 의아한 얼굴을 하고 있는 그에게 물었다.

"뭐 드실래요?"

"글랜리벳 있으면 한 잔 줘요."

"올 때마다 싱글몰트 위스키만 드시네요."

"난 먹거나 마시는 거에 뭐가 섞여 있는 건 싫거든요."

인영은 글렌리벳을 가지러 캐비닛 쪽으로 돌아갔다. 그때 바로
돌아온 료가 그를 향해 웃으며 인사를 했다.

"형! 오셨어요."

"응, 그런데 히가시의 큰형님이 오셨다며."

"네. 그래서 히가시 형은 룸에 있어요."

시형이 고개를 돌리자 민호가 그를 향해 가볍게 묵례를 했다. 시형은 웃으며 민호에게 손을 흔들었다.

"민호까지 같이 갔었어?"

"네, 쿄우 형에게 민호랑 저는 신세진 게 있으니까요."

"대단한 사람인가 보네."

"어떤 면에선 그렇죠."

료는 인영을 슬쩍 쳐다보고 시형에게 귓속말을 했다.

"인영이 누나랑 좀 진전은 있어요?"

"그게 무슨 소리야."

"왜 이래요. 다 아는데."

료는 낄낄거리며 머쓱해하는 시형을 놀리듯 쳐다보았다.

"몰라. 아무 일도 없어."

"잘 해봐요, 형. 저도 적극적으로 밀어드릴 테니까."

료는 웃으며 들어온 주문지를 살펴보러 바의 반대편으로 걸어 갔다.

「그래서 다시 돌아올 생각이 없다는 거냐?」

「입 아프게 자꾸 말 시키지 마. 회사 합병 건이 성공하면 놓아 준다고 했잖아.」

「그래, 그렇게 말하긴 했었지.」

쿄우는 몸을 앞으로 기울이며 눈을 가늘게 떴다.

「하지만 네 어머니가 아버지 수중에 있다는 건 잊지 말아라.」

어머니라는 단어에 히가시의 눈에서 불꽃이 튀었다.

「지금 날 협박하는 거야?」

「협박이 아니라 사실을 이야기하는 것뿐이야.」

「그래서 뭘 어쩌라는 거야. 본 지 20년도 더 지난 엄마는 얼굴도 기억이 안 난다고.」

「그래? 과연 그럴까?」

쿄우는 입꼬리를 올리며 히가시를 떠보듯 안경 너머로 그를 쳐다보았다.

「신년회 때 보면 알겠지.」

쿄우는 자리에서 몸을 일으켰다.

「이만 돌아가마.」

「가버려. 꼴도 보기 싫으니까 다시는 나타나지 마.」

「니가 아무리 발버둥쳐도…….」

쿄우는 룸의 문을 열었다.

「넌 유타카의 인간이야.」

쿄우가 나가고 닫힌 문으로 히가시는 물 컵을 힘껏 던졌다. 문에 부딪친 유리컵은 산산조각이 나며 깨졌다. 히가시는 상처 입은 산짐승처럼 거친 숨을 몰아쉬었다.

. . .

「이 아이가 히가시인가?」

「네, 큰도련님.」

집사인 하쿠오의 옷자락을 잡고 자신의 얼굴을 올려다보는 히가시를 쿄우는 냉랭하게 내려다보았다. 쿄우의 머릿속에 복잡한 생각들이 스쳐 지나갔다. 히가시는 자신의 눈길을 피하지 않았다.

「나는 쿄우다.」

「하쿠오 할아범, 이 사람이 내 형님이야?」

「그렇습니다. 히가시 도련님.」

히가시는 쿄우를 향해 환한 미소를 지었다.

「형아! 만나서 반가워. 보고 싶었어.」

히가시의 뜻밖의 반응에 쿄우의 얼굴에 당황한 기색이 스쳐 지나갔다. 그러나 그는 표정을 바로 감추고 집사에게 물었다.

「집에 언제 왔다고 했지?」

「일주일 전에 병원에서 퇴원하셔서 오셨습니다.」

방학을 맞아 집으로 돌아온 쿄우는 오늘에서야 아버지가 데려온 동생의 얼굴을 처음 볼 수 있었다. 자신을 뚫어져라 바라보는 히가시를 내려다보던 쿄우는 천천히 입을 열었다.

「넌 내가 무섭지 않니?」

「형아가 왜 무서워. 보고 싶어서 기다렸는데.」

자신의 인상과 눈빛 때문에 쿄우는 사람들이 자신을 가까이 하기 어려워한다는 걸 알고 있었다. 어릴 때는 그런 점 때문에 상처를 많이 받았지만, 지금은 자신의 인상이 집안에서 위치를 유지하는 데 도움이 된다는 것을 알고 있었기 때문에 그는 대부분 무표정한 얼굴로 지냈다.

「맹랑한 녀석이로군.」

쿄우의 말에 하쿠오가 미소를 지었다.

「잘 챙겨줘.」

「걱정하지 마십쇼.」

쿄우는 등을 돌려 자신의 방으로 다시 걸어갔다.

「형아! 우리 또 만나!」

등 뒤에서 들려오는 히가시의 목소리에 쿄우는 보이지 않게 미소를 지었다.

• • •

「사장님, 호텔에 도착했습니다.」

경호원의 말에 쿄우는 눈을 떴다. 경호원이 내려서 차의 문을 열자 그는 차에서 내려 호텔의 로비로 들어갔다.

방에 도착한 그는 커튼을 열고 창밖의 야경을 내다보았다. 유타카 가문의 앞날을 생각하자 그는 어깨가 한층 무거워지는 느낌이 들었다. 팔짱을 끼고 야경을 말없이 바라보고 있던 쿄우는 휴대폰 소리에 스위트룸의 거실에 있는 탁자 쪽으로 걸어갔다. 액정을 확인한 그는 전화를 받았다.

「여보세요.」

[그래. 히가시는 만났나?]

「네.」

[뭐라고 하던?]

「다시 돌아오라는 제의는 거절했습니다. 대신 신년회 때는 오겠다고 했습니다.」

전화기 건너편의 목소리는 아무 말이 없었다.

[너도 내게 남은 시간이 얼마 없는 건 알고 있을 거다.]

「네.」

[어떻게든 히가시를 꼭 데리고 와라. 네 옆에는 사람들이 더 필요해.]

쿄우는 사무적인 목소리로 대답했다.

「알고 있습니다.」

[그래. 좋은 소식을 기대하마.]

전화를 끊은 그는 다시 창가로 다가가 서울의 야경을 착잡한 눈으로 바라보았다.

쿄우가 나간 후 히가시는 한참 동안 룸에 혼자 앉아 있다가 나왔다. 그의 어두운 표정을 본 경비실장 효성이 걱정스러운 얼굴로 히가시의 옆에 따라 붙었다.

"형, 괜찮아요?"

"괜찮아. 내가 컵을 깼는데 그것 좀 애들한테 치우라고 해라."

"그럴게요."

홀로 나가는 히가시의 뒷모습을 보던 효성은 나지막하게 한숨을 쉬었다.

히가시는 홀을 가로질러 바로 향했다. 그의 분위기가 심상치 않음을 알아차린 시형은 일어나 아는 척을 했다.

"무슨 일 있었어?"

분노로 이글이글 불타오르고 있는 히가시의 눈빛을 본 시형은 저도 모르게 몸을 움찔거렸다.

"괜찮아?"

"형, 나 좀 급하게 가볼 데가 있어서 그러니까 나중에 이야기하자."

바를 지나쳐 라커룸으로 들어가는 히가시의 뒤를 료가 잽싸게 따라갔다.

"형, 무슨 일인데 그래."

옷을 갈아입고 있는 히가시가 대꾸가 없자 료는 그의 옆으로 바짝 다가섰다.

"회사로 돌아오라고 협박당한 거야?"

료의 질문에 셔츠의 단추를 풀던 히가시의 손이 멈췄다.

"쿄우 형이 엄마를 걸고 넘어졌어."

"그게 무슨 소리야?"

"엄마의 행방을 아버지가 안다고……. 뭐가 됐던 신년에는 본가에 가봐야 될 것 같다."

"형 엄마의 행방을 안다고 그랬다고?"

"나 먼저 들어갈게. 가게는 니들 셋이 닫아."

"걱정하지 마. 무슨 일 있으면 전화하고."

옷을 다 갈아입은 히가시는 료의 말에 대꾸도 하지 않고 라커룸을 나갔다.

히가시는 주차장으로 가는 길에 어딘가로 전화를 걸었다.

[여보세요.]

"나야."

[무슨 일이야, 이 시간에.]

"오늘 쿄우 형이 찾아왔어."

전화기 너머의 인물은 잠시 말이 없었다.

"너 그쪽에 대해서 뭐 들은 소리 없냐?"

[다들 별 이야기는 없었는데.]

"지금 갈 테니까 이야기 좀 하자."

전화를 끊은 히가시는 차에 올라 명동으로 향했다.

시형은 걱정스러운 표정의 인영을 향해 고개를 돌렸다.

"엄청 화가 난 모양인데요."

"그럴 거예요. 오빠는 형님을 별로 만나고 싶어 하지 않았었거든요."

"둘이 사이가 안 좋아요?"

"사이가 안 좋다기보단……."

인영은 뭐라고 대답을 해야 할지 몰라 난처한 얼굴이었다.

"대답하기 힘들면 안 해도 돼요."

"죄송해요. 제 일도 아니라서 말씀 드리기가 좀 그래요."

"다들 나름의 사정이 있는 거니까요."

시형은 인영이 따라 준 위스키를 한 모금 마셨다.

"그나저나 내가 말했던 거 생각해 봤어요?"

"저녁 같이 먹는 거…… 말씀하시는 거죠."

"맞아요. 대답…… 해줄 수 있어요?"

"먹을…… 게요."

인영의 대답에 시형의 표정이 밝아졌다.

"그럼 월요일 오후에 병원으로 데리러 갈게요."

"네."

시형은 복권에라도 당첨된 것처럼 싱글벙글 웃었다.

히가시는 서준의 술집 아소를 찾았다. 가게 문을 닫기에는 다소 이른 시간이었음에도 불구하고 서준은 벌써 영업을 끝낸 듯 'Close' 사인에 불이 켜져 있었다. 가게 앞에 선 히가시는 문을 두들겼다. 잠시 후 서준이 문을 열고 그에게 안쪽으로 들어오라는 손짓을 했다. 그는 바에 정종 병을 두고 혼자서 술을 마시는 중이었다.

"뭐라고 그러디."

서준이 묻자 히가시가 한숨을 쉬며 그의 옆에 앉았다.

"엄마의 행방을 걸고넘어지더라. 노인네가 엄마의 행방을 알고 있다고……."

"갑자기 왜 그렇게 급하게 나오는 거지? 몇 년간 잠잠했잖아?"

"나도 잘 모르겠어. 넌 뭐 들은 거 없냐?"

"이게 네 아버지 소식인지는 모르겠다만 거물급 중 하나가 아프다고는 하더라. 들리는 소문으로는 살날이 얼마 안 남아서 후계 구도를 정리 중이라고 하던데."

"누가 그래?"

"전에 있던 조직의 회계 담당 놈이."

서준은 정종을 한잔 마셨다. 그는 히가시의 딱딱하게 굳은 얼굴을 보고 한숨을 쉬었다.

"너도 마실래?"

"됐어, 난 갈 데가 있어."

"너 열 받았냐?"

히가시가 대답이 없자 서준은 말하지 않아도 알 것 같다는 표정으로 정종을 술잔에 따랐다.

"너도 알겠지만 감정적인 대응은 하나도 도움이 안 돼. 인연을 확실히 끊고 싶으면 너도 저쪽만큼 냉정해져야지."

"나도 알고 있어. 하지만 그쪽에서 하는 짓들을 보면 화가 끓어오른다고……."

"니네 집 인간들이 그러는 거 하루 이틀 일도 아니잖아? 특히 너희 형은 워낙 유명하잖아."

"알고 있는데도…… 앞에 있으면 진정이 안 돼."

히가시가 괴로워하자 서준은 그의 어깨를 토닥거렸다.

"그나마 니네 형이 너는 많이 봐주고 있는 거야. 힘으로 밀어붙이면 네가 절대로 회사로 돌아가지 않을 걸 아니까. 나도 네 형이랑 오랫동안 일했지만 그 사람이 뭔가를 차지하고 싶을 때 설득이라는 걸 하는 걸 본 적이 없다. 그건 너도 잘 알잖아."

"그래서 더 열 받는다고. 차라리 강제적으로 하면 나도 똑같이 해주겠는데……."

"일단은 일본에 가서 네 아버지를 만나. 상황을 보니 지금은 정공법이 제일 나을 것 같네."

"그렇지 않아도 신년회에 갈 생각이야."

서준은 히가시를 안쓰러운 얼굴로 쳐다보았다.

"나도 그렇지만 너도 참 복잡한 인생이다."

"그러게……."

히가시는 씁쓸하게 웃음을 지었다.

서준과 이야기를 마치고 가게에서 나온 히가시는 윤서에게 전화를 했다. 신호가 가는 소리가 들리고 이윽고 윤서의 목소리가 들렸다.

[여보세요.]

"나야. 발육부진."

[이 시간에 웬일이세요.]

"너…… 나랑 한잔할래? 맥주 사가지고 갈 테니까."

[사장님, 무슨 일 있어요?]

"없어. 그냥 술 마시고 싶어서 전화하는 거야."

[오늘 형님 만난다고 하셨잖아요. 안 좋은 일…… 있었어요?]

히가시가 묵묵부답이자 윤서는 이내 흔쾌히 대답했다.

[오세요. 그런데 남녀칠세부동석인데 자꾸 저희 집에 드나드시면 소문나요.]

"웃기고 있네. 넌 날 뭘로 보는 거냐."

[남자로 보지 뭘로 봐요. 사장님 남자잖아요. 전 여자고.]

"넌 전혀 내 취향도 아니거든? 발육부진 주제에."

[사장님도 제 취향 아니긴 마찬가지예요.]

한마디도 지지 않는 윤서의 대꾸를 들으며 히가시는 실소를 내뱉었다. 그녀와 몇 마디 하는 것만으로도 복잡했던 그의 기분은 벌써 풀리고 있었다.

"기다리고 있어, 금방 갈 테니까."

[안주 맛있는 거 사오세요. 참고로 전 닭똥집하고 순대 좋아해요.]

"알았어."

전화를 끊은 히가시는 윤서가 말한 안주를 사기 위해 걸음을 옮겼다.

한 시간 후 맥주와 안주를 사들고 히가시가 윤서의 집 문 앞에 서자 초인종을 누르기도 전에 문이 열렸다. 그는 당황한 얼굴로 윤서를 내려다 보았다.

"너 어떻게 알았어?"

"차 소리 듣고 알았어요. 사장님 차 엔진 소리는 좀 특이하거 든요."

윤서는 절룩거리며 방 안으로 들어가 앉았다. 그녀는 이미 앉 은뱅이책상 위를 치워두고 있었다. 히가시는 손에 든 비닐봉지를 책상 위에 올렸다. 그가 파카를 벗자 안에 입은 얇은 하늘색 니 트가 드러났다. 윤서는 새삼스럽게 그에게 니트가 매우 잘 어울 린다는 생각을 했다.

"뭘 그렇게 쳐다봐."

자신의 가슴팍을 뚫어지게 쳐다보고 있는 윤서의 시선에 히가 시가 고개 숙여 아래를 내려다보았다.

"가슴 근육이 하도 빈약해서 쳐다봤어요."

"나 몸 좋거든. 빈약은 무슨……."

"좋기는 뭐가 좋아요. 제가 봤는데……."

무심결에 내뱉은 말에 윤서의 얼굴이 사과처럼 달아올랐다. 그는 건수를 잡은 표정으로 입꼬리를 올리며 씩 웃었다.

"좋았었나 보지?"

"좋긴 뭐가 좋아요, 좋아하는 사람이 안아준 것도 아닌데."

히가시는 의심스러운 표정으로 눈을 가늘게 떴다.

"너 말이야……."

자신은 아랑곳하지 않고 비닐봉지를 뒤지는 윤서를 지켜보던 히가시는 무슨 말인가를 하려다가 입을 다물었다.

"아니다."

"뭐가 아니에요. 말하려다가 말면 궁금하잖아요. 뭔데요."

윤서는 나무젓가락을 히가시에게 내밀었다.

"순대나 먹으라고. 안주도 꼭 지 같은 것만 좋아해."

"저 같은 게 뭔데요."

"여성스러운 거랑 백만 년은 거리가 떨어져 있는 거."

"순대 먹으면 여성스럽지 않은 거예요?"

"여성스럽다고 보긴 힘들지."

"그게 무슨 말도 안 되는 소리예요."

"그런 게 있어."

윤서는 아랫입술이 삐죽이 나온 채로 김이 모락모락 나는 순대를 하나 집어 들었다.

10. 먼저 덮쳤으면 책임을 져야지?

앉은뱅이책상 아래로 빈 맥주 캔이 제법 많이 쌓였다. 술에 취한 윤서는 히가시를 보며 실실 웃고 있었다.

"왜 웃어?"

"사장님, 혹시 저 좋아해요?"

맥주를 마시려던 히가시는 식겁한 얼굴로 그녀를 쳐다봤다.

"내가 널 왜 좋아해. 널리고 널린 게 여잔데."

"그런데 왜 이렇게 저한테 잘해주세요. 밤에도 찾아오고. 막 껴안고……."

"그거야…… 넌 여자 같지 않으니까."

"료 씨랑 민호 씨도 있잖아요. 인영이 언니도 있고……."

"걔들은 바빠. 나 대신 가게 일도 해야 되고……."

"저한테 너무 잘해주지 마세요. 그러다 제가 오해하면…… 나중에 상처 받는다고요. 저한테 잘해주시니까 자꾸 사장님이……
좋아지려고 하잖아요."

윤서는 혀가 꼬부라진 채로 중얼거리다 맥주를 한 모금 더 마
셨다.

"전…… 누가 조금만 잘해줘도 금방 그 사람에게 빠져요. 그래
서 상처를 덜 받으려고 일부러 사람들하고 교류도 안 하고 지냈
었단 말이에요. 그런데 저한테…… 왜 이러세요."

윤서의 눈에 어느새 눈물이 고였다. 그녀의 눈물을 보자 히가
시의 마음 한구석이 아려왔다. 그 역시 그녀와 다르지 않았기 때
문에 그녀가 하는 말이 어떤 의미인지를 잘 알고 있었다. 그는 윤
서의 눈에 고인 눈물을 손가락으로 부드럽게 닦아주었다.

"울지 마. 왜 우는 거야."

"그냥요. 제가 가게 분들을 만난 게 다 꿈만 같아서요. 2주 전
만 해도 저한테는 아무도 없었는데……."

"넌 진짜 이상한 애야. 그거 아냐?"

"제가 어디가 이상해요."

"사실은 니네 집에 오기 전에 오늘 있었던 일 때문에 엄청 화가
나 있었거든."

"무슨 일이 있었는데요."

"형이 우리 엄마의 행방을 가지고…… 협박을 했어. 그것 때문
에 화가 머리끝까지 났다고. 그런데……."

히가시는 윤서의 볼을 쓰다듬었다. 술기운 때문인지 그녀는 그
의 손길을 피하지 않았다.

"너랑 통화를 하고 나서 화가 풀렸어. 전에는 이런 적이 없었

는데……."

히가시는 슬픈 눈빛으로 윤서를 쳐다보았다. 그는 자기를 이해해 줄 수 있는 여자를 만날 거라는 기대 같은 것을 가져본 적이 없었다. 그러나 그녀에게만은 자신의 진심을 보이고 싶었다.

"난 여자를 만난 적이 없어. 여자는 항상 내게 거추장스럽고 혐오스러운 존재였거든. 그런데 넌……."

히가시는 갑자기 윤서에게 부드럽게 입을 맞췄다. 부드럽고 촉촉한 입술이 닿자 머릿속이 새하얗게 변하는 느낌이었다. 책상을 옆으로 밀고 히가시는 윤서를 품에 안았다. 가녀린 몸을 안고 그녀에게서 나는 사과향을 맡자 히가시는 생전 처음으로 느껴보는 뜨거운 감정이 뱃속에서부터 올라오는 것을 느꼈다. 그는 그녀의 등을 천천히 쓰다듬었다.

윤서는 눈을 감고 잠시 머뭇거리다 그의 목을 껴안았다.

"넌 사람을 미치게 하는구나."

그는 입술을 떼고 윤서의 얼굴을 찬찬히 들여다보았다.

"제가…… 뭘 어쨌는데요."

"너 때문에 미칠 것 같다고, 내가……."

히가시는 나직한 목소리로 속삭이며 윤서의 부드러운 입술에 자신의 입술을 다시 가져다 댔다.

한참 후 윤서에게서 입술을 뗀 그는 그녀의 얼굴을 쓰다듬었다. 윤서는 그의 얼굴을 아무 말 없이 올려다보았다. 그녀는 술기운이 오른 듯 얼굴이 빨갛게 상기되어 있었다.

"이거 취해서 저한테 키스하신 거죠?"

"나 안 취했어, 멀쩡한데."

"술 깨면 둘 다 기억 못 할 것 같은데."

"난 멀쩡하다니까."

"사장님이 저 같은 애를 왜 좋아하겠어요. 제가 뭐 볼 게 있다고……."

"너 볼 거 많아. 의외로 발육부진도 아니고."

울컥 짜증이 치민 윤서가 가슴을 밀어내자 그는 낄낄거리며 벽에 등을 기댔다.

"사장님 나빠요, 맨날 장난만 치고……."

"원래 나쁜 남자가 매력 있는 법이지."

"쳇!"

"술 더 마실래? 내가 사온 건 다 떨어진 것 같은데."

"더 마실게요."

"그럼 내가 나가서 사올게."

히가시는 파카를 챙겨 입고 밖으로 나왔다. 그새 눈이 제법 쌓여 계단 밖으로 발을 내딛자 발목까지 눈 속에 푹 빠졌다.

"난리 났네. 이따 운전은 어떻게 한다지."

눈길을 걸으며 그는 윤서와의 키스를 떠올렸다. 차가운 눈발을 맞자 다시 정신이 돌아오는 것 같았다. 아무렇지도 않은 척했지만 사실 그는 이성의 끈이 거의 끊어질 뻔한 것을 간신히 참고 있었다.

"그나저나 입술에 아이스크림을 발라놨나. 뭐가 그렇게 부드러워……."

히가시는 제 입술을 만지작거렸다. 아직도 그녀의 입술에 닿았던 감촉이 남아 있는 느낌이 들자 그는 힘껏 고개를 흔들었다. 심호흡을 한 히가시는 발걸음을 빨리해 골목에서 빠져나와 편의점 쪽으로 잰걸음을 재촉했다.

히가시가 편의점에서 맥주를 사 다시 돌아왔을 때 윤서는 이불을 덮고 그새 세상 모르고 잠이 들어 있었다. 그는 비닐봉지를 내려놓고 윤서의 잠든 모습을 물끄러미 내려다보았다.

"무슨 여자애가 겁도 없이…… 내가 무슨 짓을 할 줄 알고……."

한참을 윤서의 얼굴을 내려다보던 히가시는 상 대신 썼던 책상을 부엌 쪽으로 밀어놓고 방 안의 불을 껐다. 윤서와 최대한 떨어져서 눕자 그제야 그도 취기 탓에 눈이 가물가물해졌다. 고요한 방 안에는 그녀의 쌕쌕거리는 숨소리만 울렸다. 그 소리를 듣고 있노라니 가슴이 떨려 히가시는 이리저리 몸을 뒤척였다.

"여자가 저렇게 긴장감이 없어가지고, 남자가 옆에서 자는데도 겁도 없이……. 내가 옆에서 지켜봐야지 안 되겠어."

윤서를 향해 옆으로 돌아눕자 피곤한 몸과는 상관없이 오히려 정신은 더 또렷해졌다. 히가시는 머릿속을 스쳐지나가는 온갖 망상을 잠재우려 도를 닦는 심정으로 명상을 하려고 애썼다. 그러곤 안 되겠다 싶어 반대쪽으로 돌아누웠다.

"이건 또 이것대로 괴롭네, 젠장. 술 마셔서 집으로 가지도 못하고……."

그때 몸을 뒤척이던 윤서가 옆으로 한 바퀴 굴러 그의 등 뒤에 바짝 붙었다. 그녀는 거침없이 팔을 뻗어 히가시의 몸을 안았다.

"아…… 따뜻하다."

갑작스러운 윤서의 행동에 히가시의 몸이 경직됐다.

"얘는 무슨 잠버릇이 이렇게 험해. 그리고 무슨 꿈을 꾸길래 이렇게…….”

　“……좋다.”

　윤서는 히가시의 가슴을 손으로 살살 문질렀다. 얼굴이 빨갛게 상기되도록 숨을 참고 있다가 결국 한계에 달한 히가시는 윤서를 밀어내고 자리에서 일어나 벽에 등을 기대고 앉았다. 윤서는 그가 그러든지 말든지 세상모르고 잠에 빠져 있는 중이었다. 히가시는 심호흡을 하고 윤서를 원래 누웠던 자리보다도 더 멀리 방구석으로 밀었다.

　“진짜 잠도 요란스럽게 자네.”

　히가시는 윤서를 물끄러미 쳐다보았다. 창으로 들어오는 가로등 불빛에 어렴풋이 윤서의 실루엣이 보였다.

　“이건 신종 고문 기법인가. 아, 몰라……. 안는 건 괜찮겠지. 그냥 안는 것뿐이잖아.”

　그는 혼잣말을 중얼거리며 윤서에게 다가가 이불을 들췄다. 그리고 그녀를 등 뒤에서 안았다. 작은 몸을 품에 안자 부드러운 촉감과 따뜻한 체온이 전해졌다.

　“보기랑 다르게 엄청 부드럽네. 진짜 이상한 애라니까.”

　따뜻한 그녀를 품에 안고 히가시도 이내 몰려오는 잠을 이기지 못하고 꿈속으로 빠져들었다.

　전화벨 소리에 잠이 깬 히가시는 눈도 뜨지 못하고 고개를 들었다. 잠시 주변을 더듬거리던 그는 자신의 품에 누군가가 있다는 것을 깨닫고 갑자기 정신이 돌아왔다. 품 안에 있는 것이 윤서임을 확인한 그는 그녀를 조심스럽게 옆으로 밀어놓고 자리에서 일어나 앉았다. 그는 여전히 꿈나라인 윤서의 얼굴을 한참 동안 쳐다보았다. 살이라고는 하나도 없는 그녀의 목덜미가 추워 보여 그는 이불을 위쪽으로 끌어 올려 따뜻하게 덮어주었다.

히가시는 파카의 주머니에서 폰을 꺼내 시간을 확인했다.

머리가 깨질 듯한 숙취에 그는 관자놀이를 엄지손가락으로 눌렀다. 어젯밤의 기억이 토막토막 되살아나자 그는 한숨을 쉬었다.

"아아…… 결국은 키스를 해버렸군."

술기운과 형에 대한 분노와 그녀에 대한 마음이 뒤섞인 감정이 결국은 키스를 하게 만든 것이었지만 그는 자신의 행동을 후회하지는 않았다. 원래 그는 조금만 더 기다렸다가 윤서에게 자신의 마음을 고백할 생각이었다. 그녀가 자기를 어떻게 생각하고 있는지 확신할 수가 없었기 때문에 애초에 성급하게 들이대지 않으려 했던 것이었다.

"차라리 잘됐나."

윤서는 그가 고민을 하든 말든 여전히 일어날 기미가 안 보였다.

"쟤는 정말 천하태평이네."

히가시는 태평스럽게 잠들어 있는 윤서가 얄미워 발로 그녀의 다리를 툭툭 찼다.

"발육부진, 일어나! 정신 차려!"

그의 목소리에 윤서가 몸을 뒤척였다.

"일어나라고! 해가 중천이야!"

마침내 눈을 뜬 윤서는 잠시 눈을 굴리다가 자리에서 벌떡 일어났다.

"헉! 나 미쳤나 봐!"

히가시를 본 윤서는 경악에 찬 표정으로 이불을 뒤집어썼다.

맥주를 마시다가 술이 떨어져서 히가시가 맥주를 사러 나간 것은 기억이 났다. 혼자 남아 그와 키스를 했다는 사실에 이불을 팡팡 차며 부끄러워했었는데 그 후로 아무것도 기억나는 게 없는 걸 보니 그대로 잠들어 버린 모양이었다.

"사장님! 왜 여기 있어요! 집에 안 가셨어요?"

이불을 뒤집어 쓴 윤서가 웅얼거리며 질문을 퍼붓자 그는 어이가 없어 웃음이 터져 나왔다.

"술도 취한 데다가 눈까지 왔는데 집에 어떻게 가냐?"

"그럼 사장님이랑 저랑 설마 같이…… 잔…… 잔 거예요?"

윤서는 이불을 걷고 경악한 얼굴로 그를 쳐다보았다.

"말도 안 돼!"

"내가 보기엔 지금 네 꼴이 더 말도 안 돼 보이는데."

'헉' 소리를 낸 윤서는 다시 이불을 뒤집어썼다.

"아니, 그게, 전 술 취해서 저도 모르게 잠이 들었단 말이에요."

"그런데 뭐……."

"사장님이랑…… 저…… 아…… 아무 일도 없었죠?"

"무슨 일이 있어야 돼?"

"아니…… 혹시 사장님이 저를 덮…… 덮쳤다거나……."

"나는 아무 짓도 안 했어. 네가 나를 덮쳤지."

"네?"

윤서는 다시 이불을 걷었다.

"네가 먼저 나한테 와서 나를 막 껴안고 그랬다고. 난 잘못 없어!"

"거짓말!"

"내가 너한테 거짓말을 왜 하냐. 암튼 네가 먼저 덮친 거니까 책임은 네가 져. 이래봬도 난 순수한 총각이란 말이지."

"저…… 저도 처녀라고요!"

그녀의 말에 히가시의 눈이 가늘어졌다.

"그래?"

그의 눈빛에 윤서의 얼굴은 토마토만큼이나 붉어졌다.

"그런데 처녀든 아니든 머리 좀 어떻게 해라. 진짜 볼만하다."

베토벤처럼 산발이 된 윤서의 머리에 그는 낄낄거리며 자리에서 일어나 부엌으로 가서 주전자를 불에 올렸다. 윤서는 씩씩거리며 일어나 절룩거리는 다리로 화장실로 걸어갔다. 그런 그녀의 뒤통수에 대고 히가시는 놀려대듯 한마디를 날렸다.

"머리 잘 빗고 나와, 누가 보면 내가 네 머리채 쥐어뜯은 줄 알겠다."

윤서는 화장실 문을 '쾅' 소리가 나게 닫았다.

주전자의 물이 끓자 히가시는 다디단 믹스 커피를 마셨다. 숙취로 깨질 것 같던 머리는 커피가 몸에 들어가자 천천히 제 기능을 되찾기 시작했다.

히가시가 커피를 마시는 사이 윤서는 순식간에 씻고 수건을 머리에 두른 채 나왔다.

"그래, 이제 어떻게 책임질 거야?"

히가시는 윤서를 정색을 하고 쳐다보았다. 머리를 말리던 윤서는 무슨 소리인지 이해가 되지 않는 얼굴로 히가시를 쳐다보았다.

"뭘 책임져요."

"내 순결을 가져갔으면 책임을 져야지."

"제가 언제 사장님 순결을 가져갔어요!"

"어이구, 좋다고 와서 껴안을 때는 언제고 이제 와서 오리발이네."

천연덕스럽게 자신을 약 올리는 히가시를 보자 윤서는 울컥 화가 끓어올랐다.

"아니, 솔직히 말해서 사장님이랑 제가 잔 것도 아니고 또 잤다고 해도 왜 제가 사장님을⋯⋯."

"왜 잔 게 아니야. 같이 잠만 자도 잔 거지. 난 태어나서 외간 여자랑 처음으로 같이 잤단 말이지. 거기다가⋯⋯."

"거기다가 뭐요."

"네가 막 나를 껴안고 더듬었잖아. 내 육체의 순결은 어쩔 건데."

그의 억지에 윤서는 기가 막혀서 말도 나오지 않았다.

"전 기억도 안 난다고요."

"그래, 항상 덮친 애들은 기억이 안 난다고 하더라."

누가 변호사 출신 아니랄까 봐 히가시는 말도 청산유수였다. 말로는 그를 이기는 게 불가능하다는 걸 깨달은 윤서는 될 대로 되라는 심정이 됐다. 이젠 화도 나지 않았다.

"그래서 원하는 게 뭔데요."

"아까부터 계속 말했잖아. 책임지라고."

"뭘 어떻게 책임지라는 거예요."

"이렇게 말이지."

히가시는 순식간에 윤서에게 다가와 그녀의 양쪽 손목을 붙잡고 얼굴을 바짝 들이댔다.

"뭐…… 뭐하시는 거예요."

당황한 윤서가 얼굴이 빨개져서 고개를 돌리자 히가시는 그녀를 뚫어지게 보며 씩 웃었다.

"그냥 날 책임지라는 것뿐이야. 겁먹지 말라고."

그는 윤서의 한쪽 손목을 놓고 턱을 잡아 제 쪽으로 그녀의 얼굴을 돌렸다. 잠시 동안 윤서의 얼굴을 응시하던 그는 갑자기 입을 맞춰왔다. 예상하지 못했던 그의 키스에 윤서는 다리가 후들거렸다. 히가시는 한참 동안이나 윤서의 입술을 맛보고 나서야 그녀에게 떨어졌다. 어제는 술김이었다 쳐도 맨 정신으로 하는 키스는 너무나 자극적이었다.

"이렇게 책임지면 되는 거야."

"사장님!"

얼굴이 빨개진 윤서가 올려다보자 히가시는 그녀의 한쪽 손목도 놓아주며 빙글거렸다.

"잊지 말라고. 이제부터 날 책임져야 된다는 걸."

히가시는 즐거운 듯 휘파람을 불며 부엌으로 돌아갔다. 윤서는 얼떨결에 자신이 단단히 발목을 잡혔다는 사실을 깨달았다. 혼미해진 정신을 겨우 수습한 그녀는 절룩거리며 부엌 쪽으로 걸어갔다.

"너도 커피 마시게?"

귀가 빨개진 윤서는 부끄러운 마음에 그를 쳐다보지도 않고 대꾸했다.

"북엇국 끓여 드릴 테니까 아침이나 드세요."

"너 그런 것도 할 줄 알아?"

"혼자 산 게 몇 년째인데 못 하겠어요. 그리고 사장님도 좀 씻고 오세요. 술 냄새 나요."

윤서의 말에 히가시는 킁킁거리며 제 옷 냄새를 맡았다.

"술 냄새 많이 나?"

"많이 나요. 가서 씻기나 하시라고요."

윤서의 채근에 히가시는 화장실로 향했다. 윤서는 찬장을 뒤져 마른 북어포를 꺼냈다. 히가시가 키스한 입술에 아직도 그의 감촉이 생생하게 느껴지는 것 같아 그녀는 가슴이 떨렸다.

"앞으로 계속 시달릴 텐데…… 망했어…… 술 먹지 말걸……."

윤서는 한숨을 내쉬고 허리를 굽혀 씽크대 아래쪽에서 냄비를 꺼냈다.

히가시는 씻는 데 시간이 오래 걸렸다. 그가 나오자 앉은뱅이 책상 위에는 민호가 준 밑반찬과 따뜻한 밥, 윤서가 끓인 북엇국이 차려져 있었다. 윤서는 이미 자리에 앉아 히가시를 기다리는 중이었다. 그는 윤서의 맞은편에 앉았다.

"드세요. 입맛에 맞으실지는 모르겠지만."

히가시는 숟가락을 들어 북엇국을 한입 맛보았다.

"맛있는데!"

기대하지 않았던 윤서의 음식 솜씨에 그는 만족스러운 듯 미소를 지었다.

"많이 드세요."

히가시는 신이 난 얼굴로 밥을 먹기 시작했다.

"너 민호가 없을 때 대신 일해도 되겠다."

"전 민호 씨만큼 못해요. 자격증이 있는 것도 아니고."

"이 정도면 괜찮아."

히가시는 북엇국을 그릇째 들고 들이켰다.

"국 더 있냐?"

"냄비에 있어요. 더 가져다 드세요."

그는 부엌으로 가서 북엇국을 더 퍼와서 게 눈 감추듯 먹어치웠다.

"속이 탁 풀리는데."

"다른 건 몰라도 제가 북엇국 하나는 잘 끓여요."

"그래, 그건 맞는 말인 것 같네."

히가시는 남은 밥과 반찬을 순식간에 다 먹어 치웠다. 윤서는 그의 밥 먹는 모습을 경이로운 눈빛으로 쳐다보았다.

"왜 그렇게 쳐다봐?"

"아니 저번에 아침 드실 땐 이렇게 빨리 드시지 않았잖아요."

"사먹는 밥이 아닌 누군가가 나를 위해서 차려준 집 밥을 오랜만에 먹어서 그래. 맛있어."

윤서는 괜스레 측은한 마음이 들었다. 보기에는 그럴듯한 가게를 가지고 있는 젊은 부자였지만, 결국은 히가시도 누구 하나 그를 챙겨줄 사람이 없는 외로운 처지였던 것이다.

"입에 잘 맞으시면 가끔 제가 북엇국 끓여 드릴게요."

"벌써 책임질 마음의 준비가 다 됐나 보네."

능글맞은 히가시의 얼굴에 주먹을 한방 날리고 싶은 욕망을 간신히 참으며 윤서는 그를 향해 썩소를 지어 보였다.

"누가 그렇대요? 아휴, 정말 앞으로 얼마나 우려 먹으시려고."

"나는 너를 책임질 마음이 있는데……."

히가시가 정색을 하자 윤서는 당황한 마음을 감추기 위해 고개를 돌렸다.

"누가 사장님한테 절 책임져 달랬어요? 안 그래도 되니까 밥이나 드시고 출근하세요."

"앞으로 두고 보면 알겠지."

히가시는 윤서의 상기된 얼굴을 보며 눈을 빛냈다.

윤서를 병원에 데려다주고 나서 히가시는 제 빌라로 향했다. 아직도 절룩거리기는 했지만 지금은 어깨를 부축해 주는 것만으로도 윤서는 걸음을 옮길 수 있었다. 그러나 이제까지와는 다르게 그녀의 향기와 체온이 옆에 가는 것만으로도 한층 더 강렬하게 느껴졌다.

집으로 돌아와 그는 어젯밤과 오늘 아침에 일어났던 일을 곰곰이 되새겨 보았다.

"어쩔 수 없었다고. 그렇게 달콤한 입술을 가지고 있는데 나더러 어쩌라고."

히가시는 소파의 등받이 위로 고개를 젖혔다.

"또 하고 싶다. 입술에 마약을 발라 놓은 것 같아."

그의 머릿속에는 윤서의 도톰하지만 붉고 촉촉한 입술이 뱅글 뱅글 맴돌았다. 한참을 그러고 있던 그는 뒤늦게 핸드폰을 꺼냈다. 아침에 료의 전화에 잠에서 깼었는데 여태 연락을 하지 못한 것이다.

"여보세요."

[형! 어디 갔었어! 집에도 없고 연락도 안 되고.]

"집에 왔었냐?"

[걱정이 돼서 나랑 민호랑 인영이 누나랑 형네 집에 갔었는데 형이 없더라고. 어디 딴 데서 자고 왔어?]

"어…… 뭐 그렇게 됐어."

[기분은 괜찮아?]

"괜찮아. 걱정하지 마."

[그런데 형…… 혹시…… 사고 쳤어?]

료의 말에 히가시는 크게 헛기침을 했다.

"사고는 무슨 사고! 미쳤냐."

[그럼 어디서 잤는데.]

"그냥 아는 사람 집에서 잤어."

[그래? 그런데 형은 남의 집에서 안 자잖아.]

"술 먹고 그렇게 됐다니까."

[그렇단 말이지.]

료는 미심쩍은 듯 입맛을 다셨다. 그가 또 무어라 할지 몰라 히가시는 저도 모르게 긴장했다.

[아무튼 가게에 일찍 나오라고. 정산해야 되니까.]

"알았어."

히가시는 전화를 끊고 핸드폰을 탁자에 내려놓으며 눈살을 찌푸렸다.

"하여간 자식이 눈치는 되게 빨라가지고."

료는 건수를 발견한 듯 히죽거리며 웃었다.

"그래서 어디 갔었대?"

료는 입술 끝을 올리며 민호를 쳐다보았다.

"히가시 형이 신세계를 경험하고 온 모양인데."

"그게 무슨 소리야."

"그런 게 있어, 멍청아."

"내가 왜 멍청이야!"

료는 낄낄거리며 자신의 방으로 향했다.

"너 한발 늦었다. 멍청한 놈……. 내 이럴 줄 알았지."

"그게 뭔 소리냐고!"

"무슨 소리인지는 나중에 알 거다."

료는 방문을 닫고 뭔가를 찾아 책상을 뒤졌다. 거실에는 민호
가 영문을 모르는 얼굴로 료의 방문을 쳐다보고 있었다.

히가시는 아무도 없는 홀로 발을 내디뎠다. 근래에 이렇게 일
찍 출근을 해보긴 처음이었다. 그는 가게를 한 바퀴 둘러보았다.

사실 유타카 가문에서 홀로 떨어져 나와 블랙잭을 인수할 때
까지만 해도 그는 자신이 이 가게를 잘 키워 나갈 수 있을지 확신
이 없었다. 아무리 머리가 좋고 일을 잘한다고 해도 해본 일이라
고는 회사에서 법률 팀을 이끈 경험이 전부였다. 장사는 처음이
라 바닥에서 시작하는 거나 마찬가지였다. 컨설턴트들과 충분히

상의를 했고 또 블랙잭의 이전 주인이 어떤 식으로 경영을 했는지도 확인한 후 인수하기는 했었지만, 사실 처음 가게를 열었을 때는 실수도 많았다. 그렇게 많은 우여곡절 끝에 이전보다 더 나은 블랙잭을 만들어온 것이다.

그는 라커룸으로 들어가 료가 챙겨놓은 영수증과 지출 항목이 적힌 보고서를 금고에서 꺼냈다. 히가시가 정산을 안 하고 퇴근하는 날에는 료가 영수증과 현금, 지출 항목이 적힌 보고서를 챙겨서 금고에 넣어두곤 했다.

다른 문제는 몰라도 히가시는 가게의 수입과 지출에 대한 정산은 반드시 자신의 손으로 했다. 회계사를 둘 수도 있었지만 그는 돈 문제에 있어서만큼은 남을 믿지 않았다.

지출 항목 보고서를 열자 작은 포스트잇이 하나 붙어 있었다.

― 형, 어려운 일이 있으면 우리도 돕게 해줘. 우리들은 가족이랑 똑같잖아. 가족은 슬픈 일이나 기쁜 일이나 함께하는 거야. 힘내. ― 인영과 료와 민호가

히가시는 동생들의 따뜻한 마음이 녹아 있는 포스트잇을 보고 미소를 지었다.

정산을 다 끝내갈 무렵, 출근한 료가 라커룸으로 들어왔다. 료는 그를 보고 씩 웃으며 헤드폰을 벗었다.

"정산은 다 했어?"

"거의 다 했어."

료는 반코트와 가방을 벗고 라커를 열며 히가시의 안색을 살

폈다. 그의 표정을 본 히가시는 미간에 주름을 잡았다.

"뭐, 왜."

"아니. 얼굴이 좋아 보여서."

"뭐가 좋아. 별로 쉬지도 못했는데."

"별로 쉬지도 못한 거 치고는 혈색이 나쁘지 않은데?"

히가시는 책상 위에 놓인 거울에 자신의 얼굴을 이리저리 비춰보았다.

"혈색 나쁘잖아."

"뭐가 나빠. 엄청 좋구만."

료는 킥킥거리며 가게의 유니폼인 흰색 셔츠로 갈아입었다.

"윤서 씨는 병원에 데려다줬어?"

"응."

"좀 어때?"

"많이 나았어. 좀 있으면 출근할 수 있을 것 같아."

"잘됐네. 윤서 씨가 출근하면 민호도 좀 덜 바쁘겠지."

료는 셔츠의 단추를 잠그며 히가시의 옆모습을 힐끔 쳐다보았다.

"할 말 있냐? 왜 그렇게 쳐다봐."

영수증을 챙겨 금고에 넣으며 그는 찔리는 마음에 료를 일부러 외면했다.

"형, 솔직하게 불어봐. 여자 생겼지?"

히가시는 움찔하는 걸 숨기려 일부러 목소리를 높였다.

"여자는 무슨, 너 내가 여자 싫어하는 거 모르냐?"

"그거야 알지. 그런데 좀 냄새가 난단 말이지."

"무슨 냄새가 나."

"형, 요즘 들어 부쩍 얼굴 표정이 부드러워진 거 알아?"

금고의 문을 닫고 그는 애써 태연한 척하며 돌아보았다.

"뭐가, 인마."

"뭘 우리한테까지 숨기고 그래, 연애하는 게 죄도 아닌데."

료가 씩 웃자 히가시는 라커 앞에 서 니트를 벗었다.

"연애하는 게 뭔지도 모르겠다. 연애를 해본 적도 없어서."

"형은 말이야……."

바지까지 갈아입은 료는 라커 문을 닫았다.

"다른 건 엄청나게 똑똑한데 여자 문제에 있어서는 거의 초보나 마찬가지잖아. 경험이 없으니까, 안 그래?"

"그래서 뭐."

"도움이 필요하면 나한테 이야기해. 그나마 인영이 누나랑 민호랑 나 셋 중에 내가 제일 나을걸? 난 여자도 꽤 만나봤다고."

자신만만하게 허리에 손을 올리고 선 료를 향해 히가시는 실소를 터뜨렸다.

"고맙긴 한데 네 조언을 들으려면 여자부터 구해야 하지 않겠냐?"

"언제까지 버티나 보자고. 곧 불게 될 거면서."

료는 낄낄거리며 라커룸을 나갔다.

"진짜 눈치 하나는 도사 수준이라니까."

히가시는 셔츠의 손목 단추를 잠그며 고개를 흔들었다.

옷을 갈아입은 히가시가 홀로 나오자 이야기를 나누고 있던 인영과 민호는 그를 향해 걱정스러운 표정을 지었다.

"오빠, 괜찮아?"

"걱정하지 마. 괜찮아졌어."

"어제 그러고 나가서 얼마나 걱정했는데. 집에도 없고 연락도 안 되고……."

"미안하다. 앞으로는 연락 잘 받을게."

히가시는 인영의 머리를 쓰다듬었다.

"형, 그런데 어제 어디 갔어?"

"아는 사람 집에 갔다잖아."

료는 히가시를 대신해 잽싸게 대답했다.

"아는 사람 누구."

"형 친구들을 우리가 다 알 수는 없잖아. 새로 친해진 사람인 가 보지."

민호는 인상을 구기고 료를 쳐다보다가 조심스럽게 히가시의 안색을 살폈다.

"그래서 기분은 풀렸어?"

"응, 걱정하지 마."

자신을 슬쩍 돌아보고 낄낄거리는 료를 보며 히가시는 주먹을 슬며시 쥐었다.

주문으로 들어온 '스카이 라잇 피즈'를 만들던 히가시는 떠들 썩해진 입구를 향해 시선을 옮겼다. DJ Solar와 셸리, 예전 아 이돌 그룹 '노엘'의 멤버였던 승혁과 무아, 진우, 서빈이 들어서는 걸 본 히가시는 DJ Solar와 승혁에게 반가운 얼굴로 인사를 했 다.

"오랜만이시네요. 잘들 지내셨어요?"

"우리야 잘 있었죠."

DJ Solar가 손을 내밀자 히가시는 웃으며 그의 손을 잡았다.

"승혁 씨도 잘 계셨죠?"

"네, 간만이네요."

히가시는 승혁과도 악수를 했다.

"왜 그동안 안 오셨어요? 궁금했는데."

"음반 작업하느라고 바빴어요. 결혼 준비도 하고 있고요."

승혁은 고개를 뒤로 돌려 셀리를 향해 미소를 지었다. 셀리는 히가시에게 고개를 숙여 인사했다.

"오, 결혼하세요?"

"네, 내년 봄에 하려고요. 나이도 있고 빨리 안정도 찾고 싶어 서요."

"축하드려요."

"감사합니다."

승혁은 특유의 환한 미소를 지었다.

"오늘은 무슨 일 있으세요?"

"아, 진우가 유학 생활을 마치고 귀국을 했어요. 축하 파티도 할 겸 겸사겸사 모인 거예요. 다들 바쁘니까."

"그럼 룸으로 내드릴게요. 저쪽 웨이터를 따라가세요."

"고맙습니다."

웨이터를 따라 룸으로 향하는 일행을 보며 히가시는 흐뭇한 미소를 지었다.

몇 시간 후 무아가 바 쪽으로 나왔다. 그는 누구와 통화를 하는 중이었다.

"일찍 들어갈게요. 기다리지 말고 자요."

곧이어 무아의 표정이 환하게 밝아졌다.

"채령아, 아빠야. 자야지, 왜 안 자?"

바 앞에 선 그는 딸아이와 통화하며 행복으로 가득한 얼굴이었다.

"아빠도 보고 싶어. 금방 들어갈게. 엄마 말 잘 듣고 있어. 아빠도 사랑해."

통화를 끝낸 그는 전화를 내려다보며 웃었다.

"따님이신가 봐요."

"네, 이제 4살 돼가요."

"한참 예쁠 나이네요."

"너무 예뻐요. 애교도 많고. 사진 보실래요?"

무아가 내민 폰의 배경 화면에는 엄청난 미인인 무아의 와이프와 아빠를 꼭 빼닮은 어여쁜 딸의 사진이 있었다. '노엘'이 해체하자마자 바로 결혼을 했던 무아의 절절한 러브스토리는 팬들과 대중들 사이에서 한참이나 화제가 됐었다. 그는 '노엘'의 해체 뒤에 소속사에서 솔로 가수 겸 후배들을 키우는 프로듀서로 활동하는 중이었다.

"따님이 너무 예쁘네요."

"제 엄마를 닮았으면 더 예뻤을 텐데, 날 많이 닮았어요."

무아는 사진을 내려다보며 환하게 웃었다.

"여기도 많이 변했네요."

무아는 감회가 어린 눈으로 가게 안을 쭉 둘러보았다.

"예전에 여기 손님이셨어요?"

"여기서 잠시 바텐더로 일했었어요. 전에 사장님이 운영하실 때."

"아, 그래요? 전혀 몰랐는데."

"모르는 게 당연하죠. 그런데 여기 혹시 칵테일 테이크아웃 되나요?"

"네, 원하시면 해드려요."

"잘됐네요. 집사람이 스트로베리 데커리를 좋아해요. 집에 갈 때 가져갈까 하고요."

"그럼 가시기 전에 저희가 준비해 놓을게요."

"감사합니다."

무아는 다시 룸으로 돌아갔다. 료는 컵을 닦으며 슬쩍 히가시에게 말을 걸었다.

"와이프를 되게 좋아하나 봐. 와이프 주려고 칵테일 테이크아웃 해가는 건 처음 봤는데."

"승혁 씨에게 들었는데 저 커플도 결혼하기 전에 사연이 많았거든. 어렵게 결혼했으니 당연히 서로 아끼고 살겠지."

"부럽네. 나도 결혼하면 저렇게 살고 싶은데."

"그러려면 좋은 여자를 만나야지."

"세상에 여자는 많아도 나에게 맞는 좋은 여자는 드문 법이지."

료는 히가시에게 의미심장한 눈빛을 보냈다.

"형은 그런 여자가 있어?"

"몰라. 없어."

"언제까지 가나 보자니까."

료는 컵을 마저 닦고 인상을 구기고 있는 히가시를 피해 바 끝에서 손님들을 상대하고 있는 인영에게 도망갔다.

엎드려서 책을 읽던 윤서는 잠시 멍하게 생각에 빠져들었다.

"어쩌다가 일이 이렇게 된 거지."

윤서는 자신이 히가시를 만나 그와 키스까지 하게 된 과정이 소설 속의 이야기인 것처럼 비현실적으로 느껴졌다. 그녀는 2주 전까지만 해도 자신이 블랙잭 사람들을 만나 지금까지와는 전혀 다른 세상에서 살게 될 거라고 생각도 하지 못했었다.

"인생은 한 치 앞도 알 수 없다더니……."

그녀의 인생 역시도 히가시만큼은 아니었지만 살아남기가 녹록하지 않았었다.

"하긴, 생각해 보니 블랙잭 사람들 모두 평탄하게 살아온 사람이 하나도 없네."

윤서는 몸을 돌려 천장을 바라보고 누웠다. 그녀는 가만히 자신의 입술을 손가락으로 만지작거렸다.

"사장님은 정말로 나를 좋아하나……."

윤서 역시도 하루하루 사는데 바빠 연애고 뭐고 생각할 수도 없는 삶을 살아왔다. 그녀가 정말 악착같이 절약하면서 돈을 모아 이 원룸을 마련한 건 불과 2년 전의 일이었다. 윤서는 새삼스럽게 천진난만하게 웃던 히가시의 얼굴과 넓은 그의 등, 자신을 꼬옥 껴안았던 팔과 그의 깊고도 진지한 눈빛을 떠올렸다.

"아아…… 남자라니, 그것도 전혀 내 이상형 리스트에는 들어 있지도 않았던 스타일이라니…….”

윤서는 붉게 상기된 얼굴을 두 손으로 가렸다. 심장이 입 밖으로 튀어나올 듯 요동치고 있어 그녀는 숨을 고르기 위해 심호흡을 했다. 그때 머리맡에 놓아두었던 전화의 벨이 울렸다. 액정을 확인한 그녀는 숨을 크게 내쉰 뒤 전화를 받았다.

“여보세요.”

[뭐 하냐.]

“그냥 누워 있어요.”

[너 그렇게 먹고 누워만 있으면 돼지 된다.]

낄낄거리며 웃는 히가시의 목소리를 듣자 윤서는 그를 생각하며 설레던 마음이 순식간에 흔적도 없이 사라지는 것 같았다.

“발목이 아픈데 어떻게 해요, 그럼.”

[앉아서 운동이라도 해. 바닥에 붙어 있지 말고.]

“그래도 돌아다녀 보려고 최대한 노력하고 있다고요.”

[내일도 들를게. 푹 자고 몸조리 잘하고 있어.]

“알았어요.”

그리고 잠시 말이 없던 히가시가 한마디를 내뱉었다.

[보고 싶네.]

“네?”

윤서의 얼굴이 순식간에 빨개졌다.

[너 말고 히가시 미니미.]

“사장님!”

[넌 놀리는 맛이 있다니까.]

“전화 끊으세요!”

낄낄거리는 히가시의 웃음소리에 윤서의 화가 폭발했다.

[삐졌냐?]

"뭘 삐져요!"

윤서가 씩씩거리자 히가시가 웃음기가 담긴 목소리로 말을 이어 나갔다.

[아무튼 날 책임지는 건 잊지 말고 푹 주무셔.]

"사장님도 일 열심히 하세요."

[그래.]

전화를 끊고 나서 윤서는 베개에 얼굴을 묻었다.

"정말 진지한 맛이 하나도 없어. 진짜 짜증나."

윤서는 그 상태로 한숨을 푹 내쉬었다.

히가시는 전화기를 물끄러미 내려다보았다. 그때 민호가 뒷문을 열고 쓰레기를 가지고 나왔다. 히가시를 발견한 민호는 쓰레기 봉지를 바닥에 내려놓았다.

"형, 여기서 뭐해?"

"답답해서 바깥 공기 좀 쐬러 나왔어."

민호는 할 말이 있는 듯 망설이는 얼굴로 히가시를 마주보았다.

"왜?"

"아니, 형이 왠지 신나 보여서 말이지."

"그렇게 보여?"

"응."

히가시는 가볍게 미소를 지었다.

"춥다, 들어가자."

뒷문으로 들어가려는 히가시의 뒷모습을 민호는 조용히 쳐다보았다. 쓰레기를 전봇대 아래 가져다 놓으며 민호는 씁쓸한 얼굴로 이를 꽉 깨물었다.

12시가 가까워오자 승혁과 DJ Solar 일행들은 집으로 가기 위해 룸을 나왔다. 히가시는 스트로베리 데커리가 담긴 컵을 비닐봉지에 넣어 무아에게 내밀었다.

"여기 주문하신 스트로베리 데커리요."

"감사합니다."

봉지를 건네받으며 무아는 감사의 미소를 지었다.

"형, 그거 형수님 거야?"

"응."

"아, 나도 우리 마누라님 거 주문해 놓을걸. 나중에 바가지 긁겠는데."

서빈이 아차 싶은 얼굴로 무아를 쳐다보았다.

"지금 임신 중인 거 아냐?"

"무알콜 칵테일도 있잖아."

"나중에 여기 한번 데리고 와."

그때 일행의 뒤쪽에 서 있던 진우가 갑자기 바 쪽으로 다가왔다. 그는 칵테일을 만들고 있는 인영을 한참이나 쳐다보다가 조심스럽게 말을 걸었다.

"저기요, 혹시 이름이 주인영이에요?"

"……네. 그런데요."

"아, 맞나 보네. 인영아, 나 기억 안 나? 중학교 동창인 서진우, 우리 같이 독서부 했었잖아."

반갑게 인사를 하는 진우를 인영은 무표정하게 쳐다보았다. 그녀의 기억에 있는 진우는 지금 앞에 있는 남자와는 전혀 딴판인 얼굴을 가진 소년이었다.

"너 동창회도 안 나오고 그래서 궁금했었는데 여기서 만나네."

"사람 잘못 보신 것 같은데요. 저를 아세요?"

인영의 냉랭한 반응에 진우는 당황한 듯했다. 그러나 그는 포기하지 않고 그녀를 향해 활짝 웃어 보였다.

"기억이 안 나나? 하긴 너무 오래전이라. 그때는 안경을 쓰고 다녀서 얼굴이 지금이랑 많이 달랐는데…… 독서부에서 같이 영화도 보고 그랬잖아. 애들이랑 우리 식당도 가고……."

안경을 쓰고 다녔다는 말에 인영은 잠시 기억을 더듬었다. 그녀는 자신을 향해 호의적으로 웃고 있는 남자의 얼굴을 찬찬히 쳐다보았다.

"이제 기억나? 우리 꽤 친했는데……. 너네 부모님이랑 우리 부모님도 가까운 사이였잖아."

"아……."

인영은 그제야 기억이 난듯 진우를 향해 희미하게 미소를 지었다. 그녀는 어색하게 인사를 했다.

"오랜만이네. 얼굴이 너무 달라져서…… 못 알아봤어."

"너는 그대로네. 잘 있었지?"

"난 그럭저럭……."

히가시가 웃는 얼굴로 진우와 인영의 사이를 막아섰다.

"인영이 동창이신 줄 몰랐네요. 나중에 다시 가게로 오세요.

지금은 인영이가 좀 아파서…….”

“아, 그래요?”

“네, 죄송하게 됐네요. 그렇지 않아도 인영이한테 쉬라고 말하려던 참이었거든요.”

인영은 그 사이 라커룸으로 모습을 감췄고 진우는 지갑을 급하게 꺼내 히가시에게 명함을 건넸다.

“이거 제 명함인데…….”

히가시는 영업용 미소를 지으며 진우의 명함을 받아 들었다.

“나중에 인영이에게 전해줄게요. 오늘 저희 가게를 찾아주셔서 감사했습니다.”

사람들을 보내고 히가시는 인영을 찾아 라커룸의 문을 열었다. 인영은 불도 켜지 않고 소파에 우두커니 앉아 있었다. 히가시는 불을 켜고 생각이 많아 보이는 그녀의 옆에 조용히 자리를 잡았다.

“갔어?”

“응.”

“내가…… 이상하게 보였겠지.”

“잘 아는 사이였냐?”

“나름 친한 사이였어.”

“그래?”

“나에 대한 소문…… 들었겠지?”

“넌 아무런 잘못도 하지 않았어.”

“그 애도 그렇게 생각하고 있을까?”

“너를 잘 아는 사람이라면 누구나 네가 잘못한 게 아니라는 걸 알 거야. 인영아, 세상엔 네 편이 되어줄 수 있는 사람도 많아."

"그랬으면 좋겠어. 정말로."

"그 친구가 명함을 주고 갔는데…… 줄까?"

히가시는 진우의 명함을 인영에게 내밀었다. 인영은 입술을 깨물 채 진우의 명함을 쳐다보고만 있었다.

"받아 둬. 언젠가는…… 너에게 도움이 될지도 몰라."

인영은 명함을 받아들고 한참 동안 말이 없었다. 히가시는 자리에서 일어나 인영의 어깨에 손을 올렸다.

"괜찮아지면 나와. 바는 나랑 료가 보고 있을게."

"고마워, 오빠."

"그래."

라커룸의 문을 닫기 전 히가시는 다시 한 번 뒤를 돌아보았다. 인영은 명함을 손에 쥔 채 미동도 없이 그 자리에 못 박힌 듯 가만히 앉아 있었다.

영업이 끝나자 가게 문을 닫고 일행은 건물 밖으로 빠져나와 새벽의 거리로 나섰다. 히가시는 인영의 안색을 살폈다. 생각보다 괜찮아 보이자 히가시는 조금 안심이 되었다.

"형, 3주만 있으면 크리스마스인데 우리도 이제 슬슬 장식도 하고 파티 계획도 세워야 되지 않아?"

"해야지. 깜빡하고 있었네."

"올해도 파티 음식 뷔페로 할 거야?"

"그래야지, 그래야 민호도 일을 덜하고 같이 파티도 즐길 거 아냐."

히가시는 미안한 얼굴로 민호를 쳐다보았다.

"우리 중에 네가 제일 고생이야."

"다들 마찬가지지 뭐."

"너한테는 항상 미안해."

"대신 돈 많이 주잖아."

남자 셋이 파티 이야기를 하는 동안 인영은 코트 주머니에 넣어 놓은 명함을 만지작거리며 생각에 잠겨 있었다. 인영의 차에 올라타려던 료는 갑자기 뭐가 생각났는지 가방을 뒤져 히가시에게 뭔가를 내밀었다.

"형! 이거."

"이게 뭐야?"

"형을 위한 책인데 내가 빌려줄게."

히가시는 료에게서 손바닥만 한 책을 받아 들었다. 〈연애 초보를 위한 성공적인 연애를 위한 101가지 팁〉 책 표지를 보던 그는 미간에 주름을 잡았다.

"이런 거 필요 없어."

"읽기나 해봐. 여자들은 생각보다 복잡하다고."

료는 낄낄거리며 인영의 차에 올랐다.

"감사 인사는 할 필요 없어. 그럼 오후에 봐!"

료는 히가시를 향해 씩 웃어 보였다. 난감한 얼굴로 서 있는 그를 남겨두고 인영의 차는 주차장을 빠져 나갔다.

"이건 뭐야. 젠장. 이런 걸 책이라고 쓰고 돈 받아먹고 파는 거냐."

히가시는 혀를 차며 차 문을 열고 조수석에 책을 던졌다.

"하여간 자식이 쓸데없는 건 많이 알아가지고."

그는 시동을 걸고 삼성동 쪽으로 차를 몰았다.

빌라로 돌아온 히가시는 소파에 몸을 깊게 묻고 앉았다. 혼자가 되자 그제야 외로움이 몰려왔다. 늘 겪는 감정이었지만, 그는 오늘따라 윤서가 더욱 보고 싶었다.

"아직 자고 있겠지."

전화를 하고 싶었지만 윤서를 깨우기는 싫었다.

히가시는 차를 한잔 타서 오랜만에 정원으로 나갔다. 새벽의 차가운 공기를 마시며 그는 텅 비어 있는 정원을 둘러보았다. 회색의 빌딩 숲 너머에서 부옇게 아침 해가 밝아오고 있었다.

그는 이어폰을 끼고 의자에 앉았다. 로버트 플랜트의 호소력 있는 노래를 들으며 그는 말없이 빌딩 숲 사이로 아침 해가 떠오르는 광경을 지켜보았다.

드디어 블랙잭의 휴일인 월요일이 다가왔다. 윤서는 발목이 거의 다 나아 이제는 히가시의 도움 없이도 걸어 다닐 수 있었다. 이틀 전까지 히가시는 윤서의 집에 찾아와 그녀를 병원에 데려다주었다. 그러나 그녀가 혼자서 걸을 수 있게 되자 월요일에 들르겠다는 말을 하고 간간히 전화만 하는 중이었다. 그는 크리스마스 파티 준비 때문에 이것저것 챙겨야 할 게 많다고 했다.

아침 일찍 일어난 윤서는 오랜만에 거리로 나섰다. 그녀는 동네의 단골 미용실로 향했다. 등 가운데까지 긴 머리가 너무 거추

장스러워 그녀는 이참에 머리를 짧게 자를 생각이었다. 낯익은 미용실의 원장은 오랜만에 찾아온 윤서를 반갑게 맞았다.

"어머, 어서 와요, 오랜만이네. 머리 하려고?"

"네."

"어떻게 하고 싶은데?"

"숏컷으로 잘라주세요. 염색도 좀 하고 싶어요."

"스타일을 확 바꾸려고?"

"네. 그리고 머리 관리하기가 너무 힘들어요."

원장은 염색 샘플이 든 판을 윤서에게 가져다주었다.

"못 보던 사이에 살이 좀 붙었네. 얼굴이 좋아졌는데?"

"그래요? 발목을 삐어서 먹고 앉아만 있었더니……."

"그전보다 보기 좋아. 전엔 너무 말랐었잖아."

윤서는 고개를 들어 거울 안에 비친 자신의 모습을 이리저리 쳐다보았다. 볼에 보기 좋게 살이 올랐고 눈 밑의 다크서클도 어느새 사라져 있었다. 잘 쉬었던 덕분인지 피부도 매끈거렸다. 곰곰이 생각해 보니 히가시와 보내는 시간이 많아지면서 제때 밥을 챙겨먹게 되었다.

"너무 잘 먹었나 봐. 사장님 말대로 돼지가 됐어."

"자기가 돼지면 나는 뭐야. 그런데 자기는 아직도 너무 말랐다고."

원장은 웃으며 윤서의 머리카락을 만졌다.

"색깔은 골랐어?"

"이 색으로 해주세요."

윤서가 짙은 색깔을 보던 원장은 별로 권하고 싶지 않은 얼굴로 확인하듯 윤서를 쳐다보았다.

"이 색깔 하려면 탈색해야 돼."

"해주세요. 오랫동안 염색을 안 해서 두피랑 머리카락도 아마 건강할 거예요."

"알았어. 조금만 기다려."

윤서는 탈색을 하고 염색약을 바른 채 건조기 아래에 앉았다. 그때 그녀의 전화벨이 울렸다. 발신인을 확인한 윤서는 눈을 껌뻑거리며 전화를 받았다.

[어디냐.]

"미용실에 왔어요."

[거기가 어딘데.]

"집에서 가까워요."

[위치를 말해봐. 갈 테니까.]

"사장님, 어디신데요."

[니네 집 앞.]

당황한 윤서는 자기도 모르게 목소리가 커졌다.

"전화도 안 하고 오시면 어떻게 해요."

[월요일에 보자고 했잖아. 꼭 전화하고 와야 되냐. 너 어차피 갈 데도 없잖아.]

"사장님이 그걸 어떻게 알아요."

[그런 건 말 안 해도 다 알아.]

"사장님이 뭘 다 안다고 그래요?"

[시끄럽고, 위치나 이야기해 봐.]

윤서는 툴툴거리며 히가시에게 미용실의 위치를 알려줬다. 정확히 5분 뒤 그는 미용실의 문을 열고 들어왔다.

"어서 오세요. 머리 하시게?"

미용실 원장은 손님인 줄 알고 히가시를 맞았다.

"사람 좀 찾으러 왔는데요."

"누구?"

"지윤서라고."

"윤서 씨? 저기서 머리 감고 있는데 조금만 기다리세요."

잠시 후 윤서는 머리에 수건을 감고 히가시의 앞에 나타났다. 그는 소파에 앉아 잡지를 뒤적거리는 중이었다.

"어이!"

"오셨어요?"

윤서가 자리에 앉자 원장은 그녀의 머리에 감은 수건을 풀었다. 그리고 그제야 그녀의 변화를 본 히가시는 충격을 받은 듯 자기도 모르게 입을 벌렸다.

"야! 너!"

"왜요?"

"너 머리에 뭐한 거야?"

히가시가 경악한 표정으로 소리를 지르자 원장이 그를 향해 만족스럽게 웃었다.

"머리 색깔 예쁘죠? 생각보다 잘 나왔는데."

윤서의 머리 색깔은 백색에 가까운 연한 핑크색이었다. 거기다가 길이까지 엄청나게 짧아져 있었다.

히가시는 화가 잔뜩 난 얼굴로 자리에서 벌떡 일어났다.

"야! 너 누가 머리 그렇게 하래!"

"내 마음이죠. 사장님이 무슨 상관이에요."

"아니! 네 부드러운 머리카락……."

계속 말을 하려던 히가시는 원장이 그를 웃으며 빤히 쳐다보자 얼굴이 빨개져 입을 닫았다.

"윤서 씨, 저분 윤서 씨 남자 친구야?"

"아…… 아니에요! 제가 새로 취직한 가게 사장님이세요!"

"그래?"

원장은 두 사람을 번갈아 보며 흥미진진한 눈빛으로 미소를 지었다.

머리를 다 한 윤서는 히가시와 함께 미용실 밖으로 나왔다. 그는 뭐가 못마땅한지 얼굴이 잔뜩 굳어 있었다.

"사장님. 왜 그래요?"

"……."

"무슨 기분 나쁜 일 있어요?"

"너 말이야……."

찌푸린 표정으로 윤서를 내려다보던 히가시는 갑자기 그녀의 손목을 잡고 원룸 쪽으로 급하게 발걸음을 옮겼다. 다리가 긴 데다가 걷는 속도까지 빠른 그에게 손목을 붙잡힌 윤서는 거의 뛰다시피 하며 끌려갔다.

"사장님! 천천히 좀 가요! 손목 아파요! 발목도 아프다고요!"

윤서의 외침에 히가시는 그 자리에 멈춰 섰다. 볕이 들지 않는 원룸 앞 골목길은 대다수의 사람이 출근한 탓에 인적이 끊겨 있었다. 몸을 돌려 윤서를 바라본 채 서 있던 히가시는 그녀에게 천천히 다가갔다. 윤서는 히가시의 분위기에 기가 눌려 뒷걸음질을 쳤다.

"사장님…… 왜…… 왜 이러세요."

뒷걸음질을 치던 윤서는 등이 건물의 벽에 닿았다는 걸 깨달았다. 이제는 더 이상 뒤로 물러날 곳도 없었다. 그는 멈추지 않고 다가와 그녀의 머리 옆에 자신의 한쪽 손을 짚었다.

"너 말이야……."

"왜요."

"너 누가 내 허락 없이 머리를 자르라고 했어."

"제가 왜 사장님 허락을 받아야 되는데요."

"넌 날 책임져야 되잖아. 책임엔 의무도 뒤따르는 거야."

히가시의 얼굴이 위협적으로 다가오자 윤서는 얼굴이 빨갛게 상기되어 옆으로 고개를 돌렸다. 히가시는 그녀의 턱을 붙잡고 천천히 고개를 숙여 그녀의 입술에 키스를 했다. 며칠 전의 키스에서는 그냥 입술을 맞댔을 뿐이지만 이번엔 그게 아니었다. 순식간에 그의 혀가 윤서의 입안으로 밀려 들어왔다.

당황한 윤서는 히가시를 밀어내려고 애썼지만 그는 꼼짝도 하지 않았다. 호흡이 가빠진 윤서는 버티지 못하고 다리가 후들거려 주저앉을 것만 같자 잠시 망설이다가 히가시의 목에 팔을 둘렀다. 히가시는 윤서의 겨드랑이 아래로 손을 넣어 그녀를 세게 껴안았다. 그가 입술을 떼자 얼굴이 사과처럼 붉게 달아 오른 윤서가 숨을 헐떡거렸다.

"사장님…… 사람들이…… 봐요. 대낮에…… 이게……."

"남들이 보든 말든 무슨 상관이야. 너…… 날 도발하지 말라고 했지. 제어가 안 된다고……."

히가시는 다시 고개를 숙여 깊고 진한 키스를 했다. 코끝을 간질이는 녹차향과 라이더 재킷의 가죽 냄새에 윤서의 머릿속에 있던 온갖 생각들은 순식간에 어디론가 사라져 버렸다.

그녀는 붉어진 얼굴로 그를 올려다보았다.

"사장님."

"왜."

"저 좀 놔주세요."

윤서의 말에 히가시는 그녀를 안고 있던 팔을 풀었다. 그녀는 그의 품에서 빠져나와 원룸으로 발길을 돌렸다.

"어디가?"

"집으로 들어가요."

히가시는 그녀의 옆으로 따라붙었다. 윤서의 표정이 심상치 않자 그는 제정신이 돌아왔다.

"화…… 났냐?"

그의 말에 윤서는 대꾸도 하지 않았다.

"화…… 났어? 미안해. 대답 좀 해봐."

윤서는 고개를 들어 히가시를 올려다보았다.

"사장님. 사장님은 제가 나이도 어리고 배운 것도 없다고 제가 쉽게 보여요?"

히가시의 표정이 금세 일그러졌다.

"그게 무슨 말이야."

"제가 제 머리를 어떻게 하든 그건 제 마음이에요. 저랑 사장님이랑 사귀는 사이도 아니잖아요. 그리고 사귀는 사이라고 해도 제가 꼭 사장님의 허락을 받아야 되는 것도 아니라고요."

"아니…… 난……."

"저한테 잘해주신 건 정말 고마워요. 그렇다고 저한테 이렇게 함부로 하셔도 되는 건 아니잖아요."

"그게 아니야, 너한테 함부로 한 게 아니라고."

"함부로 한 게 아니면 뭐예요."

윤서의 눈에 눈물이 고이자 히가시는 어떻게 이 사태를 수습해야 할지 몰라 당황스런 심정이 되었다.

"기분 나빴다면 미안해. 난…… 그저……."

윤서가 손등으로 눈물을 닦아내자 히가시는 미안한 마음에 그녀의 어깨를 붙잡았다.

"미안해. 정말…… 미안……."

"됐어요. 가세요."

윤서가 외면하자 히가시는 어찌할 바를 몰라 등에 식은땀이 흘렀다. 할 말이 생각나지 않아 그는 그녀의 얼굴을 물끄러미 내려다보고만 있었다.

"윤서야, 난 네가…… 너무…… 좋아. 난 네…… 모든 게 너무 좋아. 머리끝부터…… 발끝까지. 그런데 내가 너무 좋아하는 네 머리카락을…… 네가 잘라 버려서…… 화가 났어. 미안해."

히가시는 얼굴을 붉히며 더듬더듬 그녀에게 고백을 했다. 윤서는 뜻밖의 사과에 놀란 토끼 눈으로 히가시를 쳐다보았다.

"오늘 너랑 옷 사러 가고 싶었단 말이야. 데이트도 하고……. 그런데 네가…… 머리를 잘라 버려서……"

"사장님, 방금 뭐라고 하셨어요?"

그녀의 질문에 히가시는 멍한 표정으로 윤서를 쳐다보았다.

"뭐…… 옷 사러…… 가려고 했다고?"

"아니, 그 전에……."

"화가 났다고?"

"그거 말고요."

히가시의 얼굴이 갑자기 화끈 달아올랐다. 그는 헛기침을 하며 고개를 돌렸다.

"좋아…… 한다고……."

히가시는 쑥스러운지 고개를 돌리고 개미만 한 목소리로 고백했다.

"사장님……."

"난 여자를 사귀어본 적이 없어서…… 어떻게…… 해야 될지 모르겠어. 미안해."

윤서는 히가시의 손을 꼭 잡았다.

"사장님, 그래서 이렇게 아침부터 저희 집에 오신 거예요?"

"응, 보고 싶었단 말이야. 밀린 일 하느라…… 바빠서 못…… 왔잖아."

윤서는 상기된 얼굴로 고개를 돌리고 아이처럼 웅얼거리는 히가시의 볼을 두 손으로 감쌌다.

"왜…… 왜!"

"사장님, 고개 좀 숙여봐요."

히가시가 몸을 구부리자 윤서는 그에게 부드럽게 입을 맞췄다. 히가시는 어안이 벙벙한 얼굴로 윤서를 보았다.

"저도…… 사장님 좋아해요. 많이……."

"정…… 정말이야?"

"네, 저도…… 처음이에요. 좋아하는 사람이 생긴 건……."

그녀의 말에 히가시의 표정이 밝아졌다.

"화…… 풀렸어?"

"네, 화 풀렸어요."

"그럼 같이 옷 사러 가자. 난 오늘만 기다렸단 말이야. 너랑 하루 종일 있고 싶어서."

히가시는 활짝 웃으며 윤서의 손에 손깍지를 꼈다.

"갈 거지?"

"갈게요."

"그래."

그녀가 웃자 히가시도 쾌활하게 웃었다. 어두운 원룸 앞 골목 길에도 조금씩 햇볕이 들어 길을 밝히고 있었다.

차창 밖의 거리의 풍경은 여전히 활기차고 복잡했다. 창밖을 보던 윤서는 히가시에게 말을 건넸다.

"사장님, 우리 어디가요?"

"네 옷 사러."

"제 옷 사러 가는 건 아는데 어디로 가냐고요."

"백화점."

"사장님, 백화점 말고 딴 데 가면 안 돼요?"

"왜?"

"거긴 너무 비싸요. 그리고 돈도 없고요."

"내가 사줄 건데?"

히가시의 대답에 윤서는 얼굴을 찌푸렸다.

"제 옷을 왜 사장님이 사줘요?"

"내가 사주고 싶으니까."

"싫어요. 제 옷은 제가 살 거예요."

그는 웃으며 윤서를 쳐다보았다.

"왜 싫은데?"

"아니 제가 사장님 애인도 아니고……."

"이제부터 애인이야. 됐지?"

"누구 맘대로요!"

"나도 너를 좋아하고 너도 나를 좋아하니까 애인 사이 아니야?"

"제가 언제 사장님하고 사귄댔어요?"

"꼭 말로 해야 사귀는 건 아니잖아?"

"아니, 사귀자고 말도 안 해놓고 다짜고짜……."

"그럼 나랑 사귈래? 사귈 거지?"

히가시의 뻔뻔한 대답에 윤서는 심사가 꼬였다.

"진짜 멋대가리라곤 하나도 없어……."

"이 정도면 멋있잖아. 그래서 사귈 거야, 말 거야."

"알아서 하세요."

"그런 대답이 어디 있어."

"멋대가리 없는 고백엔 멋대가리 없는 대답이 제격이죠."

윤서의 토라진 얼굴이 귀여워 히가시는 계속 그녀를 놀리고 싶었다. 그러나 야속하게도 그들은 곧 목적지에 도착했다.

그들이 도착한 곳은 백화점이 아닌 동대문의 한 시장 앞이었다. 윤서가 백화점에 가지 않겠다고 끝끝내 우겼기 때문에 히가시는 할 수 없이 목적지를 바꿨다. 모처럼 윤서에게 좋은 옷을 사주고 싶었던 히가시는 그녀의 고집이 못마땅했다.

"이번엔 여기 오지만 다음번엔 내가 가자는 데 가는 거야, 알았어?"

"알았어요. 그런데 여기 가보시면 사장님도 굳이 백화점에 가겠다는 생각을 버리실 거예요. 저 옷집에서 알바할 때 여기 시장을 뻔질나게 드나들었거든요. 그래서 어디 옷이 싸고 좋은지 다 알아요."

윤서의 표정이 활기차 보여 히가시는 찜찜한 기분을 털어냈다.

"그리고 오늘 옷은 제 돈으로 살 거예요. "

"왜! 내가 낸다고 했잖아!"

"다음번에 비싼 데 갈 때 사장님이 사주세요. 그래야 폼 나잖아요."

히가시는 조수석의 문을 열고 내리려는 윤서의 팔을 붙잡았다. 그녀는 고개를 돌려 그를 쳐다보았다.

"왜요?"

"그럼 대신 밥 먹는 건 내가 가자는 데로 가, 알았어?"

"알았어요."

윤서는 차에서 내려 햇살이 좋은 겨울 하늘을 올려다보았다.

동대문 시장은 이태원 시장만큼이나 혼잡했다. 그 와중에 윤서는 요리조리 잘도 길을 찾아갔다.

"어디 가는 거야?"

"따라와 보시면 알아요."

그때 앞서가던 윤서의 손을 히가시가 꼭 붙잡았다. 엉겁결에 손을 잡힌 그녀는 화들짝 놀라며 그를 돌아보았다.

"깜짝 놀랐잖아요. 갑자기 손을 잡으시면 어떻게 해요?"

"그럼 예고하고 잡아야 되냐? 네가 그렇게 쫄랑거리고 가니까 길을 잃어버릴 것 같잖아. 여기서부터는 손잡고 가."

얼굴이 빨개진 윤서는 어색한 표정을 감추기 위해 걸음을 재촉했다.

"알았어요. 빨리 따라오기나 하세요."

히가시는 놓칠세라 윤서의 손을 꼭 잡고 그녀를 따라 혼잡한 시장 안을 헤맸다.

"어서 와요! 오랜만이네!"

윤서가 한 가게로 들어서자 주인이 그녀를 반겼다.

"이게 얼마만이야. 잘 지냈어?"

주인의 시선은 윤서의 뒤에 어색하게 선 히가시에게 꽂혔다.

"이분은 누구셔?"

"아…… 저…….”

"남자 친구입니다."

윤서가 대답을 망설이자 히가시가 기회를 놓치지 않고 냉큼 대답했다. 윤서는 민망함에 얼굴이 홍시처럼 달아올랐다.

"어머, 남자 친구 생겼어?"

"그렇게 됐어요."

"그래서 우리 집에 왔구나? 남자 친구 옷 사주려고?"

윤서가 들어선 옷가게는 여성복 매장이 아닌 남성복 매장이었다. 그중에서도 티셔츠를 전문으로 파는 매장이라 온갖 종류의 티셔츠들이 가게의 천장까지 빽빽하게 디스플레이되어 있었다.

"저기…… 사장님."

"왜?"

"그동안 간호해 주신 거 은혜도 갚을 겸…… 제가 티셔츠 한 장 사드릴게요. 여기 옷들 재질도 좋아요. 사장님이 좋아할 만한 아이템도 있고요."

윤서가 얼굴이 빨개져서 더듬거리자 그는 그녀가 귀여워 머리를 쓰다듬고 싶은 마음을 꾹 참았다.

"너 여기 오자고 일부러 백화점 안 간다고 한 거야?"

"아니 꼭 뭐 그렇다기보다……."

"그래? 그럼 한 장 골라보지 뭐. 고마워."

윤서와 히가시를 번갈아 쳐다보던 주인은 히가시를 위아래로 훑어보았다.

"좀 펑키한 아이템 좋아해요? 그럼 이쪽으로 와요. 우리 집은 특이한 무늬가 프린팅된 티셔츠를 많이 취급하거든."

주인이 이끄는 곳으로 가자 그곳에는 해골 그림부터 오토바이와 총, 장미 등이 프린팅된 온갖 티셔츠들이 종류별로 걸려 있었다. 히가시는 윤서가 왜 이곳을 오자고 했는지 짐작이 됐다. 윤서는 바이크를 좋아하는 히가시를 위해 그의 취향에 맞는 티셔츠를 선물해 주고 싶었던 모양이었다.

"쟤는 안 좋아하려야 안 좋아할 수가 없다니까."

히가시는 실실 웃으며 티셔츠를 고르기 시작했다. 그리고 이내 마음에 드는 것을 골라냈다.

"정말 그게 맘에 드세요?"

히가시가 티셔츠를 몸에 대고 윤서에게 보여주자 그녀는 고개를 갸웃거렸다.

"난 이게 맘에 드는데."

히가시가 고른 건 바이크 티셔츠가 아닌 게임 캐릭터인 새가 프린팅 된 티셔츠였다.

"아니, 사장님 아무리 그래도."

"내가 맘에 든다는데 왜."

"그렇지만……."

"이거 봐. 성질내고 있는 새 얼굴이 네 얼굴이랑 똑같잖아. 나 이거 살래."

그는 그녀와 새를 번갈아보며 낄낄거렸다.

"나중에 후회하지 마세요."

"후회는 왜 해? 마음에 드는데. 밤에 입고 자야지."

"그거 한 장이면 돼요? 다른 거 더 맘에 드는 건 없어요?"

"나중에 또 오지, 뭐. 아무튼 이걸로 낙찰이야."

히가시가 고른 티셔츠를 들고 윤서는 카운터로 다가갔다.

"얼마예요?"

"오천 원."

가격을 들은 그녀는 다시 히가시를 쳐다보았다.

"더 비싼 거 사셔도 돼요. 저 돈 있어요."

"됐거든요. 그거나 사주세요."

윤서는 할 수 없다는 듯 주인에게 만 원짜리를 내밀었다.

"나중에 또 와. 옷 싸게 줄게."

"네, 안녕히 계세요."

가게를 나서며 히가시는 옷집 주인에게 의미심장한 눈짓을 해

보였다. 그녀는 히가시를 향해 손가락으로 동그라미를 만들어 보이며 윙크를 했다.

시장을 한 바퀴 돈 윤서의 손에는 비닐봉지가 몇 개 들려 있었다. 쇼핑은 채 20분이 안 돼서 다 끝났다. 그녀가 들어간 가게는 고작 세 군데였고, 그녀는 그곳에서 자신에게 필요한 스웨터와 긴팔 티셔츠, 바지를 샀다. 들어간 가게마다 안면이 있는 듯 주인들이 그녀를 반갑게 맞아줬다.

"너 옷 다 샀어?"

"다 샀어요."

"너 그런데 한 가게에서 5분 이상은 안 있더라."

"필요한 것만 사면 나오니까요. 사실 전 쇼핑 별로 안 좋아해요."

"세상에 쇼핑 싫어하는 여자도 있냐?"

"여기 있잖아요. 아마 제가 사장님보다 쇼핑하는 시간이 더 짧을걸요."

"넌 정말…… 볼수록 희한해."

"제가 보기엔 사장님이 더 이상해요. 보통 데이트하면 영화 보고 그러는데 옷 쇼핑이라니……."

"그거야 네가 옷이 없으니까 그런 거지. 있는 옷들도 다 낡아빠졌더구만."

"사장님 제 옷들 자세히 보신 거예요?"

"코딱지만 한 방에 옷이 걸려 있는데 어떻게 안 볼 수가 있냐."

"그럼 제 옷들이 낡아서 일부러 옷 사러 가자고 하신 거예요?"

"당연하지. 그래서 널 데리고 백화점에 가려고 한 거야. 근데 오늘도 결국은…… 시장행이네."

표현이 서툴러 퉁명스러워 보였지만 히가시는 티내지 않고 다른 사람을 배려할 줄 아는 남자였다. 윤서는 그의 그런 면이 마음에 들었다.

"고…… 마워요."

"뭐가."

"항상…… 챙겨주셔서 고맙다고요."

"네 덕에 앵그리버드 셔츠가 생겨서 내가 더 고마운데? 그럼 이제 밥 먹으러 가자. 밥은 근사한 데 가서 먹자고."

히가시는 윤서를 향해 손을 내밀었다. 윤서는 그의 손을 꼭 잡고 출구를 향해 그와 보조를 맞춰 발걸음을 옮겼다.

"너 스테이크 좋아하냐?"

"전 못 먹는 거 없다니까요. 안 줘서 못 먹고 없어서 못 먹지."

"그래, 잘됐네, 그럼."

히가시는 차를 동대문에서 멀지 않은 종로 방향으로 틀었다. 윤서는 창밖으로 보이는 동네를 호기심이 가득한 눈으로 쳐다보았다.

"사장님, 이 동네는 어디예요?"

"삼청동이야, 한 번도 안 와봤어?"

"아! 여기가 그 유명한 삼청동이구나. 말만 들어봤지 온 건 처음이에요."

삼청동의 거리는 그야말로 이국적이었다. 작은 신발 가게부터 액세서리와 옷 가게들, 장난감 박물관과 가정집을 개조해서 만든 특이한 카페들이 윤서의 시선을 잡아끌었다. 골목 끝에 차를 주차하고 히가시와 윤서는 골목길을 걸으며 천천히 카페와 가게들을 구경했다. 윤서는 그중에서 온통 보라색으로 치장된 카페 앞에서 발걸음을 멈췄다.

"왜 들어가고 싶어?"

"이런 카페는 처음 봤어요. 무슨 소설에 나오는 살롱 같아요."

"밥 먹고 와서 여기서 차 마실래?"

윤서는 기대감에 눈을 빛내며 히가시를 돌아보았다.

"그래도 돼요?"

"당연히 되지. 왜, 들어가기 무서워?"

"누가 그렇대요?"

윤서는 삐진 얼굴로 히가시에게서 등을 돌렸다. 그녀는 옷 가게들과 액세서리 가게들, 술집들을 신기한 눈으로 이리저리 둘러보았다.

"이 동네는 소설 속에 나오는 이태리의 길거리 같아요."

"그래?"

"네, 우리나라 아닌 것 같은데요."

"여기도 개발된 지 꽤 됐을 거야. 예전엔 거의 슬럼가였는데 가게들이 들어오면서 많이 좋아졌지. 그런데……."

히가시가 걸음을 멈추자 그녀도 그를 따라 발을 멈췄다.

"왜요?"

"손 좀 잡지. 우리 이제 사귀는 사이 아니던가?"

"아니…… 저……."

"나 손 시려."

히가시는 주춤거리는 윤서의 손을 잡아 자신의 라이더 재킷에 집어넣었다.

"앞으로 걸을 때는 손을 잡도록……."

"그러면 걸을 때 불편하잖아요."

"안 불편해."

히가시가 윤서를 데리고 간 곳은 삼청동의 골목길 안쪽에 위치한 스테이크 집이었다. 가정집을 개조해서 만든 듯 자그마한 간판을 내걸고 있는 식당의 문을 열고 들어가자 테이블이 서너 개 놓여 있는 작은 거실이 보였다. 점심때가 지난 시간이라 식당 안에는 손님이 없었다. 종업원으로 보이는 젊은 여자는 히가시와 윤서를 향해 친절한 미소를 지었다.

"어서 오세요, 두 분이세요?"

"네."

"그럼 이쪽으로 오세요."

그녀의 안내에 둘은 창가에 자리를 잡았다. 통유리창 밖으로 보이는 손질이 잘 되어 있는 정원에는 향나무와 전나무 같은 상록수들이 심어져 있었고 사이사이로 보기 좋게 수석이 장식되어 있었다.

그들을 안내해 주었던 웨이트리스가 메뉴판과 물을 들고 왔다. 히가시는 메뉴 선정에 어려움을 겪고 있는 것 같은 윤서를 찬찬히 쳐다보았다.

"뭐 먹을래?"

"뭐가 맛있어요? 전 잘 모르겠어요."

"너 약간 기름기가 있는 걸 좋아해?"

"네."

"그럼 뉴욕 스트립을 먹어. 난 필레 미뇽을 먹을 거야."

"그거랑 그거랑 뭐가 달라요?"

"부위가 다르지. 뉴욕 스트립은 고기 사이에 지방이 좀 껴 있어. 필레 미뇽은 지방이 전혀 없거든."

"뉴욕 머시기…… 맛있어요?"

"맛있어. 이 집은 전에 몇 번 와봤는데 스테이크를 부위별로 특징을 살려서 잘 굽더라."

"그럼 전 뉴욕 머시기 먹을게요."

"그럼 마시는 건 뭘로 할래?"

히가시는 와인을 마시겠드냐고 묻고는 다시 종업원을 불렀다.

"이건 저희가 가지고 있는 와인 리스트예요. 특별히 찾으시는 거 있으세요?"

"일단 리스트를 보고 고를게요."

생각보다 꽤 두툼한 와인 리스트를 보며 윤서는 인상을 찌푸렸다.

"뭐가 그렇게 많아요."

"원래 와인은 종류가 많잖아."

히가시는 리스트를 여유 있게 천천히 넘겨보았다.

"너 와인은 어떤 게 좋아?"

"전 별로 안 단 거요."

"그래 그럼 이게 좋겠다."

히가시는 리스트 중 하나를 짚어 윤서에게 보여주었다.

"칠레산 와인인데 맛있어. 가격도 적당하고."

"밥 하나 먹는데 뭐가 이렇게 복잡해요."

"그러게 말이지. 그런데 어쩌겠어, 골라야 되는데."

히가시는 샐러드부터 스프, 사이드와 고기를 어떻게 익힐지까지 윤서의 의견을 물어보고 웨이트리스에게 그대로 전달했다. 웨이트리스가 가져다 준 치아바타를 먹으며 윤서는 히가시가 무척 교양 있어 보인다고 생각했다. 주문을 다 마친 히가시는 자신을 뚫어지게 쳐다보는 윤서를 향해 머쓱한 표정을 지었다.

"왜 그렇게 쳐다봐?"

"제가 뭘요."

"내가 멋있어서 감탄하고 있는 거 아니야?"

"아니거든요!"

"왜, 멋있는 사람을 감탄하는 눈으로 쳐다보는 건 부끄러운 일이 아니야."

히가시는 능글맞게 웃으며 물을 한 모금 마셨다.

"사장님은 겸손함을 어디다가 묻어두고 오신 거예요?"

"난 원래 겸손이란 단어랑 거리가 멀어. 난 잘났거든."

"에휴, 진짜 자뻑."

"밥 먹고 나가서 가게 장식할 크리스마스 아이템도 좀 보러 가자."

"그래요."

음식이 나오자 히가시는 스테이크를 한 점 잘라 윤서의 접시에 놓았다. 윤서는 히가시가 잘라준 스테이크를 멀뚱히 쳐다만 보고 있었다.

"먹어봐. 필레 미뇽은 스테이크 중에서 맛있게 굽기가 제일 힘든 부위야. 그런데 정말 잘 익었다."

"안쪽이 빨개요."

"난 미디엄으로 주문했거든. 맛 좀 봐봐."

필레 미뇽을 먹어본 윤서는 금세 그 맛에 감탄했다.

"진짜 맛있어요. 입안에서 고기가 녹는 것 같아요."

"그렇지?"

히가시는 웃으며 와인을 한 모금 마셨다.

"제 것도 드셔보실래요?"

윤서는 스테이크를 한 점 잘라 히가시의 접시 위에 놓았다. 히가시는 스테이크 대신 그녀의 얼굴을 빤히 쳐다보았다.

"야, 지윤서."

"왜요."

"이런 건 먹여주는 게 매너 아니냐?"

윤서는 황당한 히가시의 말에 먹던 스테이크를 뱉을 뻔했다.

"사장님은 손이 없어요, 발이 없어요. 혼자서 드세요."

"어쩜 저렇게 나긋나긋한 맛이 하나도 없을까."

"저에게 애교를 바라시는 건 무리예요. 애교가 많은 여자가 좋으면 딴 데 가서 알아보세요."

히가시는 한숨을 쉬며 고개를 저었다. 그러나 스테이크를 먹어보고 이내 표정이 밝아졌다.

"오, 맛있네."

"스테이크가 이렇게 맛있는 음식인지 처음 알았어요."

"맛있어?"

"네."

"그럼 나중에 또 오자."

"네. 다음번엔 제가 사드릴게요."

"그래."

히가시는 만족스러운 얼굴로 미소를 지었다.

잠에서 깬 료는 고개를 들어 머리맡의 시계를 보았다. 시계는 오전 11시 반을 가리키고 있었다. 료는 눈을 반만 뜬 채로 일어나 주방으로 가 냉장고를 열었다. 그리고 곧장 생수병을 꺼내 입을 대고 물을 마셨다. 컵에 따라 마시라고 민호가 늘 잔소리를 했지만 그는 민호의 말을 가볍게 무시했다.

료는 닫혀 있는 민호의 방문을 열었다. 방 안에 들어가자 공기 중에 소주 냄새가 확 끼쳤다. 방바닥에 여기저기 널린 소주병을 발로 밀어내고 그는 민호의 침대 위에 앉았다. 민호는 이불을 뒤집어쓴 채로 꿈나라에 가 있었다.

"야! 민호야!"

료는 민호의 어깨를 흔들어 깨웠다.

"야, 너 아침에 혼자 술 마셨냐? 무슨 일이야."

"말 시키지 마."

생각과는 달리 민호는 이미 깨어 있었다.

"야! 왜 그래?"

"좀 나가. 혼자 있고 싶으니까."

"너…… 혹시 눈치챘냐? 히가시 형이랑 윤서 씨랑……."

민호가 대꾸가 없자 료는 작게 한숨을 쉬었다.

"일어나 봐. 이런다고 뭐가 되냐?"

"나 좀 놔두라고. 가만히 있어도 괴로우니까."

"알았다."

료는 이불을 뒤집어쓴 민호를 한참이나 내려다보다가 그의 방을 나섰다. 방문이 닫히는 소리가 들리자 민호는 이불을 걷고 침대 위에 반듯하게 누웠다.

"사는게…… 참…… 힘드네."

민호는 나직하게 중얼거리며 두 손으로 얼굴을 쓸어내렸다.

얼마 후 민호는 방문 틈으로 들어오는 끔찍한 냄새에 설핏 들었던 잠에서 깨어났다. 거실로 나간 민호는 끔찍한 냄새의 진원지가 부엌이라는 것을 금방 알아차렸다. 료는 가스레인지 앞에 서서 눈물 콧물을 빼며 냄비 안의 뭔가를 휘젓는 중이었다.

"아으! 무슨 냄새가 이렇게 독해."

료는 한쪽 소매로 코를 막고 있었다.

"너 뭐하냐."

민호는 부엌으로 들어가 료를 내려다보았다.

"북엇국 끓이는데. 너 술 마셨잖아."

료가 휘젓는 냄비 안에는 죽인지 국인지 모를 이상한 무언가가 부글부글 끓는 중이었다.

"도대체 안에 뭘 넣은 거야?"

"북어랑 마늘이랑 참기름이랑……."

"그리고?"

"고춧가루랑 까나리 액젓하고 무우……."

"야! 이 미친놈아! 북엇국에 까나리 액젓을 왜 넣어!"

민호가 소리를 지르자 료는 여전히 소매로 코를 막은 채로 그를 올려다보았다.

"원래 생선 들어가는 국에는 액젓 넣는 거 아니야?"

"내가 앓느니 죽지. 누구 죽일 일 있냐?"

민호는 가스레인지의 불을 끄고 거실의 창문을 열었다. 료는 창문으로 달려가 인공호흡을 하듯 신선한 공기를 실컷 들이마셨다.

"아! 좀 살 것 같네."

"그러게 시키지도 않은 짓은 왜 해?"

"불쌍하잖아. 제일 친한 친구가 좋아하는 여자한테 고백도 못해보고 술 먹고 쭈글거리고 있는데 넌 안 불쌍하겠냐?"

민호는 아무 말이 없었다.

"그나저나 까나리 끓이니까 진짜 냄새 지독하네."

민호는 냄비 안의 내용물을 버리고 냄비를 씻었다.

"가서 씻고 와. 밥 먹게."

"오! 밥하려고? 좋지."

료는 신나는 얼굴로 민호를 쳐다보았다.

"대신 이 형님이 오늘 영화랑 저녁 쏘마. 봐서 기분 좋으면 클럽도 가자."

"마음대로 해."

무뚝뚝한 민호의 대답에 료는 화장실 문을 열며 씩 웃었다.

"클럽 가면 예쁜 언니들 많을 거야. 나만 믿으라니까."

민호는 찬장을 뒤져 마른 북어를 다시 꺼냈다. 깨끗한 냄비에 참기름과 마늘 가루를 넣고 북어를 볶는 민호의 표정은 아침보다 훨씬 밝아져 있었다.

영화를 보고 나온 민호와 료는 밥을 먹기 위해 패밀리 레스토랑을 향해 발길을 재촉했다.

"아놔, 진짜 액션 영화 보자니까 뭔놈의 로맨틱 코미디 영화를 보자고 해가지구……."

"내 맘대로 영화를 고르라며."

"그래도 체면이 있지 남자 둘이 로맨틱 코미디 영화가 뭐냐?"

료가 툴툴거리자 민호는 그를 내려다보며 콧방귀를 뀌었다.

"지도 재미있다고 낄낄거리고 본 주제에……."

"내가 언제, 인마!"

"다 봤거든. 겁나게 웃고 있더구만……."

"영화나 보지 내 얼굴은 왜 봤냐?"

"내가 보고 싶어 봤겠냐. 네가 하도 낄낄거리니까 소리가 들려서 본 거지."

"에잇! 제길, 체면 구기게."

료는 민망한 마음에 성큼성큼 걸어 민호를 앞질러 갔다. 민호는 료를 뒤따라 천천히 발걸음을 옮겼다.

레스토랑에 마주 앉은 민호와 료는 에피타이저로 나온 **빵**을 먹었다.

"그러니까 말이야."

빵에 칼을 푹 꽂으며 료는 민호에게 장광설을 늘어놓았다.

"우리 같이 좋은 남자를 못 알아보는 여자들의 눈이 글러먹었다 그거지."

"우리가 뭘 봐서 좋은 남자야."

"돈 잘 벌지, 성실하지, 잘생겼지, 이 나이에 집도 있지. 이 정도면 괜찮은 거 아니야?"

"전직 소매치기에 전직 조폭이 좋은 남자의 기준이냐?"

"야! 인마, 과거는 과거일 뿐, 지금 열심히 살고 있으면 되는 거라고."

료는 목이 타는 듯 자몽에이드를 한 모금 마셨다.

"그런 의미로 오늘은 밥 먹고 클럽이다. 너도 갈 거지?"

"맘대로 해."

민호가 심드렁한 반응에 료가 그에게 미끼를 던졌다.

"야, 솔직히 윤서 씨가 그다지 예쁜 건 아니잖아. 매력은 있지만……."

"그 이야기는 여기서 왜 꺼내?"

민호에게서 원하는 반응을 얻어낸 료는 이를 보이며 쾌활하게 웃었다.

"그러니까 이 형님이 예쁜 언니를 구해준다니까."

"네 맘대로 하라고."

주문한 립과 파스타가 나오자 료는 다짐을 받듯 민호를 채근했다.

"그럼 너도 밥 먹고 클럽으로 가는 거다."

"알았어. 알았으니까 밥이나 먹어."

료는 신나 보이는 얼굴로 파스타를 포크로 감아 올렸다. 민호는 철이 안 든 동생을 돌보는 형의 심정으로 한숨을 쉬었다.

후식으로 커피까지 다 마신 료와 민호는 홍대의 클럽가로 이동했다. 평일이었지만 방학을 맞은 학생들과 연말 분위기를 탄 직장인들로 이른 저녁부터 거리는 붐비고 있었다. 제법 놀러 다녀 본 료는 익숙한 몸짓으로 클럽 앞의 계단에 앉았다.

"그래서 넌 어디로 가고 싶은데?"

"아무 데나 가."

"기왕이면 물 좋은 데로 가야지. 힙합 클럽으로 갈래? 아님 일렉트로니카?"

"몰라. 좀 넓은 데로 가."

"그래? 그럼……."

료는 계단에서 일어나 엉덩이를 탁탁 털었다.

"결정했어! 나를 따르라!"

후드 티에 야구 점퍼를 입고 하이탑 운동화를 신은 료는 신이 나 앞장서서 걷기 시작했다. 민호는 료의 뒤를 따라 천천히 걸었다. 사실 그는 클럽에 흥미가 없었기 때문에 어디를 가든 별 상관이 없었다. 추운 날씨였지만 클럽 앞은 미니스커트에 맨다리를 내놓고 하이힐을 신은 화장이 진한 여자들 투성이었다. 료는 그런 여자들을 향해 유쾌하게 윙크를 날렸다.

"야! 봐봐! 저런 스타일 죽이지 않냐?"

민호는 료가 가리키는 곳에 서 있는 늘씬한 여자를 무덤덤하게 쳐다보았다.

"딱 네 취향이네."

"죽이잖아. 예쁜 언니네."

료의 어린 얼굴과 예쁘장한 외모는 여자들 사이에서 인기가 좋앉다. 거기다가 그는 언변도 화려했기 때문에 클럽에 가면 반드시 여자를 하나 건져서 데리고 나와 놀곤 했다.

"넌 어때? 맘에 드는 언니 없어?"

"몰라. 귀찮아."

"아, 자식. 수도승도 아니고. 여하간 오늘은 내가 찍어주는 여자랑 놀아, 알았어?"

대꾸가 없는 민호의 어깨에 료는 측은지심이 넘치는 얼굴로 손을 올렸다.

"젊을 때 놀아, 멍청한 놈아. 나중에 후회한다."

민호는 료의 손을 어깨에서 내려놓았다.

클럽은 이른 저녁 시간부터 발 디딜 틈도 없이 혼잡했다. 자욱한 담배 연기와 귀청이 찢어질 듯한 음악, 사람들이 뿌린 향수 냄새가 뒤섞여 클럽 안은 혼란의 도가니 그 자체였다. 옷을 라커에 벗어놓고 위층으로 올라간 둘은 사람들을 뚫고 바로 다가갔다. 잭콕을 주문한 료는 바에 등을 기대고 스테이지에서 춤을 추고 있는 사람들을 구경했다. 그때 료가 갑자기 민호의 팔을 두들겼다.

"야! 저기 봐봐."

"왜."

료가 가리키는 방향으로 고개를 돌리자 미친 듯이 긴 머리를 흔들며 춤을 추고 있는 여자와 그 옆에서 얌전하게 춤을 추는 단발머리 여자가 보였다. 다른 여자들은 등 뒤에 남자들을 하나씩 달고 있었지만 그 여자 둘은 특이하게도 벽에 등을 거의 기대다시피 하고 춤을 추는 중이었다.

"야! 쟤네 기억 안 나냐? 예전에 같이 놀았잖아."

"누군데."

"여름에 클럽에서 같이 나와서 오뎅탕 집에서 밤새 이야기하다 간 애들 있잖아."

"몰라. 기억 안 나."

"아냐, 진짜 넌 왜 그렇게 여자들한테 무관심하냐."

료는 잭콕을 한 모금 마시고 민호의 팔을 쿡 찔렀다.

"쟤네 그때 보니까 술 안 마시고도 술 먹은 것처럼 잘 놀던데. 완전 상날라리인 줄 알았는데 꽤나 성실한 학생들이었잖아. 그때 계속 연락할까 말까 했었는데 오늘 또 보네."

"왜, 오늘 같이 놀게?"

"이렇게 만난 것도 인연인데 같이 놀아야지. 여기 있어봐. 가서 말 좀 걸어볼 테니까."

료는 사람들을 헤치고 미친 듯이 머리를 흔들며 춤을 추고 있는 여자에게 다가갔다. 료를 알아본 단발머리 여자가 깜짝 놀란 얼굴로 긴 머리 여자의 어깨를 두들겼다. 긴 머리 여자는 단발머리 여자가 귓속말로 뭐라고 하며 료를 가리키자 그제야 고개를 돌려 그를 쳐다보았다. 긴 머리 여자는 활짝 웃으며 반가운 얼굴로 료를 쳐다보았다.

오뎅탕을 앞에 두고 앉은 민호는 이 상황이 난감하기 그지없었다. 료는 옆에 앉은 긴 머리 여자와 낄낄거리며 농담 따먹기를 하는 중이었고, 제 옆에는 단발머리 여자가 앉았다. 민호는 여자에게 눈길도 주지 않고 혼자서 소주를 홀짝였다.

"그래서 잘 지냈어?"

"그럼, 일하고 쉬고 그러고 잘 지냈지. 너는 학교 잘 다녀?"

"그럭저럭, 이제 졸업반이라 취업 준비해. 그래도 가끔은 클럽에 오고……."

"니들은 아직도 술 안 마셔?"

"클럽은 춤추러만 오니까. 그리고 술 마셔서 맛 가면 바로 사고 난다고. 난 춤만 추고 싶은 거지 모르는 남자랑 사고치고 싶지는 않아. 저기 있는 놈들이 어떤 놈들인 줄 알고 정신 줄을 놔. 상상만 해도 끔찍하다."

료와 이야기를 나누는 여자의 이름은 세영이었다. 그녀는 예쁘장한 얼굴에 키가 크고 늘씬한 데다 화통한 성격을 가진 여자였다. 민호의 옆에 앉아 있는 여자의 이름은 혜선이었다. 그녀는 세영과는 대조적으로 작고 아담한 몸매에 숫기가 없었다.

"그런데 그쪽은 여전히 말이 없네요."

민호는 어색한 표정으로 입꼬리를 씰룩거렸다.

"민호는 여자들을 불편해하거든. 너도 알잖아. 저번에도 밤새 몇 마디 안 했잖아."

"재미있어. 요새도 저런 목석같은 남자가 있다니. 혜선이랑 똑같잖아."

민호의 눈치를 보던 혜선은 얼굴이 붉어졌다.

"쟤도 원래 이런 데 안 오는데 내가 꼬셔서 데리고 온 거야. 허구한 날 공부만 하는데 답답하잖아. 사람이 스트레스도 풀고 살아야지."

"그러게. 이런 데 다닐 스타일로는 안 보이는데."

"사실 말이지 혜선이가……."

그때 아무 말 없던 혜선이 고개를 들었다.

"야! 너!"

그녀가 세영에게 소리치자, 세영은 장난기 가득한 얼굴로 폭탄을 투척했다.

"혜선이가 민호 씨 보고 싶어 했다."

"뭐?"

민호와 혜선의 얼굴이 동시에 얼어붙는 것을 본 세영은 소기의 목적을 달성한 게 뿌듯하다는 듯 둘을 향해 유쾌한 웃음을 날렸다.

"저번에 오뎅탕 집에서 나올 때 혜선이가 넘어져서 무릎이 까졌었잖아. 그런데 민호 씨가 편의점에서 약을 사다줬었거든. 그게 되게 고마웠나 봐."

"야! 이세영, 너 조용히 해!"

혜선이 소리를 지르는 것에 아랑곳하지 않고 세영은 료에게 이야기를 계속했다.

"그래가지고 연락을 해보고 싶어 했던 모양이더라고. 그때 너랑 나랑만 전화번호 교환했었잖아."

"그럼 전화를 하지."

"내가 그 뒤로 인턴으로 뽑혀서 정신이 없었어. 깜박하고 있었는데 오늘 또다시 만났네."

"그러게. 이것도 인연인가."

료는 민호를 향해 한쪽 눈을 찡긋거렸다.

"니들 크리스마스에 계획 있냐?"

"계획이 어디 있어. 둘 다 모쏠인데. 집에 처박혀서 치맥이나 하겠지."

"그럼 우리 가게에서 하는 파티에 놀러 올래?"

"응?"

료의 뜻밖의 제안에 세영은 호기심이 동하는 얼굴이었다.

"이브에 우리 가게에서 파티를 하거든. 놀러와."

료는 지갑을 꺼내 그 안에서 명함을 꺼내 세영에게 건넸다.

"놀러 가도 돼? 너네 회원제 바라며."

"내가 아는 사람들이니까 괜찮아. 핸드폰은 데스크에 맡기면 되니까."

료는 어이없는 얼굴을 한 민호를 마주보며 걱정하지 말라는 표정으로 웃었다.

"꼭 둘이 같이 와라."

"오키도키."

세영은 명함을 소중하게 가방에 집어넣고 환한 웃음을 지었다.

"지금이 몇 시지."

소아암 병동에서 월요일마다 만나는 소진의 휠체어를 밀고 있던 인영은 손목시계를 들여다보았다.

"언니, 오늘 어디 가?"

"응, 약속이 있어."

"누구랑? 남자 친구랑?"

소진이 호기심에 찬 얼굴로 묻자 인영은 상냥하게 미소를 지었다.

"아니야, 아는 사람이랑 저녁 먹기로 했어."

"정말? 실망이야. 언니는 예쁘게 생겨서 왜 남자 친구가 없어?"

인영은 부드럽게 웃으며 소진의 머리를 쓰다듬었다.

소진은 백혈병에 걸린 여덟 살짜리 여자아이였다. 건강했으면 또래 아이들과 같이 학교도 다니고 했으련만 재작년에 퇴원하고 병이 다시 재발해 올해 초에 또다시 병원에 입원한 아이였다. 하지만 타고난 밝은 성격으로 다른 아이들이나 자원봉사자들을 늘 웃는 얼굴로 대했다.

"언니, 언니는 남자가 싫어?"

"왜?"

"간호사 언니들이 하는 말 들었어. 언니가 병원 의사 선생님들 데이트 신청을 다 거절했다고."

"간호사 언니들이 그런 말을 했어?"

"응, 언니보고 희한하다고 했어."

소진의 말에 인영은 씁쓸하게 웃었다. 인영이 병원 의사들의 데이트를 거절한 일이 그새 병원에 퍼진 모양이었다. 어디를 가나 인영에게는 늘 외모때문에 구설수가 따라붙곤 했다. 그래서 그녀는 되도록이면 사람들과의 만남을 피했다.

"언젠가 맘에 드는 사람이 있으면…… 만날 날이 오겠지."

"내가 언니처럼 예쁘게 생겼으면 남자 친구를 무지 많이 만들었을 텐데."

인영은 소진의 솔직한 말에 소리를 내서 웃었다. 그때 전화벨
소리가 들렸다.

병원 앞에 선 인영의 앞으로 검은색 벤츠가 멈춰 섰다. 조수석
의 창문이 내려가고 운전석에서 웃고 있는 시형이 보였다.

"타세요. 벌써부터 날이 쌀쌀하네요."

"고맙습니다."

인영이 차에 올라탔다. 차 안에는 이장희의 '나 그대에게 모두
드리리'가 흐르고 있었다.

"꽤 오래된 노래네요. 이런 노래 좋아하세요?"

"제가 좀 오래된 팝송이나 가요를 좋아해요. 아버지께서 음악
을 좋아하셔서 어렸을 때부터 가요랑 팝을 많이 듣고 자랐거든
요. 혹시…… 이런 음악 별로예요?"

"아뇨. 저도 좋아해요. 가끔 가게에서 올드팝이나 올드락 같은
거 제가 틀어놓기도 하는데……."

"다행이네요."

시형은 조심스럽게 차를 몰았다.

"그런데 뭐 좋아해요? 뭘 좋아하는지 몰라서 내 맘대로 예약
을 해놨는데."

"전 그렇게 가리는 거 없어요."

"그럼 일식도 괜찮아요?"

인영은 조용히 고개를 끄덕였다.

"네, 저녁 사주시는 것만 해도 감사하죠. 대신 후식은 제가 사

드릴게요."

"그래요, 그럼."

시형의 차는 서울의 밤거리를 가로질러 빠르게 양화대교 쪽으로 향했다.

시형의 차가 멈춘 곳은 모 대학교 앞의 허름한 일식집 앞이었다. 인영은 차에서 내려 일식집이 있는 건물을 올려다보았다. 건물은 지어진 지 오래된 듯 낡은 모양새를 하고 있었다.

차를 주차한 시형은 건물을 올려다보고 있는 인영의 옆에 나란히 섰다. 가게에서는 나란히 설 일이 없어서 몰랐지만 시형은 인영보다 머리가 하나 더 있었다. 인영도 여자치고는 작은 키가 아니었지만 시형도 키가 히가시 만큼이나 컸다. 거기다 남색 코트를 걸치고 있는 그는 어깨도 넓어 슈트도 잘 어울렸다.

"너무 허름한 곳이라 실망했어요?"

인영은 그를 돌아보며 웃었다.

"아니요. 건물이 오래돼서 이곳에도 많은 이야기가 있겠구나 생각하고 있었어요. 전 이렇게 오래된 건물들을 보면 이곳에서 일했던 사람들은 예전엔 어땠을까 하는 생각을 하거든요. 분명히 이 건물에서 희로애락을 느끼며 살았을 텐데……. 그런 건 누가 기억해 주고 있을까 싶어서 좀 애달픈 생각이 들어요."

시형은 가로등 불빛에 빛나는 단아하고 슬퍼 보이는 인영의 옆얼굴을 홀린 듯 쳐다보았다.

"들어가죠. 날이 춥네요."

"네."

인영과 시형은 건물의 지하로 발걸음을 재촉했다.

허름한 외관과는 달리 지하에 위치한 일식집은 고급스러운 인테리어를 자랑했다. 로비에는 작은 분수와 그 아래 작은 연못도 있어 금붕어 떼가 헤엄치고 있었고 벽은 대나무로 장식되어 있었다. 종업원은 시형을 보자 만면에 웃음을 띠고 그에게 다가왔다.

"어서 오세요. 오랜만이시네요."

"잘 지내셨죠?"

"쉐프님께 오셨다고 말씀 드릴게요. 잠깐만 기다리세요."

종업원이 창호지로 바른 미닫이문을 열고 들어가자 잠시 후 그 문에서 조리사 가운을 입고 흰 모자를 쓴 백발이 성성한 할아버지가 문밖으로 나왔다.

"어서 오세요. 아버님은 잘 지내시죠?"

"네, 잘 지내고 계세요."

"말씀하신 대로 방을 준비해 놓았으니까 들어가세요."

요리사는 앞장서서 시형과 인영을 가게 안쪽의 가장 깊숙한 방으로 안내했다. 나이가 들었지만 그는 걸음걸이가 젊은이 못지않게 활발했고 눈빛에는 기백이 성성했다. 그가 문을 열자 다다미 방의 한가운데 탁자와 좌식 의자가 2개 놓여 있는 실내가 보였다. 방에는 별 장식이 없었지만 벽에 걸린 벽화와 정갈한 분위기가 이 가게의 연륜을 보여주는 듯했다.

"조금만 기다리시면 종업원이 올 겁니다."

"감사합니다."

시형의 말에 요리사는 웃는 얼굴로 그와 인영을 한번 쳐다보고 방문을 닫았다.

"좀 놀랐······ 어요?"

옷을 벗은 인영이 시형의 반대편에 마주 앉자 그가 그녀의 얼굴을 조심스럽게 살폈다.

"이 가게에 단골이신가 봐요."

"아버지 때부터 단골이에요. 덕분에 저도 아주 어릴 때부터 이 가게를 다녔거든요."

"꽤 오래된 집인가 봐요."

"그럴 거예요. 제가 듣기로는 문 연 지 60년도 넘었다고 들었어요."

인영은 방 안을 한 바퀴 둘러보았다.

"좋은데요. 조용하고."

"맘에 들어 하니까 기분 좋네요."

시형이 인영을 보고 웃자 그녀는 얼굴을 붉혔다.

"오늘 자원봉사는 어땠어요?"

"다른 때랑 비슷했어요. 아이들에게 책 읽어주고 산책도 시켜주고 목욕하는 거 도와주고……."

"힘들지 않아요?"

"괜찮아요. 매일 하는 것도 아니고 일주일에 한 번뿐인데요. 뭐."

"사실…… 좀 놀랐었어요. 휴일에 자원봉사 같은 거 할 사람으로 보이진 않았는데."

"제가 어떻게 보이는데요."

"워낙 말이 없으니 짐작할 순 없었지만…… 그냥 다른 여자들이랑 비슷할 거라고 생각했어요. 옷 사고 쇼핑하고 친구들 만나고……."

그의 말에 인영은 조그맣게 한숨을 내쉬었다.

"혹시 기분 상했어요?"

"아뇨. 그냥…… 그런 일상적인 걸 해본 게 꽤 오래전 일인 것 같아서요. 전 여자들 사이에서…… 좀 오해를 많이 사는 편이거든요."

"왜요?"

"그냥…… 남자들에게 잘 보이려고 할 것 같다…… 뭐 이런 식으로 이야기를 많이 해요."

"남자들하고 말도 안 하잖아요."

"그건 또 그것대로…… 콧대가 높다는 식으로 이야기를 하죠."

"여자들이란…… 복잡하네요."

"그렇다고 그들을 비난할 순 없어요. 자기들이 세상을 살아온 방식 그대로 보고 느낀 대로 이야기를 하는 거니까. 이젠 별로 화도 안 나요."

그때 문을 노크하는 소리가 들렸다. 여종업원이 들어와 찻잔을 내려놓고 메뉴판을 각자의 앞에 놓자 인영과 시형은 그것을 유심히 들여다보았다.

"이 집은 뭐가 맛있나요?"

"전 늘 코스를 먹어요. 인영 씨도 그거 드실래요?"

"그런데 가격이……."

메뉴판에 적힌 가격을 보고 인영이 머뭇거리자 시형이 상냥하게 웃었다.

"부담 갖지 말아요. 오늘 저녁은 제가 사는 거니까."

"그래도……."

"대신 후식 맛있는 거 사줘요."

인영은 미안한 얼굴로 미소를 지었다.

전채로 죽과 샐러드가 나온 후 본격적인 코스 요리가 나왔다. 작은 접시에 회가 나올 때마다 종업원이 생선 이름과 부위를 설명해 주고 먹는 방법을 알려주었다. 참치회를 한 점 집어 간장에 찍어 먹은 인영은 감탄했다.

"굉장히 맛있어요. 이런 회는 처음 먹어 보는 것 같아요."

"이 집은 참치 선도에 굉장히 신경을 많이 써요. 서울 시내에서 진짜 참치를 맛볼 수 있는 몇 안 되는 가게 중의 하나로 손꼽히는 곳이거든요. 사실 오늘 참치가 새로 들어온다고 해서 이 집으로 예약을 잡은 거예요."

"제가 방금 먹은 게 배꼽살인가요?"

"네."

"히가시 오빠랑 료도 좋아할 것 같은데 나중에 한번 같이 와야겠어요."

시형은 잠시 뜸을 들이다가 껄끄러운 표정으로 이야기를 내놓았다.

"뭐 하나 물어봐도 돼요?"

"네, 뭔데요."

"히가시랑은…… 왜 안 사귄 거예요?"

시형의 뜻밖의 질문에 인영은 젓가락을 내려놓고 그의 얼굴을 빤히 쳐다보았다.

"그게…… 무슨 뜻인가요?"

"아, 별 뜻은 없어요. 그냥 궁금해서 묻는 거예요. 히가시랑 같이한 지 꽤 오래된 것 같은데, 두 사람이 왜 썸씽이 없었나 싶어서."

인영은 찻잔을 들어 차를 한 모금 마셨다.

"선생님은 저랑…… 히가시 오빠의 뒷이야기를 잘 모르시죠?"

"그렇죠. 저야 손님일 뿐이니까. 혹시…… 제가 뭘 잘못 물어본 건가요?"

"저랑 히가시 오빠랑 어떻게 만난 건지는 아세요?"

"몰라요. 사실 물어볼 필요도 없었고 물어볼 데도 없었으니까."

잠시 망설이던 인영은 한참을 아무 말이 없다가 결심을 한 듯 이야기를 시작했다.

"사실 히가시 오빠는 곤경에 빠진 저를 구해줬어요. 그것 때문에 오빠를 알았던 거고 그 뒤로도 어려운 일이 있을 때마다 저를 도와줬죠. 그런데 오빠는…… 보기보다 상처가 많은 사람이에요. 집안일도 복잡하구요. 제 상처도 감당 못 하는 제가…… 어떻게 오빠까지 돌볼 여유가 있었겠어요. 옆에 있어주는 것만으로도 힘이 됐지만…… 우리 두 사람은 서로의 상처까지 돌봐줄 만한 여유가 없어요."

"인영 씨는 아직도…… 많이 힘든가요?"

인영은 힘없이 고개를 떨궜다.

"아직도…… 많이 힘들어요."

"가끔은……."

시형은 인영의 손 위에 자신의 손을 올려놓았다. 그녀가 흠칫거리자 그는 손에 부드럽게 힘을 줬다.

"가끔은 나에게 연락해요. 당신이 힘들 때…… 나도 힘이 되어 주고 싶어요."

시형의 눈빛은 진심을 담고 있었다.

"내가 그냥 심심풀이로 당신을 만나는 걸로 치부하지 말아줘요. 난…… 진심이니까."

인영은 조그마한 목소리로 대답했다.

"연락…… 드릴게요. 많이 힘들면……."

"그래요."

그 후로 두 사람은 간간히 이야기를 나누며 식사를 마쳤다.

식당을 나온 인영은 시형에게 맛있는 식사에 대한 감사의 인사를 했다.

"오늘 저녁 감사합니다. 정말 맛있었어요."

"맛있었다고 하니 기분이 좋네요."

"다음번엔 제가 저녁 사드릴게요."

"그럼 우리 다음에도 만나는 거예요?"

망설이던 인영은 예의상 그에게 저녁을 한 끼 사야 한다고 생각했다.

"네……. 시간이 되시면 다음에 저녁 같이 먹어요. 공연 좋아하시면 공연 보러 가도 되고요."

"그거 좋은 생각이네요. 차 가져올 테니까 잠시만 기다려요."

시형이 차를 가지러 간 사이 인영은 환하게 불이 밝혀진 골목길 안의 풍경을 가만히 쳐다보고 있었다. 인영은 문득 저녁상에 마주 앉아 부모님과 다정하게 이야기를 나눴던 어린 시절을 떠올렸다. 그 사건 후 그녀의 가정은 산산조각이 났었다.

"이제 다시는 그 시간으로 돌아갈 수 없겠지."

인영은 슬픈 혼잣말을 중얼거렸다.

인영과 시형은 합정동의 뒷골목으로 들어섰다. 골목길의 끝에 다다르자 거기에는 작은 간판이 달린 홍차 집이 있었다. 인영은 찻집의 문앞에서 시형을 쳐다보았다.

"차 좋아하세요?"

"싫어하진 않아요. 즐기지는 않지만."

"여기가 제 단골집이에요. 홍차 말고 다른 종류도 있으니까 한 번 드셔보세요."

인영은 가게의 미닫이문을 열고 안으로 들어갔다. 인영을 따라 찻집으로 들어선 시형은 신기해하는 얼굴로 찻집 내부를 둘러보았다. 찻집 안쪽은 홍차 잔과 찻주전자, 퀼트로 만든 인형들로 아기자기하게 꾸며져 있어 아늑한 분위기를 풍겼다. 그때 안쪽의 앉아 책을 읽고 있던 중년의 여인이 자리에서 일어났다. 그녀의 발치에는 까만 고양이가 한 마리 앉아 갸르릉거리고 있었다.

"어서 와요. 오랜만이네."

"잘 지내셨죠."

"궁금했어요. 한동안 발길이 뜸해서."

"바빴어요."

"이쪽으로 오세요."

찻집 주인은 인영과 시형을 난로 옆으로 안내했다. 그녀는 메뉴판을 들고 와 인영과 시형의 앞에 놔주었다.

"뭐 드실 거예요."

"인영 씬 뭐 마실 건데요."

"전 오렌지 피코로 만든 밀크티요."

"여기 밀크티 맛있어요?"

"아마 대한민국 최고일 거예요. 한번 드셔보세요."

"흠…… 그럼 난 잉글리쉬 블랙퍼스트로 만든 거 마실게요."

"그러세요."

인영은 주문을 하기 위해 주인을 불렀다. 주인의 발치에 앉아 있던 검은 고양이가 그새 다가와 인영의 다리에 몸을 비볐다.

"잘 있었니, 피코? 날 잊어버리지 않고 있었구나."

인영은 몸을 구부려 고양이의 머리를 쓰다듬었다.

"동물 좋아해요?"

"좋아해요. 동물은 자신의 감정에 솔직하고 타인에 대한 악의 가 없으니까요."

인영은 한참이나 고양이의 털을 쓰다듬었다. 그때 누군가가 찻 집의 문을 열고 들어왔다.

"어! 인영아!"

자신을 부르는 소리에 인영은 깜짝 놀라 몸을 일으켰다. 인영 을 부른 남자는 야구 점퍼 차림에 비니를 쓰고 뿔테 안경에 목도 리까지 칭칭 둘러매고 있었다.

"나야! 진우! 여기서 너를 보다니 뜻밖인데?"

목도리를 풀며 얼굴을 보이고 인사하는 진우를 인영은 두려운 눈빛으로 응시했다. 그러나 뿔테 안경을 쓴 그의 얼굴이 낯이 익 다는 걸 확인하자, 그를 향해 보일 듯 말 듯한 미소를 지었다.

"여긴…… 무슨 일로."

"유학 가 있는 동안에 홍차에 취미가 붙었거든. 회사가 여기 근처라 이 집에 자주 와."

차를 우리고 있던 주인아주머니는 그에게 반갑게 인사를 했다.

"오늘도 밤샘 작업하나 봐요."

"잠깐 차 한잔하려고 스쿠터 타고 왔어요."

"늘 마시던 걸로 드려요?"

"네."

진우는 다정하게 웃으며 인영을 내려다보았다.

"넌 여기 웬일이야?"

"나…… 이 집 단골…… 이야."

인영은 긴장을 한 듯 조심스럽게 대답했다.

"그래? 이런 우연이 있나."

진우는 인영의 맞은편에 앉아 있는 시형에게 가볍게 묵례를 했다. 시형 역시 진우를 향해 어색하게 인사했다.

"인영이 남자 친구?"

"아, 아닙니다. 전 그냥 인영 씨 일하는 가게 손님이에요."

"아, 그러시구나. 그렇지 않아도 블랙잭에 다시 가볼 생각이었는데."

인영은 의아한 표정으로 진우를 똑바로 쳐다보았다.

"왜?"

"너한테 줄 것도 있고, 할 이야기도 있어서."

"할…… 이야기?"

"별건 아니고 부모님이 너 만났다니까 네 소식을 궁금해하시더라고. 너네 부모님이랑 우리 부모님이 꽤 친했잖아."

"맞아……. 그랬었지."

"조만간 가게로 한번 갈게."

"그래……. 알았어."

시형과 인영이 주문한 차가 나오자 진우는 가볍게 인사를 한 번 더 하고 카운터 앞에 가서 자리를 잡았다. 시형은 밀크티를 한 모금 마시고 진우를 한 번 더 쳐다보았다.

"친구분 낯이 익은데…… 혹시 유명한 분이에요?"

"'노엘'이라고 아세요?"

"그…… 예전 아이돌 그룹 말인가요?"

"거기 멤버였어요."

"아, 그래요?"

시형은 납득이 간다는 얼굴로 고개를 끄덕였다.

"그 그룹 해체했죠?"

"네."

"저분은 그럼?"

"유학을 다녀왔다고 하더라고요."

"그렇구나."

진우는 아주머니가 내주는 차를 한 모금 마시고 귀에 이어폰을 꽂은 채 눈을 감고 고개를 까닥거리고 있었다. 인영은 진우를 보자 잊고 있었던 예전의 기억이 되살아나는 듯한 느낌을 받았다. 그녀는 알 수 없는 감정에 가슴이 뛰었다. 시형과 이야기를 나누면서도 인영의 신경은 온통 진우에게 쏠려 있었다.

"그만 갈까요?"

인영은 어느새 차를 다 마셨다는 사실을 깨달았다. 그녀는 시형에게 고개를 끄덕여 보이고 자리에서 일어났다. 진우는 여전히 음악을 듣는 중이었다. 인영은 계산을 위해 카운터 쪽으로 걸어갔다.

"가시게요?"

"네, 차 잘 마셨어요."

"또 오세요. 조금 있으면 신상품이 들어와요."

"그럴게요."

인영은 진우에게 인사를 해야 할 것 같아 그의 어깨를 살짝 두들겼다. 진우는 깜짝 놀란 얼굴로 귀에서 이어폰을 뺐다.

"가는 거야?"

"응, 차 잘 마시고 가."

"저기……."

잠시 망설이던 진우는 전화기를 꺼내 들었다.

"전화번호 좀…… 알려줄 수 있어?"

인영은 진우를 잠시 쳐다보다가 그의 핸드폰을 받아 들었다. 번호를 입력한 후 돌려주자 진우는 곧바로 인영의 번호로 전화를 걸었다.

"내 번호 네 전화에 찍혔을 거야."

"그래……."

"연락…… 할게."

"응……."

인영은 입꼬리를 살짝 올려 그를 향해 미소를 지었다. 그녀는 문가에서 자신을 기다리는 시형을 향해 걸어갔다. 진우는 인영이 가게 밖으로 나가는 모습을 지켜보았다.

"예전하고 많이 달라졌네. 역시…… 그것 때문인가."

그는 착잡한 얼굴로 남은 차를 마셨다.

11. Let it snow

"밖에 눈 와?"

사다리를 타고 올라가 크리스마스 장식들을 벽에 걸고 있던 료는 한창 트리를 장식하고 있는 인영에게 질문했다.

"모르겠어."

"오늘 일기예보에서 눈 온다고 그랬는데."

"날씨가 워낙 오락가락하니까 모르지 뭐."

"크리스마스가 아직 일주일이나 더 남았는데 벌써부터 사람들이 들떠 있네."

"연말이니까 더 그렇지."

히가시는 초청장을 보낸 사람들의 명단을 점검하고 있었다. 이름을 쭉 훑어보던 그는 료를 향해 큰 소리로 질문했다.

"여기 모르는 이름이 있는데. 이세영하고 심혜선이 누구냐?"

"아! 그거 내 친구들이야. 내가 파티에 놀러오라고 그랬거든."

히가시는 두 사람의 이름에 선을 그었다.

"문제를 일으킬 만한 애들은 아니지?"

"어, 괜찮아. 내가 책임질게."

인영과 함께 트리를 장식하던 윤서는 히가시와 삼청동에서 사온 오너먼트들을 트리에 걸었다. 오너먼트 중에 술 취한 루돌프 인형을 본 인영은 인형을 만지작거리며 킥킥 웃었다.

"이건 누가 고른 거야?"

인영의 질문에 트리에 아래쪽을 장식하고 있던 윤서가 고개를 들었다.

"제가 골랐어요."

"재미있는데."

"재미있는 게 많더라고요. 그거 말고도 웃기는 인형들 많아요."

그때 건너편에서 벽에 장식을 달고 있던 민호가 인영을 불렀다.

"누나, 여기 좀 봐봐. 안 삐뚤어졌어?"

"응, 괜찮아. 예뻐."

"다행이네."

얼추 장식이 끝나자 인영이 크리스마스트리의 불을 켰다. 알록달록한 전구에 불이 들어오자 윤서의 표정도 환하게 밝아졌다.

"너무 예뻐요."

"진짜 예쁘다. 올해는 특히 트리 장식이 더 잘된 것 같아."

히가시와 벽 장식을 마친 료와 민호도 트리 앞으로 모였다.

"와! 웃긴 인형들 많은데."

"재미있지? 윤서랑 나랑 둘이 고심해서 고른 거야."

윤서는 흐뭇한 얼굴로 미소를 지었다.

"그럼 이제 뷔페 메뉴나 짜볼까나."

민호는 기지개를 쭉 켜고 주방 쪽으로 발길을 옮겼다. 윤서 역시 그의 뒤를 따라갔다.

민호가 적어 놓은 메뉴를 들여다보던 윤서는 생각이 많은 얼굴로 고개를 들었다.

"핑거 푸드 많이 할 거예요?"

"아무래도 술안주로는 가볍게 먹을 수 있는 게 좋잖아요. 한 접시에 담아서 먹기 좋은 메뉴들로 구성해 봤는데 손은 좀 많이 갈 것 같아요."

"그럼 고기류 같은 건 케이터링 하고요?"

"그래야죠. 우리 부엌에선 대량으로 음식을 조리하기가 아무래도 힘드니까요."

"초청 인원이 몇 명 정도예요?"

"한 백여 명 안팎일 거예요."

"이건 그냥 제 생각인데요…… 어차피 저녁에 파티를 할 거고, 원가가 비슷하다면 크리스마스 특선 도시락 같은 걸 주문하는 게 낫지 않을까요? 민호 씨랑 저랑 안주 몇 가지랑 펀치 같은 거 만들고요."

"도시락이요?"

"네. 그냥 일반적인 도시락 말고 크리스마스 컨셉으로 도시락을 주문해서 손님들께 드리면 좋아하실 것 같은데. 고급 양식 메뉴하고 후식은 조그만 부쉬 드 노엘 같은 걸 곁들여서……."

윤서의 말을 들은 민호는 곰곰히 생각을 하는 듯했다.

"아…… 이건 제 생각일 뿐이니까 너무 고민하지는 마세요."

"나쁘지 않은 것 같아요. 아무래도 뷔페를 하면 음식 냄새도 나고 불을 켜서 계속 음식을 따뜻하게 유지도 해야 되는 데다가 식기 같은 것 때문에 번거롭기도 하거든요. 공간도 차지하고요. 괜찮은 아이디어인데요?"

윤서는 도움이 된 것 같아 기쁜 마음이 되었다.

"히가시 형에게 이야기해 볼게요. 잠시만 기다리고 있어요."

민호는 메모지를 들고 홀로 나가 곧장 히가시를 찾았다.

"크리스마스 특선 도시락?"

"어, 랍스터나 스테이크 같은 고급 메뉴에 샐러드랑 스프를 사이드로 하고 후식으로 조그만 부쉬 드 노엘 같은 걸 곁들여서 포장을 잘 하면 뷔페보다 나을 것 같은데."

"발육부진이 그런 아이디어를 냈어?"

"응, 혼자서 생각을 많이 하고 있었나 봐. 대충 계산을 해봤는데 뷔페를 하는 거랑 원가는 비슷할 것 같더라고. 우리는 뷔페메뉴도 항상 최고급으로 했었잖아."

"하긴……."

히가시는 생각에 잠겼다.

"나쁜 아이디어는 아니네."

"내 생각엔 이쪽이 더 수월할 것 같아. 손님들도 만족하실 것 같고. 윤서 씨랑 나도 음식 준비하는 데 손이 덜 가는 건 물론이고."

"그런데 도시락 업체가 수배가 되나? 지금이 대목일 텐데."

"그건 걱정하지 마. 내가 조리학원 다닐 때 알던 친구 하나가 주문 도시락 업체를 하거든. 메뉴 구상이랑 재료 구하는 걸 내가 도와주면 아마 크리스마스이브까지는 다 완성이 될 거야."

"그래. 그게 가능하다면야 이쪽이 낫겠지."

"그럼 난 친구한테 전화 좀 넣어볼게."

민호가 라커룸을 나가자 히가시는 손을 깍지 끼어 머리 뒤쪽에 받쳤다.

"볼수록 제법이란 말이야."

그는 만족스러운 얼굴로 미소를 지었다.

오늘도 블랙잭은 손님으로 꽉 찼다. 주방도 정신이 없었지만 인영과 료, 히가시도 밀려드는 주문에 눈코 뜰 새가 없이 계속 일을 했다. 한참 안주 쟁반을 세팅하던 윤서는 몸을 똑바로 세우고 주먹으로 허리를 두드렸다.

"허리 아파요?"

"계속 구부리고 있었더니 조금 뻐근해요."

"원래 우리 가게는 연말이 대목이에요. 조금 이따 손님이 뜸하면 허리 좀 두들겨 줄게요."

"고맙습니다."

윤서는 민호를 향해 미소를 지었다.

"그런데 내가 나이가 더 어린데 왜 말을 안 놔요?"

"저보다 어려도 제 직장 상사잖아요. 료 씨도 민호 씨도. 민호 씨도 저한테 존대를 하는데 저도 당연히 존대를 해야죠."

"그렇지만……."

"제가 존댓말을 해서 부담스러우세요?"

"그런 건 아니지만……."

민호가 머뭇거리자 윤서는 그를 보고 웃었다.

"시간이 좀 더 지나면 언젠가는 제가 말을 놓을 때가 오겠죠. 그렇지만 아직은 아니에요."

"그럼 편한 대로 해요."

민호는 무심한 얼굴로 주문이 들어온 안주를 만드는 일을 계속했다.

"아으, 제길 어깨 떨어지겠네."

새벽 4시가 가까워져 손님이 뜸해지자 료가 어깨를 두들기며 불평을 했다. 인영은 료의 어깨를 힘주어 주물러 주었다.

"어쩌겠어. 연말인데."

"와, 진짜 손님이 평소보다 두 배는 더 오는 것 같아."

"술장사가 다 그렇지. 이럴 때 부지런히 버는 거야."

히가시는 부지런히 컵을 닦고 있었다.

"형! 올해는 언제부터 문 닫을 거야?"

"1월 1일부터 4일까지 닫을까 하는데."

"그래?"

"응, 그런데 올해는 니들 나랑 일본에 좀 같이 가야겠다."

"왜?"

"나 올해 본가에 가야 돼. 그것 때문에 연말에 출국할 예정인데 니들도 여행 간 지 오래 됐으니까 겸사겸사 같이 가자고."

"그럼 큐슈로 가는 거야?"

"응."

히가시는 컵을 닦던 손을 멈추고 료를 물끄러미 쳐다보았다.

"너도 오랜만이지?"

"응."

"이번에 가서 부모님 납골당도 좀 들렀다 와."

그답지 않게 조용해진 료의 등을 인영이 부드럽게 쓰다듬었다.

"비행기 표는 내가 줄 테니까 도착해서 내 아파트로 와. 위치는 알지?"

히가시는 다 닦은 컵들을 줄을 맞춰 정리했다.

주문이 뜸해지자 윤서는 그제야 의자 위에 앉아서 휴식을 취했다. 손을 씻고 수건에 손을 닦은 민호가 그녀의 옆으로 다가왔다.

"등 좀 돌려봐요."

윤서는 의자를 돌려 그에게 등을 보이고 앉았다. 민호는 주먹을 쥐고 그녀의 아래쪽 등과 허리를 두들기기 시작했다.

"안마 잘하시네요."

"예전에 잠깐 배웠어요."

"진짜 시원해요."

"짬짬이 요가 좀 해요. 척추에 좋으니까."

"안 그래도 운동 좀 하려고요."

"둘이 뭐 하냐."

윤서와 민호가 고개를 돌리자 히가시가 문가에서 팔짱을 낀 채 두 사람을 쳐다보고 서 있었다.

"윤서 씨가 허리가 아프다고 해서 두들겨 주고 있었어."

"발육부진, 너 허리 아프냐?"

"주문이 너무 많아서 내내 구부리고 일을 했더니 허리가 아파요."

윤서의 말을 들은 히가시는 한쪽 눈썹을 올렸다. 그는 할 말이 있는 얼굴로 민호를 쳐다보았다.

"올해 휴가는 내년 1월 1일부터 4일까지야. 그리고 이번엔 니들 다 일본으로 나랑 같이 가는 거야."

"큐슈로?"

"응. 비행기 표는 내가 줄게, 료랑 인영이랑 와. 난 신년회에 가야 해서 연말에 출국할 거야."

히가시는 못마땅한 얼굴로 윤서를 쳐다보았다.

"발육부진, 너는 가게 끝나고 나랑 이야기 좀 하자. 할 말이 있으니까."

윤서는 불길한 예감에 얼굴을 살짝 찡그렸다.

"뭔데요. 지금 말씀해 주시면 안 돼요?"

"안 돼. 둘이서만 할 이야기니까 가게 끝나고 내 차 타고 가."

히가시는 그 길로 몸을 돌렸다.

"둘 다 오늘 고생 많았다."

히가시는 등을 돌린 채로 엄지손가락을 들어 보였다. 그걸 본 민호는 보일 듯 말 듯한 미소를 지었다.

일행이 모두 집으로 돌아간 뒤 주차장에 히가시와 단둘이 남은 윤서는 어슴푸레한 주차장의 조명을 받고 있는 그의 얼굴을 유심히 쳐다보았다. 반삭을 한 머리와 갸름한 얼굴은 약간 각이 진 턱 덕분에 남자다운 인상을 풍겼다. 그리고 옆으로 찢어졌지만 결코 작지 않은 눈과 오똑하고도 반듯하게 잘생긴 코, 그 아래 자리 잡은 보기 좋은 입술은 그의 날카로운 인상을 조금은 상쇄시켜 주는 역할을 했다.

"왜 그렇게 쳐다봐?"

"그동안 사장님 얼굴을 자세히 본 적이 없는 것 같아서요."

"자세히 보니까 잘생겼어?"

윤서는 실없는 그의 농담을 바로 잘랐다.

"하실 말씀이 있으시다면서요."

"그전에……."

히가시는 갑자기 윤서의 팔을 당겨 자신의 품에 안았다.

"이것부터 해야지."

그는 고개를 숙여 윤서에게 부드럽게 키스했다. 한참을 그녀의 입술을 탐하던 그는 입술을 떼고 윤서의 얼굴을 물끄러미 내려다보았다.

"하루 종일 이러고 싶어서 죽는 줄 알았잖아."

"사장님은 정말 엉큼해요."

"남자들은 기본적으로 다 엉큼한 거야. 나 정도면 신사적인 거지."

히가시는 윤서를 향해 다시 고개를 숙였다. 윤서는 손을 내밀어 히가시의 목을 감싸 안고 그의 머리를 자신을 향해 끌어당겼다. 그의 혀가 입안을 샅샅이 훑고 다니자 윤서는 혼이 빠져나가는 듯한 느낌이 들었다.

"이러다가 차에 못 타겠는데."

히가시는 아쉬운 얼굴로 억지로 그녀에게서 떨어졌다.

"일단 차에 타자, 날이 춥네."

"네."

윤서는 후들거리는 다리를 겨우 이끌고 그의 차에 올라탔다.

"그런데 하실 말씀이 뭐예요?"

"너 나한테 약속한 거 기억 나냐?"

"약속한 거요?"

"그새 까먹었냐. 발목이 다 나으면 내가 시키는 거 하나 한다며."

"아!"

윤서는 불길한 예감의 정체가 무엇이었는지 조금은 알 것 같았다.

"약속…… 했었죠."

"그래, 기억이 나나 보네."

"그래서…… 뭐 시키시려고요?"

윤서의 긴장을 풀어주려는 듯 히가시는 그녀의 손을 꼭 잡았다.

"뭘 그렇게 얼어 있어."

"얼어 있는 게 아니고……."

"내가 시키고 싶은 건 별거 아니야. 나랑 연말에 일본에 같이 가는 거야."

"네?"

윤서는 생각지도 못했던 그의 제안에 놀란 얼굴이 되었다.

"사장님이랑 단둘이요?"

"응."

"가게 분들이랑 같이 가는 게 아니고 단둘이?"

"응."

"아니…… 그게……."

"왜? 싫어?"

"아니…… 싫은 게 아니고…… 그게…… 저…… 너무…… 이르지 않나."

"뭐가?"

"아니…… 저…… 그게…… 둘만의 여행이……."

윤서의 말을 들은 히가시는 갑자기 낄낄거리며 웃기 시작했다.

"야! 지윤서! 너 지금 무슨 생각 하냐?"

"아니! 무슨 생각이고 자시고 다 큰 남녀가 둘만 여행을 간다는 게……."

"하하하하하하……."

히가시가 큰 소리로 웃자 윤서는 민망함에 얼굴이 터질 듯 달아올랐다.

"엉큼한 건 내가 아니고 너잖아!"

"제가 왜요?"

"난 그냥 애들이 오기 전에 너한테 큐슈 구경을 시켜주고 싶었을 뿐이야. 다른 애들은 그래도 일본을 몇 번 왔다 갔는데 넌 처음이잖아. 난 어차피 신년에 이틀은 본가에 가 있어야 된다고."

"아니, 사장님! 상식적으로 생각을 해보세요. 단둘이 여행을 가자는데 그럼 그런 생각이 안 들겠어요?"

윤서의 항변에 히가시가 다시 웃기 시작했다.

"지윤서, 너 나랑 그렇게 자고 싶냐?"

"아니! 누가 그렇대요!"

윤서의 얼굴은 새빨갛다 못해 끓어오르는 용암 색깔로 변했다.

"내가 좀 섹시하긴 하지."

놀림거리를 발견한 히가시가 이 황금 같은 기회를 놓칠 리가 없었다.

"그런데 어떻게 하냐. 난 나름 혼전 순결주의자인데."

"저…… 저도 그래요! 사장님 진짜 싫어요!"

윤서는 그의 장난에 당한 기분이 들어 머리 끝까지 화가 났다. 히가시는 스스로의 감정에 솔직한 윤서가 귀여워 계속 놀리고 싶은 충동을 간신히 참고 시동을 걸었다. 차는 유유히 주차장을 빠져나가 새벽의 거리를 달렸다.

히가시는 윤서의 집이 아니라 제 빌라 지하 주차장에 차를 세웠다.

"집으로 안 데려다주시고 왜?"

"허리 아프다며. 너무 이른 시간이라 약국 연 데도 없을 것 같아서. 집에 파스 있어. 찜질하고 파스 붙이고 집에 데려다줄게."

"안 그러셔도 돼요. 이젠 괜찮아요."

"내리기나 해. 우리 사귀는 사이 아니었냐?"

윤서는 어쩔 수 없이 차에서 내렸다.

빌라의 안으로 들어서자마자 히가시는 거실의 불을 켰다. 그는 라이더 재킷을 벗고 안방으로 들어갔다.

"너도 겉옷 벗고 앉아 있어. 찜질 좀 해줄 테니까."

"저…… 그런데……."

"왜?"

"딴 짓 안 하고 찜질만 하실 거죠?"

"혼전순결주의자라니까 뭐래. 너 나 지금 의심하냐?"

"아니…… 그럼 됐어요."

"핫팩 만들어 올 테니까 잠시만 기다려."

히가시는 부엌 쪽 방으로 들어가 뭔가를 찾기 시작했다. 이윽고 그는 빨간색의 고무로 만들어진 핫팩을 가지고 나왔다.

"그런데 그런 건 언제 다 사놓으신 거예요?"

"난 운동을 오래 해서 부상을 많이 당했었거든. 그래서 이런 건 항상 집에 구비를 해놓고 있어."

"사장님 운동 했어요?"

"몰랐냐? 여덟 살 때부터 유도를 했어."

그는 핫팩에 수건을 말아 거실로 나왔다.

"바닥에 엎드려 봐."

윤서가 망설이자 그가 그녀의 어깨를 부드럽게 잡았다.

"이상한 짓 안 할 테니까 엎드려 보라고."

"알았어요."

윤서는 쿠션 하나를 바닥에 놓고 그 위에 얼굴을 대고 엎드렸다.

"찜질하려면 허리도 내보여야지. 옷 좀 걷어봐."

"아니…… 저……."

히가시는 그녀의 스웨터를 조심스럽게 걷어 올렸다.

"이상한 짓 안……."

윤서의 드러난 허리를 보던 히가시는 갑자기 말이 없어졌다. 깡마른 허리는 한 줌도 안 될 정도로 가늘었다. 그러나 그녀의 허리 위쪽으로 가는 흉터 자국이 몇 개 보였다.

"너…… 이거 뭐야?"

히가시의 질문에 엎드려 있던 윤서가 고개를 돌려 그를 쳐다보았다.

"뭐가요."

"이거…… 흉터 자국……."

"아!"

윤서는 황급히 일어나 옷을 내렸다. 보이고 싶지 않은 과거를 들킨 듯 그녀는 당황스러움과 비참함이 뒤섞인 얼굴이 되었다.

"너…… 그거 혹시…… 매 맞아서 남은 흉터야?"

윤서는 고개를 숙인 채로 입술을 깨물었다. 그녀가 남자를 사귀지 않았던 이유는 살기에 급급해서이기도 했지만 등에 남은 흉터가 가장 큰 이유였다. 가출 전 그녀는 아버지에게 매를 맞다가 등이 몇 번 터진 적이 있었다. 약을 바르긴 했지만 그중 몇 개는 아직도 자국이 남아 있었다. 남에게 몸을 보일 일이 없었던 윤서는 그동안 자신의 등에 있던 흉터에 대해서 까맣게 잊어버리고 있었다.

"갈게요."

윤서는 울 것 같은 얼굴로 자리에서 일어났다. 히가시가 얼른 그녀를 붙잡았다.

"왜 그래?"

"이거…… 사장님께 보이기 싫어요."

"도대체 무슨 일이 있었던 거야?"

윤서는 히가시의 얼굴을 외면한 채로 서 있었다. 그녀의 얼굴을 올려다보던 히가시는 자리에서 일어났다.

"너 혹시 아버지에게 폭행을 당했었니? 그것 때문에 가출을 했던 거야?"

윤서의 어깨가 가늘게 떨리기 시작했다. 그녀의 턱 아래로 눈물이 방울져 떨어져 내리는 걸 본 히가시는 윤서를 가만히 안았다. 그는 한숨을 내쉬고 그녀의 머리를 부드럽게 쓰다듬었다.

"괜찮아, 다 지나간 일이잖아."

히가시의 품에 안긴 윤서의 어깨가 작게 들썩였다.

"이젠 괜찮아, 울지 마. 내가 있잖아."

그는 그녀의 등을 부드럽게 다독였다. 그의 다독임에 윤서는 그동안 참고 있던 서러움이 터진 듯 큰소리로 울기 시작했다.

한참을 울던 윤서는 훌쩍이며 그의 품에서 얼굴을 들었다. 그녀의 얼굴은 눈물로 엉망이었다.

"다 울었어?"

그는 윤서를 내려다보며 그녀의 등을 쓰다듬었다.

"이제…… 괜찮아요."

히가시는 부드럽게 미소를 지었다.

"물 좀 가져다 줄 테니까 마셔."

윤서가 소파에 앉자 그는 부엌으로 가서 물을 한 컵 가져왔다.

그에게서 컵을 받아 든 윤서는 물을 단숨에 들이켰다. 테이블에 놓여 있는 티슈를 뽑아 코를 푸는 그녀를 히가시는 측은한 얼굴로 쳐다보았다.

"많이 힘들었겠구나."

"네."

"그래도 장하네. 가출했어도 이렇게 삐뚤어지지 않고 잘 살아온 거 보면."

"잘 살려고 노력은 했었는데…… 잘 살진 못했어요. 패싸움도 하고 그랬었는데요. 뭐……."

"그래, 그랬었다며."

"어쩔 수 없었어요. 그 당시에 어울리던 애들이 다른 애들이랑 싸움이 나서 저도 엉겁결에 휘말렸다고요."

"역시 뺨 때리는 솜씨가 좋았던 데 이유가 있었구만."

"사장님!"

윤서가 화를 내자 히가시는 웃으며 그녀의 머리를 쓱쓱 쓰다듬었다.

"농담인데 뭘 화를 내고 그래."

"사장님은 진짜 짓궂어요."

"천성이 그런데 어쩔 거야."

히가시는 그녀의 얼굴을 부드럽게 만졌다.

"등의 흉터…… 나한텐 보여도 괜찮아."

"싫어요. 엄청 보기 흉해요."

"흉하지 않아. 그건 네가 그만큼 강한 사람이라는 걸 보여주는 증거야. 그걸 보고 흉하다고 하는 인간은 진짜 사람 보는 눈이 없는 거다. 누가 그걸 보고 흉하대. 부끄러워하지 않아도 돼."

"말만 그렇게 하시는 거면서……."

"그렇지 않아."

말을 하다 말고 히가시는 갑자기 자신의 셔츠를 걷어 올렸다. 윤서는 깜짝 놀라 얼굴이 창백해졌다.

"사장님! 지금…… 뭐, 뭐 하시는 거예요?"

"이거……."

그는 셔츠를 올린 채로 윤서에게 등을 돌렸다.

"내 등 보여?"

그의 등을 본 윤서의 눈이 커졌다.

"사장님…… 등…… 왜 이래요?"

"나도 나름 거칠게 살아왔거든."

잔 근육이 발달해 보기가 좋은 그의 등은 흉터가 가득했다. 그중에는 등을 가로질러 길게 찢어진 흉터도 있었다. 윤서는 떨리는 손으로 그의 등을 조심스럽게 쓰다듬었다.

"왜……."

"본가에는 나를 눈엣가시처럼 여기는 인간들이 많거든. 어릴 때 여러 번 죽을 뻔했어."

"세상에……."

윤서는 그의 힘들었을 어린 시절에 대한 생각에 가슴이 아려 왔다.

"사장님은 도대체…… 어떤 삶을 살아오신 거예요."

그는 옷을 내리고 돌아서서 윤서를 마주 보았다.

"그냥…… 열심히 발버둥 치면서 살았어. 열심히……."

자신도 힘든 시간을 보냈기 때문에 그녀는 그가 견뎌왔을 시간들이 얼마나 고통스러웠을지 조금은 짐작할 수 있었다.

"나…… 때문에 우는 거야?"

"……."

"울지 마. 나 때문에 네가 슬퍼하는 건 싫어. 이제야 마음에 드는 여자를 찾았는데 그 여자를 울리긴 싫다고. 그래도 난 나름 다정한 남자거든."

히가시는 울고 있는 윤서를 다시 안았다.

"네 눈물로 내 셔츠를 빨아도 되겠다. 기왕 버린 거 여기다 코도 닦아. 알았어?"

그의 말에 윤서는 결국 웃음을 터뜨렸다.

"너 울다 웃으면 엉덩이에 뿔난다."

그는 웃으며 윤서를 가슴에 꼭 끌어안았다.

집에 도착해 샤워를 하고 나온 인영은 거실의 소파에 앉아 있었다. 잠들기 전 차를 마시려고 부엌으로 향하던 인영의 발걸음을 전화벨 소리가 붙잡았다. 거실로 돌아와 발신자를 확인한 그녀는 전화를 받았다.

"여보세요."

[아, 인영아. 나야, 진우.]

"그래, 알고 있어. 그런데 무슨……."

[그냥 궁금해서, 잘 지내?]

"난 그냥 그렇지. 너는 어때?"

[나도 작업하느라고 바빠. 이번에 회사에서 새 걸그룹이 나오거든.]

"그렇구나."

[너희 가게에서 보낸 크리스마스 파티 초대장을 받았는데…….]

"그거…… 내가 보냈어."

인영의 대답에 진우는 놀란 듯 잠시 말이 없었다.

[아…… 난 승혁이 형한테 딸려온 건 줄 알았어.]

"내가 개인적으로 보낸 거야."

[그래? 고마운데.]

"고마울 거 없어. 그냥……. 너랑 나랑 예전엔 꽤 가까운 사이였지?"

[맞아, 기억하는구나.]

"사실 잘 기억은 안 나. 그런데…… 너랑 예전에 뭔가 굉장히 즐거웠던 일이 많았었나 봐."

[그랬다면 그랬다고 할 수도 있지.]

"그래, 그랬던 것 같아. 이번에 파티에 와서 나한테 예전 이야기를 들려줄 수 있어?"

[당연하지. 그날 갈게.]

"그래. 그럼 그때 봐."

[응, 그날 보자.]

인영은 전화를 끊고 우두커니 그 자리에 앉아 있었다. 진우에게 초대장을 보낸 건 왜 그를 가게에서 보았을 때 가슴이 설렜는지 스스로 이해할 수 없었기 때문이었다. 인영은 그의 무엇이 자신이 잊고 있던 감정을 떠올리게 한 것인지 확인해 보고 싶었다. 인영은 밝아오는 창밖을 쳐다보며 한참을 그렇게 앉아 있었다.

겨울 공기가 차가웠다. 하늘은 눈이라도 한바탕 쏟아낼 것처럼 꾸물거리고 있었다. 민호는 친구의 사무실이 있는 건물 안으로 발길을 옮겼다. 안으로 들어서자 친구인 홍기가 책상에 앉아 서류를 들여다보는 중이었다.

"도시락 주문 참 빨리도 했다. 그것도 100인분이나. 4일밖에 안 남았잖아."

"그래서 도와주려고 왔잖아. 거참 말 많네. 돈 준다니까."

홍기는 키가 작고 깡마른 체구였지만 음식을 만드는 솜씨 하나는 기가 막혔다.

"그래서 메인 메뉴는 어떻게 하려고."

"스테이크랑 랍스터 중에 어떤 게 더 조리하기 쉽냐?"

"둘 다 그게 그거야."

"원가는?"

"고기를 뭘 쓰느냐에 따라 다르지."

민호는 홍기의 건너편에 의자를 당겨 앉았다. 한참을 이야기한 두 사람은 도시락의 컨셉에 대해 대강 이야기를 마쳤다.

"자식, 되게 까다롭네."

"우리 가게에 오는 손님들 다 입맛이 까다로워. 나름 고급 음식을 먹는 사람들이라."

"그렇겠지. 회원권이 천만 원이나 하는데."

홍기는 자리에서 일어나 허리를 두들겼다.

"형님은 잘 계시냐?"

"똑같지 뭐."

"연애는 안 하셔?"

"알아서 하겠지."

"큭, 하기사 네 코가 석 잔데 남 걱정할 처지가 아니지."

홍기는 주방으로 들어가는 문을 열었다.

"샘플 도시락 좀 만들게 너도 도와. 스테이크랑 랍스터 두 종류 다 만들 테니까 사진 찍어서 형님한테 보내라."

"알았어."

민호는 파카를 벗고 홍기를 따라 주방으로 들어갔다.

윤서를 집에 데려다주고 침대에 누웠던 히가시는 메시지 알람 소리에 잠이 깼다. 대화창에는 민호가 보낸 샘플 도시락 사진이 전송되어 있었다. 민호가 단체 톡방을 만든 모양인지 그곳에는 인영과 윤서, 료와 히가시까지 모두 초대되어 있었다.

〈둘 중에 뭐가 나아?〉

민호가 보낸 샘플 도시락은 랍스터와 스테이크 두 종류였다. 사이드로는 매쉬드 포테이토와 그린빈이 추가되었고 먹음직스럽게 썰린 스테이크 위에는 갈색으로 조려진 양파가 올려져 있었다. 그 옆에는 작은 통에 담긴 그레이비 소스도 같이 포장되어 있었다. 샐러드와 양송이 스프는 각각 다른 통에 담겼고 후식인 부쉬 드 노엘은 작은 사이즈로 따로 포장되어 있었다. 랍스터 역시도 테일을 반으로 갈라 갈릭 버터 소스로 양념을 해서 구운 먹음직한 비주얼을 자랑했다.

〈전 스테이크요.〉

윤서는 잠을 자지 않고 있었던 모양인지 제일 먼저 메시지를 보냈다.

〈난 랍스터!〉
〈나도 스테이크〉

료는 자신의 메시지 옆에 랍스터 이모티콘을 같이 보냈다. 곰곰이 생각하던 히가시는 '스테이크'라고 메시지를 보냈다. 그때 윤서의 메시지가 단체 톡방에 떴다.

〈도시락이요, 혹시 보온이 되는 가방에 넣을 수 있어요? 손잡이가 달린 가방 있잖아요. 그럼 오랫동안 식지도 않고 좋을 것 같은데.〉

윤서의 메시지를 읽은 히가시는 빙그레 미소를 지었다.
"확실히 똑똑하다니까."

메시지를 읽은 민호는 옆에 서 있던 홍기를 쳐다보았다.
"혹시 포장용 보온 가방 있냐?"
"어, 있어. 겨울엔 많이 쓰거든."

"잘됐네. 그럼 도시락 거기다 넣어라."

"야. 그럼 시간 엄청 오래 걸려."

"나랑 다른 직원이 와서 도와줄게."

"아놔, 귀찮아 죽겠네."

홍기는 투덜거리며 도시락 주문서에 보온 가방 추가를 적었다.

"너 그날 아침 일찍 와. 우리 직원들만 가지고는 시간 안에 다 못 해."

"알았다."

민호는 웃으며 보온 가방에 포장을 할 거라는 메시지를 보냈다.

파티 전날 아침부터 민호와 료, 인영과 윤서는 마트로 장을 보러 나섰다. 히가시는 출국 전에 가게의 정산 문제를 마쳐야 했기 때문에 가게에 나가 있었다. 핑거 푸드로는 카나페와 카프레제, 미니 샌드위치와 홍합구이, 과일 컵, 펀치 등을 만들 예정이어서 료와 인영은 펀치 재료를 사러 가고 민호와 윤서는 핑거 푸드 재료를 사러 마트 안에서 흩어졌다. 조각 케이크와 작은 유리컵에 담긴 푸딩 등은 이미 케이터링 주문을 마친 상태였다.

재료를 적은 종이를 읽고 있는 민호의 옆으로 윤서도 종이를 들여다보기 위해 고개를 내밀었다. 민호는 윤서의 얼굴이 다가오자 흠칫 놀라며 고개를 뺐다.

"선도에 상관없는 음식들은 오늘 저녁에 미리 만들어놔도 될 것 같은데요."

윤서는 민호가 고개를 뺀 걸 눈치채지 못하고 리스트를 읽는데 정신이 팔려 있었다.

"맞…… 맞아요. 내일 아침에 만들 건 재료를 미리 손질해 놓으려고요."

"그래야죠. 예쁘게 장식하는 것도 손이 꽤 갈 텐데……."

윤서는 민호를 보며 미소를 지었다.

마트를 휩쓸고 다니며 장을 본 네 사람은 다시 만나 인영의 차에 물건들을 실었다. 트렁크가 가득 찬 인영의 차는 블랙잭으로 향했다. 창밖의 거리는 온통 성탄절 분위기였다.

"캐럴 들으니까 좀 크리스마스 같네."

"그러게."

"크리스마스이브는 애인이랑 보내야 되는데."

인영은 룸미러로 료를 보며 웃었다.

"크리스마스이브에 애인하고 뭐 하고 싶은데."

"다 알면서 뭘 물어봐. 새삼스럽게."

료는 창밖을 내다보며 한숨을 푹 내쉬었다.

"나도 빨리 솔로 인생을 청산하고 싶다."

"파티 때 친구들 초대했던데 친한 애들이야?"

"사실은 말이지……."

료가 뭔가 말을 하려고 하자 민호가 그를 돌아보았다.

"너 진짜 초대했어?"

"응, 말 안 했냐?"

"아…… 진짜…… 미친……."

민호는 뒷말을 더 하려다가 조수석에 앉은 윤서의 뒤통수를 보고 입을 다물었다. 그런 민호를 인영이 의아한 얼굴로 돌아보았다.

"왜?"

"아니…… 그런 게 있어."

민호는 심난한 얼굴로 한숨을 푹 내쉬었다. 그는 핸드폰을 꺼내 문자를 보냈다. 잠시 후 료의 핸드폰에서 메시지 수신음이 들렸다.

〈야, 진짜 부르면 어떻게 해!〉

메시지를 본 료는 여유 있는 얼굴로 씩 웃었다.

〈뭐래. 그럼 가짜로 이야기하는 줄 알았냐?〉
〈걔네가 사고 치면 네가 책임질 거야?〉
〈응, 책임진다고 형한테도 말했는데?〉
〈미친놈, 완전히 돌았구만.〉
〈뭔 걱정이야, 사고 칠 것 같으면 데리고 나가면 되지.〉
〈난 몰라 네가 알아서 해.〉
〈걱정하지 말라니까.〉

장 본 물건을 주방으로 다 옮긴 후 윤서는 냉장고에 들어가야 할 것들을 차곡차곡 정리했다. 민호는 그 옆에서 내일 쓸 재료들을 선반 위에 가지런히 정리해 두었다. 내일 아침에는 료와 함께 도시락 업체로 가기로 했기 때문에 민호는 핑거푸드 레시피와 인터넷에서 뽑은 사진들을 조리대의 위쪽에 보기 좋게 붙이기 시작했다.

"과일 컵이랑 카나페는 오늘 저녁에 만들어두고 나머지는 재료들을 다 손질해 두긴 할 건데 나 없이 인영이 누나랑 아침에 준비할 수 있겠어요?"

"걱정하지 마세요. 저 빵집에서 아르바이트도 해봤어요. 그리고 인영이 언니가 경험이 있으시니까 음식 배치 같은 건 도와주실 것 같은데."

"혹시 모르니까 샘플 음식을 하나씩 만들어두고 갈게요. 접시들은 저기 선반 위쪽에 있어요."

"네. 너무 걱정하지 마세요. 잘 모르겠으면 전화할게요."

"그래요."

윤서야 야무지니 자신이 없더라도 음식 준비를 잘할 거라는 걸 알고 있었지만 그래도 그는 내심 불안했다. 그때 히가시가 주방으로 들어왔다.

"장은 잘 보고?"

"어, 뭐 좀 많이 사왔어."

"테이블 같은 건 가드 애들 시켜서 다 치우고 음식 놓을 자리에는 테이블보 깔아둘게. 매년 하던 거랑 비슷하게 하면 되겠지."

"응."

"그런데……."

히가시는 앞치마를 입고 있는 윤서를 쳐다보았다.

"발육부진, 너 옷 있냐?"

"무슨 옷이요?"

"어, 말 안 했나? 우리 가게는 파티 때 드레스를 입어야 되는데."

"저도 드레스 입어야 돼요?"

"음식을 뷔페로 하는 이유가 뭔데. 너네도 같이 즐기자고 하는 건데."

"아니, 전 그런 소리는 못 들었어요. 그리고 드레스라니……."

"그래? 그럼 좀 있다가 옷 사러 가야겠네."

"그냥 정장 입으면 안 돼요?"

"안 돼, 드레스 입어."

"저 돈도 없어요."

히가시는 윤서를 위아래로 훑어보았다. 그녀는 후줄근한 후드 티에 청바지, 운동화 차림이었다.

"아니……."

"여하간 이따 나랑 나가. 지금이 몇 시야?"

시간을 확인한 히가시는 꿍꿍이가 있는 얼굴로 윤서를 쳐다보았다.

"30분 뒤에 데리러 올 테니까 기다리고 있어."

당황한 윤서를 남겨두고 히가시는 등을 돌려 홀로 나갔다. 그리고 정말로 30분 뒤에 다시 나타난 히가시의 닦달에 윤서는 결국 그를 따라나섰다.

히가시가 윤서를 데리고 간 곳은 드레스만을 전문적으로 파는 청담동의 명품 편집샵이었다. 모던한 인테리어의 로비부터 2층으로 올라가는 계단까지 온통 대리석으로 치장된 가게는 딱 보기에도 '돈 없으면 오지 마시오'라는 무언의 메시지를 보내고 있었다.

척 보기에도 비쌀 것 같은 고급스러운 드레스와 구두, 백이 전시되어 있는 가게의 점원은 미리 연락을 받은 듯 히가시를 맞았다.

"어서 오세요. 사장님 전화 받고 기다리고 있었어요."

"네, 여기 이 친구 드레스 좀 사려고 왔어요."

윤서는 고개를 돌려 히가시의 얼굴을 쳐다보았다.

"미리 전화하셨어요?"

"여기 사장님이 우리 가게 회원이야. 한번 오라고 명함을 줬는데 내가 여기 올 일이 있었어야지. 그리고 여자 옷은 나도 잘 모르고……."

점원은 윤서를 위아래로 훑어보았다.

"굉장히 마른 체형이신 것 같은데 혹시 선호하시는 스타일이 있으세요?"

"저는 드레스는 입어본 적이 없어서……."

"그럼 저희가 체형에 맞는 스타일의 옷들을 좀 보여드릴게요. 그리고 머리 색깔도 튀시니까 그 부분도 고려해 드릴게요."

점원의 말에 윤서는 침을 꼴깍 삼켰다.

"그럼 여기서 잠깐만 기다려 주세요."

점원의 손짓에 히가시는 자연스럽게 소파에 앉았다.

"저, 사장님……."

"도살장에 끌려가는 거 아니니까 다녀와."

히가시는 윤서의 등을 살짝 밀었다. 점원을 따라 안쪽으로 들어간 윤서는 우물쭈물하며 섰다.

"마른 체형을 커버하는 스타일로 입으셔야 될 것 같은데. 일단 겉옷을 좀 벗어보시겠어요?"

점원의 말에 윤서는 두꺼운 점퍼를 벗었다.

"후드 티를 입으셨네요. 그 안에도 옷 입으셨어요?"

"네, 티셔츠 입었어요."

"그럼 후드 티도 좀 벗어보세요."

윤서가 후드 티를 벗자 점원은 의외라는 얼굴을 했다.

"마르셨는데 의외로 볼륨이 있으시네요."

"아⋯⋯."

수줍어하는 윤서에게 점원은 몇 가지 스타일을 추천했다.

"그럼 몸에 붙는 스타일로 입으셔도 될 것 같은데."

"저, 그런데⋯⋯ 등이 파인 옷은 좀 곤란해요. 제가 등에⋯⋯ 흉터가 있어서⋯⋯."

"걱정하지 마세요. 옷을 몇 벌 가지고 올 테니 고객님도 취향껏 골라보세요."

"네."

히가시는 테이블 위에 놓여 있는 잡지들을 뒤적거렸다. 그 안에서 가게의 단골인 영화배우와 탤런트들의 사진을 본 그는 작게 실소를 날렸다. 그때 또각거리는 구두 소리가 들렸다. 히가시가 고개를 들자 연노랑의 레트로 스타일의 미니 드레스를 입고 거기에 맞춰 발목에 스트랩이 달린 구두를 신은 윤서가 얼굴이 빨개져서 걸어 나오는 중이었다. 윤서의 모습을 본 그는 순간적으로 숨을 쉴 수가 없었다. 윤서의 뒤를 따라 나온 점원은 히가시를 향해 만족스럽게 미소를 지어 보였다.

"생각보다 체형이 예쁘셔서 드레스 고르기가 그렇게 어렵진 않앉았어요. 굉장히 잘 어울리죠?"

얼빠진 얼굴을 하고 있는 히가시는 대답이 없었다. 얼굴이 빨개진 윤서는 머뭇거리며 물었다.

"저…… 이…… 이상해요?"

"아니, 아니, 너무 예뻐."

그제야 정신을 차린 히가시가 그녀를 향해 사랑스러움이 뚝뚝 묻어나는 미소를 지었다.

"맘에 드세요?"

"너무 잘 어울리네요. 정말 예뻐요."

"맨 얼굴이고 머리 정리도 안 하셨는데도 너무 예뻐요. 화장하고 머리까지 해놓으면 더 예쁠 것 같은데."

"그러게요. 딴 사람 같네요."

그의 노골적인 만족스러운 눈빛에 윤서의 얼굴이 더욱더 빨개졌다.

"다른 옷들도 더 있어요?"

"당연하죠. 몇 벌 더 있으니까 조금만 더 기다리세요."

옷을 갈아입으러 뒤돌아 걸어가는 윤서의 뒷모습을 보며 히가시는 스스로의 안목에 감탄했다.

"역시 내가 여자 보는 눈이 있다니까."

그는 윤서가 들어간 쪽에서 눈을 떼지 못했다.

몇 차례 옷을 더 입어본 윤서는 탈의실 안에 앉아 한숨을 쉬었다. 옷을 입다가 드레스의 태그에 적힌 가격을 보고 만 것이다. 처음엔 잘못 본 줄 알고 눈을 비비고 다시 태그를 들여다보았지만 옷 가격은 정말로 어마어마했다.

"아니 손바닥만 한 천 조각이 왜 이렇게 비싸?"

그녀가 신은 스트랩이 달린 하이힐도 태그에 붙은 가격이 비현실적이었다.

"이런 옷 맨날 사다가는 파산하겠다."

윤서는 후드 티를 걸치며 부자들의 세계가 어떤 것인지 조금은 실감한 기분이었다. 그녀가 옷을 갈아입고 탈의실에서 나가자 점원이 기다리고 있었다.

"어떤 옷으로 할지 결정 하셨어요?"

"잘 모르겠어요. 가격도 너무 비싸고."

"그럼 일단 로비로 나가실래요?"

"네."

히가시는 여전히 로비의 소파에서 윤서를 기다리고 있었다.

"뭐 살지 결정했어?"

"잘 모르겠어요. 드레스는 처음이라."

"난 첫 번째 입은 거랑 하얀 드레스가 맘에 들던데."

윤서는 대답을 망설였다.

"넌 맘에 드는 게 없어?"

"아니, 그게 아니라 가격이 너무⋯⋯."

히가시는 보던 잡지를 덮고 자리에서 일어났다.

"가격은 신경 쓰지 마. 애초에 사줄 능력이 안 되면 데리고 오지도 않았어."

"그렇지만⋯⋯."

"그렇게 신경 쓰이면 열심히 일해. 그러면 되잖아."

윤서는 여전히 부담스러운 표정으로 쭈뼛거렸다.

"뭐가 맘에 들어?"

"전…… 처음 입은 게 맘에 들어요."

"너 구두도 없지?"

"네."

"그럼 드레스랑 같이 신은 구두도 사지 뭐."

"사장님!"

"사주려면 머리끝부터 발끝까지 구색은 다 갖춰줘야지."

"하지만……."

히가시는 더 들어볼 것도 없다는 듯 점원에게 주문했다.

"처음 입은 옷이랑 구두 포장해 주세요. 그리고 하얀 드레스도 같이 포장해 줘요."

"그건 왜……."

그는 윤서의 귀에 대고 나지막한 소리로 속삭였다.

"나중에 나랑 둘이 있을 때 하얀 드레스를 입어. 그 드레스는 직접 내 손으로 벗겨보고 싶거든."

새빨개진 윤서의 얼굴에 그는 의미심장한 표정으로 웃었다.

쇼핑을 마치고 블랙잭으로 돌아오는 차 안에서 윤서는 말이 없었다. 히가시는 기분 좋은 얼굴로 휘파람을 불었다.

"기분 좋지 않아? 새 옷 샀는데."

"너무 비싸서 부담스러워요. 제 생전 그렇게 비싼 옷은 처음 입어봤어요."

"원래 비싼 옷 사주면 좋아해야 되는 거 아니냐?"

"비싸도 어지간히 비싸야죠. 전 뼛속까지 서민이라 그런 가격을 보면 먼저 생활비가 떠오른다고요."

"하여간 참 특이해. 보통은 남자 친구를 사귀면 선물을 받고 싶어 하는 게 일반적인 여자들의 심리라고 생각했는데."

"선물 받고 싶죠. 그런데 굳이 이런 비싼 게 아니라 싼 것도 좋아요. 마음이 들어 있는 선물이라면."

"그럼 앞으로 싼 거만 사줘야겠네."

윤서는 자기를 놀리는 데 맛 들린 히가시의 허벅지를 세게 꼬집었다.

"아파! 그리고 어딜 만지는 거야!"

"아프라고 꼬집었어요. 그리고 사장님 진짜 밉상인 거 알아요?"

"내가 어딜 봐서 밉상이야?"

"사장님이랑 다니면 저는 화가 나요. 사장님 어릴 때 별명이 뺀질이 아니었어요?"

"아니, 사람들이 다 나보고 너무 심각한 성격이라고 했었는데."

"말도 안 돼. 사장님은 사람 성질 돋우는 능력이 탁월한데. 진짜 어쩔 땐 엉덩이를 때려주고 싶어요."

"다음번에 화가 나면 내 엉덩이를 만지는 걸 허락하지. 이래봬도 순결한 엉덩이란 말이지."

말싸움을 해봤자 그를 이길 가망성이 거의 없다는 걸 알고 있는 윤서는 입을 다물었다.

"화장하고 머리는 인영이한테 해달라고 그래. 인영이 미용사랑 메이크업 자격증도 있어."

"정말요? 몰랐는데."

"애들 다 자격증은 한두 개씩 가지고 있어. 료만 해도 바텐더랑 중장비 기사 자격증이 있는데."

"네?"

"혹시라도 이 일을 그만두게 될 수도 있으니까 그때를 대비해서 다들 자격증은 몇 개씩 따두도록 했어."

잠시 말이 없던 윤서는 뭔가 결심한 듯한 표정으로 그를 쳐다보았다.

"저도 공부 다시 할래요."

"그래. 좋은 생각이야."

히가시는 그녀를 격려하듯 흐뭇한 표정으로 고개를 끄덕였다.

홍기의 주문 도시락 업체로 이른 아침부터 나온 민호와 료는 도시락에 들어갈 음식들을 마무리하는 직원들을 옆에서 돕는 중이었다.

"나는 직원 데리고 온다길래 예쁜 여자가 오나 했더니……."

홍기의 말에 료는 '픽' 하고 웃음을 날렸다.

"나 정도면 준수한 거 아니야?"

"남자는 필요 없어, 꺼져."

"아, 진짜 왜 그래. 혹시 알아? 내가 여자 소개해 줄지."

기대도 안 한다는 듯 홍기는 너털웃음을 웃었다.

"민호나 소개해 줘. 같이 사는 놈 여자도 못 구해주는 주제에 무슨…….”

“왜 이러셔, 오늘 가게 파티에 여자들도 초대했구만.”

“그래?”

홍기의 추궁하는 듯한 눈초리를 무시한 채 민호는 바쁘게 손을 놀렸다.

“오늘 부른 애들 예쁘냐?”

“그럭저럭 못생기진 않았어. 그런데 애들이 착해.”

“그래? 그럼 나도 가지 좀 쳐줘.”

료와 홍기가 시시덕거리자 민호는 둘을 향해 눈빛 레이저를 발사했다.

“빨리 일이나 해, 자식들아. 도시락 망치면 너희들 다 죽을 줄 알아.”

“어이쿠, 저쪽이 사장 같네.”

홍기는 넉살 좋게 웃으며 사이드 디쉬들을 마무리했다.

점심도 거르고 핑거 푸드를 완성한 인영과 윤서는 앙증맞고 예쁘게 장식된 음식들을 보며 미소를 지었다.

“이 정도면 잘 만들었지?”

“네.”

“사진 찍어서 민호한테 보내자.”

인영은 휴대폰을 들어 음식들의 사진을 찍었다.

“자기, 이리 와봐.”

인영은 윤서와 다정한 포즈로 음식 앞에서 셀카를 찍어 민호에게 보냈다.

"민호랑 료도 아마 점심 거르고 일할 텐데."

"그러게요."

"우린 다 했으니까 히가시 오빠랑 가드들한테 이거 가져다놓으라고 그러고 뭐 좀 먹자. 옷 갈아입고 화장도 해야지."

"네."

그때 히가시가 주방으로 들어왔다. 그는 홀 정리를 하느라 힘이 들었던 듯 이마에 땀이 송글송글 맺혀 있었다.

"오빠! 다 끝났어?"

"응, 테이블도 다 옮기고 청소도 다 했어. 테이블보도 깔고."

윤서와 인영이 만든 핑거 푸드를 본 히가시는 기대 이상의 퀄리티에 깜짝 놀란 듯했다.

"잘 만들었는데."

"우리 둘이 케이터링 주문 받을까 봐."

"고생들 했어. 니들도 점심 먹고 준비해야지."

히가시는 뒷문으로 발길을 옮겼다.

"어디 가?"

"집에 좀 다녀오려고. 가서 씻고 옷 좀 갈아입고 올게."

"빨리 와."

"그래."

"와! 잘 만들었는데."

민호의 카톡을 들여다보던 료는 생각보다 잘 만든 모양새에 감탄했다.

"그러게, 생각보다 잘 만들었네."

"확실히 똘똘하다니까. 너 없어도 주방 맡겨도 되겠는데······."

윤서와 인영이 찍은 사진을 민호는 한참 들여다보고 있었다.

"뭔데 그래."

조리를 다 마친 홍기가 옆으로 와서 민호의 핸드폰을 들여다 봤다.

"인영이 누나 옆의 여자는 누구야? 처음 보는데?"

"어, 새로 들어온 주방 보조야. 귀엽게 생겼지?"

"예쁘네. 민호랑 일하는 거야?"

"응."

홍기는 슬쩍 민호의 눈치를 보았다.

"야, 나 이 아가씨 좀 소개해 줘, 맘에 드는데."

료는 홍기의 옆구리를 쿡 찔렀다.

"아! 왜 그래! 혹시 애인 있어?"

"임자 있으니 마음 접으셔."

"쳇! 꼭 맘에 드는 여자들은 임자가 있더라."

홍기는 실망한 얼굴로 도시락을 박스에 넣기 시작했다. 민호는 사진을 꾹 눌러 윤서와 인영의 사진을 저장했다.

간단하게 샌드위치로 점심을 때우고 세수를 하고 온 윤서는 라커룸으로 발길을 옮겼다. 홀에서는 가드들이 인영과 윤서가 만든 음식을 가져다 놓느라고 분주하게 움직이고 있었다. 케이터링 업체가 푸딩과 미니 케이크를 가지고 5시에 도착한다고 연락을 했기 때문에 윤서와 인영은 그 안에 준비를 다 마쳐야 했다. 라커룸으로 들어가자 인영이 메이크업 박스를 책상에 올려놓고 가방 안에서 헤어드라이어와 아이언 등을 꺼내는 중이었다.

"자기 어제 오빠랑 나가서 옷 사왔지? 그거 입어. 화장하고 머리 해줄게."

"아…… 저……."

윤서가 잠시 망설이고 있자 인영이 그녀를 보며 웃었다.

"옷 갈아입는 거 안 볼게."

윤서는 자신의 라커로 가서 종이 가방을 꺼냈다. 히가시가 사준 옷을 꺼내기 전 윤서는 매고 온 백팩에서 뭔가를 꺼내 인영에게 건넸다.

"이게 뭐야?"

윤서가 건넨 것은 예쁘게 포장된 자그마한 선물이었다.

"크리스마스라 선물 샀어요. 비싼 건 아니지만 그래도……."

"어머, 내 선물이야?"

인영은 윤서를 보며 환하게 웃었다.

"너무 고마워. 그러고 보니 선물 받아본 게 꽤 오랜만이네."

"선물 서로 교환 안 하세요?"

"우린 안 해. 생일 때나 선물 주지. 오빠랑 다른 애들을 봐봐. 선물 챙길 위인들인지."

인영은 손을 꼭 잡았다.

"가게에 여직원이 생기니까 이런 것도 받고 좋네. 그런데 어쩌지, 난 준비 못 했는데."

"괜찮아요. 어차피 제가 드리고 싶어서 드리는 건데요. 뭐."

"그 대신 일본 가서 내가 신년 선물 좋은 걸로 사줄게. 고마워."

윤서는 구석으로 가서 히가시가 사준 미니 드레스로 갈아입었다.

"어머, 너무 예쁘네. 머리랑도 잘 어울리고."

"어색하지 않나요?"

윤서가 쭈뼛거리며 서 있자 인영은 그녀를 화장대 앞으로 손짓해 불렀다.

"자기가 고른 거야? 안목이 있네."

"그런데 너무 비싸서……."

인영이 입을 가리고 쿡쿡거리며 웃었다.

"오빠가 이러려고 여자들을 안 만났나 보네. 여자 친구한테 이렇게 해줄 줄 몰랐는데."

"어…… 저기……."

윤서는 당황한 표정으로 말을 더듬었다.

"저…… 저기…… 알고 계셨어요?"

"당연히 알지, 어떻게 몰라. 그래도 오빠를 10년이나 봐왔는데."

"그렇지만……."

인영은 주춤거리며 선 윤서를 거울 앞의 의자에 앉혔다.

"예쁘게 만들어줄 테니까 조금만 기다려. 오늘 밤 파티에서 자기가 제일 예쁠 거야."

인영은 메이크업 박스에서 스킨을 꺼내 화장솜에 적시기 시작했다.

집에 도착한 히가시는 샤워를 하고 양복을 꺼냈다. 그는 오랜만에 드레스 셔츠를 입고 소매에 커프스단추를 끼웠다. 약간 캐주얼하지만 몸에 슬림하게 붙는 고급스러운 디자인의 바지와 재킷까지 갖춰 입자, 날카로운 생김새와 절묘하게 어우러져 섹시하지만 지적인 분위기가 풍겼다. 값비싼 고급 모직 코트에 목도리까지 두른 그는 방구석에 놓아두었던 종이 가방을 챙겼다.

"맘에 들어 하려나 모르겠네."

히가시는 거울 앞에 서서 자신의 모습을 한번 쓱 훑어보았다.

"그래도 꽤 잘생겼단 말이지."

그는 입꼬리를 올리며 히죽 웃어 보이고는 집을 나섰다. 주차장으로 내려가는 길에 눈이 내리는 걸 본 그는 짐짓 심각하게 중얼거렸다.

"날이 꾸물거리더니 기어이 눈이 오는군."

히가시는 블랙잭으로 가기 위해 차의 시동을 걸었다.

"자기, 눈 좀 떠봐."

눈을 뜨고 거울 안을 들여다 본 윤서는 거울에 비친 낯선 모습에 몇 번이고 눈을 감았다 뜨기를 반복했다. 끝이 살짝 올라간 쌍꺼풀이 있는 눈은 세련되지만 진하지 않은 스모키 화장으로 더욱 강조되었고 살짝 나온 광대와 입술은 자연스러워 보이게 옅은 화장이 되어 있었다. 그리고 그녀의 분홍빛 머리는 인영이 보기 좋게 모양을 잡아줘 세련된 스타일로 세팅되어 있었다.

"맘에 들어?"

"너무 예뻐요. 제가 아닌 딴 사람 같아요."

"맘에 든다니 다행이네. 자기는 화장을 안 해서 그렇지 원래 얼굴이 예뻐."

인영은 만족스럽게 웃으며 거울 안에 비친 윤서를 쳐다보았다.

"나 좀 봐봐. 사진 찍어줄게."

윤서는 쑥스러운 마음에 조신한 포즈를 취하고 사진을 찍었다.

"언니도 화장하고 머리 하셔야죠."

"난 금방 끝나."

"제가 좀 도와드릴게요."

"그럼 나 머리 올릴 때 좀 도와줘."

"그럴게요."

인영은 라커로 가서 갈아입을 드레스를 꺼냈다. 목까지 올라오는 긴 소매의 딱 달라붙는 검은 미니드레스를 입은 인영은 검은 장미처럼 우아하고 아름다웠다. 인영은 간단한 액세서리로 치장을 하고 거울 앞에 앉았다.

"언니 정말 끝내주네요."

"그렇게 말해줘서 고마워."

"진짜 농담이 아니라고요."

인영은 쑥스러움에 얼굴을 붉혔다.

"머리 올리실 거예요?"

"응, 손님들이 원하면 칵테일을 만들어야 되니까 위생상 올리는 게 좋지. 그리고 파티잖아."

인영은 능숙한 손놀림으로 화장을 하기 시작했다.

이윽고 도시락을 실은 트럭이 블랙잭의 뒷문 앞에 도착했다.

민호는 트럭에서 내리자마자 화물칸의 문을 열었다.

"와! 겨우 시간 맞췄네. 들어가서 도시락 세팅해 놓고 옷 갈아입으면 시간 딱이겠는데."

민호는 료의 말에 대꾸도 없이 벌써 트럭에서 도시락을 내리고 있었다.

"빨리 안으로 날라. 그리고 사람들 좀 불러."

"오키."

료는 도시락이 담긴 상자를 하나 들고 가게 안으로 들어갔다. 사람들은 도시락 박스를 하나씩 들고 그의 뒤를 따랐다. 홀로 들어가자 이미 다른 음식들은 다들 세팅을 마친 상태였다. 도시락 상자를 옆에 두고 민호는 세심하게 테이블 위를 살펴보았다. 그때 민호의 등 뒤에서 또각거리는 구두 소리가 들렸다.

"왔네요. 고생 많았죠?"

뒤를 돌아본 민호는 자기도 모르게 벌린 입을 다물지 못했다. 그는 노란 미니드레스를 입고 다가오는 윤서에게서 눈을 떼지 못했다. 뒤이어 도시락 박스를 들고 오던 료도 윤서를 보고 놀란 얼굴로 눈을 크게 떴다.

"와! 이게 누구야! 진짜 못 알아보겠는데!"

료의 외침에 윤서는 쑥스러워져 얼굴을 붉혔다. 홍기도 윤서를 보자 입을 벌리고 그녀를 쳐다보았다. 그때 홍기의 뒤쪽에서 히가시의 목소리가 들렸다.

"다들 도시락 가지고 왔냐?"

사람들은 일제히 목소리가 나는 쪽을 돌아보았다. 그곳에는 정장을 빼입은 히가시가 종이 봉투를 들고 서 있었다. 홀에 나온 윤서를 쳐다본 히가시 역시 그 자리에서 걸음을 멈췄다. 드레스를 입은 모습은 어제도 봤지만 화장을 하고 머리까지 손질한 그녀는 윤서가 아닌 것 같았다. 노란 드레스 아래로 드러난 날씬하고 쭉 뻗은 다리는 스트랩이 있는 하이힐과 잘 어울렸다.

윤서는 정장 모델 같은 히가시를 감탄의 눈길로 천천히 훑어보았다.

"사장님, 멋있어요."

"그, 그래? 고맙네."

"자주 입으세요. 정말 잘 어울려요."

히가시는 윤서의 칭찬에 어린아이처럼 기분이 좋아졌다. 그때 윤서를 뒤따라 라커룸에서 인영이 나왔다.

"와! 누나! 올해도 그 옷 입었어? 짱인데."

료는 인영을 향해 엄지손가락을 세웠다. 올림머리와 드레스 위로 길게 맨 군더더기가 없는 디자인의 크리스탈 목걸이는 인영의 우아한 얼굴과 몸매를 더욱 돋보이게 만들었다. 무거운 줄도 모르고 내내 도시락 박스를 들고 서 있던 홍기는 반쯤 넋이 빠져 혼잣말을 웅얼거렸다.

"부러워 죽겠네. 제기랄. 너희 가게는 직원들 다 연예인 데려다 쓰냐."

정신이 돌아온 민호는 도시락이 들어 있는 박스를 바닥에 놓았다. 홍기는 아직도 혼잣말을 중얼거리는 중이었다.

"다음번엔 돈 벌어서 나도 너희 가게 파티에 올 거야."

그는 굳은 다짐을 하며 도시락 박스를 내려놓고 주먹을 불끈 쥐었다.

6시가 되자 파티에 초대받은 사람들이 하나둘씩 가게 안으로 들어왔다. 오늘의 디제잉을 부탁받은 DJ Solar는 크리스마스 분위기와 어울리는 캐롤과 R&B, 슬로우 잼 등을 다양하게 섞어 분위기를 띄웠다. 료와 인영, 히가시는 바 안쪽에 서서 손님들과 인사를 나누었고, 민호와 윤서는 음식이 있는 쪽에서 손님들에게 도시락을 나눠주고 있었다. 정장으로 갈아입은 민호는 넓은 어깨와 두툼한 가슴, 긴 다리 덕택에 몸이 좋은 경호원 같아 보였다. 히가시는 손님들에게 인사하는 중에도 틈만 나면 윤서를 보느라 정신이 없었다.

"윤서 씨한테 누가 말이라도 걸면 형이 가만 안 놔두겠는데."

료는 인영에게 귓속말을 했다. 그녀는 히가시의 반쯤 얼이 빠진 얼굴을 쳐다보며 입을 가리고 웃었다.

"형 진짜 바보 같지 않아? 입에서 침 떨어지겠어."

"연애라는 게 원래 그런 거야."

"잘 있었어요?"

가게로 들어온 시형이 인사를 건네자 인영은 그에게 상냥한 얼굴로 미소를 지었다.

"오셨네요."

"오랜만이죠. 연말이라 좀 바빴어요. 오늘 오려고 일을 좀 빨리 처리했거든요."

"잘 오셨어요. 오늘 재미있을 거예요. 충분히 즐기고 가세요."

"벌써 즐기고 있는 것 같은데요."

시형은 손에 들고 온 봉투를 인영에게 건넸다.

"이게 뭔가요?"

"크리스마스 선물이에요."

인영은 당황한 표정이 되었다.

"비싼 건 아니지만 내 마음이에요. 집에 가서 열어봐요."

"전 선물 준비하지도 못했는데요."

"괜찮아요."

"감사합니다."

인영은 빨갛게 얼굴이 상기되어 봉투를 받았다.

"안녕! 우리 왔어!"

"왔냐."

쉐이커를 흔들던 료는 세영과 혜선에게 반가운 얼굴로 인사를 했다. 혜선은 세영의 뒤에서 머뭇거리며 료에게 묵례했다.

"야, 그런데 너희 가게 정말 끝내 준다. 완전 고급스러운데. 게다가……."

가게를 한 바퀴 둘러본 세영의 눈이 반짝거렸다.

"TV랑 영화에서 보던 연예인들 투성이잖아."

"그래서 너네 폰을 프런트에 맡기라고 한 거야. 혹시라도 사진이 유출될까 봐."

"아항……."

"그리고 오늘 여기선 본 건 절대 밖에서 말하면 안 돼."

"알았어."

세영은 바 뒤의 인영과 히가시를 놀란 눈으로 쳐다보았다.

"야, 그런데 저 끝내주는 사람들은 누구야?"

"여기 사장님이랑 같이 일하는 바텐더 누나야."

"야, 너네 가게는 일정 수준 이상의 비주얼이 안 되면 일을 못하냐?"

"그게 무슨 소리야."

"둘 다 전혀 일반인은 아닌데."

료는 장난스럽게 잘난 척하며 칵테일을 컵에 옮겨 담았다.

"우리 가게가 사람들 인물을 좀 따져."

"그럼 저쪽의 노란 드레스 입은 여자도 여기 직원이야?"

"응."

"뭐야. 여기 진짜 웃기지도 않잖아. 오징어들은 여기 원서도 못 내겠네."

료는 윤서와 민호가 있는 쪽을 손가락으로 가리켰다.

"가서 도시락 받아서 저녁 먹어. 배고플 텐데."

"그래, 그러지 뭐."

세영은 혜선의 손을 잡고 민호와 윤서가 있는 쪽으로 거침없이 걸어갔다.

사람들에게 도시락을 건네주고 음식을 담는 걸 도와주는 일이 피곤할 법도 하건만 윤서는 내내 웃는 얼굴이었다. 그때 윤서의 옆으로 다가가는 사람을 발견한 히가시가 미간을 찌푸렸다.

"아가씨, 여기 직원인가?"

윤서는 깜짝 놀라 뒤를 돌아보았다. 그곳에는 고급 양복을 차려입은 점잖아 보이는 중년의 신사가 친절한 얼굴을 한 채 서 있었다.

"네, 뭐 필요한 거 있으세요?"

"아니, 필요한 게 있다기보다…… 아가씨 올해 몇 살이지?"

"그건 왜 물으세요?"

"혹시 어디 기획사에 소속된 배우인가?"

"아닌데요."

"그래? 의외로구만. 난 자네가 신인 여배우인 줄 알았는데."

남자의 말에 윤서는 당치도 않다는 표정을 지었다.

"전 여기 직원이에요."

"마스크도 신선하고……."

그는 윤서를 위 아래로 쭉 훑어보았다.

"카메라 발도 잘 받을 몸매인데, 그동안 누가 스카우트하자는 이야기를 안 했나?"

"아, 농담도 심하시네요."

윤서는 남자를 보며 어이가 없는 얼굴로 웃었다.

"농담이 아닌데……. 내 뒤를 보게, 자네를 쳐다보고 있는 남자들의 시선이 안 느껴지나?"

그의 말에 윤서는 그제야 남자의 등 뒤로 사람들을 쳐다보았다. 의식하지 못하고 있었지만 수많은 남자들의 호기심 어린 시선이 그녀에게 집중되어 있었다.

"난 여기 단골인데 왜 자네를 못 봤는지 모르겠군."

"전 주방 쪽에서 일을 해요."

"그렇구만."

그는 품에서 명함을 꺼냈다.

"혹시라도 생각이 있으면 연락 주게. 난 사기꾼은 아니야."

윤서가 명함을 받아드는 것을 본 남자는 옆을 돌아보고 이내 떨떠름한 얼굴이 되었다. 그는 전에 인영을 스카우트하려고 끈덕지게 달라붙었다가 히가시에게 된통 당한 경험이 있었다.

"누군가가 성난 호랑이 같은 표정을 하고 이쪽으로 오는구만. 그럼 나중에 연락 주게."

그는 웃으며 황급하게 자리를 떴다.

씩씩거리며 다가온 히가시는 영문을 모른 채 명함을 들여다보고 있는 윤서의 앞에 섰다.

"너 저 사람이랑 무슨 이야기 했냐?"

"저분이 연락하라고 명함을 주고 가셨는데요."

"뭐라고?"

히가시는 윤서가 들고 있는 명함을 거의 뺏다시피 해서 가져갔다.

"사장님, 그건 제가 받은 건데 왜 사장님이 가져가세요?"

"넌 안 봐도 돼. 그리고 절대로 저 영감한테 연락할 생각 하지 말아."

"왜요?"

"안 된다면 안 되는 줄 알아. 그리고 도시락 다 나눠줬으면 민호랑 같이 바로 와. 여기 서 있지 말고."

"알았어요."

윤서는 황당한 표정으로 민호를 돌아보았다.

"사장님 왜 저래요?"

"아까 윤서 씨한테 명함 준 사람, TK기획이라고 거기 이사예요."

"TK기획이요?"

TK기획은 영화배우들을 데리고 있는 가장 큰 소속사 중의 하나였다.

"그런데 거기 들어가면 신인 때는 술자리 엄청 나가거든요. 우리 가게에서도 뭐 맨날 보니까……."

"아, 전 전혀 몰랐어요."

"모를 만하죠. 윤서 씨는 여기서 일한 지 얼마 되지도 않았잖아요."

"그런데 왜 나한테 신경질이지. 난 명함 받은 것밖에 없는데."

"그러게 말이에요."

민호는 자신보다 더 요령이 없어 보이는 히가시를 향해 속으로 혀를 찼다.

그때 세영과 혜선이 다가왔다.

"일하느라 고생하시네요."

세영이 인사를 하자 민호도 가볍게 고개를 숙여 인사했다. 세영의 뒤에 숨어 있던 혜선도 머뭇거리며 민호에게 살짝 묵례를 했다.

"전 이 가게가 이렇게 고급스러울지 몰랐어요. 그리고……."

세영은 민호를 위아래로 훑어보았다.

"양복이 꽤 잘 어울리시네요."

"감사합니다."

민호는 도시락을 두 개 집어 세영과 혜선에게 건네주었다.

"맛있게 드세요. 그리고 파티 잘 즐기다 가세요."

"그러고 싶은데 아는 사람이 별로 없어서……."

"료가 챙겨 드릴 거예요. 식사하시고 바 쪽으로 오세요."

민호는 껄끄러운 마음을 누르고 최대한 친절하게 대답했다. 세영의 뒤에 숨어 있던 혜선은 민호에게 눈도 맞추지 못했다.

"그럼 이따 봐요."

"그래요."

민호는 세영과 혜선이 다시 바 쪽으로 가는 것을 지켜보았다.

"도시락도 얼추 다 나간 것 같은데 우리도 그만 가보죠."

뒤쪽을 한 번 돌아본 윤서는 민호와 함께 바로 발길을 옮겼다.

진우는 초대장을 프런트에 내밀고 입고 온 코트를 맡겼다. 그는 인영이 시형과 이야기를 나누고 있는 모습을 보고 이끌리듯 그녀를 향해 걸어갔다. 인영은 자신이 중학교 시절 처음으로 마음에 품었던 그 모습 그대로였다. 가끔 그녀의 소식이 궁금하기도 했지만 그녀를 다시 이런 식으로 만나게 될 거라고는 생각도 하지 못했다. 그는 세차게 뛰는 가슴을 진정시키며 그녀에게 한 걸음씩 걸어갔다. 그때 시형과 이야기를 나누던 인영의 시선이 진우와 마주쳤다. 인영은 예전보다는 긴장이 풀린 듯한 얼굴로 진우를 향해 미소를 지어 보였다.

"어서 와, 좀 늦었네."

"작업할 게 있어서 마무리 좀 하고 오느라고."

진우는 시형의 옆자리에 앉으며 시형을 향해 가볍게 묵례를 했다. 시형도 그에게 가벼운 인사를 건넸다.

"밖에 눈이 오니?"

"응, 아까 그쳤는데 다시 내리네."

"머리가 젖었어."

인영은 진우의 손질이 잘된 머리에 묻어 있는 물기를 가볍게 털어냈다.

"저녁은 먹었어?"

"아직······."

"여기 앉아 있어. 내가 도시락 가져다줄게."

"그전에······."

진우는 들고 온 선물을 머뭇거리며 인영에게 건넸다.

"크리스마스 선물이야."

"이게······ 뭐야?"

진우는 쑥스러운 듯 얼굴을 붉혔다.

"사실 이거 만드느라고 좀 늦은 거야. 부담······ 가지지 말고 받아줘."

인영은 망설이는 듯하다가 진우의 선물을 받아들었다.

"고마워."

"아니야."

진우의 선물을 선반에 잘 챙긴 인영은 도시락을 가져오기 위해 홀을 가로질렀다. 홀린 듯 그녀의 뒷모습을 보고 있던 두 남자는 말을 나누진 않았지만 서로를 강하게 의식하고 있었다.

"인영 씨는······."

두 사람 사이의 침묵을 먼저 깬 것은 시형이었다.

"참 아름답죠."

"예전엔 지금보다 더 밝았던 걸로 기억하는데······."

진우는 뭔가를 이야기하려고 하다가 말을 아꼈다.

"인영 씨를 만난 지 오래됐나요?"

"인영이는 저랑 중학교 동창이에요. 같이 독서부를 했었고요."

"그랬군요. 좀 의외다 싶었어요. 남자랑은 이야기를 안 하는 인영 씨가 가깝게 대하는 것 같아서……."

"제가 보기엔 그쪽이 인영이랑 더 가까워 보이는데……."

"가까워지려고 노력 중인데 쉽지가 않네요."

시형은 한숨을 쉬며 바를 향해 돌아앉았다. 진우는 시형을 보자 마음속으로 여러 가지 감정이 교차하는 것을 느꼈다. 그는 생각이 많은 얼굴로 도시락을 들고 오는 인영을 빤히 쳐다보았다. 인영은 시형과 진우에게 도시락을 하나씩 건넸다.

"특별히 신경 써서 주문한 도시락이라 맛있을 거예요. 드시고 재미있게 놀다 가세요."

"잘 먹을게요."

"너도 많이 먹어."

"그래, 고맙다."

두 남자는 나란히 앉아 바 안으로 다시 들어가는 인영을 지켜보았다.

윤서는 챙겨온 크리스마스 선물이 생각나 라커룸으로 들어갔다. 그녀가 라커를 열고 백팩을 꺼내는 사이 누군가가 라커룸의 문을 두들겼다.

"언니? 들어와요."

윤서는 고개도 들지 않고 백팩 안에서 봉지들을 꺼냈다.

"뭐 해?"

남자 목소리에 깜짝 놀라 고개를 들자 바로 앞에 히가시가 자신을 내려다보며 서 있었다.

"사장님! 여기엔 왜 들어오셨어요? 저 금방 나갈 건데."

히가시는 대답 대신 바지 주머니에 한 손을 넣고 윤서를 내려다보았다. 어스름한 조명 때문이었는지 밖에서 들려오는 끈적한 노래 때문이었는지 알 수 없었지만 윤서는 그의 빛나는 눈 속으로 빨려 들어갈 것 같은 느낌에 소름이 돋았다.

"사장님, 왜 그러세요……."

히가시의 눈빛에 몸이 타버릴 것만 같아 윤서는 라커 문을 닫고 방에서 나가기 위해 몸을 틀었다. 그러나 히가시의 손이 그녀보다 더 빨랐다. 그는 윤서의 팔을 잡고 그녀를 자신의 품으로 잡아당겼다.

"여기서…… 이러시면…… 곤란해요."

"내가 뭘 했는데."

히가시는 품 안의 윤서를 향해 얼굴을 가까이 가져갔다.

"아니…… 저…… 할 말…… 있으신 거 아니었어요?"

"할 말…… 할 말이야 많지."

윤서는 등을 쓸어내리는 히가시의 손길에 몸을 떨었다. 그의 손은 거기서 멈추지 않고 몸의 곡선을 따라 아래쪽으로 내려갔다. 윤서는 급한 마음에 그의 손을 잡았지만 그는 비웃기라도 하듯 그녀의 목에 가벼운 키스를 했다. 윤서는 다리가 떨려 금방이라도 주저앉을 것만 같았다.

"옷……."

"네?"

"옷을 사주지 말걸 그랬어……. 가게 안의 온갖 사내놈들이 널 쳐다보잖아."

"사…… 사장님이 사주셨잖아요. 전……."

"알고 있어. 내가 멍청했지."

윤서를 팔 안에 가둔 히가시는 턱을 잡고 그녀의 얼굴을 치켜
들었다.

"너의 매력은…… 나만 알고 있어야 되는데 말이지."

어둠 속에서 빛나는 그의 눈빛에 윤서는 점차 흥분되는 걸 느
꼈다. 그는 천천히 고개를 숙여 윤서의 입술에 키스했다. 처음엔
그저 입술만 닿았을 뿐이었지만 히가시의 혀는 그녀의 입술 사이
를 파고들어 그녀의 잇새를 끈질기게 공략했다. 윤서가 입을 열
자 그는 그녀의 입안을 탐하기 시작했다. 윤서는 제어할 수 없는
열망에 머릿속이 하얗게 타버리는 것 같았다.

"너무 예뻐서 미치겠잖아. 되도록이면…… 손을 대고 싶지 않
은데……."

히가시는 윤서의 다리 사이에 손을 집어넣어 허벅지 안쪽을 쓸
어내렸다. 윤서는 갑자기 정신이 번쩍 들어 그의 가슴을 밀어냈
다.

"사장님…… 여기서…… 이러지 마세요."

윤서의 새된 외침에 히가시의 손길이 멈췄다. 하지만 그의 눈
빛은 이미 욕망으로 뜨거워져 있었다.

"나도 그 정도 자각은 있어. 그래도…… 잠시만……."

그는 윤서의 목선을 따라 서서히 입술을 옮겨갔다. 뜨거운 입
술에 그의 어깨를 그러잡은 윤서의 손이 덜덜 떨렸다. 잠시 후,
입술을 떼고 물끄러미 윤서를 내려다보던 히가시는 심호흡을 하

고 그녀에게서 한 발자국 물러났다. 더 하고 싶었지만 라커룸은 적당한 장소가 아니었다. 게다가 윤서는 몸을 바들바들 떨고 있었다.

"여긴 왜 들어온 거야."

"선물…… 선물을 가지러 들어왔어요."

"선물?"

히가시는 그제야 윤서가 손가락으로 가리키는 쪽을 돌아보았다.

"가게 분들께 드리려고…… 선물을 샀거든요."

히가시는 의자 위에 널브러져 있는 봉지를 보고 '풉' 하고 웃음을 터뜨렸다.

"왜 웃으세요?"

"네가 귀여워서."

히가시는 윤서에게 손짓해서 자기 옆으로 불렀다. 하지만 윤서는 의심스럽게 쳐다보기만 할 뿐 움직일 생각이 없어 보였다.

"음란한 짓 안 할 테니까 이리 와봐."

"싫은데요."

"안 한다니까. 난 약속한 건 지키는 남자야."

윤서는 옷매무새를 가다듬고 히가시와 거리를 두고 옆으로 섰다. 그는 천천히 선물을 뒤적거렸다.

"여기 내 것도 있어?"

"있는데 안 드릴래요."

"왜?"

"신경질 나서요."

히가시는 팔짱을 끼며 낄낄거리고 웃었다.

"그러면 내 선물은 버릴 거야?"

"버릴래요."

"그럼 버리기 전에 여기 있는 거 아무거나 집어가면 되겠네."

"안 돼요, 그건 다 쓰임새를 생각하고 산 선물이란 말이에요."

"그래?"

히가시가 뭐든 맘대로 가지겠다는 듯 몸을 기울이자 윤서는 결국 옆으로 다가와 그중 하나를 집어 들었다.

"이게 사장님 거예요!"

"오, 내 게 제일 크네."

다른 선물에 비해서 부피가 큰 자신의 것을 보자 히가시는 만족한 듯 보였다.

"내 게 제일 비싸지?"

"몰라요."

"그럼 나 먼저 나간다."

라커룸을 열기 전 히가시는 얄밉게 한마디를 던졌다.

"립스틱 다시 바르고 나와. 내가 다 먹었다."

그가 문을 닫고 나가자 윤서는 바닥에 발을 굴렀다.

"어휴! 저 밉상! 밥 먹은 거나 꽉 체해라!"

윤서는 툴툴거리며 인영의 메이크업 박스를 열고 립스틱을 꺼냈다.

시형이 전화를 받기 위해 자리를 비운 사이 진우는 바에 앉아 칼바도스를 마셨다. 도수가 높은 칼바도스 때문에 진우는 취기가 올라오는 것 같았다. 그는 바 안쪽에 앉아 있는 인영을 뚫어지게 쳐다보았다.

"왜 그렇게 봐?"

"전화로 네가 이야기했던 거…… 예전에 둘이 뭘 했는지 이야기 해달라고 했었잖아."

인영은 슬픈 얼굴로 미소를 지었다. 이상하게도 그 사건 이후 그녀는 어린 시절의 행복했던 기억들이 잘 떠오르지 않았다.

"내가 곰곰이 생각해 봤는데 너랑 같이 한 일이 생각보다 많더라. 너랑 자전거 타고 도서관에 가서 책도 빌리고, 같이 영화도 보고, 음료수도 마시고……."

진우는 품 안을 뒤적여 그녀에게 사진을 한 장 내밀었다. 사진을 본 인영의 머릿속에 갑자기 스위치가 들어온 듯 예전의 기억들이 되살아났다. 마치 오랫동안 고여 있던 늪에 돌덩이를 던져 넣은 것처럼 그 사진은 그녀의 안 밑바닥에 가라앉아 있던 행복했던 시절의 옛 기억들을 떠오르게 만들었다. 인영은 벚나무 아래 벤치에 앉아 수줍게 웃고 있는 소년과 소녀의 사진을 한참이나 뚫어지게 쳐다보았다.

· · ·

화창한 봄날의 아침, 흐드러지게 핀 벚꽃이 주차장을 가득 채우고 있었다. 봄방학 중에 독서 감상문을 쓰기 위해 책을 빌리러 도서관에 도착한 진우는 문 앞에 걸린 팻말을 허무하게 쳐다보았다.

"망했네. 월요일이 휴관일인 걸 깜박했잖아."

진우는 도서관 앞 계단을 몇 걸음 걸어 내려가 중간에 걸터앉았다. 봄날의 햇살이 눈부시게 쏟아져 내리고 있었지만 산꼭대기에 위치한 이른 시간의 도서관에는 사람의 그림자조차 보이지 않았다.

"아…… 곧 있으면 인영이가 올 텐데."

진우는 가방 안에 가지고 온 사진기를 만지작거리며 한숨을 쉬었다. 그는 텅 빈 주차장으로 자리를 옮겨 이어폰을 낀 채 요즘 다니고 있는 댄스학원에서 배우기 시작한 팝핀 동작을 연습하기 시작했다. 춤에 빠져 사람이 오는 것도 알아차리지 못했던 진우는 누군가가 자신의 어깨에 손을 올리자 깜짝 놀라 뒤를 돌아보았다.

"뭐 해?"

"어! 인영아!"

"춤…… 추고 있었어?"

부끄러운 장면을 들킨 듯 이어폰을 뺀 진우의 얼굴이 새빨개졌다.

"봤어?"

"생각보다 잘 추던데? 깜짝 놀랐어."

"잘 추기는……."

그는 우물거리며 이어폰을 바지 주머니에 집어넣었다.

"저기······."

진우는 쭈뼛거리며 인영의 눈치를 살폈다.

"우리 부모님한테는 나 춤춘다고 이야기하지 마. 너네 부모님한테도 비밀이야."

"그래, 알았어."

인영은 진우의 아버지가 진우가 춤추는 것을 못마땅해하는 것을 알고 있었다.

"도서관이 문을 닫았어."

"알아."

"힘들게 올라왔는데 아쉽네."

"그러게."

도서관은 문을 닫았지만 벚꽃을 보러 온 사람들이 삼삼오오 도서관 앞마당을 산책하고 있었다. 진우는 인영과 함께 벚나무 아래의 벤치에 앉았다. 그는 가방 안에 가지고 온 사진기를 꺼낼지 말지 갈등 중이었다.

"올해도 벚꽃이 참 예쁘네. 그렇지?"

"내가······ 사진기를 가져왔는데, 너 사진 찍을래?"

인영은 꽃보다 더 예쁜 얼굴로 환하게 웃었다.

"저기 지나가는 사람한테 찍어 달라고 하자. 우리 같이 사진 찍어."

"잠깐만 기다려."

진우는 지나가는 연인들을 붙잡고 사진을 부탁했다. 그는 황급히 다시 벤치로 돌아와 인영과 조금 떨어진 자리에 얌전하게 앉았다.

"그럼 사진 찍는다, 하나, 둘, 셋!"

인영과 진우는 사진기의 렌즈를 향해 수줍은 미소를 지었다.

· · ·

사진을 들여다보던 인영이 갑자기 눈물을 흘리자 진우는 자리에서 벌떡 일어났다. 그는 자신이 무슨 실수를 했나 싶어 등 뒤로 식은땀이 흘렀다.

"인영아, 왜 울어. 내가 뭐 실수라도 했니?"

"아니, 아니야. 그게 아니라……."

인영은 말을 잇지 못하고 고개를 돌렸다. 그녀의 어깨가 가늘게 떨리는 걸 본 진우는 망연자실한 얼굴로 그 자리에 서 있었다. 한참을 그러고 있던 그녀는 눈물을 닦고 빨개진 눈으로 진우를 다시 마주 보았다.

"미안해, 놀랐지."

"괜찮아?"

"갑자기 이 사진을 찍었을 때가 생각이 났어. 그리고 잊고 있었던 다른 일들도……."

한결 밝아진 인영의 표정을 본 진우는 가슴을 쓸어내렸다.

"나는 내가 뭘 잘못한 줄 알고……."

"나는 왜…… 이런 기억들을 잊고 살았을까."

인영은 사진 속의 어린 소녀를 보며 입술을 깨물었다.

"이 사진…… 내가 가져도 돼?"

"너 주려고 가져온 거야. 가져."

"고마워."

진우는 인영을 향해 다정하게 미소 지었다. 그는 어릴 때와 다르지 않은 그녀의 꽃처럼 예쁜 웃는 얼굴을 다시 볼 수 있기를 바랐다.

통화를 마치고 돌아온 시형은 진우와 인영 사이의 분위기가 묘하게 바뀐 것을 알아차렸다. 무슨 일이 있었던 것인지 둘은 자신이 나가기 전보다 훨씬 가까워진 듯했다. 둘이 다정하게 이야기하는 모습을 보자 그는 입맛이 썼다. 시형은 여자들과 농담 따먹기를 하고 있는 료를 손짓해서 불렀다.

"주문하시게요?"

"그게 아니고……."

시형이 진우와 인영을 턱으로 가리키자 료는 의아한 얼굴로 그를 쳐다보았다.

"왜요?"

"나 나갔다 온 사이에 두 사람 무슨 일 있었냐?"

"별일 없었는데?"

"그래?"

시형은 일이 틀어질 것 같은 예감에 얼굴이 구겨졌다.

"누나랑 잘되고 계신 거 아니었어요?"

"그랬으면 좋겠다만……."

민호는 바의 구석에 박혀 오렌지 주스를 마셨다. 료는 뭐가 재밌는지 세영과 수다를 떠는 중이었지만 그는 전혀 그 대화에 동참하고 싶은 기분이 아니었다. 아침부터 일을 하느라 피곤하기도 했지만 미니 드레스를 입은 윤서가 머릿속에서 지워지지 않았다. 그는 얼음이 채워진 언더락 잔이 눈앞에 불쑥 들어오자 그제야 고개를 들었다.

"어휴, 멍청한 새끼."

료는 한심하다는 얼굴로 잔에 위스키를 따랐다.

"뭐."

"놀아라, 좀. 세상이 멸망했냐."

"혼자 좀 내버려 둬라."

"시끄럽고, 이쪽으로 좀 와봐."

료는 세영과 혜선을 민호의 옆으로 불렀다.

세영은 혜선을 민호의 옆에 앉히고 료를 향해 눈을 찡긋거렸다. 민호는 어쩔 줄을 몰라 하는 혜선에게 반쯤 포기한 얼굴로 말을 걸었다.

"불편해요?"

혜선은 깜짝 놀란 얼굴로 그를 쳐다보았다.

"아뇨. 괜…… 괜찮아요."

"불편할 거예요. 이런 자리에 와서…… 다들 모르는 사람뿐이고."

"나름 즐거워요. 연예인들도 많고."

"피곤해 보이는데 커피 마실래요?"

"네? 아니 괜찮……."

세영은 기회를 놓치지 않고 혜선의 입을 막았다.

"얘 아까부터 피곤하다고 하더라고요. 데리고 가서 커피 좀 주세요."

"따라와요. 커피 한 잔 줄 테니까."

민호는 자리에서 일어나 주방 쪽으로 걸어갔다. 세영은 우물 쭈물하고 있는 혜선의 등을 밀었다.

"빨리 따라가, 답답아."

세영의 재촉에 혜선은 머뭇거리는 발걸음으로 민호를 뒤를 따라갔다.

"마셔요."

민호가 내민 종이컵을 혜선은 얌전하게 받아들었다.

"뭐 좀 먹을래요? 핑거 푸드 만들고 남은 재료가 있는데……."

"아뇨, 괜찮아요. 아까 도시락 잘 먹었어요."

민호는 냉장고를 열어 재료를 챙기며 혜선에게 사과했다.

"미안해요. 보나마나 료가 무리하게 오라고 했을 텐데……."

"아…… 아니에요. 저도 오고 싶었어요. 궁금했거든요. 민호 씨가 어떤 곳에서 일하는지……."

민호는 조리대에 재료들을 내려놓으며 혜선을 빤히 쳐다보았다.

"그게 왜 궁금해요?"

"그거야……."

대답을 하려던 그녀는 얼굴이 빨갛게 상기되었다.

"기왕 온 거 재미있게 놀고 가요."

"저도 그러고 싶은데……."

혜선은 수줍은 마음에 고개를 숙이고 컵을 만지작거렸다. 민호는 양복 재킷을 벗어 주방의 벽에 걸고 와이셔츠의 소매를 걷었다. 민호는 덩치가 컸지만 군살이 하나도 없었다. 걷어 올린 셔츠의 소매 아래로 근육질인 팔이 보이자 혜선은 침을 꿀꺽 삼켰다. 민호는 잽싼 손놀림으로 순식간에 샌드위치를 완성했다. 그는 샌드위치를 삼각형으로 잘라 보기 좋게 접시에 담았다.

혜선은 남자다운 이목구비를 가지고 있는 그가 섬세한 솜씨로 음식을 만드는 모습이 무척 섹시하다고 생각했다. 민호는 접시를 들고 혜선을 쳐다보았다.

"나가죠. 가게 사람들은 저녁을 못 먹었는데 샌드위치로라도 요기하라고 가져다 줘야겠어요."

"네…… 네."

혜선은 종이컵에 남은 커피를 황급히 마시고 민호의 뒤를 따라 홀로 나갔다.

민호는 샌드위치를 히가시의 앞에 놓았다.

"먹어. 형 저녁 걸렀잖아."

"오, 고맙다. 마침 출출했었는데 잘 먹으마."

히가시는 샌드위치를 집어 한입 베어 물었다. 민호는 나머지 샌드위치를 바에 있는 사람들에게 권했다.

그때 윤서가 손에 봉투를 들고 나왔다. 윤서는 제일 먼저 민호에게 뭔가를 내밀었다.

"이게 뭐예요?"

"크리스마스 선물이에요."

"네?"

"그리고 료 씨도……."

윤서는 바 뒤의 료에게도 선물을 건넸다.

"내 것도 있어요?"

"가게 분들 선물은 다 준비했어요."

"와! 진짜 이게 얼마만의 선물이야."

료는 좋아서 어쩔 줄을 몰라 했다.

"별거 아니에요."

"별거 아니라도 선물은 언제나 좋은 거예요. 그런데 어떻게 하지? 난 선물 준비도 못 했는데."

"괜찮아요. 성탄절 잘 보내요."

파티의 분위기는 한창 절정을 향해 치달았다. 섹시하게 차려입은 여자들과 정장을 빼입은 남자들은 음악에 맞춰 리드미컬하게 춤을 추거나 마음 맞는 사람들끼리 모여 담소를 나눴다.

료와 세영은 벌써 사람들 사이에서 춤을 추는 중이었다. 히가시는 바 위를 한번 닦고 춤추는 사람들을 구경하고 있는 윤서의 팔을 쿡 찔렀다.

"칵테일 좀 마실래?"

"만들어 주실 거예요?"

"너 내가 만든 칵테일 한 번도 먹어본 적 없지?"

"네."

"뭐 마시고 싶어?"

"안 독하고 맛있는 거요."

"초딩 입맛이네. 그럼 그냥 내가 만들어주는 거 먹어."

"네네, 초딩 입맛이어서 죄송하네요."

윤서를 히가시를 향해 입을 삐죽거리며 혀를 내밀었다.

"김시형 선생님이시죠?"

윤서는 옆에서 사람들을 구경하고 있는 시형에게 말을 건넸다. 시형은 구석에서 담소 중인 진우와 인영에게서 눈을 떼지 못하고 있었다.

"내가 김시형이 맞기는 한데 그쪽은……."

"아, 저는 지윤서라고 여기 직원이에요. 민호 씨랑 같이 일하는……."

"그 히가시 따귀를 때린……."

"어, 알고 계셨어요?"

"누군지 궁금했는데 오늘에서야 보네요."

"전 저번에 선생님을 잠깐 봤었는데."

"그래요? 난 왜 몰랐지?"

그때 등 뒤의 바에서 '쾅' 하고 거칠게 컵을 내려놓는 소리가 들렸다. 두 사람이 깜짝 놀라 뒤를 돌아보자 히가시는 썩소를 지으며 윤서에게 칵테일 잔을 내밀었다.

"지윤서, 네가 마시고 싶어 한 칵테일이다."

히가시는 시형을 보며 미간을 살짝 찌푸렸다.

"형도 컵 내놔. 위스키 더 따라줄 테니까."

히가시가 위스키를 꺼내러 간 사이 시형은 슬쩍 윤서에게 귓속말을 했다.

"둘이 사귀는 사이예요?"

"네? 아…… 아니요."

윤서가 얼굴이 빨개져서 말을 더듬자 시형은 알 만하다는 얼굴로 웃었다.

"저 자식이 질투도 하네."

"질투 그…… 그런 거 아니에요."

"아가씨는 저 자식 어디가 그렇게 맘에 들어요? 성질 진짜 고약한데."

그때 라프로익 병을 가져온 히가시가 사악한 표정으로 웃었다.

"다 들리거든."

"틀린 말 한 것도 아닌데 뭘 그러냐."

"형이나 잘하셔. 젊은 애한테 인영이 뺏기기 전에."

"아, 새끼, 진짜 짜증나게."

시형은 인영을 쳐다보며 한숨을 쉬었다.

"둘이 무슨 이야기를 하는 거야?"

"궁금하면 가보든지. 분위기 화기애애하구만."

시형은 잠시 나갔다 온 사이 진우에게 기회가 옮겨간 것을 알아챘다. 둘은 한참 동안이나 이야기를 하고 있었다.

"너 나를 물로 보냐. 기다려. 나도 한 방이 있으니까."

시형은 히가시가 따라준 라프로익을 한 모금 마셨다.

"자식, 그런다고 메탄올 위스키를 가져왔네."

"마시고 정신 차리라고. 인영이가 저렇게 남자랑 오래 이야기하는 거 나는 처음 봤어."

시형은 진우를 향해 웃어 보이는 인영을 물끄러미 쳐다보았다.

"진짜 내 생전 여자 마음을 얻기가 이렇게 힘들었던 건 처음이다."

"당연하지. 인영이는 그렇게 만만한 상대가 아니거든."

히가시는 언더락 잔에 얼음을 채우고 망고 주스를 따랐다.

"저 아이의 마음을 얻으려면 돈이나 선물 같은 거 가지고는 안 돼. 그리고…… 지금 인영이랑 같이 있는 남자는 인영이의 마음을 얻는 법을 잘 알고 있네.”

“아, 진짜 미치겠네.”

시형은 답답한 마음에 위스키를 한 모금 더 마셨다.

“김시형의 연애 전선이 이렇게 험난하다니.”

“형도 고생 좀 할 거야.”

히가시는 구경에 정신이 팔린 윤서를 보며 컵에 남은 얼음을 하나 꺼내 입에 물었다.

”그래, 맞아. 기억나.”

진우는 중학생 때 일을 천천히 하나씩 인영에게 이야기하는 중이었다. 진우는 핸드폰에 찍어온 중학교 졸업 앨범 사진을 인영에게 보여주었다. 인영은 자신과 아이들이 찍힌 독서부의 사진을 한참이나 들여다보았다.

“얘가 별명이 땅콩이었잖아. 그 옆에 단발머리 애는 선미라고 아버지가 중국집 하던…….”

“맞아, 얘네 집에 자주 놀러갔던 기억이 나. 정말 까맣게 잊어버리고 있었네.”

진우는 인영의 표정이 밝아진 것 같아 앨범 사진을 찍어온 보람을 느꼈다. 인영은 진우를 보며 느꼈던 설렘의 정체가 무엇인지를 조금은 알 것 같았다.

“고마워. 바쁠 텐데 이렇게까지 해줘서.”

“아니야. 그냥 난…….”

“덕분에 즐거웠던 추억이 많이 생각났어. 이때가 정말 좋았는데……."

진우는 인영의 얼굴에 배어 있는 슬픔을 놓치지 않았다. 그는 애처로운 눈으로 인영을 쳐다보았다.

"시간 되면…… 예전에 다니던 중학교에 한번 가볼래? 사진을 보는 것보다 더 많은 게 기억날 수도 있는데."

조심스러운 진우의 제안에 인영은 뭐라고 대답을 해야 할지 쉽사리 마음을 정할 수가 없었다.

"생각해 볼게."

인영은 쓸쓸한 마음으로 핸드폰 속 사진으로 다시 시선을 옮겼다.

윤서는 향긋한 복숭아 향을 음미하며 히가시가 만들어준 칵테일을 한 모금 마셨다. 입에 착 감기는 부드러운 맛에 윤서는 자기도 모르게 감탄사를 내뱉었다.

"맛있냐?"

"와! 진짜 맛있어요. 이거 이름이 뭐예요?"

히가시는 윤서에게 가까이 다가오라는 손짓을 했다. 윤서가 그를 향해 몸을 기울이자 그는 윤서의 귀에 대고 칵테일의 이름을 속삭였다.

"섹.스.온.더.비.치."

윤서의 얼굴이 순식간에 확 달아올랐다.

"이름만큼 달콤하지?"

히가시는 아무 일도 없었던 것처럼 태연하게 웃으며 망고 주스를 마셨다.

"둘이 잘 논다."

가뜩이나 심난한 시형은 혀를 차며 위스키 잔을 들었다. 그러거나 말거나 히가시는 능청스러운 얼굴로 윤서를 슬슬 꼬드겼다.

"춤추고 싶어?"

"파티인데 춤 정도는 춰줘야죠. 그런데 춤은 출 줄 아세요?"

"허, 네가 후쿠오카의 빨간 바지를 모르는구나."

히가시의 허세에 윤서는 실소를 터뜨렸다.

"추고 싶으면 나가요."

히가시는 앞치마를 벗어 던지고 윤서를 향해 손을 내밀었다.

"그럼 몸 풀러 한번 가보자고."

그렇게 나간 홀에서, 윤서는 히가시의 어색한 몸놀림에 웃음이 터지려는 걸 간신히 참고 있었다. 그러나 그는 아랑곳하지 않고 나름 리듬을 타려고 애를 쓰고 있는 중이었다.

"사장님, 클럽 한 번도 안 가보셨죠?"

"이 정도면 잘 추지 않냐?"

"사장님은 참 좋겠어요. 자기 편한 대로 생각할 수 있어서."

"당연하지. 난 잘났거든."

그의 뻔뻔한 말에 결국 윤서는 웃음을 터뜨리고 말았다. 댄스곡 중간의 브레이크 타임용으로 나오는 음악을 들은 윤서는 살며시 미소를 지었다.

"사장님 이 곡 아세요?"

"뭔데?"

"Amy Winehouse의 'Love is the losing game'이라고 제가 좋아하는 곡이에요."

윤서는 가사를 조용히 따라 부르기 시작했다.

"노래 좋은데."

히가시는 웃으며 그녀의 허리를 껴안았다. 행복해 보이는 윤서의 얼굴을 보자 히가시는 자기도 덩달아 행복해지는 기분이었다.

"즐거워?"

"너무 좋아요. 이렇게 즐거운 크리스마스이브는 처음인 것 같아요."

"즐겁다니 좋네."

히가시는 고개를 숙여 윤서의 귀에 속삭였다.

"나도 너랑 같이 있어서 너무 좋아."

윤서는 히가시의 넓은 가슴에 얼굴을 묻었다.

시형은 진우와 함께 바 쪽으로 오는 인영의 앞으로 다가갔다. 그는 마음이 급했다. 인영은 시형을 보고 걸음을 멈췄다. 진우 역시 인영을 따라 그 자리에 멈춰 섰다.

"인영 씨, 계속 기다리고 있었는데."

"죄송해요. 이 친구랑 이야기할 게 좀 있어서."

"파티인데, 그래도 춤은 줘야죠."

시형이 내민 손을 쳐다보던 인영은 옆에 선 진우를 돌아보았다.

"먼저 가 있을래? 난 조금 있다가 갈게."

"그래, 그럼."

진우는 뒤도 돌아보지 않고 사람들 사이를 빠져나갔다. 인영은 시형이 내민 손을 쳐다보다가 그의 얼굴을 올려다보았다.

"취하셨네요."

"아니에요. 난 멀쩡해요. 이제까지 기다리고 있었으니까 잠깐만이라도 나랑 춤을 춰줘요."

인영은 작게 한숨을 쉬고 시형의 손끝을 조심스럽게 잡았다. 때마침 나오는 느릿한 음악에 맞춰 두 사람은 천천히 스텝을 옮기기 시작했다.

"인영 씨."

시형이 부르는 소리에 인영은 그를 쳐다보았다.

"미안해요. 내가…… 너무 밀어붙이고 있나요?"

인영은 아무런 대꾸도 하지 않았다. 시형은 어쩐지 절망스러운 기분이 되었다.

"어떻게 해야 좋을지 모르겠네요."

"그냥…… 이대로 있으면 돼요."

시형은 결코 열릴 것 같아 보이지 않는 인영의 마음의 문 앞에서 스스로가 한없이 작아지는 느낌이었다.

"기다릴게요. 그러니까……."

시형은 그녀의 손을 꼭 잡았다.

"나를 밀어내지 말아줘요."

료와 세영의 등쌀에 춤을 추러 나온 민호와 혜선은 서로 얼굴도 마주 보지도 못한 채 어색하게 다리만 좌우로 이동을 하고 있는 중이었다. 혜선이 고개를 숙이고 무슨 말인가를 웅얼거리자 민호는 그녀 쪽으로 몸을 숙였다. 때 맞춰 고개를 든 혜선은 민호의 얼굴이 바로 앞에 있는 것을 보고 침을 꼴딱 삼켰다. 갑작스러운 상황에 당황한 민호도 얼른 얼굴을 뒤로 뺐다.

"뭐라고 말한 거예요?"

"아…… 저…… 죄송하다고요. 세영이가 워낙 극성이라."

"그쪽이 사과할 건 없어요. 료도 한몫했으니까."

민호는 가볍게 한숨을 쉬었다.

"혹시 사람들 때문에 불편해요?"

"아니…… 괜찮은데."

"불편하면 이리 가까이 와요."

민호는 가까이 다가온 혜선의 허리에 손을 올렸다. 당황한 혜선은 '헉' 하는 소리를 내며 숨을 들이마셨다.

"내 팔에 손을 올려요. 그럼 사람들이랑 좀 덜 부딪칠 거예요."

"아, 네…… 네."

혜선은 어색하게 민호의 팔 위에 손을 올렸다.

"혹시 발이 아프면 이야기해요. 바로 돌아가도 되니까."

"고맙…… 습니다."

혜선이 더듬거리며 대답을 하자 민호는 생각이 많은 얼굴로 그녀를 말없이 내려다보았다.

진우는 디제잉을 하고 있는 DJ Solar의 옆에 서 있었다. 그는 춤을 추고 있는 인영과 시형을 팔짱을 끼고 바라보았다. Etta James의 'I'd rather be blind'를 걸어 놓은 DJ Solar는 맥주를 한 모금 들이켰다.

"너 원래 이런 데 다녔었냐? 원래 너네 회사 파티 말고는 잘 안 돌아다니잖아?"

"아는 사람이 초대해 줘서 온 거야."

"누구? 인영 씨?"

"형이 어떻게 알아?"

"아까 보니까 둘이 이야기하고 있더구만. 인영 씨가 원래 남자들이랑 말을 안 하는데 너랑 있는 걸 보고 웬일인가 했지."

"인영이는 내 중학교 동창이야."

"그래? 지금 보니 딴 사람이랑 춤추고 있네. 별일이네. 저럴 사람이 아닌데."

"저 사람이랑 많이 가까운 것 같더라고. 밥도 같이 먹었던데."

"그래? 재주도 좋네. 나도 인영 씨한테 말 좀 붙여봤었는데 완전 철벽이었거든."

"인영이가 인기가 많았어?"

DJ Solar는 '픽' 하는 웃음소리를 냈다.

"생긴 걸 봐라. 남자가 안 붙게 생겼나. 나도 이 가게를 꽤 다녔는데 인영 씨가 남자랑 이야기하는 것조차도 거의 본 적이 없어. 아마 이 가게 드나드는 남자들은 다 그녀에게 환심을 사려고 한두 번씩은 시도해 봤을 거다."

"그런데 남자들이랑 말도 안 했다 이거지?"

"응, 신기한 여자지. 생긴 거 가지고 팔자를 고치려면 열두 번도 더 고쳤을 텐데. 내가 알기론 기획사에서 콜도 많이 받았었어. 그런데 꿈쩍도 안 했다더라고. 요즘은 다들 연예인 못 해서 안달인데."

"그러게."

인영을 쳐다보는 진우의 눈빛은 깊게 가라앉았다.

"혹시라도 인영 씨랑 사귀고 싶으면 서두르는 게 좋을 거다. 보이냐? 남자들 눈길이 쏠려 있는 게?"

"나도 장님 아니야. 잘 보여."

"그래, 잘해봐라. 동창이라니 부럽네."

DJ Solar는 맥주를 한 모금 더 마셨다.

"곡은 다 썼냐?"

"응."

"그럼 가지고 와. 가이드 녹음도 하고 편곡도 해야지."

"알았어."

입으로 대답을 하고 있었지만 그의 눈은 인영에게 못 박혀 움직일 줄 몰랐다.

파티가 끝나고 손님들이 돌아간 블랙잭의 홀이 텅 비었다. 료와 민호, 윤서와 인영, 히가시와 가드들은 남아서 뒷정리를 하기 시작했다. 접시를 주방으로 옮기는 윤서를 옆에서 민호가 도왔다.

"고생 많았어요, 음식 만드느라. 진작 말하려고 했는데……."

"별로 고생 안 했어요. 레서피를 다 뽑아두고 가서."

"재미있었어요?"

"네, 민호 씨는요?"

"저도 그럭저럭."

"설거지 다 해두고 가야겠는데요."

윤서는 접시를 싱크대에 넣고 앞치마를 걸쳤다.

"좀 도와줄까요?"

"됐어요. 접시 몇 개랑 펀치 볼만 씻으면 되는데."

윤서는 빛의 속도로 설거지를 마쳤다. 그사이 민호는 주방의 구석으로 가서 무언가를 들고 왔다.

"저…… 이거……."

민호는 들고 온 것을 그녀에게 내밀었다.

"이게 뭐예요?"

"선물이에요. 크리스마스 선물……."

"안 주셔도 되는데……."

"별거 아니에요. 아까 주려고 했는데 정신이 없어서."

장갑을 벗고 선물을 받아든 윤서는 민호를 향해 환하게 웃었다.

"고마워요."

"즐거운 성탄절 보내요."

"민호 씨도요."

가게 정리를 마친 사람들은 뒷문 앞에 모여 주차장으로 향했다. 귀찮아서 옷을 갈아입지 않은 윤서는 짧은 드레스에 점퍼를 껴입고 있었다. 차가운 겨울의 새벽 공기에 헐벗은 다리가 시려오자 그녀는 발을 동동 굴렀다.

"아! 춥다! 빨리 지하철 타러 가야지."

"그러길래 왜 옷을 안 갈아입었어."

히가시가 책망하듯 이야기하자 윤서는 몸을 부들부들 떨며 그를 올려다보았다.

"귀찮아서 안 갈아입었어요. 어차피 집에 가면 벗을 거……."

"너 그 옷 입고 지하철 탈 생각이야?"

"네, 뭐가 어때서요?"

히가시는 못마땅한 얼굴로 그녀를 훑어보았다.

"치마가 너무 짧잖아."

"사장님이 사준 옷이잖아요."

"그래도 맘에 안 들어!"

"그럼 치마 아래 바지라도 껴입을까요?"

옆에서 같이 걷던 일행은 구경거리라도 되는 듯 둘의 말싸움을 지켜보았다.

"그럼 형이 윤서 씨를 집까지 태워주면 되겠네. 왜 싸우고 난리야."

"그러게."

새삼스럽게 옆에 있는 세 사람을 의식한 히가시와 윤서는 입을 다물었다. 주차장에 도착한 인영과 료, 민호는 인영의 차에 올라탔다.

"오늘은 푹 쉬고 내일 보자고요. 윤서 씨 크리스마스 잘 보내요."

"네. 료 씨도 잘 보내세요. 언니랑 민호 씨도요."

"그래, 잘 들어가."

"잘 가요."

윤서는 인영의 차에 탄 사람들을 향해 손을 흔들었다. 인영의 차가 새벽의 어둠 속으로 사라지자 히가시는 차 키의 리모컨을 눌렀다.

"타!"

"집까지 태워다 주실 거예요?"

"응. 오늘 고생했으니까 태워다 주마."

윤서는 생글거리며 차에 올라탔다.

아침부터 부지런히 움직였던 탓에 피곤했던 윤서는 히가시의 차에 타자마자 쏟아지는 졸음과 사투를 벌였다. 그러나 싸움에서 장렬하게 패배한 그녀는 그대로 잠이 들고 말았다. 조수석이 너무 조용해 옆을 돌아본 히가시는 세상모르고 자고 있는 윤서를 보고 한숨을 쉬었다.

"정말 경계심 빵점이라니까."

그는 손을 뻗어 윤서의 볼을 어루만졌다.

"이렇게 만져도 모를 정도로 정신줄을 놓고 잠을 자니…… 얜 내가 무섭지도 않은가."

그의 눈길이 잠들어 있는 윤서의 얼굴에서 상체를 지나 짧은 드레스 아래로 드러난 허벅지에 머물렀다.

"너무…… 말랐어."

그는 살림살이라고는 거의 없는 그녀의 원룸을 떠올렸다.

"이번에 같이 여행 가서 뭘 좀 먹여야 되겠어."

히가시는 액셀을 세게 밟았다.

집에 도착해 샤워를 하고 나온 민호는 윤서가 준 선물을 뜯어보았다. 포장을 벗긴 민호는 내용물을 보고 놀란 표정을 지었다.

"이건……."

윤서의 선물은 꽤 비싼 핸드크림과 핸드 밤이었다. 그리고 그것과 함께 작은 카드도 있었다.

— 항상 친절하게 대해주셔서 고마워요. 제가 아파서 일주일이나 못 나갔을 때 반찬도 해다 주시고. 민호 씨 같은 좋은 분을 직장 동료로 만나서 얼마나 기쁜지 모르겠어요. 늘 물을 만지는 직업이라 손이 많이 거치시더라고요. 그래서 별건 아니지만 핸드크림을 준비했어요. 항상 건강하시고 내년에도 하시는 일마다 잘되시길 빌어요. 즐거운 성탄절 보내세요. — 윤서가

민호는 카드를 손으로 천천히 어루만졌다. 그때 방문이 벌컥 열렸다.

"야! 민호야! 이것 봐. 나 윤서 씨가 이거 사줬다."

료가 민호에게 내민 것은 이번에 새로 출시된 게임 CD였다.

"이거 진짜 사고 싶었던 건데 어떻게 알고 사왔지?"

"넌 노크할 줄도 모르냐."

료는 열린 방문을 두들겼다.

"됐지?"

그는 장난기 어린 얼굴로 씩 웃었다.

"그때 우리 집 왔을 때 게임 CD들을 유심히 보더니만 기억하고 있었나 봐."

"그랬나 보지."

"진짜 센스 있다니까. 맘에 들어."

료는 시시덕거리며 거실로 나갔다.

"너도 빨리 나와. 신상인데 빨리 해봐야지."

민호는 거실로 나가 TV와 게임기를 켜는 료의 뒷모습을 소파에 앉아 지켜보았다.

인영 역시 오늘 받은 선물 꾸러미들을 풀기 시작했다. 윤서에게 받은 선물은 천연 비누로 유명한 브랜드의 샴푸용 바와 헤어 트리트먼트 세트였다. 인영은 봉투에서 카드를 꺼냈다.

— 언니, 즐거운 성탄절 맞으세요. 언제나 저에게 친절하게 대해주셔서 정말 고마워요. 형제가 없는 저는 언니가 생긴 것 같아서 너무 기뻐요. 언니의 건강한 머릿결을 위해 제가 비싼(?) 선물을 준비했습니다. 항상 건강하시고 내년에도 사이좋게 지내요. — 윤서가

"귀여워."

인영은 웃으며 비누와 트리트먼트의 향을 맡았다.

"아! 냄새 좋다!"

시형에게 받은 선물의 포장을 벗기자 남색의 상자 위에 보석으로 유명한 회사의 로고가 보였다. 상자의 뚜껑을 열자 그 안에는 찬란하게 빛이 나는 귀걸이와 목걸이 세트가 들어 있었다. 인영은 종이 가방 안에 들어 있던 카드를 꺼내서 읽었다.

— 백화점에 갔다가 보석 가게 옆을 지나는데 이 세트를 보자마자 인영 씨 생각이 났어요. 즐거운 크리스마스 보내요. — 시형

잠시 망설이던 인영은 그대로 상자 뚜껑을 다시 닫았다. 인영은 마지막으로 진우에게 받은 것을 열었다. 그의 선물은 겉면에 아무 것도 쓰여 있지 않은 CD였다. 인영은 오디오에 CD를 집어

넣었다. 이윽고 스피커에서 음악이 흘러나오기 시작했다.

봄날의 햇살이 쏟아지던 아침
너를 기다리던 그 도서관 앞의 층계에서
바라보았던 하늘은 눈이 부실 정도로 파랬었지……

노래를 듣던 인영의 눈이 커졌다. 그녀는 진우가 건넨 봉투에서 카드를 꺼내서 읽기 시작했다.

— 인영아, 올 한해는 잘 보냈니? 이렇게 너를 다시 만난 것도 인연이라면 인연인데 파티까지 초대해 줘서 고마워. 선물을 뭘 할까 고민하다가 네 생각을 하면서 만든 곡들이 몇 곡 있어서 그걸 녹음해서 CD를 만들었어. 보잘것없는 선물이지만 잘 들어줬으면 좋겠다. 네가 항상 행복했으면 좋겠어. — 진우가

인영은 어두움이 가시지 않은 거리가 보이는 창가로 다가갔다. 어둑한 성탄절의 새벽 거리에는 화려하게 치장된 교회의 십자가만이 밝게 빛나고 있었다.

"야! 발육부진, 일어나."
윤서는 누군가가 어깨를 흔드는 바람에 잠에서 깨어났다. 그녀는 눈을 반만 뜨고 주위를 둘러보았다.
"여긴……."
"빨리 내려."

"여기가 어디예요."

"우리 집이야. 빨리 내리라고."

"집에 데려다주신다면서요."

"그래, 그런데 집에 데려다준다고 했지 너희 집에 데려다준다는 소리는 안 했는데."

"사장님, 그런 억지가 어디 있어요."

"일단 내려봐. 줄 것도 있고 보여주고 싶은 것도 있으니까."

윤서는 투덜거리며 차에서 내려 지친 몸을 이끌고 엘리베이터를 향해 걸었다.

히가시의 집에 들어가자마자 윤서는 신발을 벗고 소파로 걸어가서 앉았다.

"아, 발 아파서 죽는 줄 알았네."

윤서는 오만상을 찌푸리며 발을 주물렀다.

"신발이 불편했어?"

"아무래도 새 신발인 데다가 굽이 높으니까요. 그거 신고 춤까지 췄잖아요."

히가시는 방으로 들어가 코트와 재킷만을 벗고 다시 거실로 나왔다. 소파 위로 올린 그녀의 날씬한 다리를 쳐다보던 그는 갑자기 심장이 요동치는 것을 느꼈다. 고개를 든 윤서와 히가시의 눈빛이 순식간에 서로를 탐하듯 공중에서 얽혔다. 둘은 야릇한 분위기에 잠시 아무 말이 없었다. 침을 꿀꺽 삼킨 윤서는 어색함에 히가시의 뜨거운 시선을 피했다.

"왜 그렇게 쳐다보세요?"

그는 아무 말도 하지 않고 그녀의 옆에 와서 앉았다.

"발 좀 내밀어 봐."

"네?"

"아프다며, 나한테 내밀어 보라고."

"아…… 괜찮아요."

"괜찮으니까 이리 내. 주물러 줄게."

히가시는 윤서의 발을 자기 쪽으로 끌어 당겼다. 민망함에 윤서의 얼굴은 물이 들 듯 새빨개졌다.

"제가 할게요!"

"가만히 있어."

히가시는 윤서의 발을 주무르기 시작했다. 악력이 센 손으로 발을 주무르자 윤서는 시원한 쾌감과 더불어 아픔을 느꼈다. 그는 윤서의 발가락을 하나씩 잡아 관절 마디마디를 만지면서 뭉친 근육을 풀었다. 윤서는 이를 악물고 참아보려고 했지만 결국은 외마디 신음을 내뱉고 말았다.

"아흐윽!"

윤서의 신음 소리에 히가시는 그녀의 얼굴을 꿰뚫듯 응시했다.

"좋아?"

"시원한데 아파요. 게다가……."

"게다가?"

"기분이…… 이상해요. 막 간질거리고……."

"그럼 이건 어때?"

히가시는 손을 올려 그녀의 장딴지 근육을 주물렀다.

"아하학! 히익!"

"좋아 죽겠어?"

"그만하세요! 아픈 데다가 느낌이 이상해서 미치겠어요!"

"그럼…… 이건?"

그의 손이 어느새 그녀의 허벅지를 타고 올라오고 있었다.

"사장님!"

윤서가 정색을 하자 히가시가 그녀의 얼굴 앞으로 자신의 얼굴을 바짝 들이댔다. 그녀는 엉겁결에 바로 눈앞에 있는 그의 얼굴을 자세히 보게 되었다. 반듯한 이마와 짙은 눈썹, 옆으로 찢어졌지만 작지 않은 눈과 긴 속눈썹, 약간은 밝은 갈색인 눈동자와 오뚝한 코, 그리고 그 아래 자리한 보기 좋은 입술이 얼굴 안에서 적당한 균형을 이루며 날카롭지만 남자다운 매력이 넘치는 얼굴을 만들고 있었다. 윤서는 자기도 모르게 눈을 감고 그의 목에 팔을 둘렀다. 그가 체중을 실어오는 통에 그녀는 소파의 팔걸이에 머리를 대고 눕게 되었다. 히가시는 윤서의 등 아래로 손을 넣어 그녀를 안았다.

히가시는 부드럽지만 열정적으로 윤서의 도톰한 입술을 희롱했다. 그는 천천히 그녀의 입안으로 혀를 집어넣었다. 뜨거운 혀가 입안에서 얽혔다. 히가시는 윤서의 가슴께로 자신의 손을 가져갔다. 그때 그의 손을 그녀가 잡았다.

"아직은…… 싫어요."

윤서는 숨을 헐떡거리고 있었고, 히가시의 눈은 욕망으로 흐려져 있었다.

"사장님…… 혼전순결주의자라면서요."

"맞아. 순결주의자지. 그런데 가슴 만지는 것도 순결 서약을 깨는 건가?"

"사장님은 내가 사장님 몸을 만졌다고 순결을 뺏었다고 했으면
서."

"그럼 나도 가슴은 만져도 되겠네. 그럼 쌤쌤 아닌가?"

윤서는 웃음을 터뜨렸다.

"사장님, 진짜 웃긴 거 알아요?"

"뭐가?"

"이럴 때 보면 애 같아요."

"내가 왜 애야, 신체 건강한 성인 남잔데."

그녀는 히가시의 가슴을 살짝 밀어냈다.

"주실 거 있다면서요. 보여주실 것도 있고."

"아아…… 그래. 줄 게 있었지."

히가시는 한숨을 쉬며 소파에 앉았다.

"이거야."

그는 소파 옆에 놔두었던 종이봉투를 내밀었다.

"이게 뭐예요?"

"꺼내봐."

윤서가 종이봉투를 꺼내고 포장을 벗기자 거기에는 이태원 시
장에 갔을 때 마음에 들어 했었던 코트가 들어 있었다.

"이건……."

윤서가 놀란 눈으로 히가시를 보자 그는 장난기가 섞인 얼굴로
웃었다.

"마음에 들어?"

"이거 안 잊어버리고 계셨어요?"

"사실 그날 바로 전화했어. 코트 살 테니까 집으로 부쳐달라

고. 아까 가게에서 주려고 했는데……."

"사장님, 너무 고마워요."

윤서는 그의 목을 껴안았다. 그녀는 자신이 가지고 싶어 했던 물건을 잊지 않고 있었던 히가시의 마음 씀씀이가 너무 고마웠다.

"이렇게 비싼 원피스도 사주시고, 코트도 사주시고……."

그는 흐뭇한 표정으로 윤서를 껴안았다.

"그렇게 고마우면 가슴은 좀 만지게……."

"그래도 그건 안 돼요."

"진짜 야박하잖아."

그는 그녀의 등을 부드럽게 쓰다듬었다.

"메리 크리스마스."

"사장님도 메리 크리스마스."

윤서는 히가시의 입술에 부드럽게 입을 맞췄다.

윤서의 선물을 뜯어본 히가시는 웃음을 참지 못하고 낄낄거렸다. 포장지 안에는 머리끝부터 발끝까지 이어진 게임 캐릭터 새로 디자인된 잠옷이 들어 있었다. 특히 모자에는 새의 눈썹이 그려져 있어 모자를 내리면 그게 딱 이마 위로 와서 얼굴이 게임 캐릭터와 비슷하게 보였다.

"너 이거 어디서 샀냐."

"인터넷에서요. 사장님 사이즈 구하기 정말 힘들었다고요."

"그런다고 이걸 진짜 샀어?"

"사장님 이 캐릭터 좋아하잖아요. 빨리 입어보세요."

히가시는 옷 위에 잠옷을 껴입었다. 그가 앞의 지퍼를 올리자 윤서는 모자를 정리해 눈썹까지 맞췄다.

"거기 서 계세요. 사진 찍어 드릴 테니까."

히가시는 잠옷을 입고 허리에 손을 짚고 모델인 양 포즈를 취했다.

"와! 진짜 똑같다!"

윤서는 웃음을 겨우 참으며 떨리는 손으로 사진을 찍었다. 사진을 들여다보며 윤서가 박장대소하자 그는 손을 내밀었다.

"나도 좀 봐봐."

사진을 들여다본 히가시는 얼굴을 찌푸렸다.

"게임 캐릭터보다 내가 더 낫구만."

"눈 찢어진 거 똑같잖아요."

"웃기고 있네."

말은 그렇게 했지만 히가시는 이 순간이 너무나 행복했다. 윤서를 만난 이후로 그의 일상은 늘 새로움의 연속이었다. 예전의 자신 같았으면 결코 알지 못했을 인생의 즐거움들을 그는 그녀를 통해서 맛보고 있었다.

"그런데 보여주실 건 뭔데요."

"아! 맞다. 깜빡할 뻔했네."

그는 윤서와 함께 부엌의 유리문을 열고 정원으로 나갔다.

"와아!"

정원에서 보이는 경치에 윤서는 탄성을 질렀다.

"여기서는 한강까지 보이네요."

그녀는 난간 가까이로 다가가 경치를 감상했다. 저 멀리 건물 사이에서 아침 해가 부옇게 떠오르는 중이었다.

"안 늦어서 다행이네. 해돋이 못 보는 줄 알았는데."

그는 윤서를 뒤에서 껴안았다.

"너랑 여기서 아침 해가 떠오르는 광경을 보고 싶었거든."

"너무 좋아요. 저 해 뜨는 거 보는 거 좋아하는데."

"너랑 이렇게 있으니까 너무 좋다."

히가시는 윤서를 꼭 안았다.

"윤서야. 나랑 항상 같이 있어줄 거지?"

"사장님이 저를 떠나시지 않으면…… 항상……."

"내가 너를 왜 떠나."

"사람 일이라는 게…… 앞날을 모르잖아요."

"네가 나를 떠나면 몰라도 나는 너를 안 떠나."

히가시는 윤서를 돌려 세웠다.

"넌 나에게는 하나밖에 없는 특별한 여자거든."

그의 눈빛이 타오를 듯이 뜨거웠다.

"넌 나에게 있어선 모든 게 처음인 여자야. 그리고 마지막이
될 여자고."

히가시는 윤서를 그의 품 안에 꼭 안았다.

"너무너무 좋아해. 진짜로."

"저도 사장님이 좋아요."

윤서가 히가시에 몸에 팔을 둘러 그를 껴안았다. 꼭 껴안은 그
들의 등 뒤로 크리스마스의 아침 해가 떠오르고 있었다.

"네?"

거실에서 커피를 마시던 윤서는 순간 자신의 귀를 의심했다.

"그러니까 자고 가라고."

"아니, 왜요?"

"왜는 왜야. 내가 네 옆에서 자고 싶으니까 그렇지."

"아니, 아무리 그래도……."

"이상한 짓 안 할 테니까 잠만 자라고. 내가 요즘 불면증이 있는데 저번에 너네 집에선 잘 잤단 말이지."

"그땐 술을 진탕 마셨잖아요."

"오늘도 진탕 마셨어."

"거짓말."

윤서는 오늘 히가시가 술을 한 방울도 입에 대지 않았다는 사실을 알고 있었다.

"사장님 술 안 드신 거 다 알아요."

"그래, 물이랑 주스를 진탕 마셨다고. 내가 언제 술을 마셨다고 했냐?"

"아아…… 밉상……."

윤서는 미꾸라지처럼 말을 돌리는 그를 향해 얼굴을 찌푸렸다.

"크리스마스는 소원을 들어주는 날이잖아. 오늘 내 소원이니까 자고 가."

"그래도 이런 건 무리라고요."

"아무 짓도 안 한다니까!"

윤서는 미심쩍은 눈초리로 그를 흘겨보았다.

"제가 사장님을 어떻게 믿어요."

"내가 약속을 어기면 너에게 내가 가진 채권을 다 주마."

채권을 준다는 말에 윤서의 마음이 흔들렸다.

"그게 얼마인데요."

"억 단위야. 됐냐?"

"약속하신 거예요."

"그래."

"그럼 각서 쓰세요."

윤서는 식탁 위에 있던 냅킨을 히가시의 앞에 내밀었다.

"뭔 각서야!"

"증거가 있어야 될 거 아니에요."

"아아……."

잠시 고민을 하던 히가시는 방에 들어가 볼펜과 A4용지를 가져왔다.

"오냐, 내가 써주마."

그는 A4용지 위에 각서를 써 내려가기 시작했다.

"됐지?"

각서를 다 읽은 윤서는 새삼스레 히가시가 달리 보였다.

"사장님, 진짜 글 잘 쓰시네요."

"이래봬도 변호사거든."

"그럼 여기 아래 사인하세요."

"오냐."

사인을 한 히가시는 윤서를 보며 씩 웃었다.

"그럼 얼른 자자. 빨리 씻고 와. 갈아입을 옷은 줄 테니까."

윤서는 자리에서 일어났다.

"욕실이 어디에요?"

"손님용 욕실은 저기."

"그럼 옷 가져다주세요."

"알았어."

욕실 문을 열고 들어가는 그녀의 뒷모습을 보며 히가시는 음흉한 웃음을 지었다.

"이상한 짓 안 한다는 조건에 안 만진다는 조항은 없었으니까."

그는 목표를 달성한 표정으로 옷을 가지러 안방으로 들어갔다.

샤워를 하고 나온 윤서는 히가시가 가져다준 티셔츠와 트레이닝복 바지를 입고 침실로 향했다. 그는 그새 윤서가 선물한 게임 캐릭터 잠옷을 입고 잠이 들어 있었다.

"나 없어도 잘만 자면서."

윤서는 잠들어 있는 히가시의 얼굴을 물끄러미 내려다보았다. 눈을 감은 그의 얼굴은 의외로 어린 소년 같았다. 그녀는 손을 내밀어 그의 얼굴을 부드럽게 쓰다듬었다. 기척을 최대한 죽이고 그의 옆에 눕자 피로와 따뜻한 온기 탓에 금세 잠에 빠져들고 말았다. 눈을 감고 있던 히가시는 윤서의 숨소리가 규칙적인 걸 확인하고 그녀 쪽으로 천천히 몸을 옮겼다. 히가시는 잠든 윤서의 얼굴을 자세히 들여다보았다. 그녀의 얼굴이 너무나 편안해 보여 그는 가지고 있었던 음흉한 마음을 접었다.

"진짜 바보잖아. 각서 같은 게 뭐라고……."

히가시는 윤서의 가까이에 몸을 붙이고 누웠다.

"원래는…… 다른 짓 좀 하려고 했었는데 네 얼굴 보니까 못하겠다. 그냥 안고만 있을게."

그는 팔을 돌려 윤서를 끌어안았다.

"사랑해."

히가시는 나직한 목소리로 속삭이며 윤서의 정수리에 입을 맞췄다. 이내 그도 편안한 얼굴로 잠에 빠져 들었다.

〈2권에서 계속〉